U0034737

冰山底下綻放的玫瑰

楊逵和他的文學世界

◎樊洛平

只要我不滿的現況不從世上消失，
無論怎麼艱苦都不該拋棄筆桿的。

出自楊逵〈難產〉

序
中華文化和台灣文學　　◎陳映眞

一、前言

　　一個民族的文學，是那個民族的文化的一個璀璨的組成部分；一個民族的文學，以那個民族的語文之審美的形式，表現其民族文化的心靈；而一個民族的獨特文化，釀造了那個民族的文學獨特的風格與特色。這都是毋庸贅言的共識。

　　而像中國這樣一個幅員遼闊、人口衆多的民族，中華文化和與之相應的中華文學多彩多樣，豐富繁榮。其中旣有鮮明的民族共性和同一性，同時也有突出的地方的、歷史的獨特性。

　　時間的限制，不允許我們在此論及台灣原住各民族的文化和他們的口傳文學。

　　中華民族最早在台灣留下勞動與生活的蹤跡，可上溯到第三世紀的三國時代。然而中華民族的典章制度和文明敎化在台灣島上實踐，要等到明鄭入台時的十七世紀六○年代以後，設立府、縣，任命府尹、知縣。同時，隨著鄭成功入台的大陸著名文人學士，藉著明鄭當局廣設官學，積極建設以科舉爲經緯的文化敎育體系，大大提高了中華文化在台灣的影響。由較早的沈光文及後來的沈佺期、辜朝薦等人的創作，留下了台灣第一批台灣地方文學作品，動情地表現東渡流亡之人對故園鄉關

的懷思和立志恢復明室的情懷。

一六八三年，與清王朝對峙的明鄭敗亡，台灣收復後，大量的大陸閩粵移民湧入。在清統治下，官學更加普及，而科舉制度更加正規化，中華文化和文學更加昌盛。此時大陸來台的遊宦作家，例如郁永河，留下傑出的遊記、詩歌、散文和地理學筆記。而鴉片戰爭失敗後，中國國勢遭到沉重打擊。這期間的各家作品，或關懷民生疾苦，或歌詠亞熱帶寶島鄉土風光。另有姚瑩、沈葆楨、丘逢甲等文武雙全的知識分子，寫下了保國憂時、抗擊帝國主義的視野空前開闊的作品，表現了現代意義的愛國主義和民族主義的思想感情，壯懷激越，動人心弦。

二、台灣的殖民地化和台灣新文學的發展

一八九五年，台灣依恥辱的《馬關條約》割讓日帝，淪為殖民地。在異族統治下，遺民作家如丘逢甲、洪棄生和連雅堂等人，留下了哀國破之慘痛、砥礪漢節的作品，使他們成了殖民地台灣的第一代反帝抗日作家。

一九一五年，長達二十年之久的台灣農民武裝抗日鬥爭全面失敗。一九二〇年左右，台灣人民改變抗日策略，展開「非武裝抗日」時期。與之相適應，台灣新文學運動便在這一波現代抗日民族、民主鬥爭中發軔、成長與成熟。受到祖國大陸「五四」新文學運動的直接影響，以東京為基地，以漢語白話文為主要語文，由留日台灣知識分子先後編刊的雜誌《台灣青年》、《台灣》和《台灣民報》等為言論陣地，發動了一場台灣的新舊語文革命和相應的新舊文學革命。在理論資源和文學創作上，台灣新文學直接受到陳獨秀、胡適之、魯迅、郭沫若等人的影響。島內主張以漢語白話文和新文學體裁創作的陣

營，與主張仍然使用文言文和舊文學體裁的一方展開激烈地爭鋒，結果舊派不敵新派，台灣新文學在日帝統治下的台灣宣告其勝利。

　　台灣新文學的登場，是作為台灣反日民族、民主運動之一翼而發展的。而在日帝強權統治下已經二、三十年，強行日語同化教育的環境下，台灣新文學作家賴和、楊雲萍、楊守愚、朱點人、楊華、張深切、呂赫若、吳濁流等小說家，絕大多數仍堅持以漢語白話文寫作，在題材上一律宣揚反日帝、反封建的思想意識，表現了他們在日帝統治下堅守中華文化、頑強不屈的抵抗的英姿。

三、殖民地下堅決守衛民族精神和民族語文的鬥爭

　　台灣居民太半為大陸閩粵移民，口說閩粵方言，與以中國北方方言為基礎的普通話頗難相通，加以日帝據台，使台灣人民無法共有中國現代共同語形成的經驗，又加上日人處心積慮收奪台灣的閩客方言，以強制教育灌輸日本語剝奪台灣人民的母語，有識之士痛感到在殖民地下喪失民族語的危機。二十世紀三〇年代初，台灣抗日進步文壇內部，為了文學大眾化和提倡大眾語文，發生了所謂「台灣話文」論爭。

　　以黃石輝、郭秋生為中心的一派，覺察到白話文對一般台灣勞動人民無異於文言文，因而主張把閩南方言文字化。這顯然是當時「文藝大眾化」和「大眾語文建設」在殖民地台灣條件下特殊的提法。另外則有以廖毓文、林克夫、朱點人等為中心的，堅持自覺地推廣漢語白話，使白話文進一步大眾化而以「台灣話文」的建設為多餘的一派。這使人想到魯迅和瞿秋白也主張不同策略的大眾語方策。

　　值得一提的是：漢語方言的表記和表音從來會遇見難解的問題。激烈主張建設「台灣話文」的黃石輝、郭秋生皆反對以羅馬化解決，避免母語脫離民族語言表現系統，主張以傳統六書的原理研究方言表記，也主張方言文字化最終形成全民族可以共通的表音和表記。激烈的語文革命，目的在解決殖民地下的大眾語問題，以尋求對廣泛大眾宣傳、教育、啟蒙和煽動手段的答案。而欲達到此目的，又絕不犧牲中華文化的語文資產與傳統！

　　八〇年代「台獨」文學論起。其論者以「台灣話文運動」為「台灣文學抗拒中國白話文」，是「台灣文學主體意識」之表現。但新的數據顯示，黃石輝在面對白話文派究問台灣不是一個獨立國，何需倡導「台灣鄉土文學」時，黃石輝明確回答，正因台灣非獨立國，才倡導「台灣鄉土文學」而未倡導「台灣文學」。「台獨」文論的曲解捏造，在史實面前成為徒勞！

四、在殘暴的「皇民文學」高壓下堅持中華文化的民族氣節

　　殖民制度帶給被殖民民族最大的災難是收奪其民族母語，以制度化的民族歧視挫折其民族自尊，迫使被殖民者在社會、政治和精神上奴隸化。

　　一九四〇年後，日帝擴大對華南及南太平洋的侵略，除了強化對台灣、朝鮮及其在華日占區的劫掠與鎮壓，並在這些地區施展各種精神和心智的控制，強力宣傳日本皇國思想與戰爭意識形態。在文學領域上，則在台灣等地推廣支持和宣傳向日同化和日帝侵略戰爭的「皇民文學」。

　　但是，「皇民文學」除了周金波和陳火泉等極少數漢奸文

學家，日統下台灣作家都採取消極不合作態度，引起日本當局與在台日本官方作家的不滿。一九四三年以西川滿、濱田隼雄為首的戰爭派作家，公開抨擊台灣現實主義文學的「鄙陋」和缺乏為「聖戰」服務的意識，為「狗屎現實主義」文學。在嚴峻形勢下，以楊逵為首的一些台灣作家公開反駁。楊逵發表〈擁護狗屎現實主義〉，為台灣人現實主義文學辯誣，維護了戰時下台灣文學的尊嚴。

環顧當時日帝支配下的東北亞，在日本法西斯主義威暴下，在日本、朝鮮和偽滿都有大量的作家——包括曾經抵抗過日本侵略政策的左派進步作家，大面積向日本法西斯軍部「轉向」投降，寫下不少支持日帝擴張政策的作品，至今成為日本與韓國文學史的恥部與痛處，無法清理。相形之下，台灣的轉向附日作家只有周金波、陳火泉等極少數，作品粗糙、數量極少，影響不大。應該指出，自鴉片戰爭及日帝據台以來，「帝國主義加諸中國最大的傷害在於台灣，中國文學中反映對帝國主義之抗爭最為動人的作品也在台灣」（陳昭瑛，一九九六）。

五、克服民族內傷，堅持台灣文學的中華民族屬性

一九四五年八月十五日日帝戰敗投降，十月，中國政府代表在台北正式受降，台灣從殖民地枷鎖中解放。台灣人民在歡慶之餘，自動地提出了去殖民化，積極自覺地推動「中國化」和「把我們的母語搶回來」的運動。在語言政策上，主張「恢復閩南話作為中國方言的地位」予以尊重與復權，禁止日語，從而在民族方言基礎上推行「國語」（普通話）。

可惜國民黨當局無心順應當時全國性要求「民主化」、「和平建國」、「反對內戰」的廣泛輿情，加上接收日產官員

貪瀆成風，朋比為奸，一九四六年夏，國民黨打響國共內戰，致社會動盪、政治不安、民生凋敝。一九四七年二月台灣爆發二‧二八事變，民眾的要求也是民主化、反內戰、高度自治、和平建設。三月，國府當局以武裝鎮壓，造成流血慘變，兩岸民族團結與和睦受到重大內創。

但就在三月流血鎮壓後八個月，來台進步的省外知識分子歌雷、雷石榆、駱駝英、孫達人、蕭獲等人，與團結在楊逵身邊的本地知識分子歐陽明、賴明弘、周青、張光直、賴亮等人，以當時《新生報‧橋》副刊為基地，熱情洋溢地展開「如何重建台灣新文學，使之成為中國新文學無愧的一部分」的議論。經一九四七年十一月到一九四九年四月長期論議，取得了這重要成果：

一、參與議論的省內外人士，即使在一九四七年三月血洗後，也取得了這重要共識，即「台灣和台灣文學是中國和中國文學不可分的組成部分！」

二、省外作家和文論家比較系統地介紹了中國三〇年代以迄四〇年代左翼文學和抗戰文學的理論。

三、對楊逵先生所主張深入台灣社會、深入台灣民眾、寫台灣人民生活與心聲的作品，為當時所急切需要的「台灣文學」這一見解，議論各方都取得了共識。

四、楊逵高瞻遠矚地提出堅決反對台獨，反對國際「托管」台灣，說凡有為「台獨」、「托管派」服務的文學是「奴才的文學」，今日視之，尤有重大意義。

可惜的是，一九四九年四月，國府在台當局發動「四六事件」，逮捕台北進步學生和《新生報‧橋》副刊的重要作家。楊逵被捕入獄，判刑十二年，給予當時校園內和文化界民主力

量巨大的打擊，「重建台灣新文學」之議論戛然而止，至今
絕響。

六、反對文學之惡質西化，主張台灣文學復歸於中國人立場和中華主體

　　反共文學和現代主義文藝自一九五○年後支配了台灣文藝界長達二十年之久，而弊端叢生：即極端的形式主義、虛無主義和個人主義，對西方文論、西方創作技巧的惡質模仿，表現語言的晦澀，失去文藝創作上的民族風格和形式等，使文學走進了死胡同。

　　一九七○年保衛釣魚台運動在海外激發了左右分裂。保釣左派推動重新認識中國革命和中國三○年代以降文學和文論的運動。這運動頭一次衝破了內戰與冷戰文藝的統治意識形態。現實主義、大眾文學、民族文學的理論衝擊著一代被西方現代主義統治的知識分子。一九七一年，留美回台的知識分子唐文標向台灣現代主義詩提出了嚴厲批判，主張詩歌的大眾性和民族性，引起軒然大波，沉重地打擊了「現代主義」文學的威信。

　　一九七七年至一九七八年，國府當局以有人主張「工農兵文藝」的紅帽子，扣向主張現實主義、文學的大眾性、民族形式和民族風格，反對外來殖民性文學的一批人，在大報上搞點名批判，並籌開「國軍文藝大會」，準備全面鎮壓。後來經過胡秋原先生、徐復觀先生、鄭學稼先生向當局力諫，才阻止了一場大的文字獄。

　　在這一場論爭中，「鄉土文學」派主張在思想上、創作方法上反對外來西方文論的統治，使台灣文學復歸於中國人立場和中華文化，在創作方法上要深化現實主義，表現中華文學的

民族特質與風格。

七、反動、反民族的八○年代及其鬥爭

一九七九年，在台灣戰後資本主義發展過程中與中國民族
經濟脫鉤，而以獨自的「國民經濟」在依附外資下成長出的台
灣資產階級，有要求其階級政治份額的「黨外」反蔣、親美、
反共的「民主化運動」。一九七九年，這運動在高雄點燃了
「高雄美麗島事件」，沖毀了國民黨長期的排外獨占的政治。
而由於美國護航，加上運動本身反共親美性格，台灣資產階級
民主運動很快浸染了同樣具有反共、親美、反華性質的「台
獨」傾向。

一九八八年，蔣經國去世，李登輝繼位，出人意外地利用
政權資源全面推動「台獨」反民族進程。二○○○年陳水扁取
得政權，把反民族「台獨」政治又推上一個台階。

與之相應，「台獨」思想和意識形態在台灣有顯著發展。
「台灣民族論」、「愛台灣論」、「台灣土地與血緣論」、
「台灣意識論」、「台灣主體意識論」等，一時沸沸揚揚，一
定程度衝擊了台灣政治和社會生活，取得論述霸權。

而台灣文學界也產生了相應的變化。在文論上「台獨」派
提出了「台灣文學獨特性論」、「台灣文學與中國文學無關
論」和「台灣文學主體性論」，基本上是「台獨」政治在文學
上的反映。在文學教育上，受到「台獨」當局的直接支持，廣
設獨立的台灣文學系所，宣傳和教育反民族的台灣文學論，形
勢是嚴峻的。

另外，台灣當局「行政院文化建設委員會」也以豐沛的資
金與資源，組建「國家台灣文學資料館」，以台灣文學為「國

家文學」。此外，並結交外國、特別是日本右派學者為反民族「台獨」文學寫書寫文章、出版書刊，辦「國際研討會」，出錢出力為「支獨」外國學者出書，鼓勵他們為皇民文學史翻案，為「台獨」文學論的建構出謀獻策，形勢也比較嚴重。

然而，十多年來，在反對淨化和美化皇民文學的批判上，在反對以日本藤井省三為首的日本支獨台灣文學研究上，在反對「台獨」派以「台獨」台灣史觀炮製台灣文學史分期理論的鬥爭上，我們堅持了及時的，切中要害理論和學術的批判與鬥爭，沒有讓「台獨」派占上便宜。

八、結論

大約在一九三五年，即日帝竊據台灣已四十年，離日帝自台敗退僅十年之時，台灣總督府編纂了《台灣警察沿革志》。其中第二大卷依據殖民地大量公安檔案，歷述自一九二○年代以降台灣反日抗日思想啟蒙運動、民族運動、政治運動、階級暨社會運動。在其總序中說，台灣改隸日本已四十年，但人民反日抗日運動前仆後繼，殆無間斷。究其主因，乃在台民有強烈（中華）民族意識，以中華五千年文化為榮。其原文如下：

> ……關於本島（台灣）人的民族意識問題，關鍵在其屬於漢民族系統。漢民族向來以五千年的傳統民族文化為榮，民族意識牢不可拔……雖已改隸四十餘年，至今風俗、習慣、語言、信仰等各方面仍沿襲舊貌，可見其不輕易拋除民族意識……本島人又視（福建、廣東）為父祖墳塋所在，深具思念之情，故其以支那為祖國的情感難以拂拭，乃是不爭之事實。故自改隸後，……仍有一些本島人

頻頻發出不滿之聲，以至引起許多不祥事件，此實為本島
社會運動勃興之主要原因……（《台灣社會運動史》卷一，
創造出版社，台北，一九八三）。

這說明了日據下台灣新文學為什麼表現出始終如一、堅定
不移的中華民族文化與精神之根源所在。

中華文化獨一的特質，在於它以漢字為基礎建構起來的典
章、典律、人文、思想體系。這一文化體系，在境內成為強大
的文化、思想及感情的凝聚力，藉以將以漢族為中心，邊境各
非漢族民族群體為成員，化育凝合起來，創造一個大漢族共同
體的想像，而逐漸形成一個古典意義上的中華我族意識。而在
境外，一直達至十九世紀中鴉片戰爭後，中國國勢崩解之前，
在東北亞的朝鮮和日本、法國入侵前的越南，都形成以漢字、
漢語音及中華文化為主要根幹的漢文化圈，這都是不爭的事實。

前面說過，中華文化澤被台灣始於十六世紀的明鄭。自斯
三百餘年以來，歷經中國統一，鴉片戰爭後被迫開港，日帝割
台後淪為殖民地，光復後又成為外國勢力干預中國內政的前沿
基地，至八○年代又吹起一股自一九四○年初日帝「皇民化」
運動以來未曾有過的反民族的分裂主義風潮。然而正是在這帝
國主義侵華史的磨難中，特別激起了台灣近三百年來歷代遺民
和移民，以數千年中華文化的積澱和基因，抗擊外來勢力，堅
守民族文化的主體認同，發而為歷代不息的強烈的愛國主義
傳統。

而從台灣文學史以觀，台灣是帝國主義侵凌中國最集中、
最嚴重的受災區。因此，在國破家亡的現實中成長的台灣文
學，不論是以傳統體裁或現代體裁表現，其反映堅守中華民族

文化的驕傲，誓不臣夷，而奮力抗擊帝國主義的思想和藝術表現、最大無畏、而且最動人的作品，較諸包括偽滿在內的廣泛日占區，也以台灣最多。

　　台灣文學有偉大光榮的愛國主義傳統，有強烈的以中華文化為根柢的中華民族精神，是台灣文學的驕傲。雖然在當下台灣文學正遭逢自四○年代日帝「皇民文學」壓迫以來未曾有過的反動，即反民族「台獨」文學的逆流，但只要我們堅持台灣文學的愛國主義傳統精神不動搖，堅持鬥爭，就一定能克服一時的橫逆，取得勝利！

冰山底下綻放的玫瑰

楊逵和他的文學世界

◎樊洛平

引言

　　時光的流逝，會帶走許多人、事和歲月。然而有一些人，時代或許可以忘卻他一時，卻永遠帶不走他，因爲他與歷史同在，他的生命沉澱在歷史深層。或者說，他本身就構成和見證了某種歷史。

　　而楊逵，他所經歷的風雨人生、世事滄桑，特別是那種時代弄潮兒的生命履歷，這一切所映現的，正是台灣由日據時代——光復初期——戒嚴年代的一幕幕社會歷史影像。

　　——走進楊逵的世界，你就走進了一部二十世紀台灣的歷史。

　　社會的變遷，世事的無常，特別是在風雨如磐的專制政治年代，會帶來不少人的命運沉浮和理想變異，製造出種種退卻的、妥協的、扭曲的、追隨的人生形象。然而有一種人，始終是鐵肩擔道義的戰士，爲了追求美好的理想，一直走著荊棘叢生的小路，與不合理的社會現實作戰。選擇這樣一種社會角色，以這種方式來守望人生信仰，往往需要畢生的奮鬥甚至付出生命的代價；要成就社會的良心，爲了眞理而與整個時代背離不足爲奇。

　　而楊逵，爲爭取殖民地台灣的民族自決和返歸祖國，爲追

求戰後台灣自由、民主、和平、幸福的新樂園，獻出了他畢生的精力。日據時代因抗日數度入獄，光復後由於呼籲和平而坐牢多年，一生顛沛流離，兩度淪為花農，長期被歷史封存。但遮蔽不了的事實是：在冰山下活過八十年，雖然到處碰壁，卻未曾凍僵；無論命運如何起伏跌落，楊逵始終保持了知識分子的良知和批判精神，成為正義社會的代言人。

——懂了楊逵，你就讀懂了台灣的良心。

就是這樣一位經歷了時代大苦難的鬥士，他在投身社會運動、為民族解放奔波奮戰的同時，拿起了手中的筆，以殖民地人民血淚經驗的凝結，以對美好、光明前景的追求，化作筆下一篇篇社會寫真、生命素描和大眾心聲，創作了一種吶喊的文學。對文學事業的虔誠與執著，讓楊逵一生無怨無悔，備受磨難而不改其志。他對台灣新文學運動中抗爭精神和現實主義傳統的繼承發揚，他為台灣文壇提供的豐富而深刻的文學創作實踐，他在人生的困境、逆境甚至絕境中永不屈服的文學意志，使他始終以「壓不扁的玫瑰花」形象，綻開在冰山底下，傲然於社會之上，從而成為時代風雨中的不朽老兵。

縱觀整部台灣新文學運動史，迄今為止，單以影響力及掀起波浪之大來說，楊逵應是首屈一指的。[1]

——王詩琅先生如是說。

楊逵承擔了日據下台灣人共同的苦難命運，並繼承了賴和尖銳的抗議精神，以誠實的風格、樸實的結構、平實的筆觸，發揚了被壓迫者不屈不撓的民族魂。他的小說意識充滿希望和遠景，瀰漫著一股堅毅的行動力量，既不是楊華的悲厭絕望，

也不是龍瑛宗的自憐憂傷，可說是理想的民族主義者和寫實主義者。他的道德勇氣與文學實踐，形成了一塊不可毀滅的里程碑，是台灣新文學『成熟期』與『戰爭期』最重要的作家之一。〔2〕

　　　　　　　　　　　　　　——張恆豪先生如是說。

　　堅定不移的抵抗立場，使楊逵漫長的一生在無可言宣的貧困、潦倒、壓迫和挫折中渡過。但事過境遷，他的孤獨的抵抗志節，卻發散出璀璨的道德的光芒，使他成為日本帝國主義支配下台灣勞動人民的良心、尊嚴和道德力量的表徵，使楊逵先生那樣一個精瘦、年老、素樸的老人，成為偉岸、強壯、挺拔的巨人。〔3〕

　　　　　　　　　　　　　　——陳映真先生如是說。

　　冰山下覆蓋的民族魂，文壇上「壓不扁的玫瑰花」——這就是楊逵，以他的文學理想和心血生命為我們樹立起來的一座歷史碑石。

〔1〕王詩琅語，轉引自林衡哲：〈台灣現代史上不朽的老兵〉，原載於《台灣文化》第五期，一九八六年四月；收入台灣文學研究會主編《先人之血，土地之花》，台北，前衛出版社，一九八九年八月版，第四四頁。

〔2〕張恆豪：〈不屈的死魂靈——楊逵集·序〉，見張恆豪主編：《楊逵集》，台北，前衛出版社，一九九一年二月版，第一三頁。

〔3〕陳映真：〈楊逵的一生〉，收入楊逵：《壓不扁的玫瑰花》，台北，前衛出版社，一九八五年三月版，第四頁。

第一章

風雨人生：
世紀台灣的長跑者（上）

　　在二十世紀的台灣文壇上，楊逵是一個不可或缺的名字。他以文學言說的歷史，他所塑造的人生形象，他所走過的文學道路，成為那個風雨坎坷時代的象徵，指引台灣新文學進程的燈塔。

　　在二十世紀的台灣社會中，楊逵是一個無法征服的形象。從社會運動的前線鬥士，到綠島鐵窗的無罪囚犯；從漫漫世紀的文壇健將，到鄉土台灣的種花園丁，無論楊逵經歷了怎樣的艱難蹇厄，他所信仰的人生理想，他所堅持的人格操守，始終沒有在歷史的頓挫與時代的磨難中變形扭曲。

　　楊逵的一生，跨越了兩個時代。四十歲以前，他在異族殖民統治的日據時代渡過，生命歲月裡刻滿苦難的記憶和抗爭的年輪；四十歲以後，遭逢國民黨政權的統治時代，他更多感受到台灣的社會變遷和人民的創傷性經驗。楊逵八十年來所經歷的曲折坎坷，他與世紀台灣進行的漫漫長跑，正是一部近代台灣人民歷史的真實寫照。

一、遠離祖國的生命出發

　　一八九五年（清光緒二十一年），中國在甲午戰爭中慘

敗。歷經反覆的外交談判，全權大臣李鴻章在日本馬關的春帆樓簽訂了喪權辱國的《馬關條約》，把台灣全島、澎湖列島及遼南一紙割讓給日本，台灣從此淪爲日本殖民地長達半個世紀之久。十年之後，楊逵於一九〇五年十月十八日出生在台灣省舊台南州的大目降街，也就是今天的新化鎮。

楊逵出生的時候，台灣社會正處於日本殖民統治的初期。一九〇五年，日本繼打敗亞洲的古老帝國——中國後，又戰勝了橫跨歐亞的俄國，九月簽訂日俄媾和的《朴茨茅斯條約》，新興帝國主義國家的野心與氣焰正如日中天。

這一年，日本殖民者在結束了武力征服台灣的過程後，已經開始全面的政治統治。日本當初占據台灣的主要目的，一是要通過經濟資源的掠奪，把台灣變成本國生產的原料市場與消費市場，以圖工商權利的壟斷；二是將台灣作爲日本進一步南侵的前哨據點。日本政要外務大臣陸奧宗光在〈關於台灣島域鎮撫策〉一文中說：「我們占領台灣之要旨，不外乎在於二端，即：一則以本島作爲將來展弘我版圖於對岸之中國大陸及南洋群島之根據地；二則在開拓本島之富源，移植我工業製造，壟斷工商權利。」[1] 日人據台之後，最感頭痛的，就是台灣島上人心思漢，對祖國念念不能忘懷。爲了實現日本帝國主義的侵略目標，殖民當局強力推行割斷台灣與中國大陸血緣聯繫的高壓統治，企圖讓台灣人民變成沒有祖國的、對異族侵略俯首帖耳的臣民。《日本帝國主義下的台灣》的著者矢內原忠雄也曾指出，日本的台灣支配政策要害是在「把台灣從中國隔離起來，跟日本結合在一起。」始於日本占領台灣的資本主義移植，在台灣人民武裝抗日運動的頑強抵抗下，前後歷時七至十年始得以推行。一九〇五年正處在這樣一個重要的轉折點上。

　　日本殖民者對台灣的統治，自一八九五年六月設立台灣總督府以後，從此「總督府的獨裁權力，特殊的警察統治和保甲制度，構成了日本殖民統治的三大支柱。」[2] 而創建及維持這一統治體制的法律基礎，不外是賦予總督府廣泛立法權限的「六三法」。

　　「六三法」正名爲《關於在台灣實施法令之法律》，以《第六十三號法律》名義於一八九六年四月一日發佈，是日本統治台灣的基本法。此法後來雖經四次修改和變動，但基本精神延續了整個日據時期。日據時期派往台灣的十九任總督中，自第一任至第七任，凡二十四年，皆由海軍大將或中將擔任，形成武官總督時代。總督有權公佈命令或律令，有權統帥軍隊，有權處理關稅、鐵道、通信、專賣、監獄及財政等特殊行政事務，在台擁有一切獨裁的權力。第四任台灣總督兒玉源太郎，是日據時期任職最久的總督。在一八九八年至一九〇六年的八年間，兒玉源太郎與擔任民政局長的後藤新平聯手，導致了所謂民政統治的登台和「生物政治論」殖民政策的推行。比之急欲改變新殖民地上的異民族的本性，他們認爲應以確立制度輔以積極建設爲施政大綱。故改軍部中心爲民政部中心，對台灣的土地、人口、貨幣等資源實施調查。另一方面，他們先是根據「六三法」發佈了《匪徒刑罰令》，竭盡手段鎭壓台灣的抗日游擊戰；又於一九〇二年春夏實行「土匪招降策」，威脅利誘抗日民衆投降，遂設計誘騙殺戮大量義民。同時又特別強化了殖民地台灣特有的警察制度和保甲制度，以「糖飴與鞭」的手段樹立了日本統治台灣的根基。

　　兒玉源太郎時期對台灣的重大影響，首推警察制度的強化。日據時期的台灣警察，實爲「警察官吏」。除擔負固有的

警察事務外，同時行使輔助官吏的職責。其結果是警察直接充當人民命運的主宰，予以生殺予奪大權。按照當時台灣的編制，從州、廳、市、郡到街莊，全島共有警察機構一千五百多處，警員一萬八千餘人，平均每一百六十名居民配備一名警察。這些日本警察以統治者自居，集軍、警、政、教大權於一身，對台灣人民實行殘酷壓迫，被稱為「草地皇帝」。兒玉源太郎還把中國古代封建社會的保甲制度移植到台灣，並加以強化。一八九八年八月頒佈的保甲條例《律令第二十一條》，成為日本統治台灣的基礎之一。保甲制度是根據街莊區域，以十家為一牌，牌設牌頭；十牌為一甲，甲設甲長；又以十甲為一保，保設保正。其主要任務是協助警察檢查來往人員，監視居民行動和緝捕罪犯，保甲內居民如有「違法」行為，屬行連坐法。而保長、甲長、牌頭皆不給薪俸。這實際上是強迫台灣人民自出經費，互相監視，來達到其「以台制台」的惡毒目的。

台灣經濟的殖民地化過程，是從一九○五年以後正式開始的。日本殖民者為進一步榨取台灣而實施的實業「建設」，在兒玉源太郎時期開始有了整體的規劃。為了推進日本資本主義入侵台灣的「基礎工程」，日本殖民者早在一八九八年就公佈了《台灣地籍令》和《土地調查規則》。一九○五年又公佈了《土地登記規則》，把清代經歷代移民辛勤開墾而所有權證明不完全的耕地，以及原住民部落公有的獵場和森林地沒收為公有。在他們的巧取豪奪下，歸殖民統治當局和日本財閥及私人佔有者的土地，佔台灣總土地面積的百分之六八‧五。與此同時，殖民當局還大力推行以台灣銀行為中心的貨幣及金融制度，把台灣納入日本資本主義經濟的格局之中。

在經濟生產方面，台灣作為物產富饒的寶島，一向有著生

產糖、米、茶、礦等物產的良好基礎，日本殖民者意欲通過對它的掠奪性開發建設，從而把台灣作爲自己的「糧食和原料的供應地，並爲日本工業生產品開闢消費市場」。諸如，日本政府一向將糖視爲台灣最珍貴的資源，一九○○年成立「台灣製糖株式會社」，一九○一年設總督府墾丘局出張所於台南，並在大目降，也就是楊逵的家鄉一帶設置糖業試驗場；一九○二年公佈臨時台灣糖務局官制及有關糖業獎勵規則，大力發展糖業帝國主義的殖民經濟形態。「僅僅四五十年之間，完全在台灣養大的這個龐大的日本糖業資本，在日本資本主義的地位僅次於紡織資本的。」〔3〕然而，日本製糖會社的發展，卻是建立在對台灣蔗農的殘酷剝奪上。正如日本學者矢內原忠雄所說：「台灣蔗農之窮困，產生台灣製糖會社之隆盛。」〔4〕

　　爲了從精神上奴役台灣人民，日本殖民者大力推行差別教育制度。兒玉源太郎就曾說道：

　　教育一日亦不可付之忽諸。然而亦不可漫然導入文明潮流，養成趨向權利義務論之風氣。應使新附之民不致陷於前例之弊害。〔5〕

　　上述教育思想，可以一言以蔽之，即「奴化教育」。日本殖民當局把台灣的初等學校分爲小學校、公學校和教育所，實施差別化的三元教育體系。小學校師資力量與條件設備最好，專收日本學童；公學校師資和設備都很差，專收台灣學童；教育所則由警察擔任教學，根本談不上什麼設備，專收「蕃族」兒童，實施「管制」教育。日人子弟就讀的小學校課程與日本本土相同，台灣子弟就讀的公學校課程則是殖民地當局所刻意

改編,並在內容精神上搞奴化教育。所有初等學校的教學全部使用日語(稱為「國語」),禁讀漢文,並且通過修身、歷史等課程對台灣學生灌輸日本國體觀念。日本人擔任教師的比例高達百分之八十,校長在學校裡具有至高無上的權威。台灣的中高等教育,主要是為居台日人子弟的升學而設立。雖然於一九二○年開始實施日台共學制,一律改稱公立中學,但新生的錄取率,日生佔百分之六十一點九以上,台生僅為百分之十八點七。台生的升學命運掌握在日本人手裡,動輒得咎,到處是無理的限制。一九二三年,某師範學校有彰化台生五十四名應考,被錄取的只有十七名。誰知到了「人物試驗」,竟然全部名落孫山。據說是這些十幾歲的孩子對日人統治心懷不滿,具有「危險思想」傾向。在高等教育中,讀書的機會多被日本人壟斷,台生所佔比例微小,而且大部分只能學醫、學農,「畢業即失業」。一九二八年四月,日人於台北設立台北帝國大學,首屆入學新生六十人,其中台籍學生只有六人,餘均為日籍學生。這種大學教育的歧視政策,一直持續到日據末期。一九四三年,台北帝國大學的學生中,日籍子弟高達百分之八十四點八,台籍子弟僅佔百分之十五點二。日據時代的教育不平等事實,對台灣人民的權利、精神和心理,具有漫長的殺傷力。

事實上,從殘暴苛責的政治統治,到敲骨吸髓的經濟掠奪,再至奴化政策支配下的差別教育制度和強迫同化政策,日本殖民當局對台灣的侵略達到了系統而徹底的程度。在被異族統治的日子裡,台灣人民反對日本殖民者的鬥爭從來沒有停止過,回歸祖國懷抱始終是他們的最高奮鬥目標。以一九一五年為界限,這之前台灣人民的抗日運動是以武力反抗鬥爭為主,之後逐漸轉向以政治文化鬥爭為特點的非武力抗日運動。

　　在日據時代的歷史背景下，異族統治造成的殖民地創傷，以及被壓迫者英勇悲壯的反抗鬥爭，不能不深刻影響著每一個台灣人的生命過程。對於楊逵而言，從一九○五年他來到人世間，到一九一五年他所經歷的童年成長，這一充滿腥風血雨的時期，記載的正是異族殖民壓迫愈重、人民反抗愈烈的歷史。受到祖國大陸革命運動的影響，台灣島上先後爆發了十二次大規模的武裝抗日起義。雖然義軍最終全部遭到日本殖民統治者的血腥鎮壓，但反抗殖民統治的精神卻在島上廣泛傳播。

　　當回溯的目光再度鎖定楊逵的出生年代，在一九○五年這道歷史的刻痕背後，被迫遠離祖國的台灣，正經歷著日本殖民者的高壓統治。作爲殖民地台灣苦難歲月的產兒，楊逵的生命出發，一開始就打上了不可磨滅的歷史烙印；這也註定了他的生命成長，與身歷的時代，與腳下的土地，有著無法分割的社會聯繫。

二、殖民統治下的憂患童年

　　舊時台南州的大目降，位於台南市通往噍吧哖（今玉井鄉）的途中，距離府城台南並不遙遠。楊逵的故鄉就在這裡。

　　大目降早期是平埔族群聚集的地方，其名稱就來自於平埔族。這裡有一個台江內海未淤積之前最早的港口──洋仔港，可見它自古以來就是商旅往來頻繁的交通樞紐之地。大目降地處丘陵和平原之間，它綠樹環抱，物產豐富，丘陵地帶適合於種植竹筍、鳳梨和各種水果，平原沃土則盛產水稻、甘蔗。作爲一個典型的鄉下街鎮，大目降的民情純樸而豐富。從本土的朝天宮、太子廟，到洋仔的保生大帝廟，以及古色古香的街役場，這一切都深得民間宗教氛圍的濡染。自一九二一年始，大

目降改名為新化鎮。

　　大目降有著南台灣獨特的地貌與風情。因為靠近府城台南的緣故，它又頗受傳統文化和地域文化的浸潤。府城台南作為台灣最古老的一個城市，位於台灣島西南海岸，嘉義平原南端。在台北市成為首府之前，這裡一直是台灣政治、經濟、文化的中心。荷蘭人據台時期，曾在此地設立總督府。清朝政府統一台灣後，也長期以台南市為首府所在地。這裡不僅有赤嵌樓、安平古堡、億載金城、延平郡王祠、台南孔廟等多處歷史悠久的名勝古蹟，還有眾多或規模宏大或隱現在住宅群內的大小廟宇。經荷蘭、明鄭及清朝將近三百年的歷史變遷，這七十多處名勝古蹟所蘊含的滄桑世事和厚重文化，這兩百多座廟宇、教堂所氤氳的繚繞香火和宗教氛圍，加上民間廣為流傳的歌仔戲、布袋戲、採茶歌、駛犁歌等藝術形式，自然構建出台南深厚的人文風貌。據說，「台灣」這個名字，就是由府城台南安平港一帶居住的「台窩灣」人的族稱演變而來的。由於這樣一種人文地理背景的倚仗，位於府城台南附近的大目降，也就直接或間接地接受了台灣近三百年來的文化與教化的影響，所以眼界並不封閉，也不乏文化風尚。這種生存環境對楊逵的人生成長，自然也發生了某種潛移默化的作用。

　　楊逵出生在台南州附近的大目降街觀音廟二四七號，父母皆為文盲，楊逵是他們的第三個兒子。父親名楊鼻，母親叫蘇足。也許因為父母一生都在貧寒的草民生涯中掙扎，希望兒子未來的命運能有一種改觀，所以給楊逵取名為楊貴。現在新化那一帶有人講，楊逵的父母一個「鼻」，一個「足」，難怪他們的兒子會頂天立地。

　　楊逵的祖父吳知文，早年從閩南一帶隻身來到台灣，由於

生活困難入贅台南市楊家，祖母楊讓是個傳統婦女。後來因謀生不易，舉家搬到大目降定居下來。祖父母去世很早，後世子孫所知道的，只有台南海邊一個叫做「喜樹」的地方，那裡的墓碑上刻著有關祖父母的一些文字。

　　楊逵的父親楊鼻，是個瘦小而健康、安靜又溫和的錫匠，以製作錫器、水桶、酒盞、燭台等家庭日用品為生，被當地人親熱地稱為鼻師，是這一帶行業中很有名的師傅。他有著平常百姓的親和感，與街鎮上的鄉親鄰里相處融洽。工餘之時常常和小孩子們一起玩耍，有時也帶著孩子們到鄉下朋友家裡吃拜拜。楊鼻雖然不識字，卻喜歡議論時事，他與鄰近的知識分子，比如區長鍾天德、書房老師王字、街役場（鎮公所）的林書記之類的人物，時有來往，經常三五成群一起談天說地，這給家中帶來不少熱鬧，孩子們也可以經常聽到一些時事新聞。

　　母親蘇足是個知足安分的農家女子，自幼生長在大目降街附近的棒口，一生勤勉、操勞，有著傳統婦女的美德。她在色彩和美術方面有些專長，常為鄰人畫些頭巾、肚兜以及其他刺繡品的圖案，賺些零星家用。楊逵從母親身上所體會到的，是恨霸如仇的性格和善解人意的溫情。母親從沒叫孩子們用功做「人上人」，卻時常叮囑孩子們要和別人和睦相處，平等待人。

　　日據時代缺醫少藥的貧困生活，使楊鼻和蘇足共同生育的七個孩子，不幸夭折了四個，只養活大三個男孩子。楊逵兄弟三人感情深厚，又多受父母的潛在教化。大哥楊大松本來在日人的糖業公司工作，因為聽了一次抗日演說而遭免職，轉而從事木刻業以持維生活，母親身上的民間美術細胞彷彿更多地傳承與他。二哥楊趁雖然選擇了醫學，但卻熱衷於音樂，能拉一手漂亮的小提琴。從他手中流淌出來的裊裊琴音，曾帶給楊逵

美妙的遐想和深刻的印象。後來家境一度十分惡劣，二哥雖然考取了台灣總督府醫學專門學校，因為無力籌措學費，接受父執輩勸說，不得已入贅大營陳家，終因生命壓抑和婚姻生活破碎而自殺。楊逵後來遠赴東京求學時，兩位哥哥都曾竭盡全力幫助他，支持他去奔自己追求的文學之路。在楊家三兄弟各自喜愛的木刻、音樂與文學之間，彷彿有著某種共通的藝術本質。

這是一個再平常不過的台灣鄉鎮家庭，夫妻倆靠著一間面向街道的小小店鋪謀生，後面的一間房子則住著大小全家人。在大目降的觀音廟附近，所有的店鋪幾乎都是這種同一格局的傳統建築。火花迸濺的鐵匠行，手藝古老的錫匠鋪，讓人恐懼又神秘的棺材店，永遠散發著刨花氣味的木匠鋪，五花八門的雜貨店，還有類似茶室、常有特殊女人出入的妓院，都沿著長長的街道排列開來，再加上街口香火繚繞的媽祖宮，人來人往虔誠朝拜的觀音廟，給鄉間街鎮帶來世俗生活的方便和喧鬧，也給小孩子們留下許多好奇的、色彩斑斕的民間印象。楊家的錫匠鋪每天一早就打開店門，開始擂擂打打地做活，鄰居的鐵匠行、木匠鋪也忙碌起來，叮叮噹噹地響聲一片。生活雖然單調，卻也很有樂趣。楊逵，就是在這種環境下漸漸成長，開始擁有了自己的童年記憶。

小時候的楊逵，是一個體弱多病、內心孤獨而又喜歡幻想的孩子。他一生反對暴力，就與這種童年時代的性格和經驗有關係。作為一個沉默寡言、性情溫和的孩子，楊逵的童年裡沒有什麼特殊的反抗或叛逆的舉動，唯一的一次，是因為不滿於觀音廟的廟祝封閉廟前廣場不讓小孩子玩耍，楊逵便和小夥伴兒一同把癩蛤蟆放在了廟祝的床底下。有時也參加台灣孩童與日本孩童之間的紛爭，童稚的心靈模模糊糊地感受到殖民地孩

子與異國孩子之間的不平等。童年楊逵儘管缺少強烈的反叛性，但經常跟隨做錫匠的父親到不同生活水準的家庭裡攬活做工的經歷，使他在廣為接觸生活層面的同時，學會用自己的眼睛觀察生活，嘗試著獨立的思考。在楊逵的性格裡，多少有幾分承繼了父親喜好議論時事的性格，這為後來塑造他堅強的批判精神和思考社會的獨立個性，奠定了最初的基礎。

　　童年楊逵最深刻的記憶，一是日本警察的霸道，以及由此引起的反抗意識；二是日據時代缺醫少藥引發的可怕後果。當年日本人侵占台灣時，大家都「走番仔」躲起來。這種「走番」，曾鬧過許多有趣的笑話。以當地的生活風俗，台人離家之前，要把家中打掃一遍，就連便桶，也要洗刷得一乾二淨。其時，日本軍官北白川宮曾一度率部駐紮大目降，地點就在楊逵家對面的廟旁，區長鍾天德的住宅。那年，楊逵的父母新婚不久，按風俗將便桶漆成紅色，洗刷乾淨。日本軍人不知其作何用處，就拿它當作飯桶。多年過去，每每茶餘飯後，這件事常常成為家中笑談。它使台人因受日本殖民者欺壓的悲慘心情，多少有了一種宣泄的快慰。楊逵小的時候，還聽到母親罵日本軍人的警察為「臭狗」。凡是從日據時期過來的人，都會知道「臭狗」、「四腳仔」這類稱呼，正是日本殖民者的代名詞。楊逵念書時，家鄉一帶，就流傳著這樣的歌謠：「花はせんだん，田舍は警察官」，即「最野香的花是苦楝，最野蠻的人是鄉下的警察官」。上述種種，在楊逵幼小的心靈裡，漸漸滋生出一種朦朦朧朧的民族意識。

　　當時困擾一般民眾的，除了日本殖民統治者的壓迫以外，應當算是疾病了。極端低劣的衛生水準，使島上幾乎百分之七十以上的居民都患過瘧疾。楊逵的父母前後生育過七個孩子，

每當瘧疾來襲的時候，貧窮的他們只能像普通家庭一樣，眼睜睜地看著孩子的生命被病魔奪走。有的孩子患了肺病，無力就醫，也只能簡單地用一些土藥方，最終還是不幸夭折。因為疾病的緣故，楊逵的姐姐、弟弟和兩個妹妹先後死亡。弟妹相繼去世時，楊逵只有四、五歲，還不懂事，只記得那天從外面玩耍回來，看到家中停放著一個小木盒子，裡面裝著小囝仔的屍身，這給楊逵留下了非常恐懼的印象。不僅如此，楊逵自己也深受其害。他從小經常生病，身體非常瘦弱，在同齡的孩子裡，就成了突出的弱小者，以至於十歲才入大目降街的公學校讀一年級，還被同學們戲稱為「鴉片仙」。孩提時代的楊逵，也喜歡到廟口與童伴們玩「鬧軍」、「拔過河」之類的遊戲，可孱弱的身體常使他力氣不逮，玩得沒趣了就自己走開。遇到那種擂台式的比武遊戲，楊逵只能做一個旁觀者。每每這個時候，他就有了一種孤單的寂寞感。

為了排除生活中的孤寂感，楊逵常常沉浸在那種自我安慰的幻想中。他開始關注周圍的生活，從中受到民間文化的濡染。當然，窮家寒舍裡成長的孩子，常常體會到的是一種貧窮的經驗。楊逵小時候家境貧窮，家裡靠製作錫器維持生活。他們把舊的煤油桶收集回家，通過火燒來溶解銜接筒子的錫料，再利用這些錫料來做燭台、香爐、酒瓶等容器。小時候的楊逵，有一次沒有經過父親同意，就去燒那些煤油桶，結果轟的一聲，油桶炸了開來，在他手上留下一塊傷疤。楊逵自己覺得，這種好奇心，還有想去體驗工作的過程，反映出了他的性格，也使他日後對工人的生活有了一種特別的關心。但更多的時候，楊逵的好奇心，是被那些周圍的生活所吸引。父親製作錫器後丟棄的錫片屑，在楊逵眼裡往往有著生動的意義，他把

這些亮閃閃的錫片剪成各種形狀的小物品，藉以消遣自己寂寞的童年。

歲月雖然貧窮，小孩子們卻總能從中找到幾許孩提時代的快樂。大目降街上有一棵大榕樹，巨大的樹冠像一把綠傘，可為幾十個人遮住驕陽。在炎熱的夏天，它是大目降的孩子們嬉鬧玩耍的天地，也是附近田裡勞作的農人們和過路行人頂好的休息場所。孩子們常常在樹上捕蟬捉鳥，在樹下盪秋千，翻筋斗，玩捉迷藏。子孫滿堂的鶴年伯伯，整天坐在樹下拉胡琴；開竹器行的竹頭叔，則一早就把他的竹器在樹下攤開，一邊幹活兒一邊哼小調。他們都在肚子裡藏有許多故事，經常津津有味地講給孩子們聽；孩子們則組織了小小「馬戲團」，也表演節目給大人們看。楊逵在這種場合，倒也算得上一個相當活躍的角色。

當然，更令楊逵陶醉的，是到鎮上媽祖宮去聽一位老先生「講古」。聽《三國志》、《水滸傳》這些精彩的歷史故事，楊逵如痴如醉，無形中引發了他的文學樂趣。那些梁山好漢、造反英雄的形象，也對他的鬥爭精神發生了潛在的影響。還有布袋戲、歌仔戲，帶著鄉土台灣的民間趣味與戲劇精神，經常讓楊逵沉浸其中，流連忘返。透過《濟公傳》、《三國演義》、《西遊記》這類戲，劇中那些英雄、神仙將他帶到了一個五光十色的幻想世界裡。農閒時節，鄉下常有車鼓鑼、採茶歌、駛犁歌等民間遊藝；偶爾有馬戲團到來，更是童年楊逵興奮不已的「節日」。

楊逵的雙親雖是文盲，未能直接給孩子傳授知識；但是他們開通明理，在貧窮的境遇中苦苦支撐，堅持讓三個兒子都上學，這在當時的大目降街是很少見的。好學的楊逵藉由民間渠

道所獲得的知識啓蒙和文化傳統教育，不僅將他的幻想氣質與最初的文學興趣結合在一起，也使他的童年時代與府城台南一帶的文化底蘊和民間風情，有了密切的聯繫。

　　真正讓楊逵爲之鍾情的，還是在學校讀書的時光。一九一五年，楊逵進入大目降公學校讀書。體弱多病的楊逵，雖然每天要忍受朝會時誦念日本天皇詔書的難堪，耳邊經常迴響著教師斥責台灣子弟「小淸國奴」的罵聲，而且親眼目睹了台灣公學校與日本小學校之間的巨大差別，他還是非常珍惜這個讀書的機會。楊逵一直到小學畢業，都基本上保持了班級第一的成績，在家鄉一帶被稱爲少年才子。楊逵的第一個啓蒙老師林允是大目降本地人，他對好學的鄉梓子弟喜愛有加，常常給予楊逵更多的指導和鼓勵。楊逵眞正對文學發生興趣，是在小學六年級。當時的級任老師沼川定雄，是楊逵生命史上第一個可紀念的日本人。年輕的沼川定雄剛剛從學校畢業，懷抱一腔熱情來台灣從事教育，對楊逵這個瘦小勤奮的學生十分疼惜。他主動邀請楊逵到家裡，免費講授將來上中學時要讀的英語、代數、幾何，還提供了許多文學名著，這令愛讀書的楊逵留連忘返，眼界大開，由此進入了文學的啓蒙期。

　　然而，在日本殖民統治下長大的孩子，是不可能一味沉浸在自己的天地裡，去幻想和描畫人生理想的。現實風雨的嚴厲抽打，讓小小年紀的他們和家鄉父老一起體味到殖民地人民的痛苦。楊逵十歲那年，在家鄉台南一帶發生的「噍吧哖事件」，就成爲他心中永遠的創傷。

　　一九一五年五月，在反對日本帝國主義強迫袁世凱賣國政府接受滅亡中國的「二十一條」的背景下，台南人余淸芳秘密結社，以「齋敎」作掩護，發動了「噍吧哖起義」，後人也稱

爲「西來庵起義」。這是台灣武裝抗日運動中規模最大，鬥爭最激烈的一次起義，它遭到了日本殖民者的殘酷鎮壓。當時，義軍祭旗興師，襲擊日警派出所，焚燒敵人的軍火糧食倉庫，繳獲多數槍械物資，一路聲勢浩大，附近農民志願參加革命軍者達到三千多人。是年八月六日，義軍攻占通往台南的交通要衝噍吧哖莊（今玉井鄉），逐修築陣地於噍吧哖附近的虎頭山。台灣總督急調重兵鎮壓，槍炮齊發。義軍寡不敵衆，死傷慘重，退居山中。日軍乘勝追擊，與警察合圍搜山。義軍或遭槍殺，或自殺，或被捕。日軍又放火燒毀民房，百姓紛紛走避。八月二十二日，余清芳餘部八個人在中央山脈被捕；一九一六年四月十六日，躲入深山的義軍首領江定，中了日本人的誘降之計，率部二百七十人歸順，卻不料於五月十八日被殖民當局全部抓捕。從台南監獄到臨時法庭出庭時，余清芳等人皆以簑子罩頭，宣判後即遭處決。

在日軍的大屠殺中，被捕的義軍將士有一千九百五十七人，而一次被判爲死刑的竟多達八百六十六人！另外還有四百五十三人被判處有期徒刑。一時間，血流成河，哀鴻遍野。楊逵的家鄉人蘇有志，一位很有名望的大目降人，因爲資助了義軍而被一同處死，留下了有志竟未能成功的慘痛記憶。至今台灣民間流傳著一句諺語云：「王爺公無保庇，害死蘇有志。」噍吧哖大屠殺是世界史上一件最殘酷的案件，由於死刑人數創下世界審判史上的紀錄，引起日本國內輿論界的責難，連台灣總督府法院的檢察官上內恆三郎也不得不承認：「處死刑者超過千人，爲世界裁判史上未曾有之大事件。」[6]

更有甚者，那些在噍吧哖之戰中傷亡慘重的日本軍警，事情過後，大泄怨毒，竟對噍吧哖一帶的三千二百多名平民百姓

施以集體屠殺。據目擊者追述，這些居民「經臨時檢查局簡單
訊問後，以台人一百爲一次被屠殺集團，依次屠殺，除婦女
外，男子不分少壯老幼，皆就縛俯臥。……由特選精壯之日兵
約三十人手持鋒銳長刀，肆情揮舞，競相斬殺。」[7] 遇害百姓
身首異處，血肉模糊，頭顱則盛以十七牛車運往台南，沿途滾
落，慘不忍睹。浩劫後的噍吧哖莊人口大減，戶籍一空。直到
二十五年後，才勉強湊足當時遭屠殺之人數。

　　噍吧哖事件發生的那段時間，因爲大目降街是台南市通往
噍吧哖莊（今玉井鄉）的必經之路，整個街鎮上的每一家都關
門閉戶，氣氛非常緊張。楊逵家是老房子，門縫很寬，當日本
炮車和武裝部隊浩浩蕩蕩經過時，楊逵緊握雙拳，從門縫裡目
睹了這一切。他後來回憶說：

　　　　我十歲時，噍吧哖抗日事件發生，我親眼從我家的門縫裡
　　窺見了日軍從台南開往噍吧哖的炮車轟隆而過，其後，又親耳
　　聽到過我大哥（當年十七歲）被日軍抓去當軍伕，替他們搬運
　　軍需時的所見所聞。其後，又從父老們聽到過日軍在噍吧哖、
　　南化、南莊一帶所施的慘殺。
　　　　每談到「搜索」兩個字都叫我生起了雞皮疙瘩。所謂「搜
　　索」就是戒嚴吧．站崗的日軍每看到人影就開槍，一小隊一小
　　隊地到每家每戶，到山上樹林裡的草寮、岩窟去搜查，每看到
　　人不是現場殺死，便是使用鐵絲捆起來；承認參加的則送到牢
　　獄，不承認的便送到大坑邊一個個斬首踢下去。[8]

　　經由目擊大屠殺者的敘述，不滿十歲的我對日人殺害台人
的殘酷手段，在心靈上烙下了極為深刻的印象。往後幾年也陸

續得到更多關於這場大屠殺的敘述，在我當時的心靈中，除了
引起仇恨的反應外，還有難以磨滅的恐怖印象。它在我後來的
一生當中，起了相當大的影響。[9]

　　後來，楊逵到台南讀中學時，仍念念不忘小時候目睹以及
聽到的噍吧哖事件。在噍吧哖曾被夷為平地的村莊裡，在空曠
而蕭索的田野上，躍入楊逵眼簾的是一片蒼涼的景象：當年殘
存的老弱婦孺踽踽獨行，成年男子則一掃而空，從而印證了傳
說中的大屠殺確有此事。

　　還有那些發生在自己身邊的不合理的事，也給楊逵深深的
挫傷和震動，不斷加深他與現實社會的衝突。十四歲那年，就
在大目降街上，一直受父親照顧的單身走販楊傳，一個非常本
分的小生意人，因為莫須有的罪名，竟被日警活活毆打致死。
目睹了這幕慘狀的楊逵，感覺十分淒慘，耳邊總是迴響著楊傳
的哀號聲，內心久久不能平靜。童年楊逵對日本殖民統治者的
仇恨，也越來越強烈。

　　事實上，在日據時代長大的孩子，他們永遠無法掠過被異
族壓迫的慘痛歷史，幼小心靈曾經遭遇的驚恐、挫傷和震動，
將影響他們的一生。正因如此，「噍吧哖事件對楊逵以後的政
治路線、文學內容有著根源性的影響。」[10]

　　一九二一年，十六歲的楊逵從大目降公學校畢業，依照沼
川定雄老師的建議，隻身北上，到台北投考高等學校的初級
部。由於當時教育制度的不平等，公學校的入學考試題目皆以
小學校的教材為主，旨在錄取日人子弟，排斥台人子弟。公學
校畢業的楊逵，雖然一直成績名列前茅，在此卻只有望題興嘆
了。考學失利後，楊逵遂到大哥服務的新化糖業試驗所做了一

年工友，負責搬東西、掃地、泡茶、抄寫資料之類的雜務，工錢每天三角八分，僅夠餬口而已。某日，因為被試驗所裡一個名叫高橋的日本人戲稱為「楊貴妃」，楊逵非常生氣。在他看來，楊貴妃不過是皇帝的花瓶罷了，他從小看不起這類人。於是，楊逵和高橋狠狠吵了一架，第一次對自己的本名有了不滿。這期間，楊逵一邊當工友，一邊準備考試，常常靠著一盞煤油燈，蜷縮在自家的小閣樓裡讀書，一讀就是三更半夜。

　　一九二二年，楊逵前往州立台南二中，投考這所新開設的開始實施日台共學制的中學。前往應試的家鄉同學很多，最終卻只有楊逵一人考中，成為該校的第一屆新生，並擔任了副班長。中學三年，楊逵對正常的課業沒有太大的興趣，大多數的時間都在看課外讀物。他常常泡圖書館、逛舊書店，見到好書，總要一口氣連夜讀完，白天上課免不了打盹。有一次，楊逵竟然在校長的「修身」課上肆無忌憚地睡覺，從走廊走過的代數老師，笑著說他是「豪傑」，因為上代數課時睡覺的人很多，但是敢在校長課上睡覺的人，一定要有過人的膽量。楊逵後來說，這與膽量無關，只是挑燈夜戰留下的後遺症。那時主要為了興趣與好奇而讀書，對於說教的書籍特別反感。白天上課打瞌睡，晚上過著猛烈的亂讀生活，這使楊逵在台南二中頗有些知名度，所幸的是，他的成績依然名列前茅。

　　中學二年級的時候，有一次上作文課，題目自擬。當時楊逵剛看完一本新渡戶稻造的《修養論》，對這位日本大博士拘泥於古代教條的諸多論點頗有異議，於是就大發議論，在文章中批評了新渡戶稻造。作文老師是剛從日本來的，不像在台灣久住的日本人那樣具有盲目的優越感，對楊逵的越軌文章不僅沒有批評，反而在課堂上當著同學的面朗誦，嘉許了楊逵的批

評精神。這使楊逵頗受鼓舞，對政治、社會、思想的問題也更加關心。

　　讀書寂寞的時候，楊逵也曾獨自穿行於台南府城的大街小巷，遊覽赤嵌樓，出入安平古堡，瞻仰鄭成功廟，諸多的名勝古蹟印在了他的心上。祖先胼手胝足的開拓精神，鄭成功率軍收復台灣的英勇氣概，都令楊逵充滿了敬意。再回到現實的世界裡，面對日本殖民者的殘酷統治，回想起自己小時候經歷的噍吧哖風暴，楊逵不由得對台灣人的命運生出幾多感慨。

　　對生活的體驗和實踐，逐漸培養了楊逵喜愛思索和行動的性格特質。楊逵讀中學的時候，每遇放假回家，他都高興和朋友們一同到鄉下去玩。有一夜，他們要經過一條小路，那裡陰森森的，據說不斷有鬼出沒，小孩子們晚上從這裡路過，因為路窄心慌，常常擠作一團，碰得頭破血流，於是這裡便有了「鬼峒」的名字。楊逵不信這個邪，他和一個膽大的朋友，決心把「鬼峒」的事情鬧個明白。於是，他倆一前一後，夜闖「鬼峒」，來回走了兩個來回，並未發生什麼「恐怖事件」。但在走第三趟的時候，忽然迎面過來一個無頭的高高的黑影，讓楊逵和朋友頓時緊張起來。憑著年輕人的冒險精神和求知心理，他們還是站立腳跟，摒住呼吸，等待事態發展。終於對面有人說話了：「你們不是要走過來嗎？快一點走吧！」這一來，狂跳的心漸漸安定下來，走過去一看，原來是一個挑柴的人。這次要弄清「無頭鬼」真面目的經歷，雖然讓楊逵和朋友嚇得捏了兩把汗，但更讓楊逵明白了：「勇敢的冒險與仔細的觀察，在探求真理、在求真知的途徑上是多麼重要，又是多麼困難的事情。」[11]

　　楊逵的中學時代，正值各種各樣的社會思潮風起雲湧之

際，社會革命的呼聲尤爲高漲。熱衷於文學閱讀與思想探索的
楊逵，沉浸於各家學說之中，眼界爲之一開。文學作品以帝俄
時代和法國大革命時代的作品最爲喜愛，托爾斯泰、屠格涅
夫、果戈里、陀思妥耶夫斯基、狄更斯等人的小說，特別是雨
果的《悲慘世界》，都是令他感動的作品。每每深感社會黑暗
渴望尋找出路時，這些小說就帶給他抗爭的啓示和力量。

　　思想類的作品中，楊逵又對日本的無政府主義者大杉榮的
著述印象深刻。一九二三年九月，也就是關東大地震的那一
年，大杉榮因爲思想主張問題遭受迫害，舉家的老弱婦孺被日
本憲兵甘粕大尉推入井中。此事在報紙上披露後，楊逵大受刺
激，他一向認爲思想應該是自由的，沒想到日本政府竟用這種
殘暴的手段對付思想家。

　　另一件令楊逵思路轟毀的事情，是他在一個偶然機會，讀
到了日本人所著的《台灣匪志》。[12] 楊逵無法忘記他當時心
中的巨大震驚：

　　　到我稍大，在古書店買到一本《台灣匪志》，它記載了十
　多次的所謂「匪亂」，當然噍吧哖事件也記載在裡頭，這才明
　白了統治者所寫的「歷史」是如何地把歷史扭曲，也看出了暴
　政與義民的對照。

　　　我決心走上文學道路，就是想以小說的形式來糾正被編造
　的「歷史」，歷來的抗日事件自然對於我的文學發生了很大的
　影響。

　　　至於描寫台灣人民的辛酸血淚生活，而對殖民殘酷統治形
　態抗議，自然就成爲我所最關心的主題。[13]

至此，一個接受了文學啓蒙的楊逵，一個走向獨立思考的楊逵，一個喚起了民族自覺反抗意識的楊逵，正在悄然形成。

三、遊學東京的熱血男兒

一九二四年夏天，爲了尋求人生理想和思想出路，十九歲的楊逵不顧一切地東渡日本，奔向他生命的另一歲月。

二十世紀二〇年代初期，隨著新民會、台灣文化協會的成立，《台灣靑年》、《台灣民報》的創刊，加之台灣留學生在東京的崛起，台灣的抗日民族運動方興未艾。楊逵的赴日留學，是在當時的文化啓蒙氛圍影響下，思想與生活受到雙重波蕩的結果。楊逵讀中學的那段時光，每年暑假都有留日學生組織的文化演講團返回台灣推展文化啓蒙活動，楊逵時常參加，也結交了幾位朋友。

有一次，留日學生到楊逵的宿舍來，正聽見楊逵和同學們在念一首用英語、台語、日語連成的打油詩：

Country King Policeman（草地皇帝是警察）
腰佩油抽　汪汪汪！

其中一位留學生便說：「你們都很天眞，罵這些混混幾句有什麼用？你們把他們腰佩的劍說『油抽』好玩，但它是可以殺人的啊！你們把他們說成狗，但那不是空吠，也會咬人的。我們要民族自決，要解放我們的土地，就應該有學問，有信心，有覺悟，有組織⋯⋯才成。光戲謔幾聲是沒用的。」他還說：「在東京可以接觸到世界各國自由思想家、改革者的著作，也可以看到世界名作家的書，又可以半工半讀。」[14] 此

時的楊逵，泡在台南的中學裡，每天要聽日本天皇的敕語，看那些統治者的橫行霸道，心中早就有些不耐；加上他深感台南二中的天地狹小，三年來「最大的感受是對學校的課業興味索然，因課外讀物引起的求知欲，卻有增無減。另一方面也感覺課外讀物已漸漸無法滿足需要，最後促成了我遠赴日本求學的決心。」〔15〕所以，那位留學生朋友的話，自然讓楊逵心有所動，而遠赴日本求學的決心，無疑是他生命歷程中邁出的關鍵性一步，並影響了他整個的人生。

另一方面，急於擺脫父母給他安排的婚姻，也是促使楊逵留學日本的原因和動力之一。楊逵小時候因為體弱多病，父母一直擔心他的成長。按照台灣民間的迷信說法，若將小女孩的衣服罩在身上，到廟裡焚香朝拜，這樣小孩子就比較好養。於是，在楊逵十二歲那年，父執之女梁盒的衣服就被送了過來。當時台灣的童養媳風俗非常流行，梁家與楊家平時相處甚好，家長們乾脆協議讓梁盒過門做童養媳。梁盒是一個有著紅紅臉頰和濃密黑髮的女孩子，十二歲被帶到楊家做「媳婦仔」。楊逵的父母因為自己的幾個女兒都在小小年紀夭折，對梁盒更是疼愛有加。當然，替楊逵娶童養媳，更重要的理由是經濟問題。父母因為大哥的婚事，向人借了幾百元，一輩子都要扛著這筆沉重的債務。他們為了培養二哥學醫，甚至讓他當了上門女婿。父母想幫助楊逵考慮婚姻問題，便早早地替他說下童養媳。但不知為什麼，楊逵就是無法喜歡梁盒。家裡的這種安排，使楊逵在公學校即成為同學取笑的對象，中學時代則更甚。性格內向的楊逵對這件事很排斥，他無法忍受這種沒有感情基礎的未來婚姻格局，成年累月不曾和梁盒講過一句話，可父母還要他中學一畢業就馬上「送做堆」〔16〕，這更令楊逵心焦。

　　面對如此窘境，赴日求學在客觀上就成爲解脫這種婚姻束縛的途徑。於是，楊逵中學未畢業就退學赴日；到日本後給家裡的第一封信，即表明他要解除婚約、切斷與童養媳一切關係的決心。但雙方父母卻回信說，女孩子會永遠等著楊逵衣錦還鄉，如果楊逵來日另有意中人，可娶梁盒做妾。這讓楊逵傷透了腦筋，他不想耽誤女孩子的終身，也不願委曲自己的心意。他知道，以自己的性格來看，如果被金錢、道義和姻親等等捆綁得動彈不得的話，他是絕對無法脫身的。自我個性與現實的衝突，難免會讓他走上絕路。楊逵再度寫信，情緒十分激烈，聲言若此事未獲解決，他必定不再回來。幾個月後，事情總算解決了。梁盒後來嫁給楊逵大目降公學校時代的一位同學，聽說婚姻幸福美滿。從此，楊逵和梁盒一直沒再見過面。

　　對於楊逵這樣的貧家子弟來說，赴日留學的費用是一種極大的負擔。父親開的錫店，僅夠餬口生活，而楊逵自己又沒有經濟來源。所幸兄弟之間一向手足情深，大哥給了他省吃儉用積存下來的二十元錢，還把自己新婚的棉被與西裝給了他，總算讓他出門有了一身行頭；二哥賣掉他心愛的小提琴，湊了二十元給楊逵做旅費，梁盒的父親亦送他二十元錢。就這樣，帶著東拼西湊的六十元錢，懷著一種躊躇滿志又前程未卜的複雜心情，楊逵和故鄉兩位畢業於台北工業學校的青年，搭上一艘四千多噸的小商船，遠離熟悉親切的故土家園，前往舉目無親的日本。

　　從一九二四年八月抵達日本，到一九二七年九月返回台灣，楊逵在東京渡過了三年最爲艱苦的漂泊生活。初到人地生疏的日本，正值世界經濟大恐慌日漸嚴重的時代，日本的失業人口在一九二四年已高達七十萬左右。一年前遭遇大地震的東

京，大街小巷到處是用木板臨時搭建的小屋和行色匆匆的路人，災難的痕跡隨處可見。楊逵在這裡的求學，不同於當時大部分讀書的留學生，他必須通過半工半讀的方式，甚至是「九工一讀」的方式，自己負擔生活和學習，而他所面臨的日本社會現實，又使這種個人奮鬥顯得異常困苦。由於楊逵在台灣時中學尚未畢業，沒有直接報考大學的資格，他只能先行進入補習學校。

這段時間，楊逵白天到處找工作，靠打零工勉強度日。從泥水匠，木工，玩具廠小工，電桿工人，到郵局分發信件，當送報伕，他什麼工作都幹。日本帝國議會議事堂重新建造的時候，爲了每天一元的日薪，楊逵也曾肌腸轆轆地挑著沉重的混凝土，一步一顛地爬上高高的鷹架，把混凝土灌進鋼筋和鋼筋之間。大風刮來，殘留的水泥吹進楊逵眼睛，刺痛得他無法睜開雙眼。劇烈晃動的鷹架木板橋，讓楊逵像水蛭一樣整個人貼在那塊木板上，才幸免被風刮下來摔死的厄運。做送報伕，辛苦奔波了幾天，他不僅沒掙到錢，反而被報館老闆騙去了五元錢的保證金。最爲窮困潦倒的日子裡，楊逵連房租都付不起，陷入了早上喝開水，中午吃番薯湊合一頓，晚上又空肚子苦熬的困境。好不容易從一位同學那裡借到五角錢，竟然靠它渡過了一個星期。

楊逵來到日本，爲生活所迫，首先投身的是社會，而社會亦是學校。苦難的人生磨礪，使楊逵對社會人生的眞實層面有了更爲廣泛的瞭解，原來不只在台灣，日本人剝削台灣人，即使在日本，也存在著階級剝削的悲痛事實和「人吃人」的可怕現象。這種深刻的生活經驗，愈來愈喚醒了楊逵的民族意識和階級意識，這也是他後來的創作能夠超越狹隘的地域觀念與民

族意識，站在被壓迫人民聯合起來的立場上，去擁有廣泛的社會關懷面的重要原因。

去東京求學，楊逵的父親原來希望兒子學習醫學，但楊逵卻爲解決許多人生問題與社會問題，而選擇了文科，並陷入了「九工一讀」的苦境。後來，楊逵的兄長曾來信勸說，如果楊逵放棄文學改學醫學，他可以通過借貸供弟弟讀書，這樣才能改善經濟狀況。而對於楊逵來說，他之所以「到日本志願讀文學，就是想用寫小說的方式把被歪曲的歷史糾正過來。」[17]當醫生本不是楊逵的志趣所在，何況他一直鍾情於文學，所以矢志不移。在沉重的生活壓力下，楊逵不斷地挨餓，不斷地打工，仍然堅持了工餘時間的功課補習。

一九二五年冬天，楊逵先是通過了頗有難度的專檢考試；又根據自己的經濟狀況，報考了私立日本大學夜間部的文學藝術專科。日本大學位於東京市區，這是一所學風相當自由的學校，選課空間大，又沒有硬性的考試制約，學生生活很是愜意。由於時局動盪，沒有人願意躲在象牙塔裡，學生多半參加各種聚會。楊逵入校後，對文學藝術科主要講授的現代文學、電影、戲劇等項，反而降低了研究的興趣。

楊逵不願坐在教室裡聽那些刻板的課程，更熱衷於博覽群書和參加社會活動。他經常待在圖書館裡，如饑似渴地閱讀世界文學名著，特別是閱讀那些充滿社會性、思想性的著作，希望爲人生打開更大的天地。每每夜晚從圖書館出來，走在滿天星光下，無論多麼疲勞，內心總有一種聲音在激勵著他：

多多充實自己，及早回台灣加入民族運動的行列，台灣會用得著我的。

一九二五年前後，在世界性的社會主義思潮激盪下，中國

大陸、朝鮮、日本以及台灣都捲進了激烈的思想論爭之中。楊逵在那時開始接觸到孫中山的三民主義，並瞭解兩種世界大事：一是中國的國民革命運動，二是大戰後的民族自決運動。這期間，日本的社會運動也如火如荼地展開，有關社會主義、共產主義的論著大量流行；在社會主義者幸德秋水、安部磯雄、山川均等人的領導下，勞工運動依次進入不同的發展階段。一九二三年七月，日本共產黨非法結社；一九二五年十二月，日本的社會主義者成立了農民勞動黨，雖在兩個小時之後即被日本政府取締，但不久又出現了勞動農民黨、日本勞農黨、日本農民黨、關西民眾黨、社會民眾黨等眾多團體。那時的日本大學有很多思想研究的組織，受其影響，楊逵一方面致力於組織文化研究會，而讀書過程中所討論的，不只是文化問題，更重視思想研究。他逐期閱讀發行於東京的《台灣民報》，從中瞭解台灣的社會運動。讀書方面，楊逵先讀了日本著名的無政府主義者大杉榮的幾本著作，接著讀了巴枯寧和克魯泡特金的著述，思想上頗受震動。不久，馬克思主義逐漸盛行，楊逵又開始接觸了《資本論》，從中受到科學社會主義的影響。楊逵的思想發生急遽變化後，即把參加社會運動當作思想的實踐。當時，日本大學有很多學生運動、社會運動的組織，這些組織除了研究社會科學之外，還很注重社會問題的考察。正如楊逵所談到的那樣：

　　入學不久，我即參加了由學生所組成的工人考察團，到淺草地區的一間寺廟考察「工人集中區」，也就是一般所謂的貧民區。那裡有一大堆的工人擠在寺廟的地下室，天寒地凍只有草包可以禦寒，凍死了不少人。這使我對於社會的黑暗面，有

了刻骨銘心的印象。[18]

　　正是在深入社會底層和參加社會運動的過程中，楊逵深刻地認識到實踐社會主義思想的重要性，體會到社會運動所產生的力量，這促使他走向一生的行動家。一九二七年的「五一」勞動節，在日本皇宮的「二重橋」前，楊逵參加了「打倒田中反動內閣」的示威遊行，揭開他一生社會運動的序幕。後來楊逵又投入聲援朝鮮人反對日本侵略政策的演講會，在高喊示威口號的時候被日本警察抓走。這是楊逵生命史上的第一次被捕。留學日本的三年，楊逵正是在思想和行動的結合中接受了科學的社會主義，並形成他一生信守不渝的世界觀。

　　作為一個文學青年，楊逵沒有忘記他最初立下的文學志願。一九二五年十月，日本普羅列塔利亞文學運動開始蓬勃起步，左翼作家的文藝作品一時成為文壇主流。楊逵得風氣之先，很快融入這樣的文學運動。他不僅大量閱讀了日本進步作家的作品，接觸了普羅文學家所創辦的《文藝戰線》、《戰旗》等雜誌；還結識了秋田雨雀、島木健作、葉山嘉樹、窪川稻子、前田廣一郎、德永直、貴司山治、中野重治、宮本百合子、武田麟太郎等日本著名作家。與日本文壇的往來，豐富了楊逵的文學經驗，也使他和日本進步作家結下了深厚友誼。在楊逵最困難的時候，宮本百合子曾送給他十元生活費，這令他深為感動。他還直接參加了日本新劇領導人、普羅文學作家佐佐木孝丸主持的「演劇研究會」，以戲劇為武器，直接影響於社會。

　　一九二七年九月，楊逵的處女作〈自由勞動者的生活剖面——怎樣辦才不會餓死呢？〉，以「楊貴」本名發表於東京記

者聯盟機關誌《號外》（月刊）上。楊逵拿到了七元五角錢的
稿酬，這是他最初的文學試筆，也是他第一次領取稿酬。但這
篇處女作給楊逵帶來的，不是甜美的回憶，而是一種餘悸猶存
的感覺。那時，為生活所迫的楊逵，每天在日本帝國議會議事
堂的修建工程中當建築小工，繁重的勞動和惡劣的工作環境，
讓他差點丟了命；他的處女作就是在這種驚恐之中寫出來的，
作品內容也正是反映自己這一時期的打工生涯。楊逵於三○年
代發表的成名作〈送報伕〉，呈現的仍舊是這段日本生活的經
驗。事實上，楊逵後來所擁有的「普羅文學健將」之稱，究其
源頭，還是得力於當年日本普羅文學運動的影響和奠基。

　　一九二七年，台灣社會運動的發展達到頂峰，農民團體、
工人團體、文化團體紛紛成立，鬥士的需要也就顯得非常迫
切。楊逵在東京，經常接到各種團體負責人的來信或電報，催
促他返回台灣參加社會運動。那時，他雖然學業尚未完成，但
也覺得情勢迫切；於是，帶著飄泊東京的人生歷練，懷著新的
思想主張與實踐經驗，響應台灣農民組合召喚的楊逵，於一九
二七年九月踏上了返回台灣的道路，準備迎接一場更為艱辛的
戰鬥。在歸程中，楊逵腦海裡所浮現的是這樣一幕：

　　　我滿懷著信心，從巨輪蓬萊號的甲板凝視著台灣的春天──
　這寶島，在日本帝國主義的統治之下，表面雖然裝得富麗肥
　滿，但只要插進一針，就會看到這惡臭逼人的血膿的逆流！[19]

四、時代前沿的革命伴侶

　　一九二七年，在台灣民族運動的歷史上，是一個不同尋常

的年頭。

　　一九二七年，在楊逵個人的生命史上，也是一個重要的轉折和新的起點。

　　從社會形勢來看，一方面，台灣的工農運動在台灣文化協會的大力鼓動下，正如火如荼地展開；北門、新營、大化、二林、桃園等地的農民組合支部紛紛成立，全島性的多行業工人罷工浪潮也此起彼伏。台灣農民組合在當時頗具力量，擁有兩萬多會員、十多個支部的陣勢，本部設在台中，農民運動的矛頭主要是對抗日本人。

　　另一方面，隨著多種世界性政治文化思潮在台灣文化協會內部的逐漸滋長，原本以民族自決主義為基礎的統一戰線開始分裂。一九二七年一月三日，台灣文化協會在台中公會堂舉行臨時總會，因內部意見分歧而分裂成兩派。其右翼以民族主義派林獻堂、蔡培火、蔣渭水為代表，他們認為台灣應以民族運動來促進資本主義發展，藉以與資本家相抗衡，因而主張採用合法手段，在不觸犯日本憲法的前提下，改良台灣的經濟制度。這一派宣佈退出文藝協會，另組台灣民眾黨。其左翼以社會主義派連溫卿、王敏川為代表，成立了「新文協」，並主持日後工作。他們認為台灣資本主義不可能獨立發展，主張將民族運動與階級鬥爭結合起來，強調以階級運動作為台灣人與日本殖民政府鬥爭的主線，並以無產階級利益為唯一目的，推行階級運動，爭取台灣的民族解放，以達成階級解放的目標。台灣文化協會在內部的矛盾鬥爭和日本殖民政府的高壓下，從一九二七年的分裂到一九三一年底瀕臨瓦解，這使台灣抗日民族民主政治運動的發展，開始面臨著從高潮走向低落的變化，革命隊伍也經歷著分化重組的命運。

　　正是在這樣的台灣社會運動發展的轉捩點上，楊逵回到了養育他的故土家園，開始了一個文化鬥士為理想而奔走呼號的革命生涯。幾乎是一踏上台灣的土地，楊逵就馬不停蹄地投身到農民運動的浪潮中去。在台北的文化協會認識了連溫卿，隨即參加「文協」舉辦的民眾演講會，巡迴各地進行抗日民族思想的宣傳工作。

　　不久，楊逵在台中與農民組合的主要負責人之一趙港相會，由於志同道合遂組織研究會。之後，楊逵屢接簡吉電報，造訪簡吉於鳳山農民組合，在此認識葉陶，開始了他生命與感情的另一紀元。

　　一九二七年十月，楊逵加入台灣文化協會。同年十二月五日，起草台灣農民組合第一次全島大會宣言，並在這次大會上當選為十八名中央委員會中的五位中常委之一。全力以赴投入農民組合運動的楊逵，在擁有二萬五千會員的台灣農民組合中，後來成為其政治、組織、教育三個部門的部長，他以天不怕、地不怕的形象，出入於社會運動鬥爭的前線。

　　一九二八年二月三日，台灣農民組合組織了特別活動隊，楊逵負責政治、組織、教育等方面的重要工作，並擔任竹林爭議事件負責人。同年，他又受聘於台灣文化協會機關報《台灣大眾時報》，後因竹林爭議事件，與農民組合委員長簡吉意見相左。由於工作意見的分歧，再加之個人的成見和恩怨，簡吉先是污蔑楊逵懶於工作，忙著和葉陶談戀愛；然後又造謠言，說楊逵與實際上關係並不密切的連溫卿組織「反幹部派」，遂兩次動員投票，勉強得勝，剝奪了楊逵的一切職務，只保留了楊逵作為台灣文化協會中央委員的位置。

　　那時，共產黨的力量已經滲入了台灣文化協會和農民組

合，楊逵對此心裡有數，但並未與他們密切接觸。楊逵對文學仍然懷抱一種使命感，因而不能轉入「地下」。而另一方面，台灣共產黨的地下黨員看到楊逵在農民運動中東奔西走，四處演講，隨時有被日本殖民當局逮捕的風險，也無意於向楊逵表白什麼，以免牽連地下黨的安全。這之後，日本殖民者對台灣農民運動的彈壓政策越來越緊張，抗日民族陣線內部的矛盾鬥爭也更加複雜，在農民組合與台灣文化協會的分裂中受到雙重排斥的楊逵，逐漸由社會運動的峰顛狀態趨於沉寂，轉向另外一種角色和方式的鬥爭。

儘管參加社會運動的道路充滿艱難曲折乃至個人的挫傷，楊逵仍然抱定了始終不渝的信念和熱切峻急的姿態，義無反顧地投身到台灣的抗日民族事業中。那時的楊逵，始終走在時代的風口浪尖上。他曾用大寫的一首詩貼在案前牆上——「揚帆出大海，風浪日常事。順風雖爽快，逆風也不懼。」這無疑成爲楊逵從事社會運動的形象寫照。更具體的實踐與行動，可從楊逵的回憶中略見一斑：

民國十五、六年前後，政治社會運動在台灣正熾烈進行著，文化團體、農工組合像雨後春筍般抬起頭來，留日學生在東京組織「台灣青年會」，辦「台灣青年」，暑期間回來帶動巡迴演講隊，深入窮鄉僻壤，舉行文化活動，作政治宣傳。在這種風氣的影響下，十六年九月中，我自東京回到台灣，當天晚上就參加文化協會的演講活動，隨後跟著農民組合的演講團，幾乎跑遍三分之一南台灣的鄉村。往往，山區幾十里路才有兩、三處人家，必須費好大力氣才能糾集起來辦演講；有時，天色黑了，正在半途中，前不著村，後不接店，就隨便找

個茅棚，尋些稻稈鋪在泥地上過夜。[20]

在日據時期從事農民運動，不僅僅要面對無數的艱難困苦，更要承擔生命風險。為了逃避日本警察，楊逵要隨時尋找樹林或甘蔗園隱藏起來。炎熱的夏天，躲在密不透風的地方，身上常常被蚊蟲叮咬得紅腫一片。有時情勢緊急，眼看日本警察追捕過來，來不及隱藏的楊逵，便叫農民把他裝入麻袋內，用繩子吊在房樑上，以此躲過劫難。顛沛流離中有過多少次的生命危險，早已融進那段苦難的歷史，僅在日據時期，楊逵被日本人逮捕就多達十次，進出監獄成了家常便飯。

在如此艱苦的社會運動時期，楊逵有幸認識了他生命中最重要的女性——與他風雨同舟、生死與共的人生伴侶葉陶。與葉陶的相遇、相知、相惜，到結為牽手相伴一生，是楊逵能夠渡過坎坷命運的情感支撐，也是他生命中的華彩樂章。他們兩個共同書寫的，是日據時期台灣革命者的一部愛情傳奇。

作為從傳統生活中走出來的新女性，葉陶為台灣的農民組織、文化啟蒙、政治運動所做出的偉大貢獻，使她當之無愧地成為那個時代的奇女子，台灣婦女解放運動的先驅者。

葉陶，一九〇四年五月二十五日生於高雄市旗後。父親葉賜曾念過私塾，靠勤奮謀生，後來經營古物、雜貨、米店等行業，終於白手起家。曾被推為保正（今里長），在街坊鄰里頗有影響力。母親黃美鄰，人稱「賜嬸」，平日為人豪爽，不願受傳統生活環境束縛，常於台灣島內乃至祖國大陸旅遊。父母開通明理，家業和睦興旺；葉陶在這樣的家庭環境中成長，很早就顯示出性格中不平凡的一面。

葉陶年幼時，身邊有婢女菊花伺奉，是一個中等家庭衣食

無憂的大小姐。但她個性要強，從小不甘於人後。葉陶小的時候，按照當時風俗，父母曾為她纏足。成長的過程中，葉陶不斷反抗，後來索性把裹腳布扔到旗津海裡看它隨波而去。九歲那年，得以天足進入平和公學校讀書。日據時代的台灣，由於男尊女卑的封建傳統思想影響和當時的歧視教育政策，女孩子入校就讀者數量甚微。葉陶得益於家庭的開明風氣，一方面於公學校接受日本教育，另一方面亦讀漢塾，從三字經、千字文一直讀到四書五經等中國古典經文。葉陶從公學校畢業時，由於成績出色，被送至附設於台南師範的教員養成所受訓。教員養成所是日本人為培養本島人的師資而特別設置的，學員來自台南各地，本期為二十人。葉陶性格樂觀，頗有男子氣；平時不甘寂寞，好強爭勝，凡事常常帶頭，與同學相處融洽，為人仗義，頗得人緣。一年的受訓結束後，年僅十五歲的葉陶於一九一九年被派往高雄公學校鹽埕分教場任教。後因鹽埕一帶地皮昂貴擇址在三塊厝建校，成為第三公學校。擔任教師的葉陶，喜歡唱歌彈琴，性格爽朗活潑，講起課來聲音宏亮，督促學生嚴厲認真，學生們對她又怕又愛，私下裡稱她「烏雞母」，頗能傳其個性神韻。

　　葉陶後來走上社會運動的道路，有其多方面的原因。第一次世界大戰後，世界性的民主與民族自決風潮愈演愈烈，葉陶受其影響，對封建的「三從四德」發生懷疑，開始關心日本殖民統治下的民族命運。一九二一年十月台灣文化協會的成立，以強勁的文化啟蒙運動喚起民眾，性格一向豪爽、追求個性解放的葉陶，得風氣之先，有了一種生命的覺醒。特別是她幾經轉調，到高雄第三公學校服務後，與簡吉成為同事，開啟了她投身社會運動的楔子，也種下了與楊逵相識相伴的機緣。簡吉

作爲那個時代的農民運動領袖，他一向勤於吸收新知，喜愛研究孫文學說，熱衷於中國大陸的革命事業，對日據時期的台灣現狀與社會前途甚爲關心。葉陶在其影響下，開始接受新思潮，一個新的社會革命天地展現在她眼前。日本殖民主義的壓迫，底層農民的困境，台灣社會的命運，使葉陶深感日據時期知識分子爲社會、爲鄉土應該承擔的責任。所以，當簡吉放棄了教職，與黃石順四處奔走組織鳳山農民組合的時候，葉陶也毅然於一九二七年辭掉教職，前往鳳山參加農民運動。從此，在社會運動的街頭，在農民聚集的場所，開始活躍著葉陶勇敢的身影。

　　楊逵與葉陶的初次相識，是在一九二七年秋天鳳山農民組合的一次歡迎宴會上。葉陶比楊逵早一步投身於農民運動，而楊逵是帶著各種新知識和新信息剛從東京返回台灣，受簡吉邀請新近加入鳳山農民組合的活動。當晚的聚會上，大家都喝了酒，氣氛非常熱烈。葉陶拿出一把扇子，請楊逵題字。想起日本殖民政府專門對付反抗運動者的《匪徒刑罰令》，有感於葉陶女中豪傑的氣概，楊逵大筆一揮，開玩笑地在扇子上題了「土匪婆」三個字，衆人哄堂大笑，楊逵也在葉陶心裡留下了深刻的印象。接踵而來的，是楊逵與葉陶在南部台灣農村爲期三個月的巡迴演講。他們根據農民運動的需要四處奔波，風餐露宿，穿山越嶺，在同甘苦共患難的革命鬥爭中加深瞭解，彼此親密起來，由知心好友而結成終身伴侶。

　　共同的革命志趣和台灣的社會運動，把楊逵和葉陶的命運連接在一起，儘管他們之間的性格並不相同。楊逵內向、安靜，更適於伏案沉思，揮筆成文；葉陶則是外向的性格，挽著一個簡單的髮髻，身著一襲素樸衫裙，踏著一雙放大的天足，

走起路來風風火火，演講時英氣勃勃。他們不計較得失，不分內外，不分你我，而是積極地走同一條路，從事共同的事業，這使兩個人反差鮮明的性格，反而有了一種互補，彼此非常合得來。朋友們常以「葉陶兄」和「楊逵嫂」的戲稱，來調侃他們之間的性格差異和人生彌合。正是這種精神與靈魂的默契，支撐了楊逵與葉陶多災多難卻又忠貞無限的漫漫人生。

作爲日據時期走在社會運動前沿的革命伴侶，楊逵和葉陶的前衛意義還在於他們對封建道德觀念和婚姻制度的大膽反叛。當時，這對戀人的感情遭到雙方家長的強烈反對，楊逵的父親說，兒子找了葉陶這麼一個四處亂跑的「鱸鰻查某」，無法過日子；葉陶的父親也說楊逵是個「羅漢腳仔」，既沒職業，也無家產，不能託付女兒的終身。特別是到了一九二八年，楊逵與葉陶在彰化組織讀書會時的租房同居，更讓雙方家長感到大逆不道。而在他們自己看來，「我們只問是否相愛，是不是好夥伴，並不在乎別人如何看法。」「我們對制度和形式並不重視。人的結婚，最要緊就是雙方談話會投機，興趣相同，志同道合。這樣結婚儀式就不重要了。」[21]

一九二九年二月十一日，楊逵與葉陶共同出席台南總工會會員大會，並發表演講。預定在第二天，也就是二月十二日返回新化鎮舉行結婚典禮，不料是日凌晨，住在文化協會台南支部的楊逵與葉陶雙雙被捕。他們被腳鐐手銬緊銬在一起，從警察署押送台南監獄，再轉至台中監獄。一路上，圍觀的群眾議論紛紛，還以爲他們是因爲私奔而被抓的。在這場全島性的大檢舉中，農民組合總部與各地支部遭到日本警察的大規模襲擊，三百多所住宅被搜查，二百多名領導幹部包括十三名中央委員鋃鐺入獄，全省被捕者共有四百多人，農民組合的工作陷

於癱瘓狀態。楊逵與葉陶這對原本要進入洞房的新婚夫婦，卻被雙雙關押牢房十七天之久。出獄一個月後，楊逵與葉陶在家鄉新化鎮結婚。起初暫住新化楊家，遂轉往高雄定居。每每楊逵回首這段經歷，會幽默地稱之為渡過了一場「官費的蜜月旅行」。這也是楊逵的第九次被捕坐牢。

在充滿腥風血雨的日據時代，楊逵與葉陶雙雙出入於農民運動的身影，成為一種強有力的召喚。擔任農民組合政治、組織、教育部長的楊逵，與擔任婦女部長的葉陶並肩戰鬥，以巡迴演講和發表文章來喚起台灣民眾的民族意識。當時，日本的大資本家或大商社，如三井物產會社、三菱財閥等，往往倚仗錢勢向台灣總督府申請土地，以強制手段把農民辛辛苦苦開墾的土地霸占；或以微不足道的金額收購稻穀、甘蔗、香蕉、鳳梨等農產品，變本加厲地剝奪農民。日本殖民者對台灣人民強勢的經濟剝奪，不斷引起爭議案件，楊逵與葉陶常常潛入農村，發動農民群眾，為爭取應得的權益與日本殖民者展開鬥爭。當時影響較大的爭議案件，諸如因日本拓殖會社所有的三千甲土地引起的佃農爭議，南投農民反對山本農場承領九百四十五甲林場的鬥爭；嘉義農民阻止日商赤司在番路莊承領地強種五百八十八甲鳳梨園的鬥爭；以及其他由大日本製糖、新高製糖、鹽水港製糖所引發的糾紛和鬥爭，楊逵與葉陶都參加進來，搞演講，造輿論，策動農民奮起，反對日本的殖民掠奪行徑。

在社會運動的舞台上，沉靜內斂的楊逵也會大聲熱辯，激情澎湃；明朗、果斷的葉陶，更是雄辯過人，豪氣沖天。葉陶演講的時候，每次總有日本刑事守著，但他們聽不懂台語，只好找人翻譯。而葉陶故意說一些無法翻譯的台語，讓日本人乾瞪眼。葉陶講，「日本人說，日本人來了以後，我們的生活變

好，變富足了。不錯，你看，我們現在吃的是『珍珠糜』、『鳳眼飯』（飯裡摻地瓜），住的是ㄊㄧㄥㄊㄨㄥ屋[22]，穿的是打結仔褲……」。[23]葉陶說到這裡的時候，周圍的農民群眾熱烈鼓掌，連聲叫好。楊逵與葉陶為農民運動的奔波與演講，自然也觸怒了日本殖民統治者。

　　一九二八年竹林事件發生後，楊逵到各地組織農民運動，先後於竹山、小梅（梅山）、朴子、麻豆、新竹、中壢等地，連續六次被日本警察逮捕。因為出雙入對，葉陶也與楊逵一同被捕。其中最富有戲劇性的一次，是在梅山召開的農民大會。大會通過一件抗議文，由楊逵執筆並把它寄給日本總理大臣和台灣總督府，楊逵因此被捕。經過三審在台南高等法院開庭，周圍有許多民眾聚集觀看。當法官起立唸起訴書時，竟把抗議文中的一句話「日本政府是土匪」也唸了出來，當即引起滿堂的掌聲，令日本法官尷尬不已。這次被捕，楊逵被判決坐牢七天。但坐滿刑期出獄時，監獄的看守卻向獄友們大談楊逵敢做敢為的風采，還說楊逵是替台灣農民犧牲的義士，要犯人們向楊逵學習，不要再做盜雞換狗的小偷。抗日宣傳活動竟然在獄卒中也發生了影響，這對楊逵來說，無異於一次坐牢「坐得非常愉快」的經驗。日據時代的漫漫長夜裡，楊逵因為從事社會運動而被捕，竟然達到十次之多，這在台灣文壇乃至台灣歷史上，也算得上「坐牢之最」！每每遭遇生死威脅的時候，葉陶都與楊逵堅決地站在一起，或雙雙入獄，或獨自挑起家庭重擔，矢志不移地等待楊逵歸來。

　　多年以後，曾經有人問及楊逵，他和葉陶的感情生活與今天人們鼓吹的新女性主義有何相關之處，楊逵這樣答道：

　　新女性主義者也曾跟我談過這個問題。但我們以前的種種比現在的新女性主義更前進一步，因為我們的生活並不是談好條件，劃分好權利義務，而是積極走同一條路，不計較得失，不分內外。而她比較健談，在辦雜誌時，常常是她去跑路接洽事情。而我要寫稿，辦編務等，在家的時候多，所以有時煮飯、洗衣、看顧小孩的事由我來做，我也認為這是當然的。所以有朋友開玩笑，叫我們「葉陶兄」、「楊貴嫂」。在這種困難的生活中，實在需要這種合作，共同承擔一切。重要的是，我們的基本思想相同，所做的事業相同，她的女權主張和我的活動相配合，目標是一致的。這種女權運動是針對整個社會，並不僅是在家庭裡向丈夫爭平等、爭利益而已。[24]

　　為共同理想而締結的愛情創造了怎樣的人生奇蹟，楊逵與葉陶並肩走過的道路，令世人感佩、唏噓。楊逵從一介書生到社會鬥士，從書齋作家到大地園丁；葉陶從家境優裕的大小姐，到民間婦女運動的急先鋒；從首陽農園的「賣花婆」，再到社會尊敬的「模範母親」，這對「革命鴛鴦」經歷著苦難的人生，卻始終滿懷希望，樂觀向上，甘之如飴。何以使然，唯愛而已。在這個世界上，葉陶簡直可以說是為楊逵而存在，她視楊逵為世界上最好的丈夫，她把一生都奉獻給楊逵以及廣大受壓迫婦女，雖然她同楊逵並肩戰鬥，在社會與家中皆為地位平等的革命伴侶，但對於葉陶而言，人生在她不是享受而是更大的負荷，愛和奉獻始終是這位台灣婦女運動先驅者的真實寫照。楊逵也把葉陶當作生命中最重要的人，他和她是親密無間的夫妻，相濡以沫的牽手，沒有什麼力量能把他們相知相愛的兩顆心分開。一九七○年八月一日，身患心臟病、腎臟病併發

尿毒症的葉陶，在以六十六歲的生命離開這個世界的時候，她撫著楊逵的手背留下了最後一句話：「你要好好照顧自己」；而這之後，一直沉浸在痛苦與思念中的楊逵，則徘徊於東海花園的葉陶墳墓前，每天在這裡做早操給葉陶看，繼續充當愛情的「守護神」。

「昔日腳鐐手銬度蜜月，老來胼手胝足相扶持」，正是楊逵與葉陶一生風雨同舟、生死與共的真實寫照。在他們那裡，革命生涯催開的青春玫瑰，志同道合堅守的社會理想，愛情力量支撐的坎坷人生，成為人世間感天動地的生命樂章。

五、登台亮相的文壇健將

　　作家楊逵的真正出發，是在二十世紀三〇年代的台灣社會運動走向低谷的時候。童年記憶的延續，現實鬥爭的激勵，將楊逵塑造成為一個充滿抗爭精神的行動者；而知識分子實施反抗的最有效途徑，便是訴諸文字、語言，用文學創作喚起民眾。自從楊逵決定了以文學為武器，投身到台灣的社會革命運動中，他就走上了一條荊棘叢生的奮爭之路。在漫長的日據時期，日本殖民者愈演愈烈的白色恐怖，台灣社會運動不斷的起起落落，新文學陣地所遭遇的風風雨雨，世事時局的每一次動盪，都會帶來台灣進步知識文化界的命運變遷。而楊逵，是把自己的青春、愛情、家庭乃至生命全部融入台灣人民反抗異族統治的鬥爭，無條件地奉獻給自己的鄉土。他在那些動盪歲月中所經歷的顛沛流離，他在艱難塞厄中開始的文學出發，更有著常人無法想像的人生負荷。無論時代風雲如何變幻不定，個人命運怎樣起伏跌落，唯一不變的生命原點和精神支撐，就是楊逵對於祖國和鄉土的孺慕情懷。而文學創作，則是楊逵這種

心聲的代言方式。

二十世紀三〇年代的楊逵，不僅負載著家國仇、民族恨的時代憂患，還經歷著貧窮、疾病、厄運的重重纏繞。在政治局勢急劇逆轉並惡化的情形下，楊逵不斷地調整與改換自己的人生角色，開始了一次又一次艱難的出發。

二十世紀二〇年代末至三〇年代初，是台灣的社會運動遭受重大挫折的時期，整個社會再度陷入全島性的白色恐怖之中。這期間最重要的事件，一是日本殖民者對「霧社起義」的殘酷鎮壓，二是對台灣革命力量連續不斷地全島性大檢舉。就前者而言，一九三〇年十月二十七日，台灣發生了震驚全島的「霧社起義」。霧社位於台灣島中部海拔一千二百三十公尺的山地上，地勢險要，風景秀麗，是當時日本統治「蕃地」的中心之一。居住在台中州能高郡霧社莊的高山族人民，構成了由十一個社組合的霧社部落，他們一向具有光榮的抗日革命傳統。在日寇的野蠻壓迫和瘋狂榨取下，鬱積了太多新仇舊恨的霧社人民忍無可忍，終於揭竿而起，讓敵人付出慘重代價。驚恐萬狀的日本殖民者立即出動武力血腥鎮壓，甚至違犯國際公約施放毒氣彈和燃燒彈，把大批義民毒死在山谷裡。當時參加起義的六個社莊，原有人口一千二百多人，在經歷敵人的大屠殺之後，只剩下二百九十八名老弱婦孺，還被強制遷移到埔里北面的眉原（川中島）去。「霧社起義」發生在日本統治這塊所謂「模範殖民地」三十五年之後，它宣告了日寇對台灣原住民的「討伐」、「綏撫」和所謂「理蕃政策」、「同化政策」的破產，給日本殖民統治體系以沉重的打擊。「霧社起義」失敗後，日本殖民當局加強了對台灣的全面控制，白色恐怖再次籠罩全島。

　　就後者而言，日本殖民統治當局為了消滅台灣人民革命的領導力量，頻頻製造高壓事件。一九二九年二月十二日，日本殖民者突然出動全部警察特務進行全島性的大檢舉，各地「文協」、工會、農民組合的幹部和積極分子一千多人，全部遭到搜查和逮捕，由此造成震驚一時的「二一二」事件。隨著荻洲擔任台灣軍參謀長之後，殖民當局的軍部權勢驟增，對台灣人民的迫害更加變本加厲。一九三一年二月，日本總督府宣佈取締「台灣民眾黨」；三月至六月，又舉行全島性的大檢舉，逮捕被疑為與台灣共產黨有關聯的人士一百零七人；九月至十一月，再度舉行大檢查，逮捕革命者和積極分子三百一十人。在這種白色恐怖下，台灣文化協會、台灣農民組合、台灣工友聯盟以及台灣共產黨或遭取締，或自行解體，左翼力量遭受重創，公開的群眾性的社會政治運動開始轉入地下鬥爭。面對這種政治時局的風雲突變，借重合法的文學運動開展文化政治鬥爭，就成了當時的唯一出路。

　　一九三一年前後是台灣抗日民族運動由高潮走向低谷的階段，也是楊逵一生中最為失意的時候。但在楊逵看來，「生活上最潦倒的時候，卻是我寫作熱情的盛季，生活環境的困難並不表示精神的潦倒，送報伕就是在這種環境下寫出來的。」[25]當時，台灣的愛國知識分子紛紛將他們的主要力量轉移彙聚到文學活動與創作上來，新文學運動得以迅速發展與提升。在這種背景下，隨著社會鬥士的楊逵的一度沉默，作家楊逵開始登場亮相。事實上，文學活動也是楊逵實踐思想理想的一種方式，是他透過小說世界啟示來帶動台灣民眾的覺醒和參與。在日據時代的台灣文壇上，能夠始終靠腳踏實地的勞動來生存，並從大地和鄉土直接汲取生命能源和文學經驗的，唯有作家楊逵。

　　楊逵從小就喜歡閱讀文學作品，但苦於一直沒有實際寫作的機會和經驗。在日本半工半讀求學的那幾年，他更多的精力放在了尋找思想出路上；返回台灣後，又全身心投入社會運動的潮流中，一直在風口浪尖上搏擊人生，難得有時間坐下來安心構思。所以，在二十七歲以前，創作對於他仍舊是一個夢想。

　　一九二九年在彰化，與台灣新文學運動的開山人賴和先生的相識，成為楊逵文學生涯中的重要轉折。在賴和的影響和指導下，楊逵大量閱讀現代文學與本土作家的作品，更加堅定了他以文學為武器，喚起台灣民眾精神的創作宗旨。在此之後，楊逵的文學出發，常常與坎坷的人生命運相伴隨，創作更成為社會低潮與生命逆境中的一種堅持。這一年，台灣文化協會及農民組合被日本殖民當局破壞，楊逵與葉陶也被抓進監牢。出獄之後即結婚的楊逵與葉陶，遷徙高雄謀生。先寄寓旗後葉陶的娘家，後遷居於苓雅寮。因為楊逵夫妻皆名列於警察的黑名單，經常受到管區警察的盤問，鄰居大都避之唯恐不及，幾乎沒有人敢和他們交往。為了生存，楊逵做過清道伕、修路工人、磚廠工人，在烈日下揮汗如雨，於困境中苦苦掙扎。

　　這時，葉陶靠了縫製成衣來補貼家用。她曾發明一種兒童穿的方便開襠褲，立時合併，蹲下去時褲襠自動敞開，小孩子撒尿不會髒了褲子。葉陶馬上申請了專利，後來又請人來幫助製作，再交給中盤商。想不到，那中盤商因為債務而逃跑，導致了楊逵與葉陶服裝加工生意的失敗。一九三〇年黯淡的生活現實中，又增添了長女秀俄出生的啼哭聲。緊接著，家鄉傳來噩耗，在台南縣新市開業行醫的二哥楊趁，入贅陳家後，因不堪精神虐待和婚姻破碎而自殺身亡。楊逵無法接受這個事實，心靈遭到巨大創傷。忍受著時代憂患和個人苦難的雙重磨折，

楊逵選擇了歸農與寫作的人生方式。

　　一九三一年，楊逵在高雄內維的壽山腳下，以一年八元的租金，租了一所據說常會鬧鬼無人敢住的房子，蟄居下來。這所房子緊挨著山壁，周圍經常有猴子出沒，耳畔不時響起猴子的叫聲，有時它們還順著延伸過來的龍眼樹枝跑到房頂上。白天，楊逵為生活不停地奔波，他出沒於樹林草叢，攀爬於山坡斷崖，勞碌幾天砍夠一車木柴，便向朋友借來一台拖車運到高雄市去出賣。每次賣的錢只夠買半斗米、一條鹹魚，有時還可買到一本雜誌。生活是如此艱難，楊逵卻未曾有為五斗米折腰的打算。因為是從獄中釋放出來的人，楊逵砍柴維生的時候，仍有日本警察尾隨監視，想不到這卻在無形中「保護」了楊逵，讓他能夠公然出入於保安林中，暫為樵夫。

　　白天的忙碌使夜晚的靜寂更加鮮明，窗外只有山風陣陣，不時傳來幾聲蟲鳴。每每這時候，楊逵心中的創作欲望躍動不已，難以自抑。常常是在家人進入夢鄉之後，楊逵跪坐窗戶下的矮桌前塗塗寫寫，不知不覺之中已是夜半三更。最初的寫作並不順利，心中雖然滿溢著豐富的人生經驗和情感，但從筆端流淌出來的，卻是時斷時續、零零落落的文字；夜半時分，孩子睡夢中驚醒的哭聲，也會打斷他的思路。創作的過程中，楊逵的腦海裡不斷地迴響著：我如何代替台灣同胞說話？什麼時候可以寫出像果戈理一般的偉大作品，展示積極、憤怒的抗議姿態？

　　在堅持不懈的摸索和努力中，楊逵於一九三二年夏天完成了他的小說處女作〈送報伕〉。經由賴和介紹，八月間發表於《台灣新民報》。但小說刊出前半部以後，下半部的稿子寄去半年之久，卻石沉大海，音訊全無，後來楊逵才得知這篇作品

已經被日本殖民當局查禁。〈送報伕〉被查禁之際，也是楊逵的長子即將出生之時。小說難產，嬰兒也難產，這讓楊逵充滿生命的悲涼。當時，楊逵窮困到全身上下只剩下四分錢，連助產士都請不起，只好找鄰居老太婆幫忙，因為沒有處理好臍帶，小孩到了十多歲肚臍還經常流血。再加上營養不良，小孩出生不久就患了夜盲症。多虧後來在台中經楊肇嘉先生囑咐，每天從「醉月樓」送來雞肝服用，再加上賴和先生的悉心治療，才得以痊癒。

即使遭遇如此困境，楊逵仍然堅持資本主義必然崩潰的信念，為這個孩子起名為「資崩」。楊資崩在〈我的父親──楊逵〉一文中也曾談到這個事實：「爸在全部財產只有四分錢的時候，讓媽生下了我，取名資崩，意為資本主義崩潰。」〔26〕

葉陶也曾以自己的這段生命經驗為底稿寫成〈愛的結晶〉，〔27〕來表現生下了盲眼兒子的革命女性的生命悲哀，並揭示出黑暗的時代幕布。作品一方面借小說人物之口發出悲嘆：「『愛的結晶』，由於錢的原因而盲目了。理想，由於錢的原因被吞噬了。這樣的時候真糟糕啊！」另一方面，又通過其他女性為女主人公祝福：「讓你下一胎愛的結晶是個千里眼！」由此帶來了一個峰迴路轉、充滿希望的暗示，而這也正是楊逵夫婦對於未來的生命期許。事實上，楊逵的幾個孩子的命名都別具深意。長女取名為「秀俄」，而非女孩子多用的「娥」；至於長子「資崩」，用心更是明顯；次子取名「建」，則清楚地表明資本主義崩潰之後，建立新的社會的人生理想。〔28〕

一九三四年，台中醞釀成立「台灣文藝聯盟」。身為籌備委員之一的何集璧，從賴和那裡得知楊逵的地址，並受賴和的

委托，親自跑到高雄內維看望楊逵，又把他介紹給張深切。楊逵由此參與了「台灣文藝聯盟」的機關刊物《台灣文藝》的編輯工作，月薪十五元。就在此時，楊逵第一次從何集璧那裡看到了東京創辦的《文學評論》雜誌。於是，他把〈送報伕〉寄到東京的編輯部後，想不到很快就在當年十月份的雜誌上全文刊出。〈送報伕〉擊敗了其他的日本作家脫穎而出，一舉獲得了《文學評論》第二獎（第一名從缺）。這是台灣作家首次進軍日本文壇，《文藝評論》的當月號在台灣卻被禁售。作品發表後即得到日本著名作家德永直、龜井勝一郎、窪川稻子、中條百合子、武田麟太郎等人的好評；台灣文聯的朋友們，尤其是何集璧和張深切格外高興。而當年作為〈送報伕〉「助產士」的賴和，更是激動異常，幾乎比楊逵本人還要興奮。

　　一九三六年，〈送報伕〉經由胡風翻譯成中文，收錄於《山靈──朝鮮台灣短篇小說集》，由上海的文化生活出版社出版。它共收入朝鮮族張赫宙的〈山靈〉、〈上墳去的男子〉，李北鳴的〈初陣〉，鄭遇尙的〈聲〉，以及台灣楊逵的〈送報伕〉，呂赫若的〈牛車〉，楊華的〈薄命〉等七篇小說。這是台灣小說第一次被介紹到祖國大陸，大陸人民從中看到了台灣同胞在乙未割台之後的悲慘命運。後來，〈送報伕〉又被收入《弱小民族小說選》，也曾經被翻譯成拉丁化新文字，在世界文學中占據一席之位。

　　這一年，對於楊逵具有特別的意義。進入而立之年的楊逵，以〈送報伕〉的全文發表，確立了他在台灣新文學文壇上的作家地位；而五月六日，全島性文學團體「台灣文藝聯盟」的成立，則標誌了台灣的新文學運動由分散走向統一，作家隊伍開始了新的聚合；同年十一月五日，該聯盟機關刊物《台灣

文藝》創刊，這是一份提倡深入大衆、爲人生而藝術、爲社會而藝術的富有創造意識的刊物，也是日據時期壽命最長、涉及作家最多、對社會文化影響最大的一本文藝雜誌，共出版十五期。楊逵擔任了《台灣文藝》的編輯委員，負責日文版編輯，並由此開始了他的文學編輯生涯。

但是在後來的日子裡，《台灣文藝》的編輯工作卻碰到了釘子。因爲與「台灣文藝聯盟」的創始人之一張星建在選稿的作風、方針上大異其趣，自覺無法發揮作用的楊逵便退出了《台灣文藝》。一九三五年，楊逵擔任了楊肇嘉的秘書，爲其撰寫回憶錄，月薪二十元。葉陶在霧峰鄉擔當家庭教師，教二十個小孩，每月掙得二十元。省吃儉用的夫妻倆勉強湊足出一百元，於一九三五年十二月二十八日獨資創辦中日文並行的《台灣新文學》。創刊號出版了三千本，楊逵夫婦拿著刊物去全省推銷訂戶，徵求會員及讀者，訂閱一年爲二元，支持者是五元。最讓楊逵感動的，是前輩詩人林幼春的慷慨解囊，他一下就贊助三百元，足夠《台灣新文學》出版三期。後來加盟這個刊物的作家，有賴和、楊守愚、郭水潭等人，其中多數爲「台灣文藝聯盟」的重要成員。

比起《台灣文藝》，《台灣新文學》更富有寫實精神和社會主義傾向，更注重中文作品，選稿原則也比較開明。楊逵與葉陶用心血生命來培植這塊文學園地，他們分工協作，配合得十分默契。以葉陶爽朗、健談的性格，她更多的主「外」，跑出去接洽雜誌的印刷、發行等事務；而楊逵則常在家中寫稿、編輯，同時兼顧煮飯、洗衣、照顧孩子等家務。這種夫妻角色的「互換」，又被朋友們戲稱爲「葉陶兄」、「楊貴嫂」。

從創刊號到一九三七年六月十五日，《台灣新文學》一共

發行十五期（其中第一卷第十號被查禁），另出版附屬刊物
《台灣新文學月報》兩期。從第一卷第八號（一九三六年九月
發行）至第二卷第四號（一九三七年五月發行）這七期，由於
楊逵夫婦操勞過度、雙雙病倒，編輯工作改由王詩琅臨時負
責。《台灣新文學》發行到第十期時，台灣文藝聯盟的機關刊
物《台灣文藝》已告停刊。這時的文壇上，只剩下《台灣新文
學》獨自擔負起推動台灣新文學工作的使命。

　　一九三六年九月二日，日本政府派出海軍大將小林躋造取
代台灣文官總督，恢復了軍人兼任總督的體制。一九三七年六
月四日，近衛文麿內閣上台，完成了全面發動侵華戰爭的準
備。為了消滅台灣同胞的民族意識，日本殖民當局下令廢除所
有的中文雜誌報刊。到「七七事變」爆發前夕，《台灣日日新
報》、《台灣新聞》、《台灣新民報》、《台灣新文學》等報
刊，或被迫廢除漢文版，或被迫停刊。

　　創辦《台灣新文學》之際，也是楊逵文學創作及文藝評論
寫得最多的時候。從小說〈水牛〉、〈模範村〉、〈頑童伐鬼
記〉、〈蕃仔雞〉……，到多處發表的隨筆、評論、雜文，楊
逵的創作生命力蓬勃而出。作家楊逵的登壇，與賴和等人一同
開創了台灣三〇年代的新文學運動；楊逵編輯生涯的展開，為
台灣新文學園地培植了創作的有生力量；而《台灣新文學》的
被迫停刊，不僅是楊逵與葉陶遭遇的沉重打擊，也象徵了三〇
年代台灣文學黃金時代的結束。

六、首陽農園的抗爭「隱士」

　　楊逵的一生中，從事過五花八門的職業。從送報伕、清道
伕、挑土工、小販、苦力、工人，到園丁、編輯、作家，其中

以園藝爲時最久，可以說大半生都在做「園丁」。而每一種職業的變遷背後，都有著楊逵生命歷程的足跡和時代風雨的投影。一九三七年至一九四五年期間，楊逵在貧病交加和殖民統治高壓的環境中，是以他對首陽農園的艱難開拓和創建，完成了一個園丁／「隱士」曲折抗爭的時代形象。

　　一九三七年「蘆溝橋事變」之後，日本帝國主義相繼發動了侵華戰爭和太平洋戰爭，並把台灣當作南進的基地和跳板。爲了達到他們稱霸亞洲、建立所謂「大東亞共榮圈」的侵略野心，日本殖民當局把台灣的政治、經濟、文化都納入了「戰時體制」，拼命掠奪台灣的物質資源，以支撐其侵略戰爭；另一方面，則更加屬行暴政，瘋狂地推行「皇民化運動」。

　　「所謂皇民化，就是以八紘一宇的團體精神，對新附領土台灣的土地居民，從物與心兩方面，徹底去除從前的思想信仰與物質等狀態，而成爲完完全全的皇國土地與居民。」[29]如果說，這之前日本殖民統治者在台灣推行的「同化政策是意指成爲日本人。則『皇民化』的意思是『成爲忠良的日本人。』但日本統治者所企望之的『皇民化』的實態，不是台灣人做爲日本人活，而是做爲日本人死。因此，『做爲忠良的日本人』的意思是指發現『做爲日本人死』的道理，並爲它奮進。」[30]

　　日本殖民統治者在台灣推行的「皇民化運動」，分爲兩個階段進行。第一階段是一九三六年底到一九四○年的「國民精神總動員」，主要通過各種思想宣傳與精神動員，致力於消弭台灣人的「祖國」觀念和民族意識，大力灌輸日本臣民思想。爲了推行所謂皇民化「國語」運動，一九三七年四月一日，台灣總督府正式下令廢止在台發行報紙的漢文欄，所有雜誌禁止使用中文，台語廣播停止，台灣民眾被剝奪了使用母語的權

利。而日本殖民當局推行的「國語」講習所，則從一九三七年的四千三百六十七所，躍升到一九三九年的一萬五千一百二十六所。接踵而來的，是強迫台灣人改換日本姓名，燒毀祖先牌位、廢棄中國寺廟，並建造日本神社，禁止中國年節風俗，禁演台灣戲劇等等，範圍相當廣泛。第二階段是一九四一年到一九四五年的「皇民奉公運動」時期，其主旨在於徹底落實日本皇民思想，強調挺身實踐，驅使台灣人為日本帝國盡忠。一九四一年四月，台灣總督府下令成立「皇民奉公會」以後，還於全台各地紛紛成立各種外圍組織，諸如「奉公壯年團」、「皇民挺身隊」、「商業奉公團」、「報國挺身隊」、「奉公挺身隊」等等；並通過志願兵制度、義勇報國隊等形式，把台灣人驅趕到戰場上去充當炮灰。

在「皇民化運動」的狂潮中，不僅二〇年代曾經盛極一時的台灣政治鬥爭和社會運動遭到禁絕的命運，三〇年代前半期剛剛走向高潮的台灣新文學運動也陷入困境，進步知識文化界的命運被壓制或封殺。一方面，日本殖民當局通過對漢文欄目的廢棄，直接剝奪了台灣作家的文藝生存園地和母語言說權利；另一方面，他們又強迫作家成立「文學奉公團」、「挺身演劇隊」等各種組織，企圖把作家納入御用寫作的道路上來。遭遇如此巨大的政治壓力，作家們失去了創作的空間，文學活動也急遽減少。老作家王詩琅在戰後回憶此時的台灣文學界，曾這樣說道：

中日事變爆發，隨著日人侵華戰爭的擴大，台灣也跟著實施戰時體制，思想統制日見加強。台灣的文藝工作者在這種情況之下，以過去的文學理念已無法再從事寫作，況且很多的文

藝工作者相繼到中國大陸去，就是留在台灣的，也都把筆暫時
擱起，靜觀時局的演變。[31]

對於作家楊逵而言，戰時環境氛圍的高壓和個人遭遇的艱
難，使他重新陷入了困境。七七事變前夜，爲了拯救瀕臨危機
的《台灣新文學》命運，楊逵於一九三七年六月再渡東瀛，以
謀求日本進步文學界的支持。他四處奔波努力，會見了《日本
學藝新聞》、《星座》、《文藝首都》等雜誌的負責人，建議
設置台灣新文學專欄，爲《台灣新文學》提供合刊發行的合作
前景，以便在台灣報刊中文專欄被廢棄的危機形勢下，保存一
份台灣文學的種子。這種建議獲得日本進步文學刊物界的同意
和支持，楊逵又看到了希望的前景。

然而，隨著七七事變的爆發，楊逵所謀求到的希望前景終
歸破滅。楊逵到日本不足一個月，日本軍國主義就發動了侵華
戰爭，並加強了對國內文化界的壓迫和控制，形勢驟然緊張起
來。一次，因爲日本天皇的出行，沿途地區皆被日本警察加以
突襲檢查。此時住在本鄉小旅社的楊逵，由於是黑名單上的人
物，遂被拘捕押往警察局。多虧原來與楊逵相識的《大勢新
聞》主筆的極力保釋，方得脫臉。恢復自由後的楊逵隱居於鶴
見溫泉，以擺脫日本警察的追蹤。這期間，他將自己原來的
〈田園小景——摘自素描簿〉這篇小說擴充爲〈模範村〉，經
《文藝首都》主編保高德藏之推薦，送往改造社的《文藝》編
輯部發表。

九月返台，楊逵一路被日本特務跟蹤回來；十月二十日得
悉報載，日本開明知識分子被捕百餘人，楊逵與日本進步刊物
合作的計劃完全落空，〈模範村〉也因文化界大檢舉被退稿。

在「皇民化運動」的封殺下，《台灣新文學》被迫停刊，楊逵
夫婦的心血與投資化為泡影；從東京返台就患了肺病的楊逵，
債台高築，貧病交加，遭遇了一生中最為艱苦的歲月。

即使面臨如此困境，一生特立獨行的楊逵也不屑於同日本
殖民當局妥協，去充當御用作家。楊逵說：

七七事變後，整個台灣的文化運動幾乎被『皇民化』運動
淹沒了，於是我只有放棄一切，全力墾殖首陽農場（取自首陽
山典故，自勉寧餓死也不為敵偽說話），一直堅持了八年。[32]

首陽農園的創建，頗為周折。當時，因為不忍心讓三個孩
子挨餓，楊逵只好一次又一次地向米店賒欠，以致於欠債二十
元。在日本警察的唆使下，米店老闆竟將多年主顧的楊逵告上
了法庭。這時，朋友健次因建議楊逵種花，並在火葬場後面，
為他代租了一塊兩百坪的土地。這片土地在今天台中市五權路附
近的舊時火葬場旁邊。當時人們都稱這火葬場為「燒死番仔」，
因為它是專為日本人用的。然而，要開闢這塊土地，租金就需
要三十元。一貧如洗的楊逵，四處奔波借貸，卻連連碰壁。

就在一籌莫展的時候，平素喜愛文學、早有結識楊逵願望
的日本警官入田春彥，在友人的陪伴下前來拜訪。目睹楊逵家
徒四壁的困境，入田春彥當即拿出一百元救助。楊逵盛情難
卻，心中百感交集。平日裡總被日本警察跟蹤、騷擾，今日竟
然有如此奇遇！楊逵與入田春彥，也由此成為肝膽相照的生死
至交。

靠了這筆錢，楊逵還清了米店、雜貨店的債務，用剩下的
錢付了土地租金，最後連一把一塊多錢的鋤頭也買不起，只好

　　向人家借用。這時一位多年不見的朋友晚間敲門，原來是東京時的老同學林懷古。林君當晚邀請楊逵上酒家喝酒，楊逵因為心情鬱悶，喝得酩酊大醉。隔天早晨，林君再度造訪，說要觀賞楊逵的花園，但看到的卻是楊逵用借來鋤頭開墾了一半的荒園。林君感慨萬分，便捐了二十元來相助。楊逵用這筆錢買來水壺、鋤頭和種籽，在新開墾的土地上播下花種，心中充滿了對朋友們的感激之情。以首陽山的故事而命名，楊逵由此開創了「首陽農園」。

　　遭逢亂世，面對日本殖民統治的強權，不同的人做了不同的選擇。一些人跟隨日本去做馴服的「皇民」，也有個別作家充當了「皇民文學」的御用工具；但更多的人則以自己的方式選擇了疏離或反抗的態度。

　　楊逵於亂世中當了花農，走上隱居的歸途，這本身就是對日本殖民當局強令台灣人民「歸順」和「趨同」的一種無言的反抗。而將新開墾的農場命名為「首陽農園」，無疑是表明心態，彰顯精神，它充分體現了楊逵不與日本殖民者妥協的民族氣節，從中也可看到中國人文傳統和愛國精神在台灣島上的血脈流傳。古人有伯夷叔齊義不食周粟，寧願餓死首陽山的壯舉，今人則見楊逵開荒園以種花、避亂世則明志的人格風範。

　　在「皇民化運動」的喧囂中，一些缺乏民族志氣的人，也不時勸說楊逵何不立定志向，為「國家」效力？每逢此時，楊逵便苦笑答道：

　　我哪裡有此種才能？我自己認為該做的是，向蔬菜與花朵澆水、施肥，讓它的嫩芽長高。如果蔬菜與花朵遭到害蟲，就將害蟲一隻一隻地捏死，若長出雜草就要除掉，這就是適合我

的志向了。當然，這些工作只能在我稍微能自由活動的首陽農園裡做。〔33〕

在這段不同尋常的日子裡，楊逵常常意味深長地引吟東方朔的〈嗟伯夷〉，並以此作爲支撐自己的精神動力：

窮隱處兮　窟穴自藏
與其隨佞而得志
不若從孤竹於首陽

楊逵雖然歸隱，但他並非遺世而獨立，而是在冷眼看亂世的同時，保持了一種內在的人生進取精神。楊逵執著守望的是伯夷叔齊的精神，並不是要仿效他們心甘情願地餓死；他認爲，「雖然同是首陽山，但是有覺悟、肯奮鬥、求生存的人未必就會餓死，我想起了被我們祖先趕進山裡頭的山胞們，他們就是仍然生存著，並且保持了比平地人更爲健壯的身體。」〔34〕雖然避亂世於首陽農園，楊逵卻始終在等待機會傳達自己的人生奮爭；他一心一意建設的首陽農園，並非陶淵明式的世外桃源，而是標誌著他對健康大地的擁抱，對活生生世界的創造。

從文化鬥士到歸農園丁，在這種非文化生活方式的轉換面前，一方面，楊逵是以清醒而達觀的眼光，將其視作春夏秋冬的周期性循環交替，以現實的態度坦然面對現實。另一方面，楊逵所眼見的文壇悲劇，令他哀傷震驚。這一時期，在政治高壓和貧病交加的環境中相繼自殺或病逝的台灣作家，就有一打以上，而且多在二三十歲的青春年華。著名詩人楊華，因爲「治安維持法違犯被疑事件」被捕入獄，受盡折磨。出獄後身

患肺病，窮愁潦倒。在楊華最困頓的日子裡，楊逵曾於一九三六年五月四日的《台灣新文學》雜誌第一卷第四號上發出緊急呼籲：「優秀白話詩人楊華，因過度的詩作和為生活苦鬥，約於兩月前病倒在床，曾依靠私塾教師收入為生，今已斷絕，陷入苦境，期待諸君捐款救援，以助其元氣，病倒於屏東市一七六貧民窟。」這個緊急呼籲發出不到一個月，楊華最終於一九三六年五月三十日懸樑自盡，年僅三十歲。文友們的英年早逝，讓身患肺病的楊逵百感交集，痛心扼腕，也更堅定了他擁抱健康大地，以生命的堅持來抗爭黑暗現實的決心。當他一面吐血一面拿著鋤頭墾荒時，這種感覺就更強烈了。楊逵說：「不管怎樣，我還不想死，總想多活幾天，使我的身體變成耐得住西北風，耐得住大颱風吹打般的強壯。這是目前唯一的希望了。」[35]

　　楊逵於亂世中選擇了歸農，每天早出晚歸，櫛風沐雨，一寸一寸地新翻泥土，一顆一顆地撒下生命的種子。當時楊逵也看了許多種花的書，多是日文的。但台島的風土畢竟與日本不同，靠書本經驗去種植，始終長不出好花來。因為缺乏實際種植經驗，不熟悉風土、氣候、季節的耕作規律，第一年幾無收成。於是楊逵帶著葉陶四處走動，參觀別人的花園，借鑑花農的經驗，也訂購一些相關的園藝書籍，期待來年的花園豐收。葉陶由此向別的花園取花來賣，開始了賣花婆的生涯。她從前從事抗日活動，四處演講，知名度高，認識的人也多。靠了朋友們的幫助和照顧，賣花的生意得以維持。更沒想到的是，終日與泥土為伍，田野裡空氣新鮮，又兼體力勞動，楊逵的體重竟然增加了二、三斤，面目黧黑，蒼白盡失，肺病漸漸不治而愈。楊逵常跟人開玩笑，說他是以一根鋤頭治好了肺病。

不僅如此，在首陽農園的勞作中，楊逵還有了新的生活發現和詩心穎悟。從被野草掩沒的花苗，楊逵發現，農學家們用心研究的，往往是耐寒耐熱、不怕風不怕雨的優良品種。由此想到，既然植物可以改良品種，人何以不能改善他的品質？而不認輸、不認命，正是人們抵抗社會風雨的優良品質。從自己一柄被偷走的鋤頭，楊逵想到了這個世界的悲哀：人好比蟻螻，爲了活命需要鋤頭和麵包，不偷盜就無法生存，這才是問題。透過首陽花園的建設，楊逵強烈地感受到來自活生生世界的生命詩意：

　　說起來，在這個將成未成的花園裡，在這小小的世界，仍有著豐富的詩情，在這間草房的旁邊有幾間豬舍，雖然陣風頻頻送來異味，花園的出口也還有火葬場，每日都焚燒了一些人，南風一吹，心旌的異味就傳過來，來訪的朋友經常覺得很不自在，但澆花施肥時和老農閒談起來仍有詩情，可惜我終究不是詩人，無法形諸筆墨，但在這小小世界裡所感覺到的詩意卻比每天報上出現的詩更濃厚。有能力為賦作詩的諸君，希望大家能發現更多的詩情，寫出一個活生生的世界，寫出一首首有生命的詩。[36]

這期間，隨著日本殖民統治的強化，台灣的人力資源和物力資源被瘋狂掠奪，作家也遭遇了強硬的文化統制，台灣的社會環境愈加惡化。一九三八年一月，小林躋造總督發起台民志願兵制度之實施，驅趕台灣青年充當戰爭炮灰；四月，公佈「中日事變特別稅令」，對台灣實行橫徵暴斂；十一月，日本政府發表所謂「建設東亞新秩序」之狂妄聲明。一九三九年五

月，小林躋造宣稱「皇民化、工業化、南進（即南侵以台為據地政策）」的對台三策，開始實施；十月，實行米配給統制；十二月，在台中開始「米穀供獻報國運動」，強制徵糧以遂其侵略戰爭。一九四○年二月，規定台籍民改日本姓名法，後來又宣佈「台籍民改日本姓名促進綱要」，斥不改姓名者為「非國民」。一些御用紳士積極迎合改姓名運動，已經掛起了「國語家庭」的招牌。與此同時，自一九三七年四月一日台灣總督府全面禁止報刊使用漢文以來，文藝界形勢日益緊張。一九四○年一月，日本在台灣的殖民主義文學總代理西川滿又發起創立「台灣文藝家協會」，發行《文藝台灣》，大力倡導「皇民文學」。一些御用文人隨之跟進，周金波的〈水癌〉、〈志願兵〉等「皇民文學」作品先後出籠。

　　楊逵視這一切為耳旁風，他仍然在首陽農園的土地上，用鋤頭「寫詩」。時局的高壓氛圍，剝奪了台灣作家言說的權利，楊逵雖不能夠「放膽文章」，偶然有朋友來訪，邀三五知己，野茱為肴，對酒當歌，也不失為一種快樂。從種花的第四年起，隨著種植經驗的豐富和楊逵健康的恢復，首陽農園的經營也上了軌道。所以遷移到梅枝町十九番的空地，開闢了約一千坪的土地，擴大了經營範圍。

　　然而，首陽農園的隱居並非世外桃源，外界的風風雨雨也不時襲來。從一九三七年「七七事變」至一九四○年，楊逵經歷了病魔纏身、被捕入獄以及親人朋友相繼去世等一系列打擊。一九三八年五月四日，慷慨救助楊逵創辦首陽農園的日本警官入田春彥，因為思想左傾以及與楊逵接近，受到日本當局驅逐出台灣的處分，遂憤而自殺，以死抗議。痛徹肺腑的楊逵拿起筆來，特地為這位可敬的日本友人寫了一篇充滿深情的悼

文〈入田君二三事〉，發表於五月十八日的《台灣新聞》。

　　一九三九年，楊逵的母親蘇足在多年的操勞中，肺病加劇，永別了讓她牽腸掛肚的孩子們；翌年，父親楊鼻身染重疴，溘然長逝。轉眼之間，父母先後去世，令不斷返回家鄉料理親人後事的楊逵承受了巨大的悲痛。母親的一生知足常樂，與人為善；她無師自通，喜歡刺繡、繪畫、圖案。她從不喋喋不休，她的心事都隱藏在靈魂深處，偶爾說出來的每一句話都是一針見血的。她擔心疼愛經常坐牢的兒子，但她更深明大義，恨霸如仇，理解和支持為台灣這片土地奔波奮鬥的兒子。父親雖為民間錫匠，底層百姓，沒有念過書，但他一生關心時事，頗富正義感，重視子女的教育和成長。自「七七事變」以來，楊逵和朋友們在一起時，經常談起戰爭時局，父親對此非常關心。楊逵每每安慰父親，日本人發動侵略戰爭，不會長久。不幸的是，還沒有等到抗日戰爭的勝利，父親就與世長辭了。楊逵從父母那裡接受到最樸素、最親切的人生教育和性格濡染，這影響了他的一生，並幫助他在任何艱難險阻中，堅持初衷不改，為理想而奮鬥。

　　一九四○年，就是在父親病歿的這一年，楊逵還遭遇了一場牢獄之災。因為當時有一位日本親王要來台灣，而過去台中附近曾經發生過一次朝鮮志士趙志明暗殺日本親王久邇宮未遂的事件，所以日本警察異常緊張，將附近一些所謂思想傾向有問題的人強行拘捕，楊逵也被不分青紅皂白地關進監獄十餘天。這次被關在一起的，有十八人之多，他們自稱「十八羅漢」，大有相見恨晚、同氣相求的感慨，出獄後大家還時有來往，這是楊逵在日據時代的第十次、也是最後一次被捕入獄。

　　一九四一年十二月，太平洋戰爭爆發，日本殖民者對台灣

的控制進入了「決戰時期」的全面高壓。是年四月十九日，「皇民奉公會」成立，並創辦《新建設》雜誌作為言論機關，強力推行「皇民化運動」。台灣的各種民間文化團體漸次被收編成一元化的組織，成為動員「國民精神」的宣傳機構。所有的劇團都被編入「台灣演劇協會」，並組織「演劇挺身隊」、「音樂挺身隊」，到處公演「皇民化戲劇」。一九四二年和一九四三年，日本殖民者在戰爭時期召開了兩次「大東亞文學者大會」，並派代表到全島各地舉行所謂「大東亞文藝演講會」。一九四三年四月，為了配合日本帝國主義的思想統治，西川滿創立的「台灣文藝家協會」自動解散，原班人馬隨即成立了隸屬於「皇民奉公會」的「台灣文學奉公會」，並以「確立本島文學決戰態勢，文學者的戰爭協力」為宗旨，在台北公會堂召開所謂「台灣決戰文學會議」。一時間，「皇民化運動」的氣焰甚囂塵上。

戰爭期的台灣天空雖然陰雲密佈，但對於絕大多數台灣作家而言，他們或拒絕寫作，或憑良知抵抗，或陽奉陰違虛與委蛇，以各種方式維繫了台灣新文學的氣脈。一九四一年五月，曾經參加西川滿《文藝台灣》的台灣作家張文環和黃得時，因為反感於西川滿的獨裁作風和《文藝台灣》的勤皇派色彩，毅然退出「台灣文藝家協會」，成立了啓文社，並創辦日文季刊《台灣文學》。這個以台灣文化運動之傳承者自命，冒著被打成「敵性雜誌」危險而創辦的刊物，重新聚集了楊逵、吳新榮、吳天賞、呂赫若、巫永福、龍瑛宗、楊雲萍等台灣文藝界人士，它使楊逵在戰爭期的文學再出發有了新的平台。

楊逵在後來寫的〈光復話當年〉一文中，也曾談到這時期的文壇景況：

抗戰中，台灣文學界主要分為兩大派，一是以日人西川滿為中心的勤皇派，鼓吹著勤皇主義，為日本軍閥的征服與版圖的拓展而揚眉吐氣；另一派是我們台灣同志的民族文學派，卻不僅僅是台灣本地人，也有許多日本人支持著我們。「民族台灣」裡佔了好幾個台大教授、新聞人、也有官吏。[37]

　　四○年代初期，日本政府內部的分裂，日益凸顯，有的主戰，有的主和。在台灣的日本人當中，日本軍部與警方迷信武力，仍舊採取彈壓政策；但一般比較開明的日本人士，態度已有些轉變了。在當時的官吏、記者、編輯及大學教授當中，出現了一些厭惡戰爭、反對日本帝國主義侵略政策的人士，如台大教授金關、中村，《台灣民俗》雜誌的同仁們，又如台灣總督府雜誌《台灣時報》月刊的編輯植田、淺田，以及「奉公會」《台灣文藝》雜誌的編輯池田，《台灣公論》的編輯，《新高新報》的記者，以及身為小學教員的日本女作家坂口襗子夫婦等等。他們開始頻繁地接觸台灣作家，想走大家合作的路線。他們也常常到首陽農園訪問、邀稿，期待楊逵拿起筆來。植田就曾幾次找楊逵交談，希望楊逵能夠給《台灣時報》寫稿。楊逵也與植田討論這個問題，並坦白地告訴對方：「如果要我們作家合作，必須讓我們報導實在的情形，在文學方面，也是描寫實情。如要我們歌功頌德，那是不可能的事。」[38]

　　在這種社會背景下，隱居首陽農園四年之後的楊逵，決定利用一切可以利用的條件和方式，透過「合法」的文學鬥爭，來對抗「皇民文學」，想方設法傳遞台灣新文學的薪火。從一九四二年起，楊逵再次出現於台灣文化界，並以他一向的積極態度介入敏感、複雜的社會政治問題。在刊物的邀約下，楊逵

把一篇極富嘲諷意義的小說〈泥娃娃〉，投給了《台灣時報》的編輯植田。這篇作品一方面是表現武力不可仗恃，另一方面在指責日本軍國主義強化的戰爭觀念對兒童心靈的荼毒。由於刊物內部的矛盾，開明思想派一時獲勝，〈泥娃娃〉得以全文登出，並發生強烈的影響，同時也引發殖民政府內部的摩擦。

這篇作品刊登後，植田又來邀稿，楊逵便創作了小說〈鵝媽媽出嫁〉，作品譴責了「大東亞共榮圈」虛構的「共存共榮」，在小說結尾處更是畫龍點睛地寫道：「不求任何人的犧牲而互相幫助，大家繁榮，這才真正是共存共榮……」。作品在《台灣時報》發表後，立刻受到日本警方的干擾。因為這本雜誌是日本總督府的刊物，所以未能禁刊；而當楊逵後來將〈鵝媽媽出嫁〉連同其他幾篇作品合併要出單行本時，卻被查禁了。一九四二年，楊逵創作出現新氣象，一年之內，他就發表了〈無醫村〉、〈泥娃娃〉、〈鵝媽媽出嫁〉、〈萌芽〉、〈紳士軼話〉、〈父與子〉、〈民眾與娛樂〉、〈作家與熱情〉等十三篇文章，包括小說、散文、劇本、文藝時評等等。

一九四三年，楊逵於首陽農園種花之餘默默翻譯的長篇小說《三國志物語》四卷本，由台北盛興書店出版。楊逵從小喜歡聽賣藝人說書，《三國演義》、《水滸傳》都是他耳熟能詳的故事。在無法直抒胸臆的時代裡，為了自娛娛人，更為了以大眾化文學的方式傳遞出民族文化與文學的傳統，楊逵將《三國演義》的故事，翻譯成日文的《三國志物語》，並請畫家林玉山畫了插圖。在此書的序言中，楊逵這樣寫道：

　　小說最重要的是必須有故事的趣味性。
　　雖然三國志或許能滿足這種趣味性，但是只有這樣就夠

了嗎？

俗話說：「要用活眼讀活書！」

我想用這句話來要求讀者諸君。

讀書最重要的就是要讀出書中的精神。

我們萬不能忽略了書中三傑的忠烈義勇精神。

而劉備、張飛、關羽三人性格迥異，卻能為了完成大業而團結到底，千萬不可輕忽。[39]

在楊逵看來，台灣閱讀階層中喜愛《水滸傳》和《三國志》的人們佔有相當比例。如果能通過通俗小說的新創和提升，抓住這類閱讀階層，就能更好地發揮一個文學工作者存在的價值。因此，正是本著為台灣民眾的文化需要著眼，本著延續民族文化傳統和文學傳統的宗旨出發，楊逵創作出版了《三國志物語》，並使通俗小說的寫作在「皇民化運動」的推行時期，仍有民族意識的彰顯。

從一九四一年到一九四五年台灣光復，在創作小說、劇本等作品的同時，楊逵還發表了二十九篇文藝評論，構成其創作的又一高峰。一九四三年五月，「皇民文學」的總代理西川滿在「台灣奉公會」成立之際，於《文藝台灣》發表一篇〈文藝時評〉，攻擊辱罵台灣文學的主流是「糞便現實主義」，又用個別變節分子所寫的「皇民文學」來打壓台灣新文學作家。西川滿蠻橫無理的殖民主義態度，引起了台灣作家的強烈憤怒，世外民（邱永漢）、吳新榮、台南雲嶺、呂赫若等人皆以自己的方式同西川滿展開論辯鬥爭。楊逵此時則化名「伊東亮」，發表了〈擁護糞便現實主義〉一文，深刻揭露了西川滿壓制踐踏台灣文學的真面目，從根本上維護了台灣新文學的品格。同

年十一月十三日，在所謂「台灣決戰文學會議」上，面對西川滿之流「獻上文藝雜誌」、「服從戰時配置」的廢刊建議，黃得時、楊逵等台灣作家正面反彈，全力抗爭，全場氛圍一時間顯得緊張肅殺。雖然在巨大的政治壓力下，《台灣文學》最終不得已被強令廢刊，但台灣作家的抗爭精神令人感佩。

到了日本侵華戰爭後期，敗象已露的日本統治者更加緊了對台灣的彈壓，台灣作家連「不說話的自由」也被剝奪了。根據楊逵的摯友，戰爭末期與其交往甚密的鍾逸人後來回憶，在「皇民化」甚囂塵上的時候，當時很困擾楊逵的一件事就是，「日本當局以及『皇民奉公會』有時會要他寫些迎合當時的文章，這違反他的個性，當時有些台人作家，爲生活所逼，而成爲御用文人的也不是沒有。」楊逵「生活固然艱困，又有肺病，但一直拒絕這種充當御用文人的要求，真的無法拒絕，也頂多是虛應故事應付一番。」[40]

一九四四年六月，台灣總督府情報課（文化局）邀請台灣作家分赴台中州謝慶農場、台南州斗六國民道場、高雄海兵團，石底炭坑，金瓜石礦山等地，實地參觀戰時體制，以撰寫「報告文學」，呼應日本帝國主義的南進政策。楊逵被派往石底炭坑，觀察煤礦工人的起居作息、生存狀況，並據此寫了〈增產的背後——老丑角的故事〉。這篇作品保持了一貫的寫實風格，因是應邀之作，也不乏反面寄意。楊逵生前曾與人言這是一篇敷衍之作，也就是「虛應故事應付一番」的文章。

「皇民奉公會」成立後，台灣的電影、演劇、文學、藝術等文化活動，都被迅速納入殖民當局的一元化統制之下。一九四一年四月，「皇民奉公會」成立；翌年一月，「皇民奉公會」又組織「演劇挺身隊」，動員各地文學界替他們工作。楊

達此時則巧妙地利用日本殖民者推廣「皇民化戲劇」的機會，
來反諷日本當局，啓蒙民眾覺悟。一九四三年一月參加「二水
奉公會」的朋友陳憨嬰、楊招鑒來找楊逵，希望能爲他們寫一
齣劇本。楊逵創作了〈撲滅天狗熱〉，投給《台灣公論》月
刊，想出版後借「演劇報國隊」的名義來演出。這齣劇表面上
寫撲滅流行於農村的天狗病，實際上是在嘲諷和抨擊日本帝國
主義的走狗──放高利貸欺壓農民的李天狗。但劇本一登出，
《台灣公論》就被查禁了，演出自然也化爲泡影。霧峰有另一
朋友莊萬生，也參加了「皇民奉公會」，楊逵本想把小說〈模
範村〉改成劇本，供他們演出，可〈撲滅天狗熱〉一被禁，其
他劇本的改編演出也成爲不可能的事。

　　到一九四四年年底，《台灣新聞》副刊主編田中，與「同
盟通訊社」松本特派員相偕來訪。他們帶來俄國詩人與劇作家
特洛查可夫寫的一個劇本《怒吼吧！中國》，要楊逵將其改寫
成適合當時演出的劇本。他們表示，這個劇本的演出已獲得台
中州特高課課長田島的同意。田島比較開明，楊逵的〈鵝媽媽
出嫁〉被查禁時，他曾爲此打抱不平。

　　〈怒吼吧！中國〉是一齣描寫鴉片戰爭時期，英國侵略中
國的歷史劇。劇本的主要內容是反對英國，這符合當時的日本
國策，故得以問行。楊逵採用迂迴策略，將這齣戲作了修改。
台上表演的是英國人欺負中國人，台下的觀眾卻是心知肚明：
那盛氣凌人的英國人哪，其實就是日本帝國主義！尤其是把在
台中公園毆打林獻堂的日本浪人賣間的名字，安在劇中英軍艦
長的頭上，更是鮮明地影射了日本的侵略戰爭。楊逵與巫永
福、張星建、顏春福等朋友成立了「台中藝能奉公會」，利用
這個組織排練〈怒吼吧！中國〉，並在台中的台中座、台北榮

座及彰化三個城市用日語演出，獲得滿堂喝彩。一些前來觀賞的台灣大學及高等院校裡的教授們心潮難平，其中一位特意來到後台，他緊緊握住楊逵的手說：「你的心情我能夠理解！」

〈怒吼吧！中國〉的演出成功，讓楊逵信心倍增，他向田島提出了用台語演出的建議，並得到了對方贊同。後來，在首陽農園的草寮裡，每到周六下午和晚上，就有三四十位年輕人，前來參加翻譯和排練。沿引祖國焦土抗戰之意，他們成立了「焦土會」，宗旨是：寧願變爲焦土，也不願「皇民化」！楊逵和這些年輕的朋友，一起採野菜舉行「野菜宴」，一起排練〈怒吼吧！中國〉的台語話劇，共同研究時事、文學、三民主義。楊逵以手頭僅有的一本三民主義原版書，向年輕朋友宣傳講解三民主義。這本書是原台灣大學教授中井淳先生從廣東帶回來送給楊逵的。此時戰爭已接近尾聲，在盟軍飛機持續不斷的轟炸中，走向窮途末路的日本侵略者正在作困獸掙扎。

一九四五年八月十五日，楊逵與前來首陽農園排演戲劇的青年朋友們，從無線電廣播中聽到了他們一生中最爲震撼的消息：日本天皇宣佈無條件投降，台灣即將回到祖國的懷抱！

首陽農園頓時沸騰起來！人們奔走相告，歡喜若狂，禁不住熱淚滾滾，百感交集！

整整五十一年了，在日本殖民統治鐵蹄下渡過的這半個多世紀，是多麼不堪回首的一段屈辱慘痛的歷史！有祖國而不能呼喚祖國的悲哀，世世代代居住台灣卻不能擁有寶島的痛苦！

終於，噩夢一樣的昨天結束了。懷著重見天日的心情，楊逵立刻「就把『首陽農園』改成『一陽農園』，又得到年輕人的支援，發行『一陽周報』介紹國父思想與三民主義，那時候，我們就覺得光復以後，在大家興奮的心情之下，向民族、民權、

民生努力建設，台灣一定可以成爲三民主義的模範省。」〔41〕

〔1〕轉引自劉振魯：〈對日據時期滅種政策的剖析〉，見《台灣文獻》
三三卷一期。

〔2〕陳碧笙：《台灣地方史》（增訂本），北京，中國社會科學出版社，
一九九〇年七月版，第二〇一頁。

〔3〕王詩琅：《日本殖民地體制下的台灣》，台北，眾文圖書公司，一
九八〇年十二月版，第四七頁。

〔4〕矢內原忠雄語，轉引自王詩琅：《日本殖民地體制下的台灣》，台
北，眾文圖書公司，一九八〇年十二月版，第四七頁。

〔5〕轉引自王詩琅：《日本殖民地體制下的台灣》，台北，眾文圖書公
司，一九八〇年十二月版，第五四頁。

〔6〕上內恆三郎：《台灣刑事司法政策論》，第二九頁，轉引自漢人：
《台灣革命史》，第八三頁。

〔7〕湯子炳：《台灣史綱》，第一八三頁。轉引自陳碧笙：《台灣地
方史》，北京，中國社會科學出版社，一九八二年八月版，第二
二四頁。

〔8〕楊逵：〈「日據時代的台灣文學與抗日運動」座談會書面意見〉，
寫於一九七四年十月三十日；收入《楊逵全集》第十卷（詩文卷·
下），（台南）國立文化資產保存研究中心籌備處，二〇〇一年十
二月版，第三八八頁。

〔9〕楊逵：〈我的回憶〉，原載《中國時報》一九八五年三月十三日至
十五日；收入《楊逵全集》第十四卷（資料卷），（台南）國立文
化資產保存研究中心籌備處，二〇〇一年十二月版，第五二頁。

〔10〕林梵：《楊逵畫像》，台北，筆架山出版社，一九七八年九月版，
第五六頁。

〔11〕楊逵：〈半罐水叮咚響〉，原載一九五五年十一月綠島《新生活》
壁報「國父紀念周刊」；收入《楊逵全集》第十卷（詩文卷·
下），（台南）國立文化資產保存研究中心籌備處，二〇〇一年十

二月版，第二八八頁。

〔12〕日本人秋澤島川所著，台北，杉田書店，一九二三年四月五日出版。

〔13〕楊逵：〈「日據時代的台灣文學與抗日運動」座談會書面意見〉，寫於一九七四年十月三十日；收入《楊逵全集》第十卷（詩文卷·下），（台南）國立文化資產保存研究中心籌備處，二〇〇一年十二月版，第三八八～三八九頁。

〔14〕楊逵：〈日本殖民統治下的孩子〉，原載《聯合報》，一九八二年八月十日；收入《楊逵全集》第十四卷（資料卷），（台南）國立文化資產保存研究中心籌備處，二〇〇一年十二月版，第二二頁。

〔15〕楊逵：〈我的回憶〉，原載《中國時報》，一九八五年三月十三日至十五日；收入《楊逵全集》第十四卷（資料卷），（台南）國立文化資產保存研究中心籌備處，二〇〇一年十二月版，第五八頁。

〔16〕此系台語，指圓房完婚。

〔17〕楊逵：〈殖民地人民的抗日經驗〉，原載《中華雜誌》二五二期，一九八四年七月；收入《楊逵全集》第十四卷（資料卷），（台南）國立文化資產保存研究中心籌備處，二〇〇一年十二月版，第四八頁。

〔18〕楊逵：〈我的回憶〉，原載《中國時報》，一九八五年三月十三日至十五日；收入《楊逵全集》第十四卷（資料卷），（台南）國立文化資產保存研究中心籌備處，二〇〇一年十二月版，第六〇頁。

〔19〕楊逵：〈送報伕〉，《鵝媽媽出嫁》，台北，香草山出版社，一九七六年五月版，第一三五頁。

〔20〕楊逵：〈「草根文化」的再出發——從文學到政治〉，收入《楊逵全集》第十卷（詩文卷·下），（台南）國立文化資產保存研究中心籌備處，二〇〇一年十二月版，第四二七頁。

〔21〕楊逵語，見〈我要再出發——楊逵訪問記〉，原載《夏潮》第一卷第七期，一九七六年十月；收入《楊逵全集》第十四卷（資料卷），（台南）國立文化資產保存研究中心籌備處，二〇〇一年十二月版，第一六七～一六八頁。

〔22〕此系台語，意為「叮咚屋」，指漏雨的屋，屋子漏雨時響起滴滴答答的水聲。

〔23〕楊素絹：〈心襟上的白花〉，原載《聯合文學》第一卷第八期，一九八五年六月版，第二八頁。

〔24〕楊逵語，見〈我要再出發——楊逵訪問記〉，原載《夏潮》第一卷第七期，一九七六年十月；收入《楊逵全集》第十四卷（資料卷），（台南）國立文化資產保存研究中心籌備處，二〇〇一年十二月版，第一六八頁。

〔25〕同上，第一六二頁。

〔26〕楊資崩：〈我的父親——楊逵〉，原載《聯合報》，一九八六年八月七日。

〔27〕葉陶：〈愛的結晶〉，日文原著發表於一九三六年二月刊行的《台灣新文學》附屬刊物《台灣新文學月報》。

〔28〕鍾天啟（鍾逸人）：〈瓦窯寮裡的楊逵〉，原載《自立晚報》，一九八五年三月二十九日；收入陳芳明編：《楊逵的文學生涯》，台北，前衛出版社，一九八八年九月版，第二九七頁。

〔29〕戚嘉林：《台灣真歷史》，北京，中國友誼出版社，二〇〇一年一月版，第一五二頁。

〔30〕尾崎秀樹：〈戰時的台灣文學〉，王曉波編：《台灣殖民地的傷痕》，台北，帕米爾書店，一九八五年八月版，第二一二頁。

〔31〕王詩琅：〈日據時期台灣新文學〉，原載《台灣文藝》一卷三期，一九四四年六月；收入《台灣新文學重建的問題》（王詩琅選集第五卷），台北，海峽學術出版社，二〇〇三年五月版，第一三四頁。

〔32〕楊逵：〈日本殖民統治下的孩子〉，原載《聯合報》，一九八二年八月十日；收入《楊逵全集》第十四卷（資料卷），（台南）國立文化資產保存研究中心籌備處，二〇〇一年十二月版，第二八頁。

〔33〕楊逵：〈首陽園雜記〉，原載《台灣新聞》，一九三七年三月三十日至四月二日；收入《楊逵全集》第九卷（詩文卷·上），（台南）國立文化資產保存研究中心籌備處，二〇〇一年十二月版，第四八六頁。

〔34〕同上，第四九七頁。

〔35〕同上，第四九六頁。

〔36〕同上，第四九七頁。

〔37〕楊逵：〈光復話當年〉，手稿註明：「四十二年光復節，改登於新生活壁報國父紀念周刊」；收入《楊逵全集》第十卷（詩文卷·下），（台南）國立文化資產保存研究中心籌備處，二〇〇一年十

二月版,第二六九頁。

〔38〕楊逵:〈光復前後〉,原載《聯合報‧副刊》,一九八〇年十月二
十四日;收入《楊逵全集》第十四卷(資料卷),(台南)國立文
化資產保存研究中心籌備處,二〇〇一年十二月版,第一一頁。

〔39〕楊逵:〈三國志物語‧序〉,《楊逵全集》第六卷(小說卷),
(台南)國立文化資產保存研究中心籌備處,一九九九年六月版,
第一五六頁。

〔40〕鍾天啟:〈瓦窯寮裡的楊逵〉,原載《自立晚報》,一九八五年三
月;收入陳芳明編:《楊逵的文學生涯》,台北,前衛出版社,一
九八八年九月版,第三〇〇頁。

〔41〕楊逵:〈光復前後〉,原載《聯合報‧副刊》,一九八〇年十月二
十四日;收入《楊逵全集》第十四卷(資料卷),(台南)國立文
化資產保存研究中心籌備處,二〇〇一年十二月版,第一三~十四頁。

第二章

風雨人生：
世紀台灣的長跑者（下）

一、戰後重建的文化先鋒

　　一九四五年八月至一九四九年十二月，是台灣歷史上一個非常獨特的過渡階段，人們一般稱之為「光復時期」。短短四年中，台灣結束了一個充滿屈辱與血淚的日本殖民統治時代，也遭逢了光復後風雲詭譎、時局多變的現實境遇。歷史變遷過程中的多重矛盾扭結，使台灣人民在光明與黑暗並存、進步與落後交織、希望與挫敗共生的時代轉換中，經歷了社會風雲急劇變幻的巨大震盪。

　　一九四五年八月十五日，日本昭和天皇詔告臣民無條件投降，接受《波茨坦公告》。經歷了五十一年被割讓、被殖民的慘痛歷史，六百五十萬台灣同胞終於結束了「亞細亞的孤兒」命運，重新回到祖國母親的懷抱。

　　十月五日，台灣行政官署的先行人員葛敬恩中將率領幕僚八十餘人飛抵台北。

　　十月十日，是台灣開闢以來第一次慶祝雙十節。這一天，全省各地都舉行了慶祝典禮。早晨八時，無數的民眾簇擁到台北公會堂（現在的中山堂），把會場擠得水洩不通。各地代表

發表演說時，民眾情緒高漲，許多人被感動得唏噓流淚，壓抑了五十一年的情感噴湧而出。十月十六日，接收台灣的國民黨軍隊開始登陸。當時的情形是：

　　十月十六日，傳聞國軍抵達基隆，民眾爭先恐後，均以先睹國軍為快，因而基隆碼頭人山人海。可是這一天裝載國軍的船艦終未入港，民眾等得望眼欲穿，有的甚至露宿碼頭以待。第二天，首批國軍乘坐美國運輸艦，在盟軍飛機的掩護下，浩浩蕩蕩，開入基隆港，這是陳軍長孔達所部的陸軍七十軍，當軍隊開始登陸，民眾喜極淚下，舉手高呼，其聲震動天地。是日下午，這批將士分乘火車抵達台北火車站時，一樣地也是人潮洶湧，當這千百貔貅離開台北火車站，開始前進，三十萬市民夾道歡迎，處處都是感人的場面……[1]

　　十月二十五日，盟國中國戰區台灣省受降儀式於台北市公會堂舉行，中國在台灣省的受降主官會後發表廣播談話宣告：「自即日起，台灣及澎湖列島已正式重入中國版圖，所有一切土地、人民、政事皆已置於中國主權之下。」[2]台北市學生及各界民眾數萬人舉行環市大遊行，歡慶祖國收復失土。全省家家戶戶張燈結彩，焚香祭祖，舞龍舞獅的鑼鼓聲早已響徹街頭巷尾，光復的狂喜波及到社會的各個層面。
　　作家張文環在〈關於台灣文學〉一文中，曾這樣描寫了光復時的動人場面：

　　今天新生報台中分社主任吳天賞，光復當時，在眾人面前指揮練唱國歌時，禁不住流下了熱淚。連做夢也沒有想到這麼

快就獲得了自由，而且大家都還活著，真想一起跪在青天白日
旗的面前痛哭一場……[3]

　　一時間，歡呼光復的狂喜浪潮湧動，「台灣祖國化」的口
號風行各地，「中國化」的趨向構成當時台灣最強勁的社會潮
流，台灣歷史由此進入了一個轉折的時代。

　　沉浸在光復氛圍中的一陽農園，適逢新的時代氛圍，呈現
出欣欣向榮的景象來。楊逵躊躇滿志地走在時代的前列，開始
了他人生的再出發。這一年，楊逵正好四十歲。以不惑之年的
社會體驗和人生徹悟，楊逵光復時期的所有活動，都在圍繞兩
個目標展開：一是宣揚三民主義新中國，創造自由、民主新生
活；二是投身台灣新文學的重建活動，期盼文學薪火的傳承。
無論是為台灣文壇的復興奔走呼籲，還是投身於多種社會活動
之中，這一切都充分顯示了一個劫後餘生的文壇老兵對台灣重
建的熱望，楊逵作為思想者、行動者和文學家的形象得以充分
彰顯。

　　光復之初，從一九四五年八月十五日日本宣佈投降之日，
到十月五日台灣行政官署的先行人員葛敬恩中將率領幕僚八十
餘人飛抵台北之間，整整五十天的時間，台灣處於政治權力
「真空」的過渡期。從異族統治下掙脫出來的台灣人民，自動
地組織起來，出現了一個無人領導的、自發的、全島性的、令
人感慨的「自治運動」。他們或籌備歡迎祖國政府之工作，或
想方設法營救身陷海外之同胞，或走上街頭維持社會治安，或
自編教材輔導學生學習漢語，或籌劃企業、謀求經濟發展，為
穩定戰後台灣局面發揮了巨大的作用。這期間，台灣島上幾近
夜不閉戶，路不拾遺，沒有發生一樁小偷小摸、搶劫民財的案

件；市場雖然由戰時統制恢復為自由經濟，但市場上的所有商品價格持平，沒有發生更大波動；全島秩序井然，也無重大交通事故。對祖國大陸的心嚮往之，讓台灣人民以擺脫了殖民統治的主人公姿態和自律精神，自覺地配合了祖國接收台灣的歷史性勝利。

　　當時台灣社會的重要現象之一，就是各種民間團體如雨後春筍般湧現，大家都想為台灣光復盡職盡責。當然，因為社會正處於大的轉折動盪時期，複雜多變的社會背景和現實形勢，也帶來這些民間團體的複雜色彩。一九四五年九月十日，由台中文化名人陳炘發起，台中成立了「歡迎國民政府籌備會」，葉榮鐘出任總幹事，常任委員多是社會政治文化界名流。這個民間團體雖然沒有權利，但由於它是由過去民族解放運動時期的領導人組成的集團，在台灣光復的特殊時期，還是以其政治號召力和民眾的信任度，構成了政治上的穩定力。這一時期，其他像「台灣省海外僑胞救援會」、「人民協會」、「農民協會」、「人民自由保障會」、「學生聯盟」、「大公企業」等民間團體，紛紛成立，各盡其責。

　　當時，整個社會都在盛言三民主義，台灣很快成為三民主義的天下，人們也以各種方式來理解和接受三民主義。對於民族、民權、民生，一般的民眾也還理解；但在一些偏僻的地方，對三民主義的誤讀，也時有發生。例如角板山的醫生就對村裡人說，所謂三民主義，就是日本人、台灣人、高山族三個民族融洽行事。[4] 在眾多的民間團體中，三民主義青年團是國民黨公認的團體，許多台灣人蜂擁而至，或積極參與，或打探情勢，知識分子和作家主動參與或應邀進入組織的，也不乏其人，如葉榮鐘、張星建、巫永福、吳新榮、呂赫若等人。

　　楊逵回憶自己本時期活動的時候，曾這樣談到：「我也常在台中的三民主義青年團露面，但根本無意參加。我想根據自己的想法來建立自己的組織，採取自己的方針。」[5]事實上，楊逵確實在著手組織團體。台灣剛剛光復，楊逵就和各地趕來看望他的昔日農民組合與文化協會的朋友們有過討論。楊逵說：「他們和我都很希望早日重建工人農民等人民的自主團體」[6]。早在日本投降剛剛八天的八月二十三日，楊逵就同李喬松帶著「解放委員會」的傳單拜見林獻堂。林獻堂曾勸導兩人不要輕舉妄動，最好靜觀時局：「所謂解放者，對任何人而言也，舊政府已將放棄，新政府尚未來，而解放云云對誰而言也，此時唯有靜觀，切不可受人嗾使以擾亂社會秩序也。」[7]此後，楊逵並未接受林獻堂的建議。池田敏雄一九四五年九月四日的日記裡，就有「楊逵（作家）取得台中當局的諒解，正在組織『台灣解放委員會』」的記載[8]。多年過去，楊逵在一九八二年訪美回程過境日本之際，曾接受戴國煇教授與內村剛介的訪問，他這樣憶及往事：

　　台灣總督府向國民政府正式投降的日期是十月二十五日，在這一天以前，我組織了解放委員會，意思是要總督府的統治權停止，我們的要求，特高課長（譯注：指的是台中廳警察內的特別高等刑事課課長）是以默認的方式接受了，當他向上面呈報時，上面卻回說不行，因此才想從文化方面做點事，也就是我剛才說的，出版了《阿Q正傳》。[9]

　　儘管楊逵出於戒嚴體制下的政治禁忌，在有無「解放委員會」的名稱問題上，有過前後不一致的說法，但他當時針對日

本當局的殘餘統治，著手組織代表工農民眾「解放」意願的團體，應該成為不爭的事實。

日本投降之際，日本警察或台人警察，都不再出來維持社會秩序；而戰爭結束帶來的民眾自由交易，又讓遍地叢生的攤販堵塞了交通，任意棄置的垃圾也堆積如山。面對舊政解紐、新政未孚的青黃不接之秋，「歡迎國民政府籌備會」響應蔣介石所倡導的「新生活運動」，於一九四五年九月發佈文告，號召青年知識分子就地組織青年服務隊，協助維持桑梓的治安。

這時，楊逵主動站出來，組織台中市民成立了「新生活促進隊」，負責清理台中市的垃圾。這個隊伍當初是由關心社會的心地單純的男女青年組成，護士、學生、司機、文化人……皆在其中，可謂戰線廣泛。最初，約有一百來人，後來開始清掃街道時，不斷加入新的成員，以至於人數多達成立時的三倍以上。「新生活促進隊」的成員自備工具，攜帶掃帚簸箕，列隊走上台中市的街頭，開始大規模的環境清潔運動，為光復之初的台灣重建工作增添了令人鼓舞的社會景觀。

當時負責宣傳工作的葉陶，更是發揮了一個演講家的才華，將群眾鼓動得熱血沸騰。只見她一襲黑色長裙，站在十字路口的椅子上，目光環視出入市場的人群，第一句話，先自報家門，並說明自己的賣花婆身份，然後反問群眾：日本人已經戰敗了，我們也回到祖國的懷抱了，我們是否能在沒有日人的統治下，過得更好？過得更有意義？沒有日本人的刺刀在背後，我們是否能更為自動、自愛、自發、自覺？葉陶的演講激起群眾的陣陣掌聲，許多人自動參加到清掃工作中來，市民們還熱心供應了茶水、香煙和點心。

「新生活促進隊」的行動，雖然只是清掃垃圾，整肅環

境，但楊逵事先爲此擬好的兩項立場與原則，卻是頗具深意的。這兩項原則是：

　　一、「新生活促進隊」要清掃，不只是路上垃圾，而是想更進一步掃除台人的奴隸劣根性，要台灣人醒覺，不要因為沒有統治者日本人的壓制，而無法自覺無法自理，以致公德敗壞，社會日益混亂。
　　二、「新生活促進隊」的隊員，絕不可收分文報酬，才不致使這個有意義的「新生活促進隊」淪為一般「清潔隊」。〔10〕

　　從中可知，楊逵所致力的，不僅僅是戰後台灣良性生活秩序的重建，更是民眾素質的重新構建。
　　一九四六年四月二十一日，「台灣革命先烈遺族救援會」正式成立，劉啓光任主任委員，簡吉爲總幹事，楊逵擔任副總幹事，另有委員五十九人。根據該會公佈的標準，「台灣革命先烈」，特指那些爲解放台灣從事反日運動而成績卓著或壯烈犧牲者。該會決議將桃園神社改建爲忠烈祠，定於六月十七日台灣淪陷紀念日舉行奉安大典，並籌備一系列紀念活動。該會還印就捐款名單，爲救濟先烈遺族募捐基金。楊逵所執筆的〈六月十七日前後——紀念忠烈祠典禮〉，自六月十七日起，連續兩天刊登於《台灣新生報》。文章在回顧和頌揚台灣革命先烈反日抗爭事跡的同時，特別揭露了日本殖民當局的侵略面目，以及淸朝官員賣國求榮、台灣漢奸追隨日軍的卑劣行徑，並強烈呼籲公開那些被屠殺者的鬥爭事迹，將異族統治者編造的台灣歷史糾正過來，將人民被扭曲的認知匡正過來。事實上，楊逵的主張所承繼和發揚的，也是他投身文學運動最初的

創作宗旨和文學信念。

光復初期，許多機構處於重組之中，不斷有一些政治團體邀請楊逵出來任職，但都被楊逵婉言謝絕。如謝雪紅領導的以宣傳馬克思主義爲宗旨的「人民協會」，原農民組合成員的張士德（本名張克敏）所供職的三民主義青年團，原農民組合骨幹的侯朝宗（後改名爲劉啓光）所加入的軍統局等等。據鐘逸人回憶，返台後的劉啓光曾登門拜訪楊逵，想說服他出任新竹縣的社會科長或民政局長。對於這些，楊逵一概沒有應允。[11]他當時只同意擔任《和平日報》的編輯，而不願介入政治團體，他更願意做實際事情，而不想上台吆喝。

鑒於台灣戰後重建的現實，楊逵更加意識到培養社會幹部和時代先進、啓蒙民眾的迫切性。他甚至計劃在一陽農園創辦政治學校。在楊逵的設想裡，利用有關新中國藍圖的三民主義論著作爲教材，由全省各地每一個村莊，去挑選一至三名基層青年，集中到一陽農園，施以六十天的勞動兼政治培訓，然後遣返鄉下，以教育和影響當地民眾。通過分批輪訓幹部，來爲台灣社會提供戰後重建的骨幹人才。這個極具烏托邦色彩的計劃，終因政治局勢驟變，「二二八事變」發生而成爲泡影。[12]

台灣光復後，怎樣消除日本殖民統治留下的文化遺害，成爲當時社會亟待解決的問題。日本殖民當局長期推行的同化政策，特別是一九三七年之後的「皇民化運動」，給台灣的民族文化和語言帶來了毀滅性的打擊；「皇民煉成」造成的精神荒廢和心靈創傷，還在夢魘般地纏繞著台灣社會。先行的台灣知識分子敏感地意識到這個問題，早在一九四五年九月二十八日，就有署名「林萍心」的文章談論到：

大多數的台灣同胞受盡了日本奴隸教育，他們中間大部分已成了「機械」的愚民，而小部分已成為了極危險的「準日本人」，我們要用怎樣的手段和方法，在最短時間中去喚醒去感化這兩批的同胞，使他們認識祖國，使他們改掉「大和魂」的思想，成為個個健全的國民，使他們能夠走上建設新台灣，建設新中國的大路上去。〔13〕

在這一歷史轉折期，海峽兩岸作家攜起手來，共同擔負起台灣文化重建的時代使命。為了幫助台灣人民早日擺脫日本奴化教育的遺毒，從三〇年代就已經馳名文壇的文化界人士許壽裳、臺靜農、黎烈文、李霽野、李何林、黃榮燦、袁珂、雷石榆、錢歌川，到四〇年代成長於大陸的文藝新進何欣、歌雷、思翔、孫達人、蕭荻等人，再到寓居大陸多年的台灣作家張我軍、洪炎秋、王詩琅、鍾理和等作家，他們於一九四六年前後紛紛赴台，同堅守台灣新文學陣地的楊逵、吳濁流、楊雲萍等人一道，創建台灣省編譯館，推廣國語運動，更新報刊文化陣地，為開創台灣戰後文化新局面不遺餘力，鞠躬盡瘁。

楊逵因為力作〈送報伕〉曾被胡風翻譯到大陸文壇的緣故，在前來支援台灣文化重建的大陸文化人士當中早有所聞，所以經常有人到一陽農園走動，與楊逵共商文化活動的事宜。楊逵那座用茅草、蘆稈和泥巴混合搭建的小房子，逐漸成為台中地區一個小小的文化中心。

光復以後，日據時代一向用日文寫作的楊逵，出於對祖國文化的熱愛，毅然拋棄了他所熟悉的日文，寧願忍受暫時擱筆的痛苦，開始了艱難的文字轉換。他自學中文，努力用中文寫作表達自己的思想感情，正在讀小學一年級的女兒楊素絹成了

他的「小先生」。楊逵後來所寫的〈阿Q畫圓圈〉、〈我的小
先生〉等篇什，都記載了這種語言轉換過程中的五味雜陳的人
生感受。

　　此時的楊逵依然貧窮，但這並沒有妨礙他以文化鬥士的形
象出入於台灣文化重建的第一線。當年的台灣文化界朋友都還
記得，楊逵和妻子葉陶常常穿著破舊不堪的衣服參加台中的社
會活動，與那些所謂「社會名流」的雍容華貴形成鮮明對照。
「因為我貧窮，所以我驕傲」，楊逵常用這句話來自詡他的行
為。從香港來台灣的文藝界人士黃永玉，曾這樣描摹了一次文
藝聚會中的「楊逵印象記」：

　　在座最令我注意的是楊逵，他的樸實，他的矮小精壯，一
　頭粗短頭髮，一雙農民型的粗大的手，破舊的襯衣褲和在座的
　各個比較起來特別突出，……楊逵的外貌既不動人，發表意見
　的機會自然也少，但也極留心傾聽別人發言，用鉛筆沾著口水
　記在他那個小本本上。他是根據這些問題寫成了文章在第二天
　第三天的報紙上發表出來的。〔14〕

　　大陸作家范泉也在〈記楊逵〉一文中這樣寫道：

　　在楊逵的許多朋友裡，都稱頌楊逵的為人和個性。他是一
　個沉默寡言、埋頭苦幹的中年人。在朋友們開會討論的時候，
　他會默然諦聽朋友們的意見。在開座談會的時候，一等到他發
　言，鄭重而有力的語調，常常會令人聽了肅然起敬，鴉雀無
　聲。然而楊逵不是一個冷面的「假道學」，絕不是一個目空一
　切的無聊紳士。只要在一個熟朋友的面前，他會滔滔不絕地談

話，熱情得像一個孩子。他雖然已是久經滄桑的中年人，然而他卻是每一個年輕人的朋友，是一個真正熱愛著祖國的文化鬥士。[15]

　　就是這樣一個貧窮而驕傲、樸實而機智、沉默而熱情的楊逵，一路走過去，身後留下了台灣文化重建的彌足珍貴的足跡。

　　戰後初期楊逵的文學活動時間，總共只有三年七個月另二十天（一九四五年八月十五日至一九四九年四月六日），其中還要扣除因「二二八事件」入獄的三個半月。但楊逵在這一時期為文壇所做出的貢獻，卻有著驚人的紀錄。他不僅熱情參與戰後台灣的社會重建工作，支持「麥浪歌詠隊」的演出，指導「銀鈴會」青年作家的創作，並不斷在報紙刊物發表新作，還把大量的心血精力投入到了文學園地的培植方面，其編輯工作的密度之大，文化活動的頻率之高，足以令世人感佩與讚嘆！這期間，經楊逵之手，或直接創辦、或擔任主編、或參與編輯的報紙副刊、文學刊物和出版社，就達到八種之多，且不少報紙刊物是頂著官方壓力，在查禁與創刊之間，屢仆屢起，一路堅持過來。戰後初期最重要的報刊編輯陣地裡，多活躍著楊逵戰鬥的身影。且看楊逵這份文學活動記錄：

　　一九四五年九月二十二日，創辦《一陽周報》，為宣傳三民主義理想奔走呼籲；

　　一九四六年五月五日，擔任《和平日報》「新文藝」副刊主編，力促中國左翼文藝思潮的傳播；

　　一九四六年七月一日，進入《台灣評論》雜誌社，堅持戰後台灣的左翼文學論述；

　　一九四六年，創辦民眾出版社，預計出版「小說故事篇」

四冊、「歌謠俚語篇」三冊、「常識論說篇」三冊；

　　一九四七年一月十五日，擔任《文化交流》主編，致力於兩岸文化交流；

　　一九四七年一月，出版發行《中國文藝叢書》六冊，熱衷於國語運動推行和兩岸文學溝通；

　　一九四八年八月十日，出版《台灣文學叢書》三輯；

　　一九四八年八月二日，出任《台灣力行報》「新文藝」副刊主編，爲台灣新文學的薪傳傾心竭力。

　　一九四八年八月十日，出版《台灣文學業刊》三輯；

　　一九四五年八月至一九四九年四月，楊逵不僅在自己創辦或參與編輯的報刊上發表諸多作品，還爲《新知識》、《潮流》、《台灣新生報》「橋」副刊等報刊雜誌撰寫文章，多方面推展文化重建活動。

　　楊逵活躍於戰後初期文壇的時候，正值四十多歲的人生壯年。一九四六年三月，他的第一本作品選集《鵝媽媽出嫁》出版後，他也曾計劃著多寫幾篇小說，以歷史見證者的身份寫下台灣歷史上諸多可歌可泣的場面和人物。作爲一個作家，他畢竟還沒有涉足長篇小說創作領域。漫長而辛酸的日據時代，不斷剝奪他們那一代作家的生存權利和寫作空間。如今終於回到了祖國的懷抱，他渴望著新的文學出發。

　　然而，隨著一九四九年台灣全省的時局動盪，楊逵不幸被捕入獄，他的文學生涯亦戛然中斷。

二、動盪時局中的和平使者

　　在台灣新文學的歷史上，坐牢次數最多的作家恐怕非楊逵莫屬。從事農民組合運動的歲月裡，爲了反抗日本殖民主義統

治，楊逵曾數十次出入於日本人的監獄；到了光復時期，因為爭取民主、自由與和平，在「二二八事變」之後，楊逵又兩次身陷囹圄，最後一次竟被國民黨當局監禁十二年，由此構成他漫長而辛酸的綠島生涯。

光復的歷史轉折，使台灣突然由日本帝國主義的殖民地轉變為半封建中國的一省，台灣人民也進入了「歡天喜地」的昂奮狀態。「然而，在歡天喜地的現象之下，台灣社會卻潛存著兩方面的重大問題：一是日本殖民統治後的遺害問題，另一是國民黨政府的半封建半殖民地性格的問題；這兩個問題將對光復後的台灣歷史的發展產生基本的、結構性的重大影響。」[16]異族殖民統治給台灣社會帶來的各種遺禍和封建中國在政治上的昏庸無能，成為當時社會存在的巨大矛盾。

「歡天喜地」後的台灣民眾萬萬沒有想到，這個矛盾所顯現的現實是如此嚴峻。光復初期的台灣政治，出現了貪官污吏投機橫行，歧視壓迫台灣人民的局面；經濟上則陷入生產停頓、物價飛漲，失業恐慌的危機，到了「二二八事件」前夕，台灣的米價整整漲了二百五十倍，號稱米倉的台灣竟然出現了米荒，搶米風潮時有發生。當時台灣的失業人口和半失業人口，已經增加到一百萬，無米可炊而全家自殺的事件不斷出現。而思想文化上的不民主，也讓言論自由受到限制，文化團體受控於包辦主義，文化摩擦日趨嚴重，省內外的隔閡不斷加深了那條「澎湖溝」。

上述情形很快引起台灣知識分子憂慮和警覺。大陸來台作家王思翔將國民黨政權為代表所進行的接收和重建，形象地稱之為「惡性的中國化」。這種情形，與許壽裳所主持的「台灣省編譯館」和半官半民的「台灣文化協進會」所共同推行的

「良性中國化」路線，形成了尖銳的矛盾和對立。

光復一周年之際，楊逵和他同時代台灣作家所表達的，已經是一種對台灣光復的痛哭、嘆息之感情了。在一九四六年八月十五日出版的《新知識》上，楊逵發表〈為此一年哭〉，痛陳光復初期的台灣社會現實：

> 說幾句老實話，寫幾個正經字卻要受種種的威脅，打碎了舊枷鎖，又有了新鐵鏈。結局時間是白過了，但是回顧這一年間的無為坐食，總要覺著慚愧，不覺的哭起來，哭民國不民主，哭言論，集會，結社的自由未得到保障。哭寶貴的一年白費了。[17]

作家賴明弘發表於同刊的〈光復雜感〉，也不無痛心地看到了民眾人心的失落：

> 現在對「光復」不僅不感到興奮，反而個個都有點近於「討厭」的情緒……由狂歡而失望了，而痛哭了，甚而排斥了。[18]

作家楊雲萍在稍後台灣開展的魯迅逝世十周年紀念活動中，則在眾多頌揚魯迅的文章中發出了沉重的嘆息：

> 台灣的光復，我們相信地下的魯迅先生，一定是在欣慰。只是假使他知道昨今的本省的現況，不知要作如何感想？我們恐怕他的「欣慰」，將變為哀痛，將變為悲憤了。[19]

　　與當時的台灣民眾一樣，楊逵對台灣光復的期盼愈切，他後來面對惡性現實的痛苦，也就愈深。光復以來，針對台灣社會與文壇的現狀，楊逵一再痛心地訴說道：

　　目前整體文化呈現停頓的狀態，而文學的停頓更叫人痛心。[20]

　　光復九個月以來，我們的期待完全落空。我們雖然想盡辦法，尋找我們活動的小空間，苦鬥不懈，然而如今一切全面停頓的同時，我們在此還為了不得不討論的文學的停頓而灑淚告白，情況太慘了。[21]

　　禮儀廉恥之邦，在這一年來給我們看到的，已經欠少了一個信字，……雖有幾個禮儀廉恥欠信之士得在此大動亂之下再發其大財，平民凡夫在飢寒交迫之下總會不喜歡他們的。[22]

　　台灣光復以後，民眾百姓經歷了從「歡天喜地」的狂喜，到「呼天搶地」的痛苦的情緒跌落，國民黨當局接收台灣的表現令民眾普遍失望，建設三民主義模範省的理想開始化為泡影。國民黨政權的腐敗統治以及竭澤而漁、殺雞取卵的政策所導致的經濟危機，不斷激化了執政當局與台灣民眾之間的矛盾，官逼民反，最終釀成席捲全島、震驚一時的「二二八事件」。
　　一九四七年二月二十七日晚上，台灣省專賣局官員傅學通、葉根德和警察以查緝私煙為名，在台北街頭造成毆傷女煙販林江邁、並射殺圍觀青年陳文溪的不幸事件。憤怒的群眾奮

起抗議,包圍了藏有兇手的警察局。次日早晨,整個台北市沸騰起來,民眾自發地聚集起來,到行政長官公署示威抗議,不料遭到衛兵機關槍掃射,當場就有二人死亡,多人受傷。被激怒的群眾在中山公園集合並占領廣播電台,號召全省人民起來反抗暴政。於是台北市學生罷課、工人罷工、商人罷市,全島性的反抗運動旋即引爆,史稱「二二八事件」。當天下午,台灣省行政長官陳儀宣佈全省戒嚴。蔣介石遂緊急抽調二十一軍的兩個師和福州的一個憲兵團開赴台灣,進行報復性的鎮壓。

「二二八事件」在台北發生後,消息傳到台中,楊逵非常激憤,同時又感到事態嚴重,不知本市的民意如何?於是,便與莊垂勝、葉榮鐘、何集璧等人商量,決定利用政治建設協會台中分會擬在三月二日舉辦的「憲法推行大演講會」,擴大召開市民大會,共商對策。三月一日上午,楊逵等人在中央書局二樓設「輿論調查所」,製作明信片大小的傳單,內容除了告知「二二八事件」之外,還通知次日在台中戲院召開民眾大會。當時也沒有與「台中人民大會」交涉,楊逵就將它的名字印上去,並在大街小巷四處散發。

三月二日清晨,民眾從四面八方湧到台中戲院開會,並紛紛上台演講,群情激憤,人們很快就把台中的憲兵和軍隊武裝解除,分幾路接收市政府、警察局、消防隊、飛機場。當天的人民大會由台灣共產黨地下黨領導謝雪紅擔任主席,她以警察的武器編組學生起義軍,並宣佈「人民政府」成立。是日下午,台中縣市、彰化市參議員及士紳代表聚集台中市參議會,成立了「台中地區時局處理委員會」,並編組青年學生為「治安軍」。當晚,楊逵趕寫了一篇題為〈大捷之後〉的文章,勉勵規勸民眾不可得意忘形,必須理智、團結地應對時局。原擬

在某家報紙發表，後因編輯拒絕，遂以油印方式四處發送。

　　事實上，從三月一日起，「二二八事件」的鬥爭就開始在兩條戰線上展開。一條戰線是以地方士紳為主、部分群眾團體代表參加的「處理委員會」，它多表現出成份的複雜性和鬥爭的某種妥協性；另一條戰線是準備武裝鬥爭的群眾，台灣共產黨地下領導謝雪紅、張志忠等人皆參加了武裝起義的領導和組織工作。就台中地區而言，當時局有變，風聞陳儀從台北率兵南下的消息傳來的時候，「處理委員會」的士紳紛紛走避；謝雪紅等人則將台中的群眾武裝組織重新編整，於一九四七年三月四日下午四時成立了「二七部隊」，以紀念緝煙血案發生的二月二十七日。台中民兵對官方機構的控制，一直延續到三月八日。

　　那段時間裡，楊逵在《和平日報》主編「新文學」副刊。「二二八事件」發生時，台中市的「處理委員會」曾派楊逵負責組織部，隨時印發傳單。楊逵常常自己跑工廠，和工人們一起印號外，報導有關時局變化的各種消息。因為形勢動盪，各種矛盾錯綜交織，社會上也出現了一些亂打外省人的偏激行為，楊逵就出面勸說，並把外省人安排到一家旅館裡保護起來。他還以「台灣民主聯盟」的名義，與當時中共台灣地下黨台灣省工委書記蔡孝乾共同執筆了〈告台灣同胞書之一〉、〈告台灣同胞書之二〉，並由楊逵的長子楊資崩拿去刻鋼板，油印後四處散發，影響甚廣。

　　這兩篇文章充分反映了台灣民眾在忍無可忍的現實壓迫下奮起反抗，要求民主和自由的迫切願望，並以「不分本省外省全體人民攜手為政治民主奮鬥到底」的胸懷，呼籲制止排斥、毆打外省人的偏激行為，對「二二八事件」以後的局勢做出正

確的引導和號召：

> 我們要求政治上徹底的改革，要求實現民主政治，是我們決爭的目標。我們是漢民族，應該和全國被獨裁一黨專政所壓迫的同胞攜起手來，我們切不要再亂打外省中下級政府人員和商民，他們和我們一樣同一國民同一漢族同胞，現在我們要分別：為我們台灣建設的好人，我們要保護他，殘害我們的惡蟲，要驅逐他。……大家要理解以後要和國內同胞精誠團結，打倒惡劣腐敗政治……共同爭取民主政治。〔23〕

「處理委員會」控制台中期間，台灣共產黨負責人蔡孝乾曾經找到楊逵，要他負責創辦《人民日報》。楊逵與其意見不合，但仍然保留了兩人的私下聯繫。在楊逵看來，台中的局勢難以維持長久，一旦國民黨大軍開來，烏合之眾隨即會散去；倒是創辦流動性的周刊或半月刊更符合實際。另外，與其大家都集中於台中鬧市，還不如到鄉下去發動農民，保存革命力量。當時負責台中起義群眾組織工作的楊逵，遂撰寫了〈從速編成下鄉工作隊〉一文。由於記者缺乏實際鬥爭經驗，這篇文章以「楊逵」署名發表於三月九日的《自由日報》，同時也印成單頁傳單散發，以作為指導性的文件。楊逵對於動盪時局保持了清醒的頭腦，他在文中呼籲建立和擴大除貪官污吏奸獰惡霸之反對派以外的民主統一戰線，認為當務之急是要組織下鄉工作隊，到鄉鎮去從事宣傳、組織和訓練工作，以便保持和擴大有生力量。因為爭取民主與自由，這工作不是一朝一夕就能完成的。在分項敘述工作原則時，楊逵還提出了具體的實施方法和工作對策：

第一，在市民控制下的都市，隨時要從事統一工作。

我們有點弊病，就是你一黨我一派，個人的思想雖不得輕易改變，但，在此爭取民主與自由，在此爭取以自由無限制的普選而產生自治政權這階段，除貪官污吏奸獰惡霸之反對派以外，是可以擴大統一戰線的。在此階段，我們需要包容各界（學、工、農、商、婦女、文化各界），而且也要包容無黨派，擴大民主統一戰線。

第二，下鄉工作隊可以三人——五人為一組，分發各區，在地聯合當地智識分子，進步而有熱血的青年，開始宣傳、組織、訓練工作。進而與鄉鎮公所與警察合作，推行自由無限制的選舉，產生鄉鎮區自治。

第三，在此工作第一的對象，就是鄉鎮中堅青年，以十人為一小隊，五小隊為一中隊，二中隊以上為一大隊，這可以叫做鄉民或鎮民保衛隊，而保衛隊須要準備隨時可以趕到他鄉鎮以至都市去應援。

第四，第二的對象就是以鄰里或是村鄉鎮為基礎地域的自衛團，這自衛團，原則上不移動，只要自衛自己的鄰里，或是村鎮。這鄰里或村鎮須要附屬合作工作或是相互工作，以增加生產與防衛。

第五，第三就是婦女、工人、學生、教員等各界的組織，進而取得各界可以聯合起來，互相幫助，互相看顧。[24]

作為一個信奉社會主義理想的行動派，楊逵又一次將精神理念付諸社會實踐。他和葉陶身體力行，扮作農夫農婦，到鄰近鄉鎮遊走，四處傳播消息，鼓動農村青年投身鬥爭行列，並將他們組織編隊，三三五五一組地送到台中的「二七部隊」，

為群眾武裝組織開發兵源。後來從農村前來台中報到的隊伍中，有一大部分可以說都是楊逵夫婦鼓動而來的。事實上，楊逵因為「噍吧哖事件」帶來的童年記憶和自幼柔弱的身心性格，使他始終反對以武力解決問題。「二二八事件」發生後，楊逵並不看好發動起義、組織游擊隊之類的武裝鬥爭，對武裝反抗終歸失敗的結局也早有預料，但他仍盡力為「二七部隊」開拓兵源，無非是想藉此迫使國民黨政府改善政治，促進台灣的民主和自由，而並不是以武力長久對峙。

一九四七年三月八日，南京政府的援軍抵達基隆，開始了報復性的大屠殺。風聲驟緊，許多參加武裝起義的台中人士紛紛躲藏，「二七部隊」也於三月十二日退守南投埔里一帶，三月十六日宣佈解散。見大勢已去，楊逵夫婦離家走避，踏上了逃亡之路。起初楊逵不想離開台灣，想和大家一起做些事。逃亡時，身上還帶著油印機和紙張。他們先在山裡隱匿了十幾天，隨後往二水、林內一帶山區逃難，住草棚，藏牛欄，一路驚見同樣出逃的友人。不久，風聲更緊，楊逵夫婦沿著山線逃向海岸，希望能在鹿港一帶找到船隻，偷渡出海。但這時海岸線已被死死封鎖，無路可逃。失望又疲憊的楊逵夫婦，在逃難四十多天後，只好折回台中。由於楊逵與葉陶一共被官方懸賞十萬元，鄰人立即通報警方，楊逵夫婦返家當夜即遭逮捕，被關押在干城營區的馬棚裡。此後，楊逵與葉陶所經歷的恐怖經驗和人生傳奇，令他們命運起伏，五味雜陳。

當時關進干城營區馬棚裡的人很多，其中有不少是參加學生隊的年輕學生。警方原來內定槍斃十七人，楊逵與葉陶都在名單之中。生性樂觀的葉陶，自嘲死期來臨，索性天天放開懷來唱台灣民謠《丟丟銅仔》，還不斷向幾位青年學生灌輸社會

主義思想；楊逵則沉默不語，久坐於地。

　　臨刑前一天，事情突然發生了戲劇性的變化。魏道明作為當日新上任的台灣省主席，開始改變之前的官方處置政策，採用安撫手段，所有非軍人被捕者改以司法審判，結果是救了十六條命，只有一人被槍斃。楊逵和葉陶僥倖逃過一次死亡的劫難。

　　楊逵夫婦被專車送往台北警務處偵訊，當時由一個法官主審。那張刊登有楊逵署名的〈從速編成下鄉工作隊〉的《自由日報》赫然擺在桌上，旁邊便是電擊的刑具。法官催促楊逵，坦白講來。楊逵心想，既然有報紙文章為證，註定是沒命了，勿需再講。所以不管法官怎麼問，楊逵都保持沉默。最後法官說，你想想看，不然就要用電擊，隨即離去。這位法官後來到楊逵家中，把賴和未發表的稿子和才出一期的《文化交流》雜誌拿走，從此就失蹤了。之後，楊逵雖然被轉至台北多家單位審訊，但都沒有人問起《自由日報》這件事，估計證據已被神秘銷毀，那位法官可能逃往大陸。

　　一九四七年八月，楊逵與葉陶在監牢渡過一百零五天之後，終於被釋放出獄。

　　死裡逃生的楊逵並沒有被這次挫折擊敗，反而更加活躍於台灣文化界。他四處奔波，先是傾力編輯印製魯迅、沈從文、老舍等人的中日文對照本，發行了《中國文藝叢書》；一九四八年又擔任《台灣力行報》「新文藝」副刊主編，參加了《台灣新生報》「橋」副刊有關台灣新文學重建的討論。這期間，還有一段廣為流傳的楊逵事跡，那就是他與台灣大學的「麥浪歌詠隊」結下的不解之緣。

　　「麥浪歌詠隊」的前身成立於一九四六年，是以演唱《黃

河大合唱》而著稱的黃河合唱團。「二二八事件」之後,它於一九四八年發展爲以省內外進步學生爲主體的大型文藝社團。

　　「麥浪」隊員平常保持三四十人,最多時達到七、八十人。他們多來自北方,看過隨風浮動的麥浪,又喜愛詩歌中的「麥浪」意象,故取名爲「麥浪歌詠隊」。

　　在成立不到一年的時間裡,「麥浪歌詠隊」曾舉辦過十餘場大中型演出活動。一九四八年十二月底,「麥浪」爲了給台大全校學生自治聯合會籌募福利基金,曾連續三天在台北中山堂演出。從氣勢磅礡的《黃河大合唱》、《祖國大合唱》,到當年大陸學生運動中風行一時的歌曲《團結就是力量》、《你是燈塔》、《青春戰鬥曲》、《跌倒算什麼》、《光明讚》;從《康定情歌》、《馬車夫之歌》、《青春舞曲》、《插秧謠》、《在那遙遠的地方》、《王大娘補缸》、《朱大嫂送鷄蛋》等地方民歌,到《農村曲》、《農村曲本事》等歌劇,這些唱出了祖國風光、傳達了大陸人民心聲的歌曲,這些表現了人民眞正的生活的舞蹈,在充斥著日本歌曲與西方音樂的當時台灣社會裡,引起強烈反響。爲了讓「麥浪」歌聲傳遍全島,在台大學生會的倡議下,從一九四九年二月四日起,「麥浪歌詠隊」利用寒假舉行了環島演出。每到一地,「麥浪歌詠隊」都受到當地百姓的熱烈歡迎,場場爆滿,盛況空前。許多台胞是含著熱淚觀看演出的,還有一位台灣老人在觀後感中寫道:「『麥浪』的感人之處在於,它唱出了廣大台胞對偉大祖國的眞摯感情,唱出了他們對民主自由的渴望和對光明前途的憧憬」。〔25〕

　　「麥浪歌詠隊」環島演出的成功,是與楊逵的大力支持分不開的。演出的第一站是台中,由於「麥浪」的行動已經受到

國民黨特務的注意，演出的過程並非一帆風順。楊逵四處奔波，聯合當地文化界進步人士，想方設法找到一家戲院，幫助歌詠隊解決了演出場地和住宿問題。他還在「麥浪」與台中文藝界、報社媒體之間搭橋牽線，在報紙上大力宣傳和介紹「麥浪」的演出活動。楊逵很認真地觀看了演出節目，建議增加台灣民歌民謠，並推薦長子楊資崩和另一位台灣小朋友許肇峰，表演了台灣戰後民歌《收酒矸》和《補破網》，讓各地民謠有了一種新的融合。《收酒矸》為張邱多松一九四六年創作，講述一位台灣少年靠收購破銅爛鐵廢紙維持生活的悲苦故事，因為它反映了民眾重建台灣理想幻滅的心情，而傳唱於大街小巷；《補破網》則由李臨秋創作於一九四八年，旨在表現男主人公與鬧翻的女友彌補破碎的愛的希望。因為歌詞「漁網」與「希望」的台灣發音相近，它又被視為「二二八事件」之後台灣民眾期盼修補殘破的社會之象徵。這兩首台灣歌曲的演唱，使「麥浪歌詠隊」的演出更具有現實感和群眾性。

　　二月十日上午，楊逵還另外安排麥浪歌詠隊員和銀鈴會成員朱實、林亨泰、蕭翔文等人，在台中圖書館舉辦了一場「文藝為誰服務」的座談會。大家就「文藝應該為人民服務」、「人」與「人民」的分野等問題展開激烈論爭，最終取得了較為一致的意見。楊逵也結合自身的文藝實踐經歷，深刻地闡釋了「文藝必須為人民服務，必須反映人民的心聲」的理念。最後，他還即興朗誦詩歌一首，送給「麥浪」。現在，人們能夠回憶起來的只有最後兩句：「麥浪、麥浪、麥成浪；救苦、救難、救饑荒。」

　　台中演出結束後，為了安排「麥浪歌詠隊」在台南的巡迴演出，楊逵先期去了台南，多方疏通關係，從演出場所到住宿

地點，一一落實下來。整個旅行演出的過程中，他都在不辭勞苦地奔走聯絡，義務擔當麥浪歌詠隊的「先行軍」。二月十五日，楊逵在《中華日報》「海風」欄目發表〈介紹「麥浪歌詠隊」〉一文，向台南文化界推薦即日起開始在當地展開的麥浪歌詠表演。文章開門見山，首先推崇麥浪歌詠隊「從人民中間來，到人民中間去」的道路，不但是正確的路，也是新文藝應該遵循的路。接著，他深刻發掘了這種演出的時代意義：

> 「麥浪歌詠隊」這一次的表演是把全國各地（如西藏，新疆，東北，山西，河南等地）的民歌民舞介紹給我們的，當然不是創作，可是這正如播種的人們一樣，為開拓台灣人民文化是很有意義的，由這個鼓勵很久很久被大家忘記了真正的人民思想與感情的純真，樸素與活潑的表現形式，使大家重新關心起來……。
>
> 這是人民文化的開拓，只有堅忍耐勞耕耘，播種，光明才能來臨。[26]

從這篇文章發表之日起，「麥浪歌詠隊」一連三天在台南的南部大戲院演出四場，引發民眾熱烈反響，台南市文化界也為之舉行了歡迎會。楊逵通過「麥浪歌詠隊」的演出活動，不僅更加堅定了提倡文藝大眾化、重建台灣文學的理念，而且對民間文學的力量有了深刻認知，這讓他在「麥浪歌詠隊」巡迴演出之前即已開始進行的母語歌謠收集和寫作的嘗試，擁有了一種新的前景。

然而，「麥浪歌詠隊」所追求的自由民主精神和文藝大眾化路線，很快被國民黨政權所扼殺。一九四九年三月二十日晚

上，台灣大學法學院和台灣師範大學兩名學生，同騎一輛自行
車路過台北大安橋附近時，被中山路派出所警察以「違犯交通
規則」理由抓去修理，學生們很快聚集在派出所進行交涉抗
議。三月二十一日，台大與台師大的學生們高喊「反內戰、反
饑餓、反迫害」的口號，到警察局示威；三月二十九日，學生
們在台大法學院操場舉行了慶祝青年節的營火晚會，「麥浪歌
詠隊」的演出，讓全場群情振奮，爭取自由民主的呼聲不斷高
漲。四月六日清晨，警備總部出動大批軍警包圍了台大及台師
大，拘捕了兩百多名學生，後有百餘名被釋放，十九名接受審
判，其中包括「麥浪歌詠隊」隊員陳錢潮、王耀華、王惠民、
藍世豪等人。這就是震驚台灣的「四六事件」。當天，平時與
學生們有過往來、常去台灣師範大學參加座談演講的楊逵，以
及由他擔任副刊編輯的《台灣力行報》的社長、工友，還有
《台灣新生報》「橋」副刊的主編歌雷，台中辦事處主任鍾平
山等人，均遭逮捕。

　　事實上，楊逵被捕的更直接原因，還在於他起草了〈和平
宣言〉。四○年代後期，《台灣力行報》、《台灣新生報》、
《和平日報》的副刊編輯等文化人經常往來，舉辦文學座談會
時，常常推舉楊逵擔任主席。楊逵曾這樣談及〈和平宣言〉的
由來：

　　　民國三十八年，我同一些外省籍文化人士常常討論：二二
　　八事件所造成的本省人、外省人之間的鴻溝，應該填平起來。
　　我於是寫了一篇〈和平宣言〉，主張先從台灣文化界做起，把
　　當時台灣的文化界，不論省籍，用「台灣文化聯誼會」的組
　　織，開始彼此的理解，溝通與交誼，先由文化界展開民族團

結，一步步彌補二二八事變所造成的民族創傷。[27]

　　在文化界朋友的提議下，楊逵起草了〈和平宣言〉，當時油印二十份，寄給關心的朋友，他們多是外省人。這時，前來台灣《台灣新生報》訪問的上海《大公報》特派員，在《台灣新生報》副刊主編歌雷那裡看到〈和平宣言〉的草稿後，頗感興趣，即以〈台灣人關心大局　盼不受戰亂波及　台中部文化界聯誼會宣言〉為題，在一九四九年一月二十一日的《大公報》上發表了這篇新聞報導。

　　這期間，共產黨已進入北平，蔣介石被迫接受中共條件再啓國共和談。〈和平宣言〉發表當日，國共和談重新開始。但是國民黨派去和談的代表張治中、邵力子一去不復返，內戰形勢發生急劇逆轉。此時，陳誠被南京政府任命爲台灣省主席，赴任途中經過上海時，曾有記者向他問起〈和平宣言〉的問題。待陳誠抵達台灣召開記者招待會的時候，被觸怒的陳誠已經揚言台中有共產黨第五縱隊，並宣稱要把這種人送去填海。聞此消息，楊逵心中已有警覺；但是，以一篇〈和平宣言〉成爲「叛亂罪」的唯一罪證，這是楊逵始料不及的。一九四九年四月六日的大規模逮捕活動，實際上是當局借機控制言論自由、清除左翼人士的一種陰謀。

　　楊逵的〈和平宣言〉，是在內戰形勢全面逆轉的形勢下而提出來的。文章開宗明義：

　　　陳誠主席在就任的記者招待會宣佈，以人民的意志為意志，以人民的利益為利益，這是我們認為正確的。但是人民的意志是什麼呢？需要從人心坎找出的，不能憑主觀決定。據吾

人所悉，現在國內戰亂已經臨到和平的重要關頭，台灣雖然比較任何省份安定，沒有戰，[28]沒有亂，但誰都在關心著這局面的發展。究其原因，就是深恐戰亂蔓延到這塊乾淨土，使其不被捲入戰亂，好好地保持元氣，從事復興。我們相信台灣可能成為一個和平建設的示範區，可是和平建設不是輕易可以獲致的，須要大家協力推進。[29]

　　這裡所說的人民的意志，即是經歷了艱苦卓絕的八年抗戰，通過政治協商方式建立民主聯合政府。國內民眾對於這種民族前途，皆心嚮往之。一九四九年一月八日，台灣省參議會曾通過臨時動議，分別致電蔣介石與毛澤東，呼籲停止內戰，爭取和平。[30]

　　圍繞怎樣讓台灣實現「和平建設的示範區」的目標，楊逵提出建言。針對當時外國勢力插手兩岸事務的國際性陰謀，以及一九四九年元旦之前，美國與台獨聯盟廖文毅等有關台灣獨立或聯合國托管的主張；也基於「二二八事件」引發的現實教訓，楊逵明確提出：

　　第一、請社會各方面一致協力消滅所謂獨立以及托管的一切企圖，避免類似「二二八」事件的重演。第二，請政府從速準備還政於民，確切保障人民的言論集會結社出版思想信仰的自由。第三，請政府釋放一切政治犯，停止政治性的捕人，保證各黨派循政黨政治的常軌公開活動，共謀和平建設，不要逼他們走上梁山。第四，增加生產，合理分配，打破經濟上不平的畸形現象。第五，遵照國父遺教，由下而上實施地方自治。[31]

　　由此看來，這篇不滿七百八十字的〈和平宣言〉，大約有三個要點：一是希望國共兩黨停止內戰，尤其不可把內戰蔓延到台灣島上；二是希望台灣實行民主建設，釋放政治犯，以避免「二二八事件」的重演；三是消滅所謂台灣獨立及托管的一切企圖，維護祖國統一。

　　在「二二八事件」之後，楊逵仍然高瞻遠矚、情真意切地呼籲「以台灣文化界的理性的結合、人民的愛國熱情」，「泯滅省內省外無謂的隔閡」，呼籲民主自由、和平建設的台灣示範區的理想，這一切足以見其社會主義理念之赤誠。

　　然而，誰也無法想像的是，楊逵竟因為一篇〈和平宣言〉而被捕，並在長達兩年監獄關押中等待判刑。就在楊逵這次被捕的三四個月以後，基隆中學發生「光明報事件」。[32]作家鍾理和的同父異母哥哥鍾浩東因印刷《光明報》被捕，同時也抓了林正亨。林正亨在嚴刑拷打中亂供葉陶是《光明報》台中負責人，於是葉陶再度被捕，與楊逵一同關在軍法處監獄。由於缺乏證據，葉陶終於被釋放。楊逵夫婦雙雙坐牢時，長子資崩只有十七歲。資崩既要獨立照料下面四個弟妹，又要想方設法跑到監獄去看望父母，小小年紀，吃盡了苦頭。

　　楊逵失去自由的日子裡，家中屢屢被搜查和抄家。據楊逵次子楊建回憶，「二二八事件」之前，大陸來的左翼文人揚風曾經找過楊逵，並把一只裝滿書籍的大皮箱存放楊家，以後就沒有了音訊。楊逵被捕後，警備司令總部每隔幾個月就來搜查一次。一九五○年那一次，一共來了三個人搜查，一下子就拿走了九百多本書，都是揚風帶來的書，其中多是魯迅、郁達夫等大陸作家的著作。

　　在歲月的煎熬中，楊逵輾轉監獄已經兩年。從陽明山警務

招待所持續五六天之久的輪番疲勞審問，到轉送軍法處長達數月的囚禁，在經歷了一連串沒完沒了的偵訊、誘供和審問之後，按照軍法審判，楊逵最終以「叛亂罪」被判處十二年徒刑。當時法官對楊逵的判決作了如下的結論：「不滿現實就是左傾，你會反抗日本統治，就會反抗我們的政府！」如此一來，楊逵爲塡平「二二八事件」造成的省籍鴻溝鋪路搭橋的〈和平宣言〉，就成爲「叛亂罪」的所謂證據。法官宣讀判決書後，還特地問楊逵：你本人有什麼意見嗎？可當楊逵剛要開口時，對方一聲怒喝，取消了他的申訴權。

一九五○年五月十日的《中央日報》，其中一則新聞標題爲〈三個叛亂罪犯判決，楊逵處徒刑十二年，鍾平山陳軍各十年〉。新聞內容如下：

楊逵，四十五歲，台中市人，失業作家；鍾平山，四十一歲，山東益都人，《新生報》台中辦事處主任；陳軍，又名陳峰，二十三歲，福建福清人，係台中農學院學生。三人均因叛亂罪，於昨日經省保安司令部軍法判決，爰楊逵在日本大學讀書時，曾研究共產主義理論，自稱爲共產主義理想者，三十八年元月初旬，共匪在北平鼓吹局部和平時，以台灣中部文化界聯誼會名義，撰擬〈和平宣言〉，謂「希望不要再重武裝來刺激台灣民心，造成戒懼局面，把此比較安定的乾淨土以戰亂而毀滅」等語響應之，並先將原稿轉交於台中《新生報》分社主任即被告鍾平山閱覽，經同意後，寄發台北市各文化人士，轉寄上海《大公報》發表。被告陳軍，係台灣省立台中農學院先修班學生，先後於三十七年十月底，至十一月初，二次以「中國共產黨華南區隊部」名義，撰寫詆毀政府宣揚共產主義之反

動文告《告全國知識青年書》，張貼於台中農學院，均為有利於叛徒之宣傳，案經前台灣省警備司令部察覺，電飭台中市警察局將該被告等一併扣押，解案審辯，經訊楊逵等三人，供證明確，乃各依以文字為有利於叛徒之宣傳科刑，除楊逵處徒刑十二年褫奪公權十年外，鍾平山、陳軍各處徒刑十年，各褫奪公權五年，並呈奉國防部核准發監執行。[33]

透過這則新聞可知，楊逵的被捕入獄，的確是與〈和平宣言〉直接相關。白色恐怖年代裡，那種「寧可錯殺一百，絕不放過一人」的政治高壓氣息，從字裡行間，滿溢而出。

因為一篇七百多字的〈和平宣言〉，竟然換來十二年的監獄生涯，楊逵事後曾自嘲他領過全世界最高的稿酬，平均一個字換得五天的牢飯錢。由於呼籲「和平」而招來牢獄之災，這對當時獨裁、專制的社會政治現實，無疑是莫大的諷刺。它所言說的，不僅是一位台灣作家不幸的人生命運，也是那個時代沉重的悲哀。

三、綠島鐵窗的無罪囚徒

一九五一年五月十七日，在輾轉審訊中已經度過了兩年牢獄生活的楊逵，在這一天被押送綠島監獄，開始了另外十年的囚徒生涯。這時，楊逵已經四十六歲。

綠島，在走過戒嚴歲月的大多數台灣人的記憶裡，這個名字是同禁忌與恐懼、懲罰與死亡聯繫在一起的。它不僅構成了許多政治犯慘痛的生命歷史，也成為現代台灣政治、社會乃至文學的一種特殊議題和歷史見證。

綠島，又稱雞心島，位於台東縣東南方的太平洋中，是全

省第四大離島，面積約十七平方公里。它距台東十九海哩，與蘭嶼相隔四十海哩，從台灣島到這裡，以今天的航海時速，要乘坐兩個多小時的輪船。綠島四周爲裙狀珊瑚礁群圍繞，再加上臨海高峭的台地崖，經海水侵蝕，岩石嵯峨雄偉。過去這個島上，住著稀稀落落的十幾家漁戶，常年靠打魚爲生，他們與外界唯一的聯繫就是漁船。綠島舊稱「火燒島」，一種說法是講漁民出海捕魚，必在山頂燃火爲號，來爲船隻返航引導，因而得名火燒島。另一種說法，是因爲在這個遙遠又荒涼、炎熱又冰冷的小島上，每逢冬春季節，西北風呼嘯而來，卷起海面上的層層巨浪，變成無數雨點，猛烈吹打著一草一木，讓備受鹽分侵襲的島嶼綠色迅速枯黃，遠遠望去，像是野火燒過，寸草不留，人們又稱之爲「火燒島」。日據時代，這裡曾是政治犯和重大流氓犯的流放地，素以荒涼蕭索而著稱。

台灣光復後，火燒島草木漸生，逐漸恢復漫山遍野的綠色，從一九四九年七月十五日起，台灣當局將其更名爲「綠島」。一九五一年，當局開始擴大綠島監獄規模，設立「新生訓導處」，其主要工作是對犯人進行思想改造，故稱之爲「新生」。新生訓導處有三個大隊，每個大隊管轄四個中隊，一個中隊又轄兩個分隊，此外還有一支女生分隊。在冤案叢生的戒嚴時代，綠島監獄中經常聽到的話，就是「寧可冤枉一百個，絕不放過一個」。五、六〇年代的高峰時期，綠島曾經關押過一萬多名政治犯。從十七八歲的青年學生，到進入中年的持不同政見者，平均年齡在三十歲以下。

與世隔絕的綠島，構成了成分頗爲複雜的政治犯集中營。這裡有國民黨部隊在步登島俘擄的百餘名解放軍官兵，新生訓導處設立之前他們就被關押在綠島；有因言獲罪的知識分子，

諸如一九四七年「二二八事件」中被捕的老政治犯，他們中多數已經死亡，被拋進了大海；有五○年代「肅清運動」中被捕的共產黨員和左翼人士，他們幾乎要把牢底坐穿，諸如一九五○年五月被捕的思想犯林書揚、李金木等人，他們繫獄綠島竟然長達三十四年！儘管一九七五年蔣介石去世時，當局曾發佈「刑事犯罪分子減刑二分之一。政治犯罪分子減刑三分之一。無期徒刑減為二十五年」的「大赦令，」但直到社會民主人士為長期監禁的無期徒刑政治犯公開呼籲假釋權利的八○年代中期，他們才被當局不無阻撓地艱難釋放；也有因黨派勢力傾軋暗鬥、被「莫須有」罪名遭致陷構的人物，包括國民黨的一些忠貞之士。

　　一九五一年與楊逵同行的那批犯人，是五○年代第一批被押送綠島的政治犯，他們多被判處十年以上的徒刑。然而刑滿釋放時，因為懼怕政治犯株連而無人擔保，致使政治犯超期服刑的現象並不鮮見。漫漫長夜中，有的人初衷不改，咬著牙挺過了鐵窗生涯；有的人憤起抗爭，倒在了血泊裡。在遙遙無期的身心折磨中，那些死於疾病的，精神失常的，發生人性扭曲與變異的，每天都在上演著生命的悲劇。許多人永遠未能歸鄉，成了綠島公墓裡的孤魂野鬼。

　　這些政治犯正值盛年，卻不得不終日與海天為伴，只能在荒島度生，並忍受種種懲罰性的監獄管制。因為政治犯多屬於思想和信仰問題，管訓者與被管訓者之間的意識形態和情緒態度始終處於對立狀態，馴化與反馴化的抗衡成為與時間拔河的一種角力。這種漫長的綠島對峙於雙方而言，都變成了一種複雜難言的特殊人生經歷。

　　多年以後，楊逵仍然清楚地記得被押送綠島的那個傍晚。

孤獨的島嶼上，一片荒山的懷抱裡，修築著與世隔絕的綠島集
中營。高牆，鐵門，碉堡，鐵絲網，戒備森嚴的獄警，而監獄
正門上赫然在目的卻是「新生之家」四個大字。海風撲面，殘
陽如血，在綠島的一片廢墟廣場上，新生教導處第一任的姚處
長，威風凜凜地站立於一塊大石頭上，面對千餘名在疲累與饑
餓交加中席地而坐、剛剛報到的綠島新生們，一字一句、斬釘
截鐵地說：

　　我代表一座十字架，跟著我走的是生，背向我的是死！〔34〕

　　眼前這殘酷的現實，在楊逵內心世界中所引起的，是尖銳
對立和強烈衝撞的情緒：

　　在火燒島，囚舍背後的山腹，寫著「信義和平」四個大
字。每天，我看見「和平」兩個斗大的字，我就想：我竟是為
了中國人中間的和平與團結來這兒的！我曾經為了使台灣從日
帝支配下解放，奔波半生，雖然並不是了不起的事，但總也是
為了人類的和平。為了人的相愛、相互間的和平，卻有艱難的
遭遇，這成為我心中無從解開的疑結。〔35〕

　　早期綠島政治犯的生活，主要圍繞思想訓導與懲罰性的勞
動改造展開。政治教育，也就是對政治犯的「洗腦」，是綠島
監獄一項重大的例行公事，它通過一系列強制性的方式來推
行。從早晨起床後的訓話，到諸如「匪黨理論批判」之類的政
治課；從每天需要填寫的所謂「自省自勉錄」，到名目繁多的
「討論會」、「演講會」、「辯論會」、「感訓心得寫作」，

新生訓導處對政治犯嚴密苛刻的思想控制，達到了無以復加的地步。但事實上，當局對政治犯的這種「教育」並不相信，更無誠意。因為幾十年來，從來沒有人因為獄中教育考核成績優秀而獲得減刑，一批批的政治犯都是不折不扣地坐滿了他們七年、十年、十二年乃至更多年頭的監牢，而且有不少人因為被認定不知悔改分子而多加幾年徒刑，卻從來沒有人因為「悛悔有據」而提早釋放。

綠島歲月中，最讓政治犯們難以忍受的，就是在這種沒完沒了充斥一切的政治訓導中，被迫違心說話，被剝奪掉思想與信仰的自由。如同楊逵自述：「最討厭這唱軍歌，政治課上的小組討論，沒有不說話的自由。」[36]

每天必開的小組討論會，在李鎮洲的〈火燒島第一期新生〉的記錄中，是這樣一幅情景：

每天早飯後，都有一小時的「小組討論會」，討論的題目由訓導處統一提出，大部分是由上課的課程中抽出。小組以班為組，設組長一人，討論時主席一人，由新生輪流擔當，每一題換一次主席，記錄一人，也和主席一樣輪流，每一組有一個經過政工訓練的長官幹事旁聽，隨時注意每一個人的發言，沒有沉默的自由。[37]

而唱歌，也是囚犯每天必做的「功課」。秦漢光的〈我在綠島三千兩百一十二天〉一書中寫道：

唱歌，除了早點名時，必須要張口大唱《新生之歌》，集合時是練習新歌以及復習已經學會的老歌。這是件令我們痛苦

但必須忍耐的事。加上唱的就是那幾首，真是要命。我記得
《新生之歌》的歌詞這是樣的：「三民主義的洪流，粉碎了我
們的迷夢，我們不做共產黨的奴隸，我們在做反共的英雄，起
來，新生同志們！起來，新生同志們！」[38]

　　夢魘似的「新生」生涯，就在這種無孔不入的政治訓導中
拉開序幕，綠島集中營立刻顯示出它殘忍、冷酷、荒謬的本
相。特別是在最初的歲月裡，管訓人員與新生的關係，更是橫
眉冷對，劍拔弩張。新生們稍有反抗，不是被關禁閉，就是受
到種種懲罰，「我槍斃了你」，是管訓人員動輒掛在口頭上的
話。管訓人員監視政治犯工作的時候，一律佩槍持械，完全一
副押解的架式。訓導的口吻也清一色是在對敵喊話。
　　擔任新生訓導處第一任的姚處長，是一位渾身都是政治細
胞的少壯派軍人，他為了讓政治犯安心改造，俯首聽命，最初
的幾年內，每每從台北返回綠島，就編造許多謊言，好讓大家
為之心動。諸如「某某條文一旦通過，新生們便可以結訓
了。」天長日久，謊言太多，說的人累，聽的人更累。後來新
生們從這種謊言中解放出來，重新面對漫長的綠島夢魘。姚處
長原來滿心希望站在他十字架前的新生們，全是真正的頑固不
化的敵人，由他來感化，由他來教誨，通過這種「化敵為友」
的訓導工作，為他的前程獲取人生籌碼。沒想到，事情全然不
是他所預料的那樣，他的「訓導」並未把政治犯們馴服，政治
犯們也絕不可能靠這種改造獲得減刑，提前出獄。姚處長的希
望落空，後來也被調離綠島。
　　五○年代初期被押送綠島的政治犯，等待他們的，不是一
座設備完整的監獄，而是那種原始、野蠻的苦役，是刺刀逼迫

下的「白手起家」。當時最能體現這種「新生生活」的典型內容，就是修建綠島的三大工程，即蓋克難房、砌監獄圍牆，開關運動場。政治犯們被強迫著爲自己造監獄，把自己關進去，還美其名曰「克難房」，並且要在自己動手建起的牢房外面掛上「新生訓練總隊」的牌子，以表示他們的集體「新生」。這種情形，對於政治犯們來說，它不僅是消磨體力一場苦役，更是摧殘靈魂精神的一種「心理戰役」。修圍牆、築鐵絲網，也是一項龐大的工程，它要建造沿海岸線半圍繞集中營的圍牆，地勢險要，距離漫長，政治犯們形象地管它叫「萬里長城」。

　　上述各項工程以及開關運動場，都與石頭有關。建房砌牆是以石頭爲主要材料，開關運動場是要把山邊的石塊打掉，以提供搞建築所需的石頭。這樣一來，打石頭和抬石頭就成了新生們必做的日常功課。不僅在山邊打石頭，還要到山上打石頭，下海裡去打石頭，隨著打石頭的範圍的擴展，犯人們的勞動強度越來越大。打石頭的任務，是挑選年輕力壯、原本做工務農的新生們來幹；而抬石頭，則是全體犯人必須參加。每天天剛濛濛亮，犯人們就被吆喝起來，跑操、訓話，然後去海邊抬石頭，來來回回抬夠五趟以後，才能吃早飯。到了暮色沉沉的時候，犯人們晚飯後還要再抬五趟石頭。至於白天勞役時間內，更是被石頭所充斥。晨曦中，黃昏裡，烈日下，風雨中，政治犯們在叮叮噹噹地敲石頭，砌石頭，步履沉重地抬石頭，由此構成二十世紀五〇年代最可怕的苦役場景象。

　　在長夜漫漫的夢魘人生中，楊逵最初被編在第二大隊第五中隊，後來因颱風肆虐，吹垮了第五中隊的房子，楊逵又被改編到第一大隊第一中隊。對於年近半百又體弱多病的楊逵來說，他在兩個隊的「職業」與任務是管理菜園。這應該是綠島

三百六十行中最遠離權力中心的一項任務，楊逵也由此獲得了一種夾縫中適度喘息生存的機會。

對於楊逵這樣一位曾經十二次出入於監獄的「坐牢仔」來說，他已有足夠的意志、毅力、智慧和經驗來面對綠島的夢魘生涯。他雖寂寞，卻清醒，堅持以自己的方式應對殘酷的現實，在惡劣的環境中保持著自我，收穫人生。在獄友們的記憶裡，楊逵是一個矮矮瘦瘦的老頭子，有時會穿著一大一小樣式不同的舊木履，頭戴一頂破斗笠，手提肩褡，不是在通往菜圃的小路上踽踽獨行，就是在山窪中的菜圃裡默默勞作。而他隨身的佩帶中，總少不了一本破舊的國語字典。管理菜圃，比起那些被獄警淫威管制下的勞動懲罰，已經屬於「天高皇帝遠」的「自由勞作」；但它繁重的勞動強度，對於年逾五十、體弱多病的楊逵來說，也絕非易事。在荒草叢中開荒種菜，每天要挑幾十擔水來澆灌菜苗，還要兼顧苗圃的種植。每逢颱風與季節風來臨的時候，風雨交加，遍地泥濘，來不及趕回克難房的楊逵，常常渾身透濕，感冒頻頻。每每看到楊逵從菜圃中疲憊歸來的身影，如果不是知情人悄悄指點，誰也無法想像，這就是日據時代大名鼎鼎的作家楊逵！

管理菜圃的勞動是艱苦的，而在楊逵看來，綠島監獄中最苦的「差事」是上「愛國政治課」和參加「新生訓導會議」。每逢開會，在這種沒有不發言自由的場所，楊逵總是以一種苦澀澀的表情和語調，照本宣科地讀那些千篇一律的發言稿。從一九五一年五月十七日到一九六一年四月六日，這樣的會議，楊逵參加的何止千百次！日復一日，年復一年，又豈是心甘情願，又豈能樂從中來！

按照綠島監獄的規定，管理菜圃是被列為特種專業，特准

不出「晚公差」的。但年逾五十的楊逵卻常常被命令晚上出差，從幫廚打雜、磨豆腐，到擔任挑石頭的零時工，經常被呼來喚去，更不要說白天動輒被命令上山砍柴、挑石頭了。對於這一切，楊逵是以「順民」姿態作一種沉默的抗議，他不屑於向獄方申訴理由。在一個只有統治者獨裁權力的監獄裡，犯人言說的自由，以及當權者認錯的時候，是根本無從談起的。

沉沉的暮色中，楊逵在長長的抬石頭行列中，是極其普通的一個犯人。一塊塊石頭，一步步路程，一把把汗珠，年老體弱的楊逵在走著人間最沉重的路。但在另外一些場所，楊逵終究是楊逵，他倔強的生命意志與文學理想，如同「壓不扁的玫瑰花」，開放在最黑暗的夢魘世界裡。

綠島監獄為了標榜當權者訓導政治犯的功績，用來應對外來人士的某種「參觀」，也讓新生們參加一些文藝活動，諸如演出歌仔戲、話劇，舉辦運動會，以及編輯《新生活》壁報等等，以便把綠島監獄裝扮成「模範監獄」。

在一九五七年十二月五日至七日舉辦的一次監獄運動會中，誰也沒想到，五千公尺馬拉松的長跑名單中，竟然出現了楊逵自告奮勇的名字。對於當年平均年齡在三十歲以下的綠島政治犯來說，奔跑在運動場上的，多是那些年輕的小夥子，以楊逵已超過知天命年齡的「老新生」身份，以楊逵瘦伶伶的身體，這樣來捨命陪少年，他讓獄友們在敬佩的同時，也著實捏著一把汗。當播音器裡響起「楊逵」兩個字時，全場爆出了雷鳴般的掌聲，席地而坐的新生們，全都站了起來。五千公尺的馬拉松比賽，時間一分分過去，第一名衝刺了，後來者緊追不捨，最後一名也到達了終點，除卻中途退場的，始終不見楊逵的身影。直到這一項目就要頒獎了，被落下很遠的楊逵才一拐

一拐地跑進場地，抵達終點。這一刻，掌聲再次響起，人們為楊逵的長跑精神，為楊逵在綠島中的生命存在，而致以深深的敬意。

殊不知，在楊逵種植的山間菜圃旁，有山泉流經處形成的一個「游泳池」，而彎彎的山路，又成為自然的「跑道」。為了鍛鍊自己的生命意志，增強自己的生活信念，楊逵把游泳和跑步當作每天不變的課程。他對自己從不會游泳到學會游泳，從體弱老邁到堅持跑完五千公尺比賽，感到非常自豪。他在寫給兒子資崩的信中說，他奉行的是馬拉松精神。這種精神「就是烏龜的精神，也就是愚公移山的精神。」〔39〕他還做詩一首，用以自勵：「天天跑五千，骨硬皮肉堅，不怕寒流凍，不怕烈日煎。」

綠島監獄為了配合新生改造，創辦有《新生活》壁報和《新生月刊》內部刊物，楊逵奉命擔任刊物的編排。這種用鋼筆寫成的文字，要經過獄方的層層審查，才可在壁報上張貼出來。政治犯們每寫一篇文章，要以曲筆而為，旁敲側擊，不能直抒胸臆。在這個沒有自由的荒島，所有的文字寫作都有嚴格規定，包括家信，如果一次寫信超過三百字，就要受到懲罰，更不用說文字內容可以出格了。儘管如此，楊逵不肯放過這個園地，在險惡政治環境中堅持筆耕。當年宜蘭縣羅東鎮的女青年蕭素梅，因為參加讀書會、關心社會政治而以「顛覆政府」罪入獄，關押綠島五年零九個月，在五○年代前半期，曾為楊逵的新生「同學」，出獄後與楊逵的長子楊資崩結為連理。蕭素梅當年擔心被獄方利用，不敢在《新生活》壁報上寫文章。後來，她曾問及楊逵：「爸爸，您為什麼要在《新生活》壁報發表文章呢？這不是上了為他們宣傳的當嗎？」楊逵則回答

說：「不，不管在怎樣的環境中，你都要把刺角伸出去，試探一下你的文章能發表到什麼程度。」[40]

　　楊逵性格溫和，內心世界卻很積極，充滿了行動者的果決，從不放棄任何可以爭取的機會，想方設法創造自己的生活。《新生活》壁報的園地上，經常出現楊逵的名字。據不完全統計，楊逵僅在《新生活》壁報發表的小說就有〈春光關不住〉等三篇，詩歌〈八月十五那一天〉等七首，評論雜文〈光復話當年〉等十九篇，書信〈給在徬徨途上的孩子們〉等六篇，共計三十五篇（首）。除此之外，楊逵在綠島監獄創作的作品，另有戲劇〈牛犁分家〉等十三種，其中在綠島監獄晚會或綠島街頭演出的為七部；未定稿的詩歌有〈十月好風光〉等七首，評論、雜文有〈上山砍茅草〉等十九篇；與此同時，楊逵還留下了一百一十一封未能寄出的〈綠島家書〉。如此眾多的文章，竟然是在綠島監獄中完成，楊逵對人生的進取態度和對文學的堅持精神，可以從中窺見一斑。

　　綠島時期的楊逵，還在一些意想不到的人生際遇中，經歷了特殊的考驗。一九五七年二月，廖文毅等人在東京成立「台灣共和國臨時政府」，展開台灣獨立建國的分裂活動。而國民黨當局亦多方佈局，從事顛覆該組織的反制行動。一九五七年底，執政者將楊逵借提到台北，軟禁於新生北路，開始了兩個多月之久的談判。談判內容是要楊逵「答應加入國民黨的特務組織，利用他在日本文化界的聲望與關係，隻身到日本從事地下秘密活動，隱身潛入所謂在日『叛亂』集團內做臥底反間工作，並搜集有關共產黨與台獨分子在日本的活動內幕，以及參與人員的詳細資料，必要時將派員協助等等，『將功補罪』，以彌補未完的刑期為誘餌，軟硬兼施逼楊逵就範。」[41]

　　那段時間，楊逵白天必須接受主義薰陶、思想改造、理念溝通、任務解說，以及包括條件交換的說服與談判，每天都有兩三個特務採用疲勞轟炸的手段，輪流前來約談，甚至恩威要挾，或以高官厚祿誘惑，或以懲罰恫嚇威逼。楊逵自始至終堅持的第一個條件，就是妻子葉陶和五個兒女必須同往，當局則不能接受這個條件，雙方都不肯相讓。鬥爭經驗與智慧頗為豐富的楊逵，早已看穿當局的政治把戲，他判定當局不會同意自己的要求，故始終堅持己見。萬一當局真的答應了妻兒同行的條件，他還會有第二個、第三個條件提出來。在楊逵看來，九年的獄中生活都已經挺了過來，熬到刑滿釋放，能讓他自由實現未完成的理念才是最重要的事情，他不會為了一時的榮華富貴，而違逆他一生中所最執著、最熱衷追求的人道社會主義理想的奮鬥。「所以一心一意想回綠島坐完刑期的他，一直小心翼翼，委曲求全、婉言相拒地與當局周旋了兩個多月，終於談判破裂」，[42] 於一九五八年二月又被遣返綠島，繼續羈押未完的刑期。

　　漫長的綠島生涯，夢魘一樣黑暗的日子，它能囚禁楊逵的身體，卻無法磨損那種積極進取、樂觀向上的精神。作為一個「逆風何所懼」的樂觀主義者，他不僅以自強不息的精神支撐自己，也用這種精神鼓勵家人，期盼大家攜手扶助，共同走過這段悲慘的歲月。在他的影響下，楊逵家人也以堅強樂觀的形象出現在大家面前。綠島營區公墓北邊的一座山腳下，凹進了一個大山洞，底部砌成幾個台階，儼然是一個大舞台，而台前的一片空曠斜坡，就成為天然的觀眾席，綠島監獄的露天晚會、戲劇演出都在這裡進行。楊逵綠島時期創作的十一部話劇，多在這裡登台亮相，諸如獨幕喜劇〈豐年〉、〈真是好辦

法〉、〈睜眼的瞎子〉，四幕歌舞劇〈牛犁分家〉等。上述劇目還與〈駛犁歌〉、〈國姓爺〉、〈漁家樂〉等街頭劇一起，在綠島街頭巡迴演出。

　　同樣是在綠島的這個露天舞台，讓獄友們記憶最為深刻的一次監獄晚會，是楊逵一家人的同台演唱。一九五六年春天，葉陶帶著兩個孩子，千辛萬苦地來到綠島探望楊逵，家人有了一次難得的團聚。監獄的晚會上，楊逵與家人登台演唱的一曲《甜蜜的家庭》，在監獄人生的特殊氛圍中，以樂天的精神，唱出了綠島囚犯對家的共同嚮往：

　　　我的家庭真可愛，整潔美好又安康。姊妹兄弟很和氣，父母都慈祥。雖然沒有好花園，春蘭秋桂常飄香；雖然沒有大廳堂，冬天溫暖夏天涼。可愛的家庭呀！我不能離開你，你的恩惠比天長。……

　　深情依依的歌聲，在綠島監獄裡響起，也把政治犯們帶回久違的家庭親情的思念中。許多獄友含著熱淚在聽，節目頓時獲得了台下的滿堂彩。

　　綠島的鐵窗歲月，再次證明了楊逵生命意志的堅忍，人生理想的執著，內在「能源」力量的強大：

　　　這一生我的努力，都在追求民主、自由與和平。我沒有絕望過，也不曾被擊倒過，主要由於我心中有股能源，它使我在糾紛的人世中學會沉思，在挫折時更加振作，在苦難面前展露微笑，即使到處碰壁，也不致被凍僵。[43]

四、東海花園的大地園丁

一九六一年四月八日，楊逵從綠島監獄釋放。夢魘般的歲月，蹉跎了楊逵生命壯年的大好時光。劫後歸家，楊逵時年五十六歲。

從一九四九年四月六日被捕入獄，到一九六一年四月八日綠島歸來，經歷了十二年分離的家庭，終於又團圓了。儘管楊逵心裡早有準備，可當他看到苦苦支撐了這個家的老妻葉陶，看到已經長大成親的兒女們，看到從未謀面的媳婦、女婿、孫子、孫女，還是禁不住心潮難平，老淚縱橫。

十二年來，這個家因為楊逵銀鐺入獄而深陷困境。一陽農園的光景無法維持，家人只好不停地搬家，終於在台中漁市場的淡溝一帶住下來。債務和利息像雪球一樣滾來，壓得人喘不過氣來。親友走避，人情冷漠，一個政治犯的家庭，承受著常人無法想像的精神重負。葉陶依舊沿街賣花，苦苦拉拔著五個兒女。孩子們有的被迫輟學，幫助家計。跟著在日本學過化工的姊夫，資崩和弟弟楊建小小年紀就開始學做肥皂、面霜、醬油，再到街上叫賣。在楊逵往日朋友的幫助下，家裡也曾開過豆腐店。葉陶和兩個男孩子半夜兩點就起床，手工磨完豆漿後，由葉陶把它製成豆腐，兩個孩子輪流睡覺，天明以後再挑著擔子沿街叫賣。有時孩子們也四處招攬零工，補貼生活，甚至於上山盜取「國有官柴」，偷偷賣錢換米。有的孩子是通過幫人洗床單，做家教，靠半工半讀完成師範學校或大學教育的。最困頓的時候，家人離散，四處流浪謀生，七口人竟被分隔在六個地方。儘管如此，人人都在困境中掙扎、打拼，終於走出了一條條人生之路。

　　特別是葉陶，一生跟著楊逵出生入死，從日據時代到光復以後，屢屢出入監獄，又陷入與丈夫生離十二年的孤苦境遇。她為拉扯五個孩子，支撐這個家，默默承受了一切的煎熬和犧牲。以她從事社會運動的名望和古道熱腸的性格，後來也曾擔任台中市婦女會常務理事、北區婦女會理事長的職位，而這一切，只是讓她於繁忙的生計打拼之外，不斷為人排解糾紛，更忙而已。這年五月的母親節，台中市選舉葉陶為模範母親。望著家中懸掛的「母親楷模」的橫扁，楊逵與葉陶感觸無限，歡樂中又帶有難言的苦澀。

　　楊逵雖然告別了綠島，然而，面對並不接納釋放政治犯的社會現實，面對走向老邁的五十六歲生命現實，楊逵又該怎樣開始他的人生出發呢？

　　楊逵認定，最能表現自己志願的職業，「應該說是園丁。晴耕雨讀，靈感來時寫寫文章。」每每政治理想受挫、不能自由寫作之際，楊逵就選擇了歸農，以自我開拓的天地，來與不公平的現實社會抗衡；以自我創造的桃花鄉，來期待可以自娛娛人的美好境界。他心中浮現出一幅未來新樂園的藍圖，並立刻見諸行動。

　　聽朋友說起高雄鳥松一帶，有人因還債欲賣掉一片果園。楊逵急匆匆地趕過去，才知道賣的只是果樹，土地則因為是三七五放領地〔44〕，錢尚未繳清，不能出售。楊逵想做自由自在的果農，最終頗費周折成交。但心有不甘的賣主總在設置障礙，不讓楊逵自由放手地管理果樹，家人與賣主之間時常發生摩擦，使得楊逵大傷腦筋，終於決定放棄鳥松果園的時候，算算將近一年來的收支，反而虧損了許多錢，這對於家無恆產的楊逵夫婦，壓力和拖累都顯得過於龐大。

　　這時，家住清水的台灣省總統府資政楊肇嘉準備寫回憶
錄，急需秘書幫忙。楊逵一九三五年五月曾在《台灣新民報》
發表過一篇〈楊肇嘉論〉，故得友人李君晰推薦，擔任楊肇嘉
的私人秘書。楊逵除了每天代為處理信件，撰寫回憶錄，還在
楊肇嘉豐富的藏書中，潛心閱讀，重溫了台灣近代史的命運。
後來因回憶錄的部分內容與歷史事實有所出入，而楊肇嘉又固
執己見，楊逵遂辭掉秘書工作，返回家中。

　　這段時間裡，楊逵因為往來於台中清水之間，不斷經過大
度山東海大學一帶。這裡的環境清靜幽美，終日書聲琅琅，楊
逵很為這一帶的自然環境所吸引，也嚮往著能與青年學生往來
的前景，遂「夢想在這地方依照自己的設計開設農園，種些花
木水果，過著逍遙自在的生活」。[45]

　　一九六二年七月，經由楊逵當年參加農民組合運動時的朋
友侯朝宗出面（侯朝宗在一九二九年台灣殖民當局逮捕農民運
動人士的白色恐怖中，曾一度逃亡中國大陸。光復後返回台
灣，改名為劉啓光，時任台灣華南銀行董事長），以私人情誼
做擔保，同意楊逵以信用貸款方式，向華南銀行借款五萬元。
楊逵計劃以四萬五千元購買土地，留下五千元，用來搭建房屋。

　　靠了這筆貸款，楊逵終於在東海大學附近的大度山上，買
下一片約有三千坪的荒坡地。這是一片地地道道的不毛之地，
荒蕪的紅土地上，稀稀落落地點綴著相思林，層層疊疊的鵝卵
石，漫佈在原始的山坡上，誰都無法相信這裡能種植出花草植
物。孩子們各有所好，對這片荒地沒有信心，一時還不能充分
合作；親戚們埋怨楊逵是「敗家子」，一再讓家庭受到連累；
朋友們一片責罵聲，都說楊逵瘋了；連附近的農民也直搖頭，
笑楊逵是個大傻瓜。沒有經濟力量雇工幫忙，開墾花園需要投

資，買地借錢的利息每月要付，對於一個長期生存拮据的家庭來說，這次開荒種植，註定要把他們推向更艱苦的境地。楊逵不怕吃苦，他一生吃慣了苦，但若爲了借錢而向人低頭，爲了交利息四處奔波，卻不是他所願。

　　這樣的時候，幸虧有葉陶站出來全力支持楊逵。楊逵是一個行動家，也是一個理想主義者，他堅持舉家遷移大度山，想望在滿是石頭的貧瘠紅土中開拓出美麗的花園。這一年，孫女楊翠出生，楊逵樂不可支地將他的理想賦予孫女的名字，喚之爲「翠」，祈願來年便能看到滿園青翠，遍地鮮花。楊逵一心一意地開荒種花，葉陶卻要爲現實生活問題日添愁苦，爲借錢還息而求告低頭，爲賣花養家而四處奔波。葉陶不願意讓坐牢十二年的楊逵再度遭遇理想破滅的痛苦，她一個人承載著這些心事以至終老。葉陶對兒女們說：「你們阿爸無事被關了十二年，與現實生活脫節很久，難免不通世事，現在他好不容易回來了，興沖沖想要闢建一座花園，這是他自早以來的心願，我們就別掃他的興，一起幫贊他來完成。」〔46〕葉陶處處身體力行，想方設法來支持楊逵。

　　一九六四年，華南銀行以信用貸款超期爲由，催還貸款。楊逵和葉陶四處奔波，到處籌措，先還借款一萬元；同年十月十四日，改以東海花園的土地、房屋爲抵押品，簽具「抵押權設定契約書」，抵押借款四萬元，以每百元按日息四分三厘計算，按月付息。

　　面對巨大的生存壓力，楊逵沒有退縮。「我們努力幹下去！開墾將是給予孩子們生活最好的教育。」楊逵則對葉陶如是說。

　　楊逵與葉陶日日早起，進山勞作，在這裡，楊逵掛起一個

小小招牌：「東海花園」。四個月後，好不容易湊齊五千元，請來一個泥水匠搭蓋茅屋，孩子們也跟著忙裡忙外。荒蕪的東海花園裡，終於有了一座可以遮風擋雨的房子。大家都很興奮，泥牆還未乾透，就急忙搬進去了。

楊逵頗為感慨，他勉勵孩子們說：

當然，任何一件事，開始的時候無可避免會遭到相當多的困難；不過天下事也絕對沒有不勞而獲的。我決心要把石頭山變成花園，雖說困難重重，但比起當年美國開發西部的拓荒者的苦心，又算得了什麼。至少沒有暴風雪和熱風的侵襲，也不必和紅蕃爭鬥。我沒有本錢，但是我有的是氣力、雙手；只要我一鏟一鋤努力的挖下去，總有成功的一天。[47]

以愚公移山的精神，楊逵動員祖孫三代合力開荒，用生命和汗水書寫出現代版的愚公移山故事。靠著鋤頭、鐵鍬、畚箕、扁擔這些最原始的工具，楊逵和家人一坪一坪地將荒地開墾，再一坪一坪地種下花木蔬菜。

澆水要到很遠的水圳去挑，停水時沒水澆地，鬧水荒時，水利會員又不讓挑水。每天天未亮，楊逵就上山挑水澆花。在黎明的晨曦中，一個瘦弱老人，挑著沉重的水桶，無數次地往來於水圳與苗圃之間，直到太陽高升，才稍事休息得以喘息。白天，要繼續開荒種植，料理花事，還得陪著笑臉打發那些頻頻上門的催債人。這種差事讓楊逵不堪其苦，常常感到比開荒、挑水、種花都來得吃力。每每這種時候，多由葉陶出面應對。下午四五點鐘以後，熾熱的島嶼陽光開始減弱下來，挑水的工作又得重新開始一遍，直到暮色沉沉，才回家吃晚飯。而

群星閃爍時分的勞動內容，則是「晚上揀石頭，一擔擔挑開都要做到深夜。照明工具是最原始的『壁虎』煤油燈，小小的風都會給吹熄，便在黑暗中摸索。」[48]

楊逵曾這樣描述自己在東海花園的生活情景：

> 四年有餘，天天挖石頭，搬石頭、澆水、施肥、噴農藥……默默地把這一塊荒蕪的石頭山已變成了花圃。為的是想創造一塊屬於自己的天地，可以過得安靜舒適的天地，也就是說要創造一塊不受到干擾，而且不為生活而低頭屈膝的天地，在這裡可以隨心所欲而把農耕與筆耕並行的小天地。[49]

像母親哺育嬰兒一樣，楊逵每天都在低著頭照料他那每一棵花木。每每看到他撒下的種子發芽、成長、開花，楊逵就會感到一股生命力量湧上心來。靠著這樣一種艱苦的勞作和執著的追求，鳳凰木、龍柏樹、扁柏樹、鐵樹、萬年青、桂花、茶花漸次扎根，太陽花、福壽菊、大理花、孤挺花、劍蘭、一串紅、紫羅蘭、金魚草、兔子花、大鄧伯花競相開放，長春藤、蔦蘿也四處攀爬，東海花園開始出現新氣象。

然而，一場颱風襲來，花園即刻遍地狼藉。楊逵筆下曾真實地再現了這種情景：

> 颱風過後，花園一片淒涼。
> 龍柏被吹倒了，菊花被刮亂了，比大腿還要粗的鳳凰木從半腰折斷，遍地都是折枝落葉，叫人不知道從何做起。
> 我們老園丁小園丁四個，剛把倒地的龍柏茶花扶起，正在清理菊花花圃的折枝落葉的時候，第二次颱風又來了。

瓦飛牆倒，被刮破的塑膠板吱吱嘩嘩的響，鬼叫一樣，整夜不能成眠。

扶起了龍柏，茶花又倒下去了，折枝亂葉東一堆西一堆，走路都不好走。

就這樣，一直忙了好多天，累得要命。[50]

東海花園就是這樣，在開墾荒山野嶺的艱苦勞作中，在與自然災害的頑強搏鬥中，在不斷的借債還貸中，一步一步地發展起來。一九六八年，銀行又在催討抵押借貸的那四萬元。無奈之中，楊逵向同情和支持他的出版商葉先生借貸十萬元，沒有任何抵押物或利息，只以借據為擔保。條件是日息六分，一個月下來利息為一千八百元。依靠這筆錢，楊逵終於在一九六八年九月十三日還清了四萬元的銀行抵押借貸。所剩的餘款，則用來擴建東海花園，以改善生產條件。到了一九六九年年底，因為葉先生周轉不靈，經濟出了問題，楊逵向台中的老朋友郭頂順借款十萬元，以日息六分，折合月息一千八百元。後來因還不起利息，遂於一九七○年三月，又以同一條件向葉榮鐘先生借了十萬元，部分還清所欠利息，餘款仍然用在花園建設上。一九七○年底，經由鍾逸人先生介紹，楊逵以同樣條件向商界朋友蔡伯勛借了第三個十萬元。朋友們輪番借錢給楊逵，以此作為支持東海花園建成台中文化城的經費所用，也好讓楊逵的債務償還與花園經營能有一番周轉。

在不斷的借錢還債之後，楊逵把所剩資金都用來發展花園建設。漸漸的，東海花園的小路鋪出來了，大型蓄水池和灌溉管線也一一建成了。終於申請了用電，花園裡有了電力設備。園中開始修建起簡便的灌溉設備，只要一按插頭，水珠就朝四

面八方匯成一片人造雨，毋須再靠雙肩挑水。種植的鮮花品種
越來越多，一朵朵、一蓬蓬地競相開放，五顏六色，姹紫嫣
紅，點綴了滿山滿谷。一部分鮮花由葉陶挽著花籃，走街串巷
叫賣；一部分鮮花則由台中附近的商店訂購，成爲批發生意。
經過十多年的血汗經營，生活漸漸好轉，楊逵終於夢幻成眞，
把荒蕪的石頭山變成了美好的花園。

　　回眸父輩在東海花園的創業軌跡，女兒楊素絹字字眞情，
感慨萬分：

　　從荒山到花園，從煤油燈到電燈，從步步得用人力澆水到
輕易的自動灌漑，這是一條曲折而漫長的道路；爸爸媽媽總算
走過來了，雖然，還未到盡頭，但確實踏上了坦途。從徒步到
自用汽車代步，電話通話，這其間多少的艱辛，多少辛酸和血
淚，絕非外人所能深刻領會的。這裡面包含的爸的堅忍、決心
毅力和理想。所有的光榮和成就，一半也得歸諸於媽辛勤的持
家和幫助；沒有媽的任勞任怨，堅定衷心的支持，爸的花園不
過是空中樓閣而已。

　　父親的一生，扮演的就是開拓者的角色，他始終不懈，孜
孜矻矻的開拓兩個園地，一個是筆耕的心園，一個是鋤耕的田
園。〔51〕

　　「鋤耕的田園」，以它爭相怒放的花朵，回報了楊逵苦苦
奮鬥的理想；而「筆耕的心園」，這些年來的荒疏，卻讓楊逵
心生遺憾，頗有幾分人生落寞。

　　他默默地在他園子裡除雜草，驅害蟲，但也無法把人生社

會上那些莠草害蟲視而無睹。每看到聽到感人故事的時候，他就會想他那枝放著生鏽的筆來。

他有自由寫他高興寫的東西。

可是，一想起明天要付的，超過他一家生活費用多倍的利息，後天要清還的那一筆債，他的靈感就紛亂起來，不能自主了。〔52〕

　　這段話來自楊逵一九六一年四月八日刑滿釋放之後的第一篇作品，大約寫於一九六五年，當時並無發表的機會。它所描繪的情境，那種在園丁的謀生和作家的寫作之間的苦苦掙扎，正是楊逵此後二十三年東海生涯的寫照，是楊逵晚年困境的生命獨白。作為一個青年時期就開始投身社會運動，終生為理想而奔波的作家，楊逵仍然關心社會，嚮往著「筆耕的心園」。然而戒嚴時期的社會氛圍，現實生活的巨大壓力，又讓他在無奈之中，不得不輟筆。雖說早已從綠島歸來，但作家楊逵仍然被社會所封殺，嘗試動筆的作品「十篇九禁」，寄出即被退回；周圍不時有特務監控，平時言談還需小心謹慎。楊逵也不願與孩子們多談往事，擔心萬一走露了風聲，再次坐牢，自己一生毀滅不說，更連累了家人。偶爾有朋友上山談話，每當涉及政治問題，常常欲言又止。經歷了那麼多的風風雨雨，人生的是是非非，楊逵心中不能不湧動著無限的情感，可他當時讓世人看到的，只是一個沉默寡言、近乎木訥的老園丁形象。當年，東海大學的學生們常常看到這個老園丁在花圃忙裡忙外，但誰也不知道這就是日據時代大名鼎鼎的作家楊逵！

　　出獄已經五年有餘，但作家楊逵僅在一九六二年二月的《聯合報》和《台灣新生報》上，發表〈園丁日記〉等三篇獄

中舊作。直到一九六九年三月，楊逵才在《台灣新生報》上，發表了出獄後寫下的第二篇文章〈墾園記〉。其中表達的，還是這樣的心境：

　　最近有一位編輯來遊，問我近來有沒有寫詩。我笑著說：「在寫，天天在寫。不過現用的不是筆紙，是用鐵鍬寫在大地上。你現在所看到的，難道不美嗎？」

　　他承認了我的說法之後。說：「是的，這是一片美好的詩篇，是你不凡的創作。尤其你這六年多來的奮鬥，更是一部感人的故事。不過，能夠到這裡來參觀聽你講這故事的，終究有限。用筆寫的東西，傳播力更大、更廣、更久遠的，這事實你能否認嗎？」[53]

　　文章在這樣的提問下結束，楊逵無語。作家楊逵不甘於此，他不能聽任「筆耕的心園」繼續荒蕪，重拾寫作是他揮之不去的文學情結。所以在日後出版的文集中，他會在這篇文章的結尾加上兩句回應的話作為結語：

　　「是的，我不否認。」
　　就這樣，我把這枝禿筆找出來了。

　　就在楊逵準備重拾寫作的時候，與楊逵風雨同舟並肩作戰、胼手胝足打拼生活的葉陶，由於長期操勞而透支生命，終因心臟病併發腎臟尿毒症，於一九七〇年八月一日離開了人世，享年六十六歲。回想起患難夫妻的艱辛人生，一向堅強的楊逵禁不住老淚縱橫。葉陶最終長眠於東海花園，楊逵執意讓

滿園的鮮花陪伴她，讓自己殘存的生命守護她。

　　喪偶之後的一九七一年，心力交瘁的楊逵已無力償還每月五千四百元的利息。他深感來日不多，擔心東海花園創建文化城的志向未成而身先死，子孫又無力繼續償還沉重的債務，遂於一九七二年年底變更東海花園的土地所有權，並與蔡伯勛、葉榮鐘、郭頂順三人達成一項協議：

　　以割地還債方式割讓三分之二的東海花園土地產權，由他們共同持分，自己則留下僅三分之一（約一千坪），同時並承諾（口頭）若此地將來成為文學園地的文化村，則同意無條件歸還云云。[54]

　　此時的楊逵，心情沉重到極點。綠島歸來已經十年，雖說「鋤耕的田園」開始綻露滿園青翠，而「筆耕的心園」仍然在塵封之中，且自己的晚年又被腦神經痛的毛病所折磨，更何況構成楊逵苦難人生精神支撐的葉陶已經隨風而逝，這種被現實忘卻的歷史的寂寞，這種獨自面對生命殘局的精神寂寞，讓楊逵內心充滿痛苦。每每空對四壁，心情悵然的時候，楊逵就來到葉陶的墓園前。昔日的恩愛夫妻，一生志同道合的親密戰友，如今卻生死相隔兩茫茫，滿腹的話兒不知從何說起，只有枯坐無語，讓紛亂的思緒在唇邊香煙的煙霧中久久繚繞。

　　七〇年代以後，作家楊逵的生命際遇開始有所轉機。一九七一年八月八日，戰前就活躍於台灣文壇的日本女作家坂口䙱子帶領日本女作家女記者觀光團訪問台灣，專程到台中看望文壇舊識楊逵夫婦，而葉陶已經在一年以前告別人世。感慨萬分的坂口䙱子返回日本後，滿懷深情地寫出〈楊逵與葉陶〉一

文，發表於一九七一年十一月的《亞洲》月刊。楊逵的近況引起日本文壇和學界相當大的反響，台灣留日學者戴國煇，以及日本學者尾崎秀樹等人都有意將楊逵回歸文學和歷史。

一九七三年，日本研究生河原功，數度前往台灣，以楊逵及其作品作爲研究題目。河原功與楊逵來往密切，手中掌握資料相當豐富，陸續以一九七三年五月編寫〈楊貴氏著作目錄〉，一九七三年七月至九月編成《楊貴氏略年譜》，給予後來的研究者極大方便。

一九七三年到一九七四年，是楊逵晚年生涯中關鍵性的兩年。在島內外有識之士的努力下，楊逵再度「出土」，台灣文化界開始重新認識楊逵，並通過楊逵重新認識歷史，發掘歷史。前往東海花園拜訪的人士，從政界、文藝界到學生，逐漸多了起來。一九七二年，當時就讀於東海大學的林載爵，第一次從老園丁楊逵那裡讀到〈送報伕〉的時候，整晚的心情都在爲之震動：原來台灣還有這樣的作品！再往後，約有四個月的時光裡，他每天來幫助楊逵澆花，逐漸走進老園丁的文學世界，並於一九七三年十二月在《中外文學》雜誌發表〈台灣文學的兩種精神——楊逵與鍾理和之比較〉。這篇文章與顏元叔於一九七三年七八月間首先發表的〈台灣小說裡的日本經驗〉一文，都標誌了七〇年代台灣楊逵研究的最早成果。一九七五年，從綠島監獄歸來的陳映眞，第一次在東海花園拜訪了楊逵，聽他講起日本學者從殖民地研究的立場，對楊逵作品解讀的情形。之後，陳映眞的文章裡，開始不斷出現楊逵的名字及其歷史功績。到一九七八年，林梵的《楊逵畫像》由台北筆架山出版社出版，成爲有關楊逵的第一本作家評傳。

隨著學術界研究的升溫，楊逵的文學面貌開始被台灣社會

所認識，大中學校的刊物也熱烈討論起楊逵的作品。

一九七二年一月，〈春光關不住〉刊於《中國現代文學大系：小說》；五月，〈新聞配達伕〉（即〈送報伕〉）重刊於日本雜誌《中國》第一○二期。

一九七三年十一月，〈模範村〉發表於《文季》第二期。

一九七四年一月，〈鵝媽媽出嫁〉發表於《中外文學》二卷八期；四月，〈冰山底下〉發表於《台灣文藝》第四十三期；九月，〈送報伕〉發表於《幼獅文藝》第二四九期。

一九七五年，也就是楊逵七十歲的那一年，張良澤編輯《鵝媽媽出嫁》一書，並由台南大行出版社發行，這是楊逵作品第一次以中文結集出版。

一九七六年一月，〈春光關不住〉改題為〈壓不扁的玫瑰花〉，收入國民中學國文教科書第六冊，楊逵為日據時代成名的作家之作品收錄於教科書的第一人；五月，香草山出版社再版《鵝媽媽出嫁》；十月，台北輝煌出版社出版《羊頭集》，這是楊逵的第二本中文結集。

一九七六年十月，楊逵之女楊素絹主編的《壓不扁的玫瑰花——楊逵的人與作品》，由台北的輝煌出版社出版，成為女兒獻給父親七十一歲生日的珍貴禮物。

一九七六年八月，《夏潮》雜誌社為紀念楊逵的七十一歲生日，開始策劃了一輯楊逵特輯。在十月號的《夏潮》（一卷七期）上，刊出了楊逵訪問記〈我要再出發〉，散文〈首陽園雜記〉、小說〈泥娃娃〉，以及何思萍的〈除非種子死了——探討楊逵小說的精神〉，于飛的〈從「無醫村」看日據時代的台灣醫學〉兩篇評論。這是楊逵形象在七○年代台灣文壇的一次系統性的呈現。楊逵在長篇訪問記中，明確認同「人生七十

才開始」，他說：「我想對我在過去的年代中所做的各種事情做一次檢討和整理，同時準備再出發。」[55]九月，楊逵在學者尉天驄、吳宏一的推薦下，以《鵝媽媽出嫁》一書，參加第二屆國家文藝獎選拔，十二月二十五日結果揭曉，楊逵落選。楊逵繼續努力，整理過去屢遭退稿的散文投寄各報副刊，〈諺語與時代〉、〈諺語四則〉、〈我有一塊磚〉、〈自強不息〉、〈我的小先生〉等十九篇作品，皆在這一年發表於《台灣新生報》、《中央日報》、《台灣日報》等報紙副刊。

　　楊逵晚年一直想寫自傳，期望還原日據以來台灣社會的真實面貌和新文學運動的歷史，但由於身體欠佳、境遇困窘，更因為戒嚴時期的社會氛圍，綠島生涯對筆造成的「永恆的恐懼感」，使楊逵只好用鋤頭把詩文寫在大地上，而非寫在文學史上。雖然楊逵在七○年代開始得以「出土」，但戒嚴時代的禁忌還遠遠沒有解除。

　　一九七四年十月，楊逵六十九歲生日前夕，因身體不適，未能應邀參加台北文學界同仁為他舉辦的生日座談會，楊逵專門投寄了〈「日據時代的台灣文學與抗日運動」座談會書面意見〉。大概是因為文章第二部分提到了共產主義、社會主義的思想，第三部分公開了當年的〈和平宣言〉以及因其坐牢的真相，文章的刊登還是有諸多忌諱，《大學雜誌》第七期於一九七四年十一月發表的時候，只刊登了稿子的第一部分。直到楊逵已經去世後的一九八五年六月，這篇冰凍了十一年之久的文章，才以〈台灣文學對抗日運動的影響——十一年前一項文藝座談會上的書面意見〉為題，由《文季》第二卷第五期全文刊登。儘管如此，楊逵始終沒有放棄「壓不扁的玫瑰花」精神，仍然在創造夕陽歲月中的生命奇蹟。他的晚年，可以說是為

「歷史」而活著，爲「台灣的三○年代文學」而活著，因爲台灣新文學歷史的復活，首先是從楊逵的「出土」開始的。

八○年代以後，楊逵雖然年事已高，身體欠佳，但他仍然保持了一份對社會的人文關懷。一九八二年八月二十二日，應美國愛荷華大學「國際作家工作坊」的邀請，楊逵由長媳蕭素梅陪同赴美。在《自立晚報》的專欄訪問中，在美國洛杉磯出席「台灣文學研究會」成立大會的演說中，楊逵都一再表明，他最大的願望還是想寫小說。當時美國有一些變成了「台美族」的台灣留學生，台獨意識強烈，說話相當張狂，常常將「要把那些不認同台灣的人，趕到海裡去！」掛在嘴上。他們當中曾有人質疑楊逵：「我們那麼費盡力量請你來美國，你不替台獨說話？」楊逵則不理會他們那一套，他渴望祖國統一，無論在哪裡，他都強調說：「我們是台灣人，也是中國人，我們是從中國過來的。」

當楊逵與中國作協副主席馮牧率領的中國作家代表團在愛荷華大學「中國周末」活動中相遇的時候，心心相連的兩岸作家們在美國渡過了「同參加文學討論、同吃、同參觀遊覽」的美好時光。在聶華苓與安格爾夫婦爲兩岸作家代表團舉行的家宴上，楊逵和馮牧共同打開一瓶香檳酒，歡樂的笑聲令人陶醉；在約翰・迪爾農業機械公司參觀，馮牧與楊逵並排坐在一起，氣氛親切融洽；在密西西比河上泛舟，兩岸作家自由自在地談天說笑，合唱民歌，楊逵與蕭素梅翁媳合唱的台灣民謠《補破網》和《賣肉粽》，情眞意切，委婉動人，特別是楊逵唱歌時流露出那種童心未泯的神情，讓人很難想像他已經是一個七十七歲的老人了。

七十七歲的楊逵仍然沒有放棄，他與台灣繼續進行著一場

頑強的世紀長跑。一九八二年五月七日，在應邀到輔仁大學草原文學社演講時，楊逵仍然深情地期盼著「老幼扶持，一路跑下去，跑向自由、民主、和平、快樂的新樂園。」[56]

事實上，晚年楊逵最大的心願，也是他堅持一生的理想，就是創建自由、民主、和平、快樂的新樂園，建設人道的社會主義社會，而東海花園正是他實現政治理想和文學理想力所能及的最後場域。

據楊逵的次子楊建回憶，因為看過國民黨的腐敗，又被國民黨政府關押了十二年，楊逵在開闢東海花園的前些年，曾寄希望大陸會解放台灣。如果大陸解放台灣，他嚮往著東海大學能夠被接收為農工大學。

楊逵的老友，在「二二八事件」中曾任「二七部隊」部隊長的鍾逸人先生，在接受學者柳書琴訪問的時候，也曾說道：

> 他（楊逵）希望以東海花園為據點，見到紅旗飄揚，台灣被解放，若此他們就要接收東海大學，在那裡發揚他的理想。這是他一貫的想法，始終沒變，這事他只告訴我，不敢告訴別人。[57]

然而，大陸發生的「文革」運動，使社會現實處於一片亂象之中。從報紙不斷得到相關信息，楊逵對動亂現實逐漸失望。直到一九七六年毛澤東去世，引發楊逵感情的複雜變化，遂對東海花園的心願與前景有了新的安排。他決定將東海花園捐出來，在這裡建起一座文化活動中心。在〈我有一塊磚〉、〈老園丁的話〉、〈懷念東海花園〉等文章中，楊逵多次表明了自己的這種理想。他說：

　　為使這一片土地免於被都市的罪惡污染而保持我原始自——可以自娛娛人的桃源鄉，如果有人想在這裡蓋個藝術館、圖書館、民藝館之類的文化傳播機構，我很高興捐出這一塊土地。〔58〕

　　東海花園已經有十五年的歷史；若從創建首陽農園開始學種花算，至今已經四十年了。這些年，我都用鋤頭代筆，在大地上寫詩，寫故事；施用了臭的大小便與糞土，培養過不少的既美又香的花卉，因而我老早就有一個幻想：如在這百花齊開的園子裡，蓋了幾棟小山房，讓大家有空時到這裡來一面學種花，一面學寫作、繪畫、雕塑、唱歌、演戲等，把這一塊從前是不毛之地的花圃，變成新樂園，那該多好。〔59〕

　　一九八一年三月九日凌晨，楊逵因感冒藥物引起的痰阻塞症送往醫院急救。住院四天後，在子女的簇擁下遷居外埔次子楊建家休養，次年元旦假期移居大溪長子楊資崩家居住。
　　一場重病之後的楊逵，自知返回東海花園已成夢幻，他以懷戀、惋惜、焦灼、無奈相交織的複雜心情，於一九八三年十一月寫下〈懷念東海花園〉一文。這其中，讓楊逵念念不忘的，是那段把詩寫在大地上的日子，是和葉陶風雨同舟的歲月：

　　許多沉靜的夜晚，我依然生活在東海花園的花影裡，屋前的大鄧伯花，垂滿紫色的花串，花棚下兩把藤椅，文友們常來陪我喝茶小坐，一壺茶、幾支煙，消磨掉一個閒閒的日午。有時我們離開花棚，在園裡拔草或在花徑間漫步，黃昏來的時候就去澆花，水花一片片在夕陽下閃亮，得到滋潤的花木，更為

鮮綠盎然了,那時,站在鮮花圍繞的花圃裡,我總是禁不住喜悅的浮起笑容。荒草石礫的年代已經過去了,經過十多年的血汗經營,這三千坪土地井然有序地織出繁華似錦的美麗圖案。那時我相信,我是會和東海花園永遠在一起的。許多晚霞斑斕的黃昏,坐在葉陶的墓前懷念她生前抱著滿懷鮮花去兜售的情景,我拍拍她的墓碑,更堅定這個永不離開的意念。[60]

然而更讓楊逵耿耿於懷的,是夙願難以實現,那個不能再用鐵鍬在大地上寫詩的老園丁,已經無力把東海花園建成「不但能賞花,也能在文學、藝術、音樂的薰陶中欣賞心靈之美」[61] 的文化活動中心了。而這一切,又是楊逵晚年為之奮鬥為之憧憬的新樂園和桃源鄉!

歷史,在走過了許多曲折坎坷的道路之後,終究會把它的公正還給世人。事實證明,楊逵對於整個台灣新文學的歷史,對於二十世紀的台灣社會歷程,是一個不可或缺的名字。一九八三年,楊逵榮獲第六屆吳三連文學獎及第一屆台美基金社會人文科學獎;一九八四年八月九日,鹽分地帶文藝營頒給楊逵「台灣新文學特別推崇獎」。

而這些遲到的文學榮譽,對於歷盡滄桑、即將走近生命盡頭的楊逵來說,又蘊含了多少歷史的血淚和難言的人生況味!楊逵不會忘記他曾經被遺忘的許多年。那是他生命中最美好最成熟的階段,更是他最艱苦最孤獨的歲月。當人們重讀楊逵的時候,他已臨近夕陽西下。屬於他的時代,卻並沒有開始。即便這樣,楊逵從不言放棄。他在生命的最後一季,乃至最後一天,始終堅持了他的追求和期待,直到生命的最後一息。

一九八五年三月十二日凌晨五時四十分,楊逵在么女楊碧

家中與世長辭，終年八十歲。三月二十九日，遵照楊逵生前心
願，子女們將楊逵葬於東海花園的葉陶墓園旁邊。鮮花翠柏簇
擁著靜靜的墓園，楊逵與葉陶也把自己的生命和靈魂永遠留在
了這片灑著他們血汗的土地上。

　　有輓詞為證：

　　鵝媽媽出嫁，先走一程。

　　送報伕安息，長留回憶。

〔1〕參見《台灣史話》，台灣省文獻委員會出版；轉引自葉榮鐘《台灣
　　人物群像》，台中，晨星出版有限公司，二○○○年八月版，第四
　　四三～四四四頁。

〔2〕周佗、魏大業：《台灣大事紀要》，時事出版社，一九八二年三月
　　版，第五五頁。

〔3〕張文環：〈關於台灣文學〉，原載《和平日報》，一九四六年五月
　　三十一日。

〔4〕轉引自〈台灣老社會運動家的回憶與展望——楊逵關於日本、台灣、
　　中國大陸的談話記錄〉，載於《台灣與世界》第二一期，一九八五
　　年五月；收入《楊逵全集》第十四卷（資料卷），（台南）國立文
　　化資產保存研究中心籌備處，二○○一年十二月版，第二八二頁。

〔5〕同上。

〔6〕同上，第二八一頁。

〔7〕此事參見〈灌園先生日記〉一九四五年八月二十三日之記載（尚未
　　刊行），並首度披露於許雪姬〈二二八事件中的林獻堂〉，見《二
　　十世紀台灣歷史與人物——第六屆中華民國史專題論文集》，第一○

〇四頁。

〔8〕池田敏雄：〈戰敗後日記〉，廖祖堯摘譯，《台灣文藝》第八五期，一九八三年十一月，第一八〇頁。

〔9〕轉引自陳中原譯〈楊逵的七十七年歲——一九八二年楊逵先生訪問日本的談話記錄〉，《文季》第一卷第四期，第二八頁。

〔10〕轉引自鍾天啟：〈瓦窯寮裡的楊逵〉，原載《自立晚報》，一九八五年三月；收入陳芳明編：《楊逵的文學生涯》，台北，前衛出版社，一九八八年九月版，第三〇四頁。

〔11〕同上，第三〇七頁。

〔12〕同上，第三〇八頁。

〔13〕林萍心：〈我們新的任務開始了——給台灣智識階級〉，見《前鋒》第一期（光復紀念號），一九四五年十月二十五日。

〔14〕黃永玉：〈記楊逵〉，收入司馬文森編：《作家印象記》，香港，智源書局，一九五〇年版，第八三頁。

〔15〕范泉：〈記楊逵〉，《遙念台灣》，台北，人間出版社，二〇〇〇年二月版，第五二頁。

〔16〕曾健民：〈建設人民的現實主義的台灣新文學〉，見呂正惠、趙遐秋主編：《台灣新文學思潮史綱》，北京，崑崙出版社，二〇〇二年一月版，第一三四頁。

〔17〕楊逵：〈為此一年哭〉，原載《新知識》創刊號，一九四六年八月；收入《楊逵全集》第十卷（詩文卷·下），（台南）國立文化資產保存研究中心籌備處，二〇〇一年十二月版，第二二九頁。

〔18〕賴明弘：〈光復雜感〉，原載《新知識》創刊號，一九四六年八月。

〔19〕楊雲萍：〈紀念魯迅〉，原載《台灣文化》一卷二期（魯迅逝世十周年特輯），一九四六年十一月一日。

〔20〕楊逵：〈文學重建的前提〉，原載《和平日報·新文學》第二期，一九四六年五月；收入《楊逵全集》第十卷《詩文卷·下》，（台南）國立文化資產保存研究中心籌備處，二〇〇一年十二月版，第二一五頁。

〔21〕楊逵：〈台灣新文學停頓的檢討〉，原載《和平日報·新文學》第三期，一九四六年五月二十四日；收入《楊逵全集》第十卷（詩文卷·下），（台南）國立文化資產保存研究中心籌備處，二〇〇一

年十二月版，第二二三頁。

〔22〕楊逵：〈阿Q畫圓圈〉，原載《文化交流》第一輯，一九四七年一月十五日；收入《楊逵全集》第十卷（詩文卷‧下），（台南）國立文化資產保存研究中心籌備處，二○○一年十二月版，第二三二頁。

〔23〕楊逵：〈告台灣同胞書之一〉，見吳克泰：〈楊逵先生與「二二八」〉附錄；金堅范主編：《楊逵：壓不扁的玫瑰花》，台海出版社，二○○四年九月版，第三五二頁。

〔24〕楊逵：〈從速編成下鄉工作隊〉，原載《自由日報》，一九四七年三月九日；收入《楊逵全集》第十卷（詩文卷‧下），（台南）國立文化資產保存研究中心籌備處，二○○一年十二月版，第二三九～二四○頁。

〔25〕藍博洲：〈青春三年在台灣的證言〉，《麥浪歌詠隊》，台中，晨星出版有限公司，二○○一年四月版，第一五五頁。

〔26〕楊逵：〈介紹「麥浪歌詠隊」〉，原載《中華日報》「海風」欄目第三九期，一九四九年二月十五日。

〔27〕楊逵：〈我的老友徐復觀先生〉，原載《中華雜誌》第二二六期，一九八二年五月；收入《楊逵全集》第十四卷（資料卷），（台南）國立文化資產保存研究中心籌備處，二○○一年十二月版，第一八頁。

〔28〕原文此處為空字。

〔29〕楊逵：〈和平宣言〉，原載《大公報》一九四九年一月二十一日；收入《楊逵全集》第十四卷（資料卷），（台南）國立文化資產保存研究中心籌備處，二○○一年十二月版，第三一五頁。

〔30〕參見薛元化主編：《台灣歷史年表，終戰篇I（一九四五～一九六五）》；李永熾監修，台北，業強出版社，一九九三年五月版，第七二頁。

〔31〕楊逵：〈和平宣言〉，原載《大公報》，一九四九年一月二十一日；收入《楊逵全集》第十四卷（資料卷），（台南）國立文化資產保存研究中心籌備處，二○○一年十二月版，第三一五頁。

〔32〕《光明報》是中共在台灣的地下報紙，手寫油印本，「二二八事件」以後由呂赫若躲藏在台北編印。

〔33〕轉引自王曉波：《被顛倒的台灣歷史》，台北，帕米爾書店，一九八六年十一月版，第二～三頁。

〔34〕轉引自胡子丹：〈楊逵綠島十二年〉，原載《傳記文學》第五期，第七三頁。

〔35〕楊逵：〈我的老友徐復觀先生〉，原載《中華雜誌》第二二六期，一九八二年五月；收入《楊逵全集》第十四卷（資料卷），（台南）國立文化資產保存研究中心籌備處，二○○一年十二月版，第一八～一九頁。

〔36〕〈關於楊逵回憶錄筆記〉，原載《文學界》第十四集，一九八五年五月；收入《楊逵全集》第十四卷（資料卷），（台南）國立文化資產保存研究中心籌備處，二○○一年十二月版，第七四頁。

〔37〕李鎮洲：〈火燒島第一期新生〉，轉引自秦風：《歲月台灣》，廣西師範大學出版社，二○○五年五月版，第六三～六四頁。

〔38〕秦漢光〈我在綠島三千兩百一十二天〉，轉引自秦風：《歲月台灣》，廣西師範大學出版社，二○○五年五月版，第六四頁。

〔39〕楊逵：「綠島時期家書」（一九五七年十二月），收入《楊逵全集》第十二集（書信卷），台南，國立文化資產研究中心籌備處，二○○一年十二月版，第二五頁。

〔40〕蕭素梅女士談楊逵，見於筆者對蕭素梅女士的訪談錄，二○○四年二月七日，廣西南寧，中國作家協會主辦的「楊逵作品研討會」上。

〔41〕楊建：〈拒絕出賣兒女的楊逵〉，原載《自由時報》，一九九七年八月二十九日。

〔42〕楊建：〈拒絕出賣兒女的楊逵〉，原載《自由時報》，一九九七年八月二十九日。

〔43〕楊逵：〈人生金言〉，一九八三年接受方梓訪問，見《自立晚報》；轉引自向陽：〈陽光一樣的熱──讀楊逵先生「綠島家書」〉，《綠島家書》，台中，晨星出版社，一九八七年三月版，第一二頁。

〔44〕「三七五減租」與「公地放領」皆為台灣當局第一次「土改」中實行的政策。一九四九年四月十九日，台灣當局頒佈《台灣省私有地租佃管理條例》，強制實施「三七五減租」，其主要內容之一，就是限定耕地租額最高不得超過主要產物全年收穫總量的百分之三七‧五。租率根據佃農總收成保留四分之一，餘下的四分之三由地主與佃農對分計算。一九五一年六月，台灣當局頒佈《台灣省放領公有耕地扶植自耕農實施辦法》，將「國有」及「省有」耕地所有權有償轉移為農民所有。其方法是：地價按照耕地主要產物全年收穫總量的二‧五倍，公地租率為全年收穫總量的百分之二十五，受

領農民只要連續繳納十年地租，即取得耕地所有權。

〔**45**〕楊逵：〈墾園記〉，原載《台灣新生報》，一九六九年三月十二日；收入《楊逵全集》第十卷（詩文卷・下），（台南）國立文化資產保存研究中心籌備處，二○○一年十二月版，第三七四頁。

〔**46**〕楊翠：〈閱讀葉陶的風華〉，原載《中國時報》，一九九二年十月。

〔**47**〕見楊素絹：〈開拓者〉一文，收入楊逵：《羊頭集》，台北，輝煌出版社，一九七六年十月版，第二一四頁。

〔**48**〕楊逵：〈墾園記〉，原載《台灣新生報》，一九六九年三月十二日；收入《楊逵全集》第十卷（詩文卷・下），（台南）國立文化資產保存研究中心籌備處，二○○一年十二月版，第三七五頁。

〔**49**〕楊逵：〈默默的園丁〉，收入《楊逵全集》第十三卷（未定稿卷），（台南）國立文化資產保存研究中心籌備處，二○○一年十二月版，第七二八頁。

〔**50**〕楊逵：〈羊頭集〉，原載《文藝》第一卷第七期，一九七○年一月；收入《楊逵全集》第十卷（詩文卷・下），（台南）國立文化資產保存研究中心籌備處，二○○一年十二月版，第三七八頁。

〔**51**〕楊素絹：〈開拓者〉，收入楊逵：《羊頭集》，台北，輝煌出版社，一九七六年十月版，第二一七～二一八頁。

〔**52**〕楊逵：〈默默的園丁〉，收入《楊逵全集》第十三卷（未定稿卷），（台南）國立文化資產保存研究中心籌備處，二○○一年十二月版，第七三○頁。

〔**53**〕楊逵：〈墾園記〉，原載《台灣新生報》，一九六九年三月十二日；收入《楊逵全集》第十卷（詩文卷・下），（台南）國立文化資產保存研究中心籌備處，二○○一年十二月版，第三七六頁。

〔**54**〕楊逵變更東海花園的土地所有權的協議，轉引自楊逵次子楊建先生給筆者的信件，二○○五年十二月二十八日。

〔**55**〕楊逵語，見〈我要再出發──楊逵訪問記〉，原載《夏潮》第一卷第七期，一九七六年十月；收入《楊逵全集》第十四卷（資料卷），（台南）國立文化資產保存研究中心籌備處，二○○一年十二月版，第一六○頁。

〔**56**〕楊逵：〈日本殖民統治下的孩子〉，原載《聯合報》，一九八二年八月十日；收入《楊逵全集》第十四卷（資料卷），（台南）國立文化資產保存研究中心籌備處，二○○一年十二月版，第三○頁。

〔57〕鍾逸人語，轉引自柳書琴：《荊棘的道路：旅日青年的文學活動與文化抗爭──以〈福爾摩沙〉系統作家為中心》，附錄，第二三頁。

〔58〕楊逵：〈我有一塊磚〉，原載《中央日報》，一九七六年十月二十日；收入《楊逵全集》第十卷（詩文卷‧下），（台南）國立文化資產保存研究中心籌備處，二〇〇一年十二月版，第四〇一頁。

〔59〕楊逵：〈老園丁的話〉，原載《新文藝》第二六一期，一九七七年十二月；收入《楊逵全集》第十四卷（資料卷），（台南）國立文化資產保存研究中心籌備處，二〇〇一年十二月版，第六～七頁。

〔60〕楊逵：〈懷念東海花園〉，原載《中國時報》「人間」副刊，一九八三年十一月八日；收入《楊逵全集》第十卷（詩文卷‧下），（台南）國立文化資產保存研究中心籌備處，二〇〇一年十二月版，第四二二～四二三頁。

〔61〕楊逵：〈懷念東海花園〉，原載《中國時報》「人間」副刊，一九八三年十一月八日；收入《楊逵全集》第十卷（詩文卷‧下），（台南）國立文化資產保存研究中心籌備處，二〇〇一年十二月版，第四二三頁。

第三章
時代剪影：楊逵與文學同好

　　作為一個終生與文壇相伴而行的老作家，楊逵對文心風骨的堅持，與文學同好者的率眞相處，讓他的文人生涯頗具人格魅力，一向有著「放膽文章拼命酒」的文壇美譽。從日據時代到戰後台灣，楊逵與他同時代文人們的往來交遊，以及文學同好者之間的互為影響，不僅成為楊逵人格精神與文學理想形成過程中的重要原因與時代參照，也帶著特定歲月的歷史煙塵，再現了台灣新文學風雨歷程的某種時代剪影。

一、楊逵與賴和：亦父亦兄亦文友

　　賴和與楊逵，因文學結緣，更因創作理念與關懷層面的相近而成為心靈契合的夥伴。

　　在日據時代，賴和[1]是為台灣新文學「打下第一鋤，撒下第一粒種子」[2]的開拓者，他第一個把白話文的價值提到民眾面前，並以對台灣現實主義文學的確立和倡導，成為「五四運動精神之子」，「台灣新文學之父」。賴和在擔任《台灣民報》文藝欄主編、《台灣新民報》學藝欄主編以及《南音》雜誌編委的時候，為台灣文壇培養了一批年輕作家，他的抗議精神和諷刺筆法，特別影響了楊守愚、陳虛谷、蔡秋桐、朱點

人、楊逵、王詩琅、呂赫若、吳濁流以及稍後的鍾理和、鍾肇政等人，賴和因此被譽為「台灣新文學的奶母」。賴和畢生懸壺濟世解救窮苦百姓的高尚醫德，又使他成為民眾百姓心中的「彰化媽祖」、「台灣醫聖」，以至於他一九四三年由於遭受日本殖民當局迫害而去世的時候，百姓們盈街痛哭，「路祭」的人群絡繹不絕，沿途都在供奉青果，焚香祭拜。更讓人們敬重的是，有感於療救國民精神、啟蒙民眾的責任，賴和始終以魯迅為楷模，一生都在為台灣的抗日文化運動奔走呼號，「凡台灣文化運動與社會運動，先生無不公開參與或是秘密援助」，[3] 始終以一個反帝反封建的文化鬥士形象活躍於民族解放運動的前線。

　　賴和在台灣新文學歷史中的奠基作用，使他獲得了台灣文壇最高的敬仰和評價。黃得時將賴和比喻為「台灣的魯迅」，吳新榮認為「賴和在台灣，正如魯迅在中國，高爾基在蘇聯，任何權威都不能漠視其存在。」[4] 陳虛谷也不無崇敬地斷言：「賴和生於唐朝中國則可留名唐詩選；生於現代中國則可媲美魯迅。」[5]

　　楊逵的成長過程與文人行誼，受賴和的影響最為強烈。楊逵的作品中多次提及賴和，僅以賴和為主題的文章就多達六篇，計有〈賴和先生的木屐〉、〈憶賴和先生〉、〈紀念台灣新文學二開拓者〉、〈幼春不死！賴和猶在！〉、〈希望有更多的平反〉、〈我的心聲〉等。楊逵一生，對賴和感念至深，他談道：「我是受賴和先生栽培的後進中的一員。賴和先生生於一八九五年，我則是一九零五年生的，他比我大十歲，不過我們在一起就像父子一樣，又像是兄弟，無所不談。」[6]

　　對於楊逵來說，二〇年代末期與賴和在彰化的相識，成為

他文學生命的關鍵性轉折。「在認識賴和之前，他只讀過世界文學與日本名著，透過賴和的介紹，他才開始大量閱讀台灣本土作家的作品；在認識賴和之前，他以為全力投身社會政治運動，是追求台灣民族解放運動的唯一道路，但是接觸了賴和之後，他才逐漸領悟到文學運動，也是促進民族解放的一個很好的途徑。」[7]

　　一九二八年下半年，因為竹林爭議事件而遭受簡吉打擊的楊逵，在他從事的農民運動開始走向低潮的時候，與葉陶一同來到彰化、鹿港一帶，聯絡當地的知識分子，以組織讀書會的方式繼續堅持社會運動和文化啟蒙。當時，賴和在彰化本地一邊行醫，一邊擔任《台灣新民報》學藝欄主編，團結影響了許多知識分子和文藝青年，也使彰化儼然成為台灣新文學運動的中樞。在賴和的幫助下，楊逵在彰化賴和醫院附近租到一間小屋和葉陶同居，他們與一群文藝青年也有了經常同賴和接觸的機會。

　　賴和平時行醫繁忙，他每天要看一百多位病患，收入卻比看五十人還少。對於貧苦百姓，賴和經常分文不收；而行醫的收入，賴和又多拿來支持台灣的社會運動，他的身後竟然留下萬餘元的債務。在家坐診的時候，賴和常常面對一屋子病人，不停地用聽診器或用手敲打診斷；而出門行醫的時候，賴和總是風塵僕僕，四處奔波。儘管如此忙碌，仍舊吸引許多年輕人前來，賴和那裡自然地變成了一個文化中心。

　　遇到文藝青年們身體不舒服的時候，賴和就會仔細地替他們診病，開處方，抓藥，叮囑再三。楊逵那時身體很弱，受到賴和的照顧也就更多一些。楊逵印象中的賴和，像個鄉下學者，平易近人，和藹可親。賴和家的客廳裡有一張大桌子，上

面總是堆放著幾種報紙，彰化的文藝青年無論是獨自前來，還是幾個人吵吵鬧鬧簇擁而來，都可隨意進入賴和家的客廳，「不管先生在不在，我們都是自己進去，自己看報，自行討論，自行離去。」[8]賴和在家的時候，有時也會加入青年人的客廳討論，大家七嘴八舌說個不停，就像自家人一樣。

一九二九年，經歷了坐牢、新婚的楊逵和葉陶，流落到高雄的內維，租了一間因為鬧「鬼」而沒有人敢住的房子，白天以砍柴為生，晚上埋頭寫作，並從寫好的小說中挑出幾篇，寄給賴和主編的《台灣新民報》學藝欄。其中一篇是楊逵第一次用白話文寫作，內容涉及一個不向逆境低頭的貧農形象，楊逵用了諸多破破爛爛之類的形容方式去描寫主人公的生活窘境。幾天後，那篇小說被退了回來，上面有賴和許多親切的修改和評語，那段描寫貧農衣衫破爛的描寫，全都劃上了紅線，只寫了一句「破了又補」。楊逵一下子感到，「破了又補」這句話為自己小說的主題增加了千斤重的份量。

一九三二年五月，楊逵在不斷的嘗試之中完成了他的成名作〈送報伕〉。因為一向不喜歡父母給自己取的名字「楊貴」，加上後來被人以「楊貴妃」綽號來取笑，楊逵更加討厭自己的本名。〈送報伕〉完稿時楊逵也沒多想，就草草寫下「楊達」這樣一個筆名。經賴和之手，〈送報伕〉在一九三二年五月十九日至二十七日的《台灣新民報》上刊載出來。在署名的問題上，賴和建議使用「楊逵」筆名，一來與其本名諧音，二來取自《水滸傳》中打抱不平的梁山好漢「李逵」之名，故用紅筆圈去「達」字，改為「逵」字。從此，台灣新文學史上留下了一個載入史冊的名字，賴和也成了楊逵的「命名之父」。首度以「楊逵」為筆名的〈送報伕〉在《台灣新民

報》上只登了一半，就被日本殖民當局查禁了。作爲〈送報伕〉的「助產士」，賴和甚爲傷心和遺憾，那種期盼文學作品順利誕生的心情，彷彿比楊逵本人還要迫切。此時的楊逵，適逢長子資崩出生，嬰兒難產，小說也難產，楊逵在台灣發表的只有這半部〈送報伕〉。兩年以後，在日本《文學評論》雜誌的徵文中，〈送報伕〉終於在參選的八十餘篇作品中脫穎而出，並獲得第二名（第一名從缺）。當賴和看到中文版的〈送報伕〉後來收入《山靈──朝鮮台灣短篇小說集》、《弱小民族小說選》的時候，他高興得掉下眼淚，並對楊逵說：「你這幾本書的譯文，勝過我過去所有作品的總和了。」[9]楊逵非常感動，更堅定了跟賴和先生一起前進的信念。

　　在楊逵流浪高雄、砍柴爲生的日子裡，每每遭遇困難，賴和總會伸出援手。從鼓勵楊逵創作和發表文學作品，到幫助楊逵的長子資崩治療夜盲症；從促成楊逵參加台灣文藝聯盟活動，並擔任《台灣文藝》編輯，到幫助楊逵獨立創辦《台灣新文學》，爲其負責中文欄目的編輯，賴和在人格建樹和文學活動方面給予楊逵決定性的影響。一九七六年八月，在接受《夏潮》雜誌訪問時，楊逵曾明確表示，日據時期的台灣作家中，他與賴和最爲親近，文風也最相似。從強烈的抗日民族意識，到反映底層貧苦百姓生活的關懷精神，再至寫實主義的創作風格，楊逵與賴和走著極爲相似的文學路線。

　　賴和不僅是爲台灣新文學運動披荆斬棘的開路先鋒，也是日據時代的抗日仁醫和民族英雄。一九五一年四月十四日，賴和以抗日民族英雄入祀忠烈祠，受到社會的推崇敬仰。孰知到了一九五八年，卻因爲涉及所謂「思想問題」無人敢於申辯，賴和竟然又被逐出了忠烈祠。早在一九四三年就已逝世的賴

和，台灣光復後蒙冤長達二十六年之久，直到一九八四年一月二十二日才得到平反。同樣因為堅持真理而蒙冤監獄十二年的楊逵，對賴和的遭遇有著強烈而深刻的感觸，他不僅參加了一九八四年二月十二日由《中華雜誌》、《夏潮論壇》、《台灣文藝》、《文學界》、《文季》五個雜誌社聯合舉辦的「慶賀賴和先生平反演講會」，還致詞〈我的心聲〉，並發表〈希望有更多的平反〉的演說。這其中，楊逵深情緬懷他與賴和亦父亦兄的友情，表達自己「今年七十九，還不想離開人世，我就是要接下賴先生的這支棒子」[10]的信念。同時，楊逵大力呼籲民主，「希望執政黨繼此次賴和先生平反之後，能夠再接再厲，放棄蹂躪民主的手段，將過去的冤案像此次一般，重新深入調查，再有五次、十次、一百次、乃至無數次的平反」[11]。

　　楊逵認為，自己的一生從賴和以及林幼春那裡獲得的精神滋養最為直接和深刻，對於這兩位台灣新文學的開拓者，楊逵永遠懷有這樣一種敬仰的心情：

　　……像我這樣的「又瘦又乏」的角色，在此暴風雨的二十年間未曾餓死或是投降，這氣力與耐性，可說大半都是由於他們來的。

　　八年的抗戰中，在日本特務的貓目爪牙下，我藏於首陽園種花以免餓死或是投降，全是由於先生們的感化來。他們教示我們後輩，未曾用過一條的訓令或是一場的說教，他們總是這樣的，以他們全人格誘導著我們。[12]

二、楊逵與入田春彥：生命相託知己情

　　楊逵的一生中，曾有幾位對他的生命履歷和文學生涯發生

關鍵性作用的日本友人，年輕的日本警官入田春彥就是其中的一位。楊逵在〈入田君二三事〉、〈首陽園雜記〉、〈光復前後〉、〈一個台灣作家的七十七年〉、〈不朽的老兵〉等文章中，多次提及這位身份特殊的左翼文學青年。入田春彥與楊逵的真誠交往和生命相托，不僅構成了楊逵在日據時代的一段生命傳奇，也對楊逵戰後初期的文學活動發生了深遠的影響。

入田春彥對於台灣學界，過去一直是個謎。楊逵生前與入田春彥交往頗多，但也不知道入田春彥的真正來歷，因為他從不講起這些事情。

近年留學日本東京大學，主要研究楊逵與日本文壇關係的張季琳博士，在日本報界的幫助下，經由多方尋訪入田春彥遺族和深入的資料發掘，並分析楊逵遺物中尚未公開過的《台灣新聞》剪報，以及入田春彥的作品樣本，終於解開了入田春彥的身世背景之謎。

入田春彥，一九○九年三月五日生於日本宮崎縣一個知識分子家庭。一九三一年九月開始接受六個月的警官訓練，一九三二年三月二十八日結業，即被派往台中州任職巡查，之後調往南投郡與新高郡，一九三七年十一月起擔任台中警察署巡查，原本負有尾隨監視楊逵的任務。同年十二月十八日，入田春彥辭職獲准。

入田春彥雖為日本警官，但平日喜愛文學，他「無法忍受沉悶死板的山中警察生活」[13]，心儀社會主義思潮，是一個帶有左翼色彩的文學青年。當時擔任《台灣警察時報》編輯的日本作家中山侑[14]，後來曾談到他與入田春彥始於一封長信的文學交往，以及他對入田春彥的「文學青年」印象：

　　您那封信曾經在《台灣新聞》報的文藝版發表，是一篇以充滿才氣的筆致，勇敢敘述想說的事情的文章。一想到像您這樣在蕃界山區的人，一方面擔任警察工作，一方面又勤於文學創作。我仍記得當時我驚訝得瞠目結舌。〔15〕

　　有關入田春彥的文學活動，曾發表其作品的《台灣新聞》，曾在一九三七年十二月十七日的「學藝消息」欄，做這樣的介紹：

　　入田春彥氏，筆名鄉親良、鄉はるこ、高英、大伴英彥、洪春鄉。辭去六年的警察生活，目前滯居彰化溫泉旅館靜養，近日將返回鄉里。

　　從楊逵遺留的剪報資料可知，入田春彥生前發表的作品大致如下：

一、入田春彥譯：〈國際警察とは何か——リテラリィ・ダイヅユストより〉（〈何謂國際警察——從文學角度看〉），《台灣警察時報》二五三號，一九三六（昭和十一年）年十二月。

二、鄉はる子：〈マドリツトにおける文化擁護國際作家會議〉（〈馬德里第二屆文化擁護國際作家會議有感〉），《台灣時報》，一九三七（昭和十二年）年十一月二十六日。

三、入田春彥：〈日錄抄〉，《台灣新聞》，一九三七（昭和十二年）年十二月十七日。

四、入田春彥：〈新約異解〉，《台灣新聞》，一九三八

（昭和十三年）年四月一日。

　　五、高英：〈斷片錄〉，《台灣新聞》，一九三八（昭和
　　　十三年）年四月一日。[16]

　　入田春彥生前與日本在台作家田中保男、中山侑、藤野雄士多有接觸，文學理念上受日本小說家芥川龍之介（一八九二～一九二七）影響較深，既傾向於芥川對資本主義社會弊病的揭露，也有著芥川式找不到社會出路的虛無與絕望。他還珍藏有創造社刊行的《大魯迅全集》七冊，每月訂購美國的《新民眾》與英文版的《莫斯科新聞》，接觸中國二、三〇年代左翼作家的作品，對殖民地台灣的左翼文學有著特別的關注。早在一九三六年三月二日，入田春彥以「鄉親良」的筆名，投書《新文學月報》第二號的「明信片」欄，對楊逵夫婦創辦的《台灣新文學》給予高度評價。當他閱讀了楊逵的〈送報伕〉、〈模範村〉等作品後，頗感慨於楊逵對弱勢族群的關懷與文學表現，心中充滿欽佩之情。他曾在《台灣新聞》發表〈入田春彥〉一文，結尾特別提到希望結識楊逵的心願。

　　入田春彥初識楊逵，正值楊逵山窮水盡之際。一九三七年六月，為挽救《台灣新文學》被強制廢刊的命運，楊逵遠赴日本，奔波遊說於東京進步文化界。「七七事變」爆發後，形勢驟然緊張起來，楊逵不得已於九月返台。這年秋天，楊逵積勞成疾，咯血數月，因欠米店二十元，在日本警察的唆使下，被米店老闆告上法庭。當時有朋友為他代租一塊兩百坪的土地，楊逵卻拿不出三十元的租金。就在這窮愁潦倒的時候，《台灣新聞》的編輯田中保男帶著入田春彥前來拜訪。楊逵連吃飯都成了問題，只好變賣幾本書，換得一紙口袋米，燒稀飯裹腹。入田春彥和田中保男見狀，急忙買菜沽酒來，大家邊吃邊談，

十分投緣。入田春彥當即慷慨解囊，惠贈一百元巨款。而當時，入田春彥基本月薪不過四十元，每月還要從中扣出一部分寄回日本故鄉，可見一百元對他並不是筆小數目。靠了這筆錢，楊逵絕境逢生，開創了首陽農園，在日本殖民統治的高壓年代裡得以安身立命和守望自己的理想。

不久，入田春彥辭去六年的警察生涯，經常出入於首陽農園，並待楊逵的孩子親如己出。他總是撐著高大的身軀，踏著他那獨特的步伐，「唭嘩唭嘩」地拖著木屐來找資崩玩。當時六歲的資崩也經常去入田春彥的宿舍玩耍，入田春彥贈他糖果點心，爲他朗誦故事書，也教他唱「勝利歸來」之類的日本軍歌。每逢入田春彥來首陽農園的時候，葉陶便忙著挖野茶，炒花生，做些樸素的茶肴好讓楊逵與入田春彥下酒。兩人敞開胸懷，談文學，議時局，說心事，也交流思想，大有人逢知己相見恨晚的感慨。他們之間的位置，也從原本監視者與被監視者的對立關係，轉化爲跨越國度種族的文學心靈的交融對話。兩人相識不久，入田春彥就在楊逵的帶領下，拜訪了吳新榮、郭水潭、陳培初、黃炭、黃朝東等多位台灣文友。

入田春彥因爲寫了不少觸及日本警察黑暗內幕的文章，並屢次批評日本政府的侵略戰爭，又與楊逵這樣的「危險分子」過從甚密，遂被殖民當局以思想偏激、執行任務失敗爲由，將其拘禁數日。決定釋放入田春彥的同時，台灣總督府也下達了限期離台回國的命令。幾天之後，入田春彥托人捎來一張紙條，上面寫著要楊逵次日晨七點到他住處去找他。一九三八年五月五日，也就是入田春彥原定被限期離台的頭一天，依約前往的楊逵到達入田春彥門前時，屋內傳來斷斷續續的胡琴聲，房門卻是緊鎖著，無人應答。楊逵趕忙跑到管理公寓的阿婆那

裡拿來鑰匙，開門一看，躺在榻榻米上的入田春彥已經不省人事，懷抱一把瘦瘦的胡琴，在痛苦的喘息聲中，還不時地叫著楊逵長子資崩的名字。原來，入田春彥在得到自己要被遣返日本之後，就決定了以死抗爭。於是，他吃下了大量的安眠藥，並給楊逵和葉陶分別留下遺書，以二十九歲的英年，堅定地自殺了。入田春彥還表示願將他的骨灰當作肥料，遍灑在首陽農園的土地上。很少流淚的楊逵，見到此情此景，精神遭遇強烈撞擊，眼淚潸然而下，心中留下了永遠無法平復的創痛。

入田春彥自殺後，當時台灣最大的日文報紙《台灣日日新報》曾於一九三八年五月七日，以〈原巡查因對前途悲觀，於公寓服毒自殺〉為題，進行報導。同日，台南市日文報紙《台灣日報》也以〈文學青年因孤獨感和生活不安，留下異常遺書自殺〉為題，披露了這一事件。

入田春彥留給楊逵和葉陶的遺書，表明了他對中國人的感情以及對日本殖民統治與發動侵略戰爭的厭惡。這兩封遺書分別寫道：

> 葉陶女士
> 我想，你是最能迅速、俐落處理我的後事的人。
> 因此，我就不客氣地拜託了。
> 我想，在這樣的時代，有這樣的戰鬥也是好的。
> 能夠瞭解懷抱炸彈，欣然勇赴死地的一個士卒的心情的人，
> 大概也能理解我的心情。
> 讓資崩小弟弟為我唱「勝利歸來」的歌吧。
> 資崩以後到了我這樣的年紀時，
> 這世界不知道將變成什麼樣子。

楊逵先生

我想你一切都瞭解的，所以我就沒必要再寫什麼。

這是戰鬥。我不希望被認為是卑怯的行為。

我的內心也存在著各種東西。

但是，芥川式的虛無，還算是有三分吧。

多估計的話，大概也有四分左右。

到了這樣的時候，我多少寵壞了芥川式的虛無，也是個事實。

但是，我給予了它令戰鬥更加激烈的任務。

我不希望被過重地評估芥川式的虛無。〔17〕

事實上，早在入田春彥自殺前一個月所發表的〈斷片錄〉中，已經可以看到他以勇敢赴死來抗爭的某些端倪。下述章節的文字表現，與入田春彥寫給葉陶遺書「懷抱著炸彈，欣然勇赴死地的一個士卒」的話，是相當吻合的：

我已下定決心，準備不顧死活，用身體，直接衝撞前去。

但是，總覺得奇怪，這是無法擊發的子彈嗎？

我的臉，像死人般發青。

而不知什麼時候，那把槍已被施以安全裝置了。〔18〕

入田春彥的突然自殺，使楊逵深受刺激，一度陷入心力交瘁、意志沉迷的狀態。一九三八年五月十一日，也就是入田春彥告別人世六天之後，楊逵寫下〈入田君二三事〉，在生死情誼的追懷中，道出了他無限的痛苦與感嘆：

肉體上、精神上都已經筋疲力盡的現在，我雖然負債累

累，卻什麼都不想說，什麼都不想寫。

　　那個高大的男人，現在整個人都收在這個不到一尺立方的
木箱裡。說決鬥、談打仗的這個熱情的人，現在化成一堆骨灰
塞在這個木箱裡。

　　在給葉陶的遺書裡，他自負是個懷抱炸彈、慷慨赴義的士
兵，結果卻和炸彈一起墜入海裡。炸彈最後沒有爆炸，和他自
己一起被大海，被那無邊無際的大海吞噬了。

　　總有一天，我要好好想想他這一生的種種。我把這件事也
當成我的債務之一。[19]

　　楊逵與葉陶將入田春彥的遺體火化後，含著熱淚整理了他
的遺物，這使楊逵第一次接觸到七卷本的《大魯迅文集》，也
由此影響到他戰後初期的文學活動。之後，楊逵曾向台灣總督
府查詢其日本家屬，得到的卻是「查無資料」的回答。不忍看
故友的骨灰流落在外，楊逵將入田春彥的骨灰安置在自己家中
供奉，存放長達十二年之久。一九四九年四月，楊逵因起草
〈和平宣言〉被捕入獄後，經常有特務、警察到他的住宅搜
查，全家人的命運動盪不定，入田春彥的骨灰存放也不安全。
楊逵的長子資崩，便請求寶覺寺住持林錦東協助，以楊貴（楊
逵本名）夫婦的名義，於一九五○年三月三十日，將入田春彥
的骨灰免費安放於寶覺寺。

　　一九六一年，楊逵從綠島監獄歸來，心中依然牽掛著入田
春彥的骨灰安置，一刻也沒有放棄尋找故友遺族的努力。一直
到一九八二年，接受美國愛荷華大學「國際作家工作坊」的邀
請赴美訪問的楊逵，雖然已經是七十八歲的高齡，在歸途中重
訪東京，還念念不忘懇請日本媒體幫助尋找入田春彥的家人，

但卻未見任何信息反應。入田春彥的骨灰不能安返故里,讓三
年後辭世於台中的楊逵帶走了永遠的遺憾。

楊家後代深知父親的心願,他們繼續以各種方式尋找入田
春彥的家屬。但從一九八五年到一九九七年,十二年的尋覓都
杳無音訊。後來經由台灣在東京攻讀學位的留學生張季琳的努
力,她在《宮崎日日新聞》上刊登的尋人啟事終於有了回應。
一九九九年十二月十八日,入田春彥的外甥女藤江婈子與夫婿
一同來台灣,接舅舅的骨灰返回故里。對楊逵家族保存入田春
彥骨灰十二年,並寄存寶覺寺長達四十八年的義舉,入田家族
感念至深。經歷了六十年的世事滄桑,楊逵與入田春彥真情相
見、生命相托的感人故事,終於有了新的延續;他們所共同見
證的那段社會悲劇,也已然成為歷史。

三、楊逵與大陸文壇:「魯迅情結」「胡風緣」

楊逵終其一生,並未見過魯迅與胡風。但他對中國現代文
學旗手魯迅的精神仰慕,形成了心中濃得化不開的「魯迅情
結」,並直接影響到戰後初期的文學再出發;他與胡風之間的
文學因緣,傳遞著左翼作家對底層被壓迫者的關懷精神,更見
證了兩岸文學割捨不斷的歷史聯繫。

楊逵首度接觸魯迅的作品的時間,大概在一九二八年左
右。當時在彰化居住的楊逵,經常與一群文友出入賴和家裡讀
書看報,討論文學。楊逵清楚地記得,「先生的客廳裡有一張
長方形的桌子,桌上總是擺著好幾種報紙。」[20] 晚年楊逵接
受林瑞明訪問時,也肯定地回答桌上還有中文雜誌。賴和當時
任《台灣民報》漢文欄編輯,而魯迅又是一九二五年至一九
三〇年間在《台灣民報》出現頻率最高的作者。〈鴨的喜

劇〉、〈故鄉〉、〈犧牲謨〉、〈狂人日記〉、〈魚的悲哀〉、〈狹的籠〉、〈阿Q正傳〉、〈雜感〉、〈高老夫子〉等作品都轉載於這一時期，由此形成了魯迅思想在台灣傳播的第一次高潮。賴和平生最崇拜魯迅，他同樣是以文學來療救社會弊病，改造國民精神，一生保持了尖銳抗爭的形象，因而被人們譽為「台灣的魯迅」。而楊逵，作為深受賴和人格濡染和文學影響的作家，他內心認定的賴和，就是魯迅的形象。一九四三年一月賴和去世後，楊逵即發表〈憶賴和先生〉一文，其中談道：「一想起先生往日的容顏——當然是透過照片——就會浮出現魯迅給我的印象。」[21] 由此看來，二〇年代後期的楊逵，經由賴和而間接地接觸到魯迅作品，並從中獲得精神的認同與啟迪，其背景也是真實可信的。

　　一九三五年十二月起，台灣文藝聯盟機關刊物《台灣文藝》從第二卷第一號起，分五期連載由戴頑錸翻譯、增田涉著的《魯迅傳》，引發文壇普遍關注。楊逵當時也在《台灣文藝》發表文章，透過《魯迅傳》得以進一步瞭解魯迅的精神，應該是順理成章的事情。

　　一九三六年十月十九日，一代文豪魯迅去世。楊逵在自己創辦的《台灣新文學》雜誌上，迅即於次日刊登了由他主動提議王詩琅所寫的〈悼魯迅〉，以及黃得時的〈大文豪魯迅逝世——回顧其生涯與作品〉。〈悼魯迅〉以卷頭言形式出現，其中寫道：

　　　不久以前我們喪失了馬琪西姆‧高爾基而悲哀尚未消逝，又接到魯迅在十月十九日因痼疾心臟性喘息病去逝的訊息。從事文學的我們，在短短三個月中失去了兩位敬愛的作家，是何

等的不幸……現今在遙遠的那邊,在那黃浦江邊猶如追悼他一樣,愁雲覆蓋了天地……〔22〕

　　這篇文章所表達的,正是楊逵和他那一代台灣新文學作家的共同情感。

　　一九三八年五月,由於入田春彥自殺的意外促成,楊逵逐開始全面系統地接觸魯迅作品。一九三七年「七七事變」至日本戰敗前,日本當局全面禁止中文刊物發行,包括魯迅在內的一切新文學作品轉載完全停止。當時,無論是在台灣,甚至是在東京,《魯迅全集》都被視爲禁書,而入田春彥能夠擁有一套七卷本的《大魯迅全集》〔23〕,更證明了他的左翼文學青年身份。楊逵曾說:

　　　　這位入田先生的遺物中有改造社刊行的《魯迅全集》(一九三七年二月~八月刊行,全部七卷),由於我被授權處理他的書籍,就有機會正式讀魯迅。〔24〕

　　正式閱讀《大魯迅全集》,爲楊逵戰後初期的文學出發提供了強有力的精神資源。台灣光復後,許壽裳受陳儀邀請,從大陸赴台擔任了台灣省編譯館館長,旋即成爲魯迅思想最重要的傳播者。許壽裳對於台灣文化重建的構想,是期望「台灣也需要有一個新的五四運動,把以往所受的日本毒素全部肅清,同時提倡民主,發揚科學,於五四時代的運動目標以外,還要提倡實踐道德,發揚民族主義。」〔25〕而實現這一個終極目標的途徑,就是把魯迅思想的傳播與台灣的文化重建有機地結合起來,以改造落後的國民性,建設一個具有新生命的台灣。

　　戰後的初期的台灣社會，形成了「中國化」的時代潮流，如《民報》在社論中表示：「光復了的台灣必須中國化，這個題目是明明白白沒有討論的餘地。」[26] 隨之而來的文化交流活動中，中國新文學被大量介紹，而魯迅作品在台灣文壇的出版、轉載無疑最多，這使魯迅思想成爲戰後初期兩岸文化人溝通的語境。

　　許壽裳於一九四六年六月二十五日抵達台北，同年即發表〈魯迅和青年〉、〈魯迅的德行〉、〈魯迅的精神〉三篇文章，一年後出版《魯迅的思想與生活》一書。一九四六年五月至一九四八年一月，從台灣的《中華日報》、《和平日報》、《台灣新生報》三大報刊，到《台灣文化》、《文化交流》等刊物，據中島利郎的統計，直接以魯迅爲題的評論和創作文章多達十八篇，這一時期文壇出版的魯迅作品和魯迅研究著述爲五種[27]。戰後初期台灣文壇的這一文化現象，可以說帶來了台灣傳播魯迅精神的第二次高潮。

　　得益於入田春彥遺留的《大魯迅全集》，楊逵在系統的研讀中，對魯迅的精神的理解與傳播，更致力於結合台灣新文學運動與戰後文化重建實踐的轉化。

　　一九四六年十月十九日，楊逵分別在《中華日報》日文版以及《和平日報》副刊上發表中日詩歌〈紀念魯迅〉：

　　〈紀念魯迅〉
　　吶喊又吶喊／真理的叫喚／針對惡勢力／前進的呼喊／／敢罵又敢打／青年的壯志／敢哭又敢笑／青年的熱腸／／一聲吶喊／萬聲響應／如雷又如電／閃光，爍爍／／魯迅未死／我還聽著他的聲音／魯迅不死──／我永遠看到他的至誠與熱情

（為十周年紀念作）
　　　　——《和平日報》（一九四六年十月十九日）

〈紀念魯迅〉
「我有寸鐵」／魯迅從不退縮／立於貧困與齷齪的環境／
提刀反抗槍劍的追擊／魯迅是人類精神的清道夫／／面對惡勢
力與反動／吶喊又吶喊／魯迅如猛獅般銳不可當／敢罵、敢
打、敢哭、敢笑／魯迅是永遠的青年／如今到處聽見魯迅的聲
音／繼承者的心中／看見魯迅的至誠與熱情／魯迅是人類精神
的清道夫／革命永生的標竿
　　　　——《中華日報》（一九四六年十月十九日）

　　一九四七年一月，在〈幼春不死！賴和猶在！〉一文中，
楊逵再次強調「魯迅不死」，並結合台灣新文學運動的歷史，
大聲疾呼台灣新文學運動的兩位先驅同樣不朽：「幼春不死！
賴和猶在！」
　　一九四七年一月，楊逵編著的《阿 Q 正傳》中日文對照
本，列為「中國文藝叢書」之一種，由東華書局出版。楊逵所
寫的題為〈魯迅先生〉的卷頭語，集中表達了他對魯迅精神內
核的理解：

　　魯迅先生本名周樹人，一八八一年生於浙江紹興府。年幼
時，家有水田四五十畝，生計相當優裕。但在十三歲時，祖父
因某事入獄後，家運就急速中落，寄寓親戚家時，曾被喚為乞
丐。先生在最初的小說集《吶喊》的序文中記載，曾因父親罹
病長達四年，他幾乎每天進出當鋪和藥房。有人說鋼鐵因鍛鍊

而更堅固，先生不屈不撓的精神不就是在此期間鍛鍊而成的
嗎？之後，直到一九三六年十月十九日午前五時二十五分，先
生以五十六年生涯告終前，先生經常因作為被迫害者與被壓迫
階級之友，而一再重複血淋淋的戰鬥生活，平日固然忙於用手
筆耕，有時更得忙於用腳逃命。說是逃命，或有卑怯之感。但
筆與鐵炮之戰鬥，作家與軍警之戰鬥，最終，大部分仍不得不
採用逃命的游擊戰法。如此，經由先生這段不屈不撓的戰鬥生
涯，使被迫害者的戰鬥意志更為強韌，組織也益形堅固。……
在此所譯《阿Q正傳》是先生代表作，這是向應受到詛咒之惡
勢力與保守主義宣告死刑。懇請細膩吟讀。只要不揚棄此等惡
勢力與保守主義，我們一步也無法前進。〔28〕

　　一九四七年一月，楊逵還在《文化交流》發表〈阿Q畫圓
圈〉，經由紀念魯迅的文章，對大陸來台的一部分貪官污吏，
即「禮義廉恥欠信之士」在光復後大發其財的卑劣行徑，進行
了間接的批判。

　　從楊逵的上述詩文可以看出，他對魯迅的認同，更多地定
位於「人類精神的清道夫」、「吶喊前進的青年」、「被壓迫
階級之友」、「戰鬥的文化戰士」等層面上。這其中，一方面
融入了楊逵作為戰鬥型作家的生命經驗和行動路線，讓他「從
魯迅身上找到作為自我延伸的理想圖像」。〔29〕另一方面，這
種認知與時代的脈動以及台灣社會現實緊密結合，經由新的轉
化和發展，不斷賦予魯迅精神新的時代意義，並對戰後初期的
台灣文化重建現實發生積極的引導和啓迪作用。

　　事實上，楊逵對魯迅精神的執著和追尋，可謂貫穿他的一
生。直到一九八二年，楊逵在美國愛荷華城接受記者採訪時，

還明確回答，對於魯迅的抗議文學和反叛文學，「我比較接近，如果對社會的不合理毫不關心的，我就沒興趣。」[30]這種濃得化不開的「魯迅情結」，與楊逵作為一個戰鬥的、為大眾的、帶有左翼色彩的作家，自然有著內在的精神聯繫。

　　胡風作為魯迅的得意門生，也是魯迅晚年最接近在身邊的一位。胡風翻譯〈送報伕〉以後，又將其收錄在《弱小民族小說選》中，其背景仍然有魯迅的影響。魯迅的《域外小說集》與胡風的《弱小民族小說選》之間，應該有某種精神上的關聯。胡風在魯迅精神影響下從事的文學活動，使他和楊逵之間發生了一段跨越海峽兩岸的文學因緣，有了一種普羅文學精神的溝通。

　　一九三二年，楊逵投稿《台灣民報》的小說〈送報伕〉只登出一半，就被台灣總督府強行查禁。心有不甘的楊逵沒有放棄，仍然在尋找發表全文的機會。一九三四年，得知日本東京的普羅文學雜誌《文學評論》正在徵文，楊逵便將〈送報伕〉投稿過去，結果發表在當年十月刊出的第一卷第八號上，並獲第二獎（第一獎從缺）。這是台灣作家首次進軍日本文壇，日本進步作家給予〈送報伕〉相當高的評價，而《文學評論》當月號在台灣卻被禁止銷售。

　　在同期的《文學評論》上，日本進步作家對〈送報伕〉如是說：

　　我認為「送報伕」很好。沒有虛假的造作，而顯露著不得不寫的真情直逼人心。我看過的十四篇中，它是頂好的。

（龜井勝一郎）

　　作為一篇小說，它難說是完整的，但作者的真情硬逼著讀

者的心。送報的生活與鄉里的故事吸引著我的心。最後一段感情似有幾分低調。

（窪川稻子）

總而言之，主觀是幼稚的，但正因如此，真樸實的臉貌更顯得突出。它沒有其他應募作品能看到的叫人反感的造作，是可喜的。打動人心的力量也大。

（武田麟太郎）

就在此時，胡風有機會接觸到了楊逵的這篇成名作。胡風在一九八五年悼念楊逵逝世的文章中回憶道：

三○年代初，我在日本的《普羅文學》上讀到了楊逵先生的中篇小說〈送報伕〉。在日本侵略者的長期迫害之下，台灣人民過著痛苦的生活甚至家破人亡，終於覺悟到了非組織集體力量進行鬥爭不可。這篇作品深深地感動了我，我當即譯了出來，發表在當時銷數很大的《世界知識》上。後來，新文字研究會還把它譯成了拉丁化新文字本，介紹給中國的工友們閱讀。從這篇小說，大大增進了祖國同胞對台灣同胞的了解和同情，它的影響是很大的。[31]

如果說，賴和是〈送報伕〉的助產士，胡風就是〈送報伕〉傳播者。一九三五年六月，由胡風譯為中文的〈送報伕〉，發表於當時廣為影響的《世界知識》（上海）第二卷第六號。一九三六年四月，胡風編譯的小說集《山靈——朝鮮台灣短篇小說集》，作為黃源主編的《譯文叢刊》之一種，由上

海文化生活出版社出版。楊逵的〈送報伕〉、呂赫若的〈牛車〉和楊華的〈薄命〉三篇小說入選其中，這是台灣小說首次被集中的介紹到祖國大陸來。一九三六年五月，胡風編譯《弱小民族小說選》，由上海生活書店以「世界知識叢書」發行，同樣收入了上述三篇台灣新文學作品。

　　胡風是在什麼樣的語境裡譯介〈送報伕〉呢？他在《山靈——朝鮮台灣短篇小說集》的「序」裡說：

　　去年《世界知識》雜誌分期譯載弱小民族的小說的時候，我想到了東方的朝鮮台灣，想到他們底文學作品現在正應該介紹給讀者，因而把〈送報伕〉譯好投去。想不到它卻得到了讀者底熱烈的感動和友人們底歡喜，於是又譯了一篇〈山靈〉，同時也就起了收集材料，編印成書的意思。

　　…………………

　　我還記得，這些翻譯差不多都是偷空在深夜中進行的。四周靜寂，市聲遠去了，只偶爾聽到賣零吃的小販底微弱的叫聲。漸漸地我走進了作品裡的人物中間，被壓在他們忍受著的那個龐大的魔掌下面，同他們一起痛苦，掙扎，有時候甚至覺得好像整個世界正在從我底周圍陷落下去一樣。在這樣的時候看到了像〈初陣〉、〈送報伕〉等篇裡的主人公底覺醒，奮起，和不屈的前進，我所嘗到的感激的心情是不容易表現出來的。

　　好像日本底什麼地方有一個這樣意思的諺語：如果說是鄰人底事情，就不方便了，所以我把那說成了外國底故事。我現在的處境恰恰相反。幾年以來，我們這民族一天一天走近了生死存亡的關頭前面，現在且已到了徹底地實行「保障東洋和平」的時期。在這樣的時候我把「外國」底故事讀成了自己的

事情，這原由我想讀者諸君一定體會得到。[32]

　　胡風當時爲〈送報伕〉寫過一則「譯者序」，該序《世界知識》版置於文前，《弱小民族小說選》版置於文後，至《山靈》版則被刪除。從該序可以看出胡風對〈送報伕〉的評價：

　　台灣自一八九五年割讓以後，千百萬的土人和中國居民，便呻吟在日本帝國主義的鐵蹄之下，然而那呻吟痛苦的奴隸生活究竟到什麼程度？卻沒有人有深刻的描寫過。這一篇是去年日本《文學評論》徵文當選的作品，是台灣底中國人民被日本帝國主義統治了四十年以後第一次用文藝作品底形式將自己的生活報告給世界的呼聲。[33]

　　大陸同胞對楊逵的了解，首先是從胡風翻譯和編選〈送報伕〉開始的。台灣光復後，許多前來支援台灣文化建設的大陸作家、文人和知識分子，他們一到台灣就慕名而來拜訪楊逵，千方百計與他取得聯繫，都是由於拜讀過〈送報伕〉，文學精神與心靈世界已經有所溝通的緣故。一位從大陸回來的台灣籍青年曾對楊逵說，他們學校的校刊就轉載過這篇小說。被抓去當日軍翻譯的台灣文學界人士李獻璋也說，他在廣州「各界抗日聯合會」出版的小報上，曾看到〈送報伕〉。又有林朝培從新加坡來信說，他在那裡看到〈送報伕〉與其評論文章在當地報紙上發表。也有人說，他還看過翻譯成世界語的〈送報伕〉。〈送報伕〉在抗日戰爭中傳播範圍之廣，對民眾參加抗日決心影響之大，令事後知曉的楊逵倍感欣慰，對翻譯、傳播這篇小說的胡風也始終感念在心。

　　胡風晚年回憶說：「我雖然在三○年代就介紹了楊逵先生的作品，但與他卻從未見過面。連他的情況也不瞭解。直到近幾年來，我才聽到了有關楊逵先生的點滴情況。」〔34〕楊逵與胡風素昧平生，但他的〈送報伕〉卻被胡風熱心翻譯，不斷推薦，乃至廣為傳播，這讓人不得不感慨於精神相通的力量，文學傳播的奇蹟！這段文學因緣所共同見證的，是一個風雨坎坷的文學時代，也是兩岸作家影響互動的一段文壇佳話。

四、楊逵與徐復觀：真人真話真文章

　　楊逵在東海花園，與當代新儒學大師徐復觀時有往來，互相欣賞並引為知己。楊逵的晚年深受徐復觀人文精神之影響，他們之間也演繹出一段心心相印的文人佳話。

　　一九○三年生於湖北省浠水縣的徐復觀，是一個頗具傳奇色彩的新儒學代表人物。他曾在湖北省第一師範、湖北省武昌國學館讀書，後到日本留學。回國後投身軍旅，抗戰期間進入政治中樞，當過蔣介石的隨從秘書。四十一歲時，在重慶勉仁書院拜見國學大師熊十力先生，接受其「欲救中國，必須先救學術」之理念，從此下決心去政從學。抗戰勝利後以陸軍少將主動退役。一九四七年在南京創辦學術刊物《學原》，一九四九年又在香港創辦政治學術理論刊物《民主評論》，這成為二十世紀台港地區現代新儒家的主要輿論陣地。

　　一九四九年，四十七歲的徐復觀來到台灣，定居台中，歷任省立農學院、私立東海大學教授。潛心於國學研究的徐復觀，「以傳統主義論道，以自由主義論政」，對中國文化作「現代的疏釋」，重在闡揚其中的中國人文精神，並為自由與民主吶喊，在學界具有「創新傳統主義者」、「獻身於民主的

鬥士」、「敢於向權勢挑戰的人文自由主義者」等美譽。一九五六年，時逢蔣介石七十歲生日，徐復觀在《自由中國》雜誌的「祝壽專欄」發表《我所瞭解的蔣總統的一面》，批評了蔣氏的政治性格，使這期刊物連續印刷十一版之多。

一九五八年，徐復觀與牟宗三、張君勱、唐君毅一起，發表著名的〈為中國文化敬告世界人士宣言〉，由此成為新儒學的代表人物。徐復觀一生有〈中國學術思想〉、〈中國藝術精神〉、〈中國思想史論集〉、〈中國人性論史・先秦篇〉、〈中國經濟學史基礎〉、〈中國文學論集〉、〈中國人的生命精神・徐復觀自述〉，〈兩漢思想史〉等多種著述，涵蓋中國哲學、史學、經濟學、文學、藝術諸領域。後來因政治原因，徐復觀被迫退休，一九六九年赴香港新亞學院繼任教席，臨別發表〈無慚尺布裹頭歸〉一文以明志。一九八二年四月因胃癌去世於香港九龍，終年八十歲。徐復觀在生前致浠水故鄉友人的信中，希望自己骨灰能夠埋於桑梓之地，並在墓碑上刻下「這裡埋的，是曾經嘗試過政治——卻萬分痛恨政治的一個農民的兒子——徐復觀」這三十個字。

楊逵與徐復觀的相識，卻並非由於徐復觀新儒學大師的背景與地位，而是緣起於東海花園的邂逅相遇。一九六一年四月，在綠島監獄坐牢十年的楊逵回到台中，以貸款方式在東海大學附近的大度山下買了一塊荒坡地，開始了他晚年在東海花園的農耕生涯。而一九五五年至一九六九年，正值徐復觀在東海大學任教十四年的時段。楊逵談道：「我和徐復觀先生的交誼，開始在他即將離開東海，在東海的最後幾年他常常和徐太太，散步來到我們的花園。很自然的，我們成了朋友。」〔35〕

六〇年代的後幾年，徐復觀先生與太太常常在晚飯前後在

大度山上散步，最初多半是在山上繞一個幾里路的大圈子，再
返回東海大學宿舍。有一天，他們繞道公墓右下角，越過一個
小山溝時，突然發現水溝上面的坡地上，竟然種植了一片姹紫
嫣紅的花草，旁邊還有一間簡陋的木屋。徐先生心生驚奇，連
忙走了過去，只見一位身材瘦小而神定氣閑的老者正在花畦裡
澆水，與其攀談，心裡尋思：難道書上記載的高人逸士，今日
真尚有其人嗎？這就是徐復觀與楊逵相識的開端。「後來向朋
友們打聽，才進一步了解他是日治下非常熱愛祖國的一位了不
起的作家。但他所熱愛的祖國到了他的鄉土時，卻又和他萬分
生疏，只好在一個孤島上和人世間隔絕了十年的歲月。等他再
回到人間世時，已成為一身以外更無長物之人；只得向已經發
財的老友，借點錢來墾這一塊荒地。」〔36〕

　　從此，徐復觀經常到東海花園，與楊逵不拘小節地閑話家
常。楊逵的記憶裡，徐復觀先生來了，「看見我在勞動，就隨
手搬個石頭，在我身邊坐下來，天南地北的談論。氣氛一直是
坦誠、友愛，互相關懷的。話題，是無所不包，包括一些問
題，套現今的話說，包括了一些『敏感問題』。」〔37〕楊逵因
為一紙〈和平宣言〉在綠島坐牢的時候，每當看到囚舍背後山
腹上所寫的「信義和平」四個大字時，心裡就無法平靜：自己
竟是為了中國人中間的和平與團結來這兒的！有時聽楊逵在東
海花園談起心中這些無從解開的疑結，徐復觀只是搖頭，苦
笑，嘆息，卻不曾說話，但楊逵知道，在徐復觀憂苦的笑聲和
嘆息中，他對於自己的堅持中國人之間應當和平的想法，是同
情和支持的。

　　楊逵與徐復觀在東海花園聊天的日子裡，互以老友相稱，
從中頗多受益。楊逵因為日據時代受的是日文教育、國語說得

不太好，對中華文化的了解受到限制。現在從徐復觀那裡，楊逵知道了更多、更深刻的中國傳統文化與思想，對歷史、社會與人生有了更為深廣的認知。有一次，心存感念的楊逵實在情不自禁，叫了一聲「徐老師」。沒想到，徐復觀大為驚恐，堅決表示不敢接受楊逵對他的敬意。楊逵費了許多口舌，談及人各有所長，若是徐先生要學蒔花的技藝，也可以稱自己是「楊老師」，徐先生才不那麼用力反對。

　　徐復觀對楊逵的命運遭遇，充滿同情和關心，兩個人之間，相交頗深。知道楊逵素有「放膽文章拼命酒」的性格，徐復觀曾送楊逵好酒，楊逵也回贈過幾次鮮花。徐復觀幾次想邀楊逵到東海大學寓所來喝酒，也幾次自動地抑制了，因為擔心會給彼此帶來「麻煩」。徐復觀雖然經常與楊逵聊天，但在周圍某些人的窺伺下，說到一些「敏感」問題時，還需特別小心謹慎。看到楊逵手頭拮据，徐復觀曾熱心地要招一個互助會，後來被楊逵婉言謝絕了。畢竟，這是戒嚴體制下的台灣，以楊逵坐牢十二年的政治犯歷史和被埋沒的現狀，以徐復觀敢於直言、不時觸犯政權權力的性格，他們的頻頻交往在當時是犯忌的，所以也不時地被人窺伺。曾經有好長一段時間，徐復觀先生的身影不再出現於東海花園，後來在台中街上相見，楊逵才知道，原來有人打了徐復觀的「小報告」。徐復觀先生後來為什麼離開東海大學，楊逵始終不明白。他想過，會不會是因為徐先生常來東海花園聊天，觸犯了政治禁忌，他才被逼走？徐復觀後來也談道：「我被東海大學攆出來的時候，很快便來到台北，沒有機會向楊先生辭行。而楊先生住的地方，既沒有街道，當然更沒有門牌，想通信也沒有辦法。但這是我不能忘記的一位朋友，也是我非常尊敬的一位作家。」[38]

　　徐復觀先生被迫離開東海大學後，他與楊逵雖難晤面，但頗多惦記與思念。一九七五年，《大學雜誌》召開「日據時代的台灣文學」座談會，楊逵因爲有事不能到會，便提交了一份書面意見，發表於《大學雜誌》第七九期。當時已經遷居香港的徐復觀，讀到楊逵的文章，感念至深，馬上寫了〈由一個座談會記錄所引發的一番懷念〉，發表在《大學雜誌》第八十一期上。在這篇懷念老友的文章中，徐復觀暢述他與楊逵的山野相識，東海叙談，並給予楊逵高度評價。徐復觀的這篇文章，也讓楊逵感慨無限，日後經常重讀，更「感受到他對朋友的仁慈、厚愛，也看出他對世間的不平、人類的苦難，永遠是懷抱著那麼大的同情和鼓勵。」[39]

　　一九七六年，楊逵的《鵝媽媽出嫁》中譯本出版，在序文中，楊逵提到了孫女楊翠以〈這是臥薪嚐膽的時候，不是享受榮華富貴的時候〉爲題，參加學校演講的事情。楊逵把這本書寄到香港，徐復觀很快寫信給楊翠，稱讚她的演講詞寫得好，對於演講題目所闡釋的時代背景，更是欣賞有加。以徐復觀崇高的學界地位，卻不惜在百忙中回復給中學生的楊翠，並對其熱情鼓勵，先生真誠待人的情懷，和對楊逵一家的友誼，從中可見一斑。

　　一九八〇年九月中旬，得知身患胃癌的徐復觀回台大醫院手術，想念老友至深的楊逵，在《中國時報》副刊主編高信疆幫助下，很快來到醫院探望。一看見多年不見的徐復觀，楊逵「心裡有如見了一輩子未見的至親，他也是，一見面就掉眼淚，我想我的這個老友，不是一個會爲動胃癌手術掉眼淚的人，他是一個爲了理想，不惜遠離榮華權勢的人，我想在必要時，他也是一個可以爲理想來犧牲他的生命的人。」[40]當時，

徐復觀身體非常虛弱，但仍殷殷垂詢楊逵家人的近況，對自己的文章志業也侃侃而談。他對楊逵說：「我還有兩三本書要寫」，「如果老天還能給我兩三年時間，那就太好了。」

一九八二年二月十七日傍晚，徐復觀再度住進台大醫院，且癌細胞已經擴散，消息傳來，驚愕中的楊逵，滿心傷感，遂於次日下午去台北探視。在病床前，徐復觀緊緊拉住楊逵的手，淚水溢滿眼眶。他對楊逵說：「還能活著和你見面，真是太幸福了。」得知楊逵此時在大溪協助長子資崩經營花園，他又說：「希望我還有機會到你那兒去看看花，哎，只怕是沒有機會了！」誰能想到，這次相見，竟成了徐復觀和楊逵的永訣！一九八二年四月一日這一天，老友永遠地走了，楊逵也把自己對徐復觀的懷念和敬仰，寫在了〈我的老友徐復觀先生〉、〈滄海悲桑田〉、〈當民眾與政府的橋樑〉、〈台灣新文學的精神所在〉等一系列文章中。

楊逵與徐復觀，一個是被當時社會埋沒的作家，綠島歸來的政治犯；一個是潛心國學研究的大學教授，遠離榮華權勢的「邊緣人」，他們成長的環境背景與身份角色雖不相同，但卻在不期而遇中，成為晚年老友，心靈知己，這正是他們精神世界相通的必然結果。在楊逵眼裡，徐復觀是一個不肯在委屈中使自己變形，一生為民主、自由和理想而吶喊的「真人」。而「真人」的內涵，如同徐復觀在〈從「哈哈亭」真人的呼喚〉一文中所說的那樣：「爭言論自由的過程，即是爭說真話的過程；爭說真話的過程，必然要迫進到莊子所要求的做一個『真人』的立場……。」[41] 所以，楊逵「最尊崇徐復觀先生所說過的一句話：要做真人，要說真話，要寫真事。」[42] 在徐復觀心中，楊逵則是「這樣的天真、純樸、勤勞、恬淡，真所謂

『人欲盡去，天理流行』的這樣一個人，可以說是『聖人之徒』。」[43] 楊逵晚年對民主與自由堅持不懈的吶喊，他因賴和先生的平反昭雪而發出「希望有更多的平反」的呼籲，他對自己「在冰山底下活過七十年，雖然到處碰壁，卻未曾凍僵」[44] 的理想堅持，他對台灣新文學歷史的還原與提倡，都是本著「真人真話真文章」的人格準則，對那些被歷史遮蔽的、被現實政治壓制的、被「假人假話假文章」扭曲的生活真相，進行一一的澄清與還原。正是基於共同的關愛社會的共識，追求真理的信仰，以及呼喚民主與自由的精神，楊逵與徐復觀心靈相通，互相引為知己。這一切，正像楊逵所說的那樣：

　　我是用小說表達對人類、對時代、對人生看法的人，復觀先生則以他的學術研究和論述，對政治、文化、人類處境不斷提出質疑和抗辯。我們採用的表達形式不同，但追求真理與理想的心意是相同的。[45]

〔1〕賴和（一八九四～一九四三），本名賴河，字懶雲，筆名有懶雲、
　　甫三、安都生、灰、走街先等，台灣省彰化縣人。幼年習漢文，並
　　接受日文教育，但一生堅持中文寫作。一九〇九年入台北醫學院，
　　畢業後在彰化建立賴和醫院。一九二一年加入台灣文化協會。一九
　　二三年因治警事件入獄，一九四一年又因思想問題再度入獄，病重
　　後出獄，一九四三年一月因心臟病逝世。其文學作品後來結集為《賴
　　和先生全集》、《賴和集》等。

〔2〕守愚：〈報顏閑話十年前〉，原載《台北文物》第三卷第二期，一
　　九五四年八月；收入李南衡編：《日據下台灣新文學》（明集五：
　　文獻資料選集），台北，明潭出版社，一九七九年三月版，第三四
　　六頁。

〔3〕楊逵：〈紀念台灣新文學二開拓者〉，原載《文化交流》第一輯，
　　一九四七年一月十五日；收入《楊逵全集》第十卷（詩文卷‧下），
　　（台南）國立文化資產保存研究中心籌備處，二〇〇一年十二月版，
　　第二三三頁。

〔4〕史民（吳新榮）：〈賴和在台灣是革命傳統〉，原載楊逵編《台灣
　　文學叢刊》第二輯，一九四八年九月十五日，第一二頁。

〔5〕參見陳逸雄：〈我對父親的回憶——陳虛谷的為人與行誼〉，收入
　　《陳虛谷選集》，台北，鴻蒙出版社，一九八五年十月版，第四九
　　六頁。

〔6〕楊逵：〈希望有更多的平反〉，原載《中華雜誌》二四八期，一九
　　八四年三月；收入《楊逵全集》第十四卷（資料卷），（台南）國
　　立文化資產保存研究中心籌備處，二〇〇一年十二月版，第四四頁。

〔7〕林衡哲：〈台灣現代文學史上不朽的老兵——楊逵〉，原載《台灣
　　文化》第五期，一九八六年四月；收入台灣文學研究彙編：《先人
　　之血，土地之花》，台北，前衛出版社，一九八九年八月版，第三
　　七頁。

〔8〕楊逵：〈憶賴和先生〉，原載《台灣文學》第三卷第二號，一九四
　　三年四月；收入《楊逵全集》第十卷（詩文卷‧下），（台南）國
　　立文化資產保存研究中心籌備處，二〇〇一年十二月版，第八七頁。

〔9〕楊逵：〈希望有更多的平反〉，原載《中華雜誌》二四八期，一九
　　八四年三月；收入《楊逵全集》第十四卷（資料卷），（台南）國
　　立文化資產保存研究中心籌備處，二〇〇一年十二月版，第四五頁。

〔10〕同上。

〔11〕楊逵：〈我的心聲〉，本文為楊逵參加「紀念賴和先生平反會」的

致詞，發表於《自立晚報》一九八五年三月二十九日；收入《楊逵全集》第十四卷（資料卷），（台南）國立文化資產保存研究中心籌備處，二○○一年十二月版，第六七頁。

〔12〕楊逵：〈幼春不死！賴和猶在！〉，原載《文化交流》第一輯，一九四七年一月十五日；收入《楊逵全集》第十卷（詩文卷‧下），（台南）國立文化資產保存研究中心籌備處，二○○一年十二月版，第二三七頁。

〔13〕入田春彥語，見中山侑：〈入田春彥君〉，原載《台灣新聞》，一九三八（昭和十三年）年五月十八日；轉引自張季琳：〈楊逵和入田春彥——台灣作家和總督府日本警察〉，《中國文哲研究集刊》第二二期，二○○三年三月，第一七頁。

〔14〕中山侑（一九○九～一九五九），日本作家，筆名有鹿子馬龍、志馬陸平。出生於台灣台北，台北高校畢業。創作涉及詩、戲劇、影評、文藝評論、小說等方面，一九三○年組辦《かまきり座》（螳螂劇團），開始從事劇團活動。一九三四年前往台灣總督府警務局任職，編輯《台灣警察時報》。曾擔任《文藝台灣》編輯委員，後因與西川滿不合而選擇協助張文環創刊《台灣文學》。

〔15〕中山侑：〈入田春彥君〉，原載《台灣新聞》，一九三八（昭和十三年）年五月十八日。轉引自張季琳：〈楊逵和入田春彥——台灣作家和總督府日本警察〉，《中國文哲研究集刊》第二二期，二○○三年三月，第一七頁。

〔16〕轉引自張季琳：〈楊逵與入田春彥——台灣作家和總督府日本警察〉，台北，《中國文哲研究集刊》第二二期，二○○三年三月，第一九頁。

〔17〕入田春彥的遺書，張季琳譯；轉引自張季琳：〈楊逵與入田春彥——台灣作家與總督府日本警察〉，《中國文哲研究集刊》第二二期，二○○三年三月，第一五頁。

〔18〕入田春彥：〈斷片錄〉，張季琳譯，原載《台灣新聞》，一九三八（昭和十三年）年四月一日；轉引自張季琳：〈楊逵與入田春彥——台灣作家與總督府日本警察〉，《中國文哲研究集刊》第二二期，二○○三年三月，第一五頁。

〔19〕楊逵：〈入田君二三事〉，原載《台灣新聞》，一九三八年五月十八日；收入《楊逵全集》第九卷（詩文卷：上），（台南）國立文化資產保存研究中心籌備處，二○○一年十二月版，第五八八～五八九頁。

〔20〕楊逵：〈憶賴和先生〉，原載《台灣文學》第三卷第二號，一九四

三年四月；收入《楊逵全集》第十卷（詩文卷‧下），（台南）國立文化資產保存研究中心籌備處，二〇〇一年十二月版，第八七頁。

〔21〕楊逵：〈憶賴和先生〉，原載《台灣文學》第三卷第二號，一九四三年四月；收入《楊逵全集》第十卷（詩文卷‧下），（台南）國立文化資產保存研究中心籌備處，二〇〇一年十二月版，第八七頁。

〔22〕王詩琅：〈悼魯迅〉，原載《台灣新文學》第一卷第九號，一九三六年十一月。

〔23〕《大魯迅全集》，佐藤春夫、增田涉、山上正義、井上紅梅等人合譯，東京，改造社，一九三七年出版。

〔24〕楊逵語，見〈一個台灣作家的七十七年〉，原載《文藝》第二二卷第一號，一九八三年一月；收入《楊逵全集》第十四卷（資料卷），（台南）國立文化資產保存研究中心籌備處，二〇〇一年十二月版，第二六〇頁。

〔25〕許壽裳：〈台灣需要一個新的五四運動〉，《台灣新生報》一九四七年五月四日。

〔26〕《民報》社論：〈中國化的真精神〉，一九四六年九月十一日。

〔27〕此統計見方美芬編，吳興文、秦賢次補編：〈台灣新文學與魯迅關係略年表〉，收入中島利郎編：《魯迅與台灣新文學》，台北，前衛出版社，二〇〇〇年五月版，第二三五～二三七頁。

〔28〕楊逵：〈魯迅先生〉，楊逵編譯《阿Q正傳》，台灣，東華書局，一九四七年一月版。轉引自張季琳：〈楊逵和入田春彥──台灣作家和總督府警察〉，《中國文哲研究集刊》第二二集，二〇〇三年三月，第二七頁。

〔29〕張季琳：〈楊逵和入田春彥──台灣作家和總督府日本警察〉，《中國文哲研究集刊》第二二期，二〇〇三年三月，第二七頁。

〔30〕〈訪台灣老作家楊逵〉，原載《七〇年代》總第一五四期，一九八二年十一月；收入《楊逵全集》第十四卷（資料卷），（台南）國立文化資產保存研究中心籌備處，二〇〇一年十二月版，第二三二頁。

〔31〕胡風：〈悼楊逵先生〉，收入《楊逵先生紀念專輯》，台聲雜誌社，一九八五年四月，第一二頁。

〔32〕胡風：〈山靈·序〉，胡風譯：《山靈——朝鮮台灣短篇小説集》，收入黃源主編的「譯文叢書」，上海文化生活出版社，一九三六年四月版。

〔33〕轉引自黎湘萍：〈「楊逵問題」：殖民地意識及其起源〉，金堅範主編：《楊逵——「壓不扁的玫瑰花」》，台海出版社，二〇〇四年九月版，第二〇一頁。

〔34〕胡風：〈悼楊逵先生〉，《楊逵先生紀念專輯》，台聲雜誌社，一九八五年四月，第一二頁。

〔35〕楊逵：〈我的老友徐復觀先生〉，原載《中華雜誌》，第二二六期，一九八二年五月；收入《楊逵全集》第十四卷（資料卷），（台南）國立文化資產保存研究中心籌備處，二〇〇一年十二月版，第一六頁。

〔36〕徐復觀：〈由一個座談會記錄所引起的一番懷念〉，原載《大學雜誌》第八一期，一九七五年；收入楊素絹編《壓不扁的玫瑰花——楊逵的人與作品》，（台北）輝煌出版社，一九七六年十月版，第一三五頁。

〔37〕同上，第一七頁。

〔38〕同上，第一三六頁。

〔39〕楊逵：〈滄海悲桑田〉，原載《中國時報》，一九八二年四月二日；收入《楊逵全集》第十卷（詩文卷·下），台南，國立文化資產研究中心籌備處，二〇〇一年十二月版，第四一九頁。

〔40〕楊逵：〈當民眾與政府的橋樑〉，原載《民眾日報》一九八〇年十月一日，收入《楊逵全集》第十卷（詩文卷·下）（台南）國立文化資產保存研究中心籌備處籌備處，二〇〇一年十二月版，第四一三頁。

〔41〕楊逵：〈台灣新文學的精神所在——談我的一些經驗和看法〉，原載《文季》第一卷第一期，一九八三年四月；收入《楊逵全集》第十四卷（資料卷），台南，國立文化資產保存研究中心籌備處，二〇〇一年十二月版，第四〇頁。

〔42〕徐復觀語，轉自楊逵：〈我的老友徐復觀先生〉，原載《中華雜誌》第二二六期，一九八二年五月；收入《楊逵全集》第十四卷（資料卷），（台南）國立文化資產保存研究中心籌備處，二〇〇一年十二月版，第一六頁。

〔43〕徐復觀：〈由一個座談會記錄所引起的一番懷念〉，原載《大學雜

誌》第八一期，一九七五年；收入楊素絹編：《壓不扁的玫瑰花
——楊逵的人與作品》，台北，輝煌出版社，一九七六年十月版，
第一三五頁。

〔**44**〕楊逵：〈冰山底下〉，原載《台灣文藝》第四三期，一九七四年四
月；收入《楊逵全集》第十卷（詩文卷‧下），（台南）國立文化
資產保存研究中心籌備處，二〇〇一年十二月版，第三八六頁。

〔**45**〕楊逵：〈滄海悲桑田〉，原載《中國時報》，一九八二年四月二
日；收入《楊逵全集》第十卷（詩文卷‧下）（台南）國立文化資
產保存研究中心籌備處籌備處，二〇〇年十二月版，第四二〇～四
二一頁。

第四章
文壇園丁：楊逵的編輯生涯

　　園丁是楊逵為之鍾情的職業，他的一生兼具了雙重園丁的形象。作為大地的園丁，楊逵旨在通過「鋤耕的田園」，為人間增添一片春色，也尋找一個能讓自己不屈服的靈魂寄情放歌的自由場域；擔任文壇的園丁，楊逵則執著於「筆耕的心園」，辦刊物，編文章，輯叢書，培植文學力量，為台灣新文學作品的發表與傳承提供了文學園地。兩種園丁，勞動方式不同，但其內在精神不乏相通之處，那就是開拓者的生命特質。考察楊逵文壇園丁的編輯生涯，其中不僅蘊含著楊逵對自己文學理念的實踐活動，也見證了台灣新文學的成長之路。

一、一九三五：《台灣新文學》的獨立品格

　　楊逵一生創辦過許多刊物，《台灣新文學》是他用心血生命培植的第一個文學刊物，也是他編輯生涯中歷時最久、影響力最為深遠的雜誌。

　　《台灣新文學》作為二十世紀三〇年代台灣特定文化背景下的產物，其創刊的具體原因，與台灣文藝聯盟機關雜誌《台灣文藝》編輯部的內部分歧有著直接關係。台灣文藝聯盟於一九三四年五月六日成立之後，經過六個月的籌備，其機關刊物

《台灣文藝》從一九三四年十一月五日開始刊行。它一開始就
提倡「爲人生的藝術」、「不偏不黨」、「無爲而有爲」的文
藝主張,故能將全省藝術主張不同、意識形態不同的作家熔於
一爐。當時飄泊在高雄內維的楊逵,應賴和、何集璧的邀請,
從第二卷第七號(一九三五年七月發行)的《台灣文藝》開
始,擔任其日文版編輯,聘期約爲一年。楊逵乃舉家北上,從
此擴大了文藝圈交遊,並激發出新的創作欲望。

　　參加《台灣文藝》的編輯工作不久,楊逵便與《台灣文
藝》第二號人物張星建專擅獨裁的選稿作風發生了衝突。《台
灣文藝》先前的兩期稿子,都是由張星建選好之後才交給楊逵
處理,而楊逵發現,那些廢棄不用的稿子裡,有些作品比發表
出來的稿子還要精彩。楊逵認爲既然讓他擔任日文欄編輯委
員,就該讓他全權負責。然而張星建一再拖延阻撓,雙方因此
分歧嚴重。另外,《台灣文藝》的編輯方針不斷調整,最初以
中文爲主,後來東京支部的日文作品接踵而來,水準又高於中
文作品,「台文的編輯方針,在實力對比之下,不得不自動轉
變由民族性轉向於政治性,再由政治性轉向於純文藝性,初創
的主旨逐漸無法維持下去了。」[1] 對於這種由於中文稿件不濟
而再三變更編輯方針的做法,楊逵也表示了明顯的不滿。

　　一九三五年六七月間,圍繞著「文聯的宗派化」問題,
《台灣新聞》編輯田中保男(惡龍之助)對台灣文藝聯盟存在
的「血的不同、經營的派系化和自以爲是的編輯」[2] 發動了猛
烈進攻,楊逵、賴明弘、賴慶、廖毓文、李獻璋、吳新榮等人
相繼呼應,張深切、張星建、劉捷則堅決反對,其中又以楊逵
與張星建之間的論爭最爲激烈。張星建在《台灣新聞》發表
〈文聯的「公賊」〉[3] 一文,指責楊逵與賴明弘中傷台灣文藝

聯盟；楊逵則發表了〈楊逵、張深切，誰在說謊〉、〈不必打燈籠──文聯團體的組織問題〉、〈關於SP〉、〈團體與個人──幾點具體的提案〉等一系列文章[4]，闡釋文藝觀點，也為自己辯解。張深切後來寫自傳中回溯這一段歷史時，還在指責楊逵為爭取編輯權，利用一部分民族主義作家對張星建編輯作風的不滿情緒，對張星建進行攻擊，進而標榜主義問題向張深切及其編輯委員會挑戰。[5]

　　至於真正使事件白熱化的導火索，則是圍繞是否刊登藍紅綠[6]的小說〈邁向紳士之道〉[7]，楊逵與張星建發生了嚴重的爭執。後來楊逵在自己創辦的《台灣新文學》第一卷第五期刊登了這篇小說，並獲得讀者反響。吳濁流認為它是「《台灣文藝》的遺珠，難以割捨的作品」[8]；茉莉則稱讚它是「台灣有始以來最好的諷刺文學作品」。[9]

　　因為一篇作品的刊登所引發的風波，「由於楊逵與張星建的對立，聯盟內部問題反而發展成為嚴重的問題，本部雖然極力呼籲，仍連續引起論爭。這不光是文藝聯盟運作上的問題，也關係到文藝大眾化路線與新台灣文學運動的存在問題。」[10]究其深層原因，楊逵與張深切、張星建等人因為意識形態話語的不同，導致了文學理念的迥異，從而引起有關文聯派別分化等論戰的產生，但這種論爭並非因為派系問題。楊逵信奉社會主義，強調從階級立場來看文學，推舉以勞動者的世界觀書寫的普羅文學，來實現文藝大眾化；張深切等人是台灣民族主義者，反對階級文學，他們所主張的文藝大眾化，是將文藝推廣到一般民眾的生活。楊逵與張星建等人的這場筆戰，還因為有了《台灣新聞》編輯田中保男的參與，也被當時一些文人質疑。時任該報記者的巫永福就曾發出「台灣人不可以分裂，要

集中力量，對抗日本人才對」的呼籲[11]。張深切後來甚至嚴屬批判楊逵「不顧大局，爲固執己見，不恤文聯分裂，儼然替日本當局效忠，打擊文聯，這一過錯實在難以輕恕。」[12]事實上，具有國際主義胸懷的社會主義者楊逵，願意結盟站在同一階級立場的日本作家，同心協力發展台灣文學，沒想到竟因此長期蒙受「分裂文聯」的不白之冤，這恐怕是他始料不及的。

面對台灣文藝聯盟內部的矛盾與分歧，楊逵雖然被嚴重誤讀並遭受指責，但他還是寄希望於文聯的改革和團結，認爲當務之急是要克服文聯派系化，使文聯成爲大眾的文聯。爲了消除文聯的分裂局面，在一九三五年八月十一日「第二回台灣全島文藝大會」召開之前，楊逵以大局爲重，於七月二十九日專程拜訪張深切，並提出了化解矛盾的懇切建議。七月三十一日，楊逵在〈個人想法的修正與兩三個願望〉這篇文章中，集中表達了自己的看法：

我一向被批評爲公賊、破壞者，此時不得不針對文聯改革問題再度提筆。雖然因爲學派問題以及改革案，我被貼上了令人難堪的標籤，但是，我現在卻感到非常愉快。我之所以這麼說是因爲，不管我過去如何被踐踏，此次論戰中，文聯的改革喚起了全島作家的關心，十一日召開的總會將會面臨不得不改革的事實；而我的謬見在遭到多方指責後，可在此文中獲得修正的機會。[13]

在這篇文章中，楊逵一再聲明，「只要是正確的意見，我即使遭受任何打擊都不會感到痛苦」。如今面臨團結合作的關鍵，楊逵不計前嫌，主動撤銷了已經寄出的駁斥張星建不實之

詞的文章，並透過劉捷今天努力工作的態度，原諒了他以往給台灣新文藝運動帶來的負面影響。對於張深切，楊逵談到此次拜訪取得了非常滿意的結果：

　　誠如大家所知，他以往在台灣新聞發表文章，對我大加批伐，但是這次，他親口告訴我那些文章流於意氣用事，並聲明贊同正確的改革。他過去認為我們所有的論調都是空談，並攻擊我們在新聞報紙上公開表示不同的意見。相對而言，如今他希望我把一些匯整過的意見寫出來。因此，即便過去有過任何不愉快，但因為我們的目的是要改革文聯，所以我要在此聲明，我對他的這些意見非常滿意。只要他以後繼續維持如此真誠的態度，就算過去他把我的意見及態度批評得一無是處，我還是願意冷靜地與他討論。如是針對我的謬見，他願意徹底說服我的話，我也很樂意低頭認錯。〔14〕

　　楊逵致力於文聯改革和團結的胸懷與誠意，從中可見一斑。他在自身生活拮据的情況下，仍然惦記著如何為文聯排憂解難。他真誠地提出，如果文聯缺少明信片郵資的話，他願意負擔其中的五分之一。
　　對於楊逵與張星建之間因選稿問題衍生的風波，台灣文藝聯盟本著息事寧人的立場，也曾發過一則公告：

　　張星建君和楊逵君都是文聯的重要份子，但卻不是指導者，指導部是常委會，兩君均不是常委，也不是執委，兩者的衝突是個人的衝突，深望諸同志諒解。
　　兩君的衝突均為極愛文聯而發生，所以本部對此事件，於

上月廿六日的常委會已決定解決方針了。[15]

　　然而，過於龐大的組織以及指導部門工作的遲緩，加上意識形態、文學觀念的分歧，台灣文藝聯盟的分裂終究難以避免。有感於《台灣文藝》編輯經歷的是是非非，有感於文藝工作者熱情消褪，台灣又沒有足以鼓起讀書欲的刊物，加上眼見文聯組織鬆散，難有作為，楊逵自覺留在《台灣文藝》已無法發揮作用，逐決意創辦一份《台灣新文學》雜誌：

　　　我經過了千思萬慮，而所獲的結論是為了台灣的作家，為了讀書家，迫切需要著適應台灣的現實底文學機關，只是似乎誰也不願意給他們，作家以及讀者，到了這樣的田地，於是只有「積少成多」，集了自己們零碎的錢，來建設培養一個園地，而自勵自勉，自己鼓舞下去。這也就是《台灣新文學》的創成記。[16]

　　《台灣新文學》於一九三五年十二月二十八日在台中創刊，由楊逵與葉陶獨資創辦。創刊號在「啟事」欄表明：「本雜誌不屬於任何流派，任何團體的機關，本雜誌是全台灣文藝同好者的共同舞台。」

　　為了避免重蹈《台灣文藝》由少數人把持的局面，《台灣新文學》中文欄目委託賴和負責，詩稿由吳新榮、郭水潭、王登山等「鹽分地帶」的詩人編輯[17]，日文欄目則以楊逵本人及其他編輯委員會分擔負責。列名《台灣新文學》編輯部的還有高橋正雄、田中保男、藤原泉三郎、藤野雄士、黑末驅子等日本作家。《台灣新文學》的選稿原則十分開明，只要是支持

民族自決，追求民主、自由，不管是台灣人，還是日本人寫的稿都加以採用。當時在《台灣新文學》雜誌上投稿並發表作品的作家，從台灣文藝聯盟成立之初五位常務委員中的賴和、賴慶、賴明弘，到楊守愚、黃病夫、吳新榮、郭水潭、王登山、李禎祥、葉榮鐘、王詩琅、張文環、呂赫若、吳濁流、翁鬧、陳華培、陳瑞榮、徐瓊二、張慶堂、林越峰、藍紅綠、周定山、莊松林、楊松茂、黃得時、蔡秋桐、趙櫪馬、朱點人等等，除了張深切、張星建、劉捷未向《台灣新文學》投稿以外，幾乎包括了當時台灣文壇台籍與日籍重要的左翼作家，地域涵蓋台北、台中、彰化和台南等日據時期北、中、南三大文學陣營。

《台灣新文學》的創刊引起了強烈的社會反響，出刊後不到兩星期就銷售一空；同仁人數已經超過原來預定的五十人，雜誌讀友也超過預定數量的二十人。這足以證明民眾對文學的關心與響應，也讓楊逵為之振奮。

《台灣新文學》在《台灣文藝》之後創辦，兩者皆活躍於三〇年代中後期，而且執筆的作家也雷同，但《台灣新文學》還是以它的鮮明風格而獨樹一幟。

首先，《台灣新文學》始終以「為人生而藝術」作為辦刊宗旨，以反映台灣窮苦大眾的生活現實為依據，主張現實主義文學創作，強調推翻日本殖民統治的政治主張，帶有濃厚的社會主義傾向。比起《台灣文藝》，《台灣新文學》所提倡的明確文藝主張，以及它更富有寫實精神，更關注台灣社會現實生活的編輯路向，已經成為不爭的事實。

《台灣新文學》不僅刊登了大量具有社會寫實精神的重要作品，諸如在三〇年代台灣文壇頗具影響的〈田園小景〉（楊

逵）、〈豚的生產〉（張文環）、〈逃逸的男人〉（呂赫若）、〈一個同志的批信〉（賴和）、〈水月〉（吳濁流）、〈羅漢腳〉（翁鬧）、〈邁向紳士之道〉（藍紅綠）、〈婚事〉（徐瓊二）、〈王萬之妻〉（陳華培）、〈年關〉（張慶堂）、〈乳母〉（周定山）、〈鴨母王〉（莊松林）、〈橄欖〉（黃得時）、〈王豬爺〉（蔡秋桐）等等，它還在創刊伊始，就設置了「鄉土素描」和「街頭寫真」欄目，全力推舉直面台灣現實社會的報導文學。

一九三七年二月至六月間，楊逵連續發表〈談報導文學〉、〈何謂報導文學〉、〈報導文學問答〉三篇文章，並於《台灣新文學》第二卷第四號上刊登〈募集報導文學〉的啟事。楊逵對報導文學的理論界定，是「筆者以報導的方式，就其周邊、其村鎮，或當地所發生的事情所寫下來的文學。」[18] 報導文學與普通文學的不同之處在於：第一，極為重視讀者；第二，以事實的報導為基礎，不容許憑空虛構；第三，筆者對應該報導的事實，必須熱心以主觀的見解向人傳達；僅羅列事實而缺乏作者感情，不算是文學藝術。[19] 一九三七年開始確立報導文學理論基礎的楊逵，在此前後發表的〈台灣震災地慰問踏查記〉、〈逐漸被遺忘的災區——台灣地震災區劫後情況〉、〈我的書齋〉、〈攤販〉、〈輸血〉等作品，可以視作作者本人對報導文學理論身體力行的一種創作實踐。

楊逵雖然是日文作家，但他非常重視中文創作，渴望繼承民族傳統。《台灣新文學》作為中日文創作併刊的雜誌，儘管它與《台灣文藝》後來也同樣面臨著中文作品短缺的命運，但《台灣新文學》在堅持中文欄目、提升中文作品的品質方面，比《台灣文藝》表現出更為積極的直面現實態度。

　　有感於「漢文凋落之久，隔了很久，執筆者諸氏以嶄新的意氣與誠摯，打破沉默，捲土重來以顯示其力量」，[20] 楊逵與編輯部同仁積極策劃、多方動員，於第一卷第十期第十二月號的《台灣新文學》，專門編輯了「漢文創作特輯」，刊登有賴賢穎的〈稻熱病〉、尚未央的〈老鷄母〉、馬木歷的〈西北雨〉、朱點人的〈脫穎〉、洋的〈鴛鴦〉、廢人的〈三更半暝〉、王錦江的〈十字路〉、一吼的〈旋風〉等八篇小說，執筆作家皆爲一時之選。然而，這一動員了當時最活躍的作家所寫的具有相當水準的作品集，卻在剛剛印好提出審查時，由於其鮮明的反殖民精神，以及文字使用上對日本「同化政策」的挑戰性，遭到日本殖民當局的嚴厲查禁，理由是「內容不妥當，全體空氣不好」。這種結局，不僅僅是佳作尚未面世，竟告胎死；也是充滿現實精神的中文小說在當時文學雜誌中的最後一次編輯。所有報刊的中文欄目，在一九三七年春天以後接踵而來的廢止漢文欄的行動中，都遭遇被迫停辦之命運。

　　其次，楊逵身爲社會主義國際主義者的階級意識，使《台灣新文學》具有濃郁的左翼色彩，並以開闊的胸懷，與日本普羅文學界保持了密切聯繫。《台灣新文學》創刊號在「台灣新文學的期望」一欄中，刊登了德永直、葉山嘉樹、前田河廣一郎、貴司山治、細田民樹、橋本英吉、藤森成吉、平林泰子等十七位日本左翼作家的感言。《台灣新文學》雜誌中，不僅可以讀到日本進步文藝界主辦的《文學評論》、《社會評論》、《高爾基文集書簡集》、《文學案內》、《詩人》中的文章，讀到德永直、平田小六、葉山嘉樹、渡邊順三、林房雄、窪川稻子等作家的作品，還能看到《時局新聞》周刊、《土曜日》、《公民常識》、《太鼓》、《勞動雜誌》、《實錄文

學》的廣告或銷售服務。[21]《台灣新文學》傾力介紹大陸、
日本、蘇俄的現實主義作家,它所刊登的〈高爾基特輯〉、
〈悼魯迅〉、〈大文豪魯迅去世〉等文章,都表明了該刊所擁
有的廣闊視野和左翼色彩。

再次,《台灣新文學》在培植文壇新人方面不遺餘力,想
方設法充實台灣的文學環境。楊逵「相信台灣文壇的未來與其
只有兩、三個有名的作家,不如讓眾多無名作家擔負」,[22]
故將拔擢本地無名作家當作刊物的重要任務。《台灣新文學》
多次籌措經費,舉辦「台灣新文學賞」及「全島作家競作號」
徵文活動,並限定只有新人才能參加「懸賞原稿募集」,給予
新秀登臨文壇的重要機會。著名的客籍作家吳濁流,即是由此
崛起,其處女作〈水月〉發表於《台灣新文學》第二期(一九
三六年三月),另有〈泥沼裡的金鯉魚〉入選「台灣新文學
賞」佳作,並刊登於《台灣新文學》第一卷第五號(一九三六
年六月)。

一九三七年以後,在「皇民化運動」日趨喧囂的局勢下,
台灣總督府圖謀於四月一日為期限,一舉廢止全島新聞的「漢
文欄」。在《台灣日日新報》、《台灣新聞》、《台南新民
報》被迫廢止漢文欄目後,唯有《台灣新民報》一家延至六月
始廢。

面對台灣總督府的高壓政治,楊逵自知停辦漢文欄勢在必
行。他對此保持了清醒的無奈:

　　日本統治當局為了消滅台胞的民族意識,於是勒令廢止報
紙和所有雜誌的中文版,「台灣新文學」出版最後一期時,即
收到取消「漢文欄」的命令,沒有了「漢文欄」,「台灣新文

學」的存在意義也等於喪失，加以當時整個台灣的文化活動幾乎為「皇民化運動」所淹沒，於是便停辦了「台灣新文學」。[23]

一九三七年六月十五日，發行至第二卷第五號的《台灣新文學》，在「編輯後記」中說：

漢文欄以此號為止不得不廢止。對於只用漢字寫作的人和只讀漢文的人毋寧是悲哀，但我們也十分感慨。然而漢文作家諸君也不必因而退縮。跟以前一樣投稿的話，我們會找到適當的譯者予以翻譯之後發表，希望更加專心寫作吧！

此時的楊逵，不僅承受巨大的政治高壓，經濟上也處於焦頭爛額的境地，雙重的厄運使《台灣新文學》在這一期之後不得已停刊。為了雜誌的再生，楊逵於一九三七年六月底專程赴日，以期尋求日本左翼文學界的支持。終因「蘆溝橋事變」爆發，時局突變，楊逵所有計畫落空，自己也遭警察跟蹤拘捕。楊逵與葉陶用心血生命澆灌的《台灣新文學》園地慘遭挫敗，永遠失去了再生的機會。

《台灣新文學》從一九三五年十二月二十八日創辦，到一九三七年六月被迫廢刊，除查禁號之外，一共發行了十四期，另有《台灣新文學月報》兩期，歷時一年半。關於《台灣新文學》以及《台灣文藝》對台灣文壇的貢獻，日據時代的著名作家黃得時有著高度評價：

《台灣文藝》和《台灣新文學》的壽命不過三年而已，可是在這短短的三年之中，所獲得的效果，比過去十幾年的效果

都來得大。堪稱在台灣文學史上劃下一段光輝燦爛的時期。[24]

對此，楊逵也有著完全的認同：

「台灣文藝」和「台灣新文學」發展的那三年，可以說是
台灣新文學運動史上光輝燦爛的時期，真正百花齊放、百家爭
鳴，不僅在小說創作上有了十分豐碩的收穫，而且更贏得廣大
讀者的關心與支持，形成一股新的社會運動力量，普及到整個
社會。[25]

二、一九四五：《一陽周報》與三民主義理想

楊逵光復後的文學出發，首先是從文學刊物的創辦與編輯
起步的。

受到台灣光復的巨大鼓舞，台灣各地紛紛出版報刊，創辦
國語講習班，舉行文化座談會，開展演講、美展、演劇等文化
活動，其中又以期刊雜誌最為活躍。台灣長官公署宣傳委員會
於一九四五年十一月二十三日公告，要求已發行的報紙二十日
內辦理登記手續，「到一九四六年一月底為止，光台北市一地
的報紙加上雜誌的申請登記者就有三十九家；到五月底為止，
登記的報紙與通訊社共計二十一家。」[26]「民間與政府各機
關單位競相出版刊物的情況，持續到一九四六年上半年，也是
雜誌發行最為蓬勃之時期」[27]。據旅美台灣史學者葉芸芸女
士統計，一九四六年夏天，台灣以各種方式存在的報紙雜誌，
多達八十種左右；一九四五年至一九四九年間，台灣出版的期
刊雜誌有四十三種。[28]這期間，台灣「知識分子的昂揚自信

與文化界之生氣勃勃，是戰後初期台灣予人深刻印象的景觀，也是台灣歷史上，文化界難得一現的黃金時代。」〔29〕

身爲台灣文學園地的園丁，楊逵對文學刊物的創辦一向情有獨鍾。楊逵戰後初期的文學活動，在短短的三年半時間裡，從創辦《一陽周報》開始，楊逵光復以後自己創辦、參與創刊和擔任編輯的報紙期刊乃至出版社多達七種，其對戰後台灣的文壇重建與社會改革作用是不言而喻的。

爲了慶祝「一陽光復」，楊逵馬上把自己在日據時代經營的「首陽農園」改名爲「一陽農園」。意識到教育民衆、喚起民衆的迫切需要，在朋友們的資助下，節衣縮食的楊逵於一九四五年九月購買了手轉輪印機，準備創辦新刊物。

一九四五年九月二十二日，楊逵在台中市創辦了《一陽周報》，這是戰後台灣最早出現的中日文合刊的刊物之一。它是一本三十二開的薄薄的小冊子，用白報紙印行，每期二十四頁，逢周六出刊，同年十一月十七日出版第九期後停刊。《一陽周報》在林幼春之子林培英和李崇禮之子李君晰的資助下，以刻鋼板、油印的方式，得以出版。當昔日農民組合及文化協會的朋友們來看望楊逵的時候，楊逵用謄寫版出了第一期的《一陽周報》，並把它分送給朋友們，向他們提供討論的素材。

楊逵創辦《一陽周報》，旨在「介紹國父的思想和三民主義，把台灣建設成民有、民治、民享的三民主義模範省。」〔30〕以介紹祖國的革命理想和文學作品爲宗旨，傳達了楊逵對於戰後台灣的社會命運與道路抉擇的強烈關注。

台灣光復以後，長期處在被奴役、受歧視的殖民地子民的地位，一旦得以掙脫，台灣智識分子的政治理想和社會使命感空前高漲，他們的濟世情懷很快被三民主義的前景所吸引。

「當時之智識分子幾乎人手一冊《三民主義》，滿懷抱負與熱情，努力要建設『三民主義的新台灣』，比之日據時期，智識分子更形活躍。」[31] 在言必稱三民主義的光復初期，隨手翻閱當時的台灣報紙，「建設三民主義模範省」的口號就會躍入眼簾。國民黨政府來台之前，各地知識分子熱烈響應並參與「三民主義青年團」，也足以證明孫文的三民主義對台灣知識分子的號召力。一九四六年六月十六日，由游彌堅、許乃昌、陳紹馨、林呈祿、黃啓瑞、林獻堂、林茂生、羅萬、楊雲萍、陳逸松、蘇新、李萬居等日據時代政治界、文化界先進分子組成了「台灣文化協進會」，並創辦促進兩岸交流和台灣重建的刊物《台灣文化》。該會在成立大會宣言的結尾呼籲道：「建設民主的台灣文化、建設科學的新台灣、肅清日寇時代的文化遺毒、三民主義萬歲。」[32]

　　楊逵更是首當其衝。他是戰後省籍作家中最活躍的左翼文化人士，也是最早意識到台灣回歸祖國後與中國政治接軌的先行者。《一陽周報》自然也成爲最早宣傳三民主義理想的有力陣地。

　　由於《一陽周報》大多已經散佚，人們多從僅存的《一陽周報》第九號「紀念孫總理誕辰特輯」（一九四五年十一月十七日發行），來透視其刊物之宗旨、內容與走向，以及楊逵本時期思想之脈絡。這一期刊物，前後共二十四頁，封面印有孫中山的照片，並刊載了本期的文章目錄，其內容爲：

紀念　孫總理誕辰	楊　逵……二
紀念　總理誕辰	蕭佛成……三
如何紀念總理誕辰	郭澤如……四

我們還注意到，一九四五年至一九四六年，《一陽周報》出版批發售賣的書籍有八種，而對孫文思想的介紹，成為其重鎮，且看這份出版書目：

一、《三民主義演講》 孫文著 一九四六年

二、《三民主義》 楊逵編著 一九四五年十一月二十八日

三、《中國國民黨全國代表大會宣言》

　　（美）包爾‧林百克著 一九四六年

四、《日文小說選》 楊逵著

五、《民族主義解說》 金曾澄著 一九四六年

六、《倫敦遭難記》 孫文著 一九四六年

七、《孫中山傳》 （美）包爾‧林百克著 一九四六年

八、《新生活運動綱要》 蔣介石著 一九四六年

從上述情形可知，光復初期的楊逵是那麼熱切地宣揚三民主義新中國，渴望把三民主義介紹給台灣的民衆，以便更好地

繼承先生開創的偉大事業，把台灣建成三民主義的模範省。楊
逵發表於第九期《一陽周報》上的〈紀念　總理誕辰〉一文，
還特別冠以「紀念民族救星・民權鬥將・民生總理・孫總理誕
辰」的大字標題，從中體現的，正是楊逵以及同時代知識分子
對孫中山革命精神與三民主義思想的崇尚。

　　事實上，楊逵對三民主義的接觸與響應，早在東京留學時
期就已經開始。當時是經由日文翻譯來閱讀，並由此打開了視
野，了解到中國的國民革命與第一次世界大戰後的民族自決運
動。日據末期，楊逵在首陽農場組織焦土會，排演《怒吼吧！
中國》的話劇時，據其長子楊資崩回憶，楊逵曾以三民主義教
育青年：

　　年輕的有志一同的朋友成立了焦土會，每周一次集會。宗
旨是：寧願變為焦土也不願皇民化！共同研究時事、文學、三
民主義。爸爸以手頭僅有的一本三民主義原版書向年輕朋友們
宣傳並講解三民主義。這本書是原台大教授中井淳先生從廣東
帶回來送給爸爸的。〔33〕

　　根據鍾逸人的說法，《一陽周報》中刊行的有關三民主義
的學術論著，是那時在台北帝國大學（現台灣大學）任教的法
律哲學教授中井淳、金關丈夫二位教授，因為要離台，無法把
他們所擁有的中文書籍帶走，遂表示願意把書送給楊逵。楊逵
將此事告訴鍾逸人並懇請幫忙，鍾逸人便透過日本軍部的關
係，借了兩部卡車，到台北土城載回了一卡車半的書，其中不
乏寶貴的珍本。〔34〕這本《三民主義》的原版書，還是日本教
授當年從中國大陸華南各地的學校圖書館得到的。池田敏雄在

一九四九年十月十日的日記中，也曾記載當日他帶著有關三民主義的書籍到楊逵家裡拜訪，並將這些書交給葉陶，葉陶非常高興；隔日，池田敏雄與楊逵又就三民主義相關書籍與小說的出版事宜進行了討論。〔35〕

　　由此可知，楊逵戰後在《一陽周報》上宣傳介紹有關三民主義的書刊，確曾仰賴於日本友人提供的資料。

　　《一陽周報》對三民主義理想的大力宣傳和倡導，與光復後人必言三民主義的時代氛圍有關係，也與楊逵對三民主義的理解分不開。對於孫中山的大同理想、扶助農工的政策，以及關注民生、民權、民治的政治路線，楊逵是以一個社會主義者的姿態來接受的，其改造台灣社會的理想與孫文的思想內涵發生共鳴，這使他當時對三民主義充滿信心：

　　　　今日台灣要建設「民有民治民享而均富」的三民主義模範省，就要切實記住孔子在「大同篇」所表現的福利社會的構想與「不患貧患不均」的觀念，也要切實記住孫中山先生的「三民主義就是社會主義就是共產主義」的教示。

　　　　孫中山先生的社會主義——共產主義，雖然不同於馬克思主義——列寧主義，卻是繼承孔子的大同思想，以達到均富，福利社會為目標的中國式社會主義——共產主義。可惜又可恨的是，孔子的「大同篇」與「不患貧，患不均」的觀念卻被歷朝帝王當做裝飾品，有的懸在牆上，有的寫在書本裡，至今四千多年未見其實現。以建立三民主義模範省為目標的台灣，脫離日本殖民統治已經廿九年了，不可以再徬徨，應立即整備體制急起直追。〔36〕

　　基於此，一心一意要建立三民主義模範省的楊逵，馬上行動起來：

　　戰後我開設「一陽農場」，並發行《一陽周報》，我想宣傳三民主義，印《三民主義》，但發生事件，沒人要看《三民主義》，五千本都成廢紙；朋友出了三萬元，都成廢紙。當時我對三民主義有「信心」。是因為國民黨的第一天代表大會強調「扶助農工」，我在《一陽周報》予以介紹。[37]

　　從《一陽周報》第九號（一九四五年十一月十七日）同時刊登孫文的〈中國工人解放途徑〉和〈農民大聯合〉兩篇文章，也可看到，楊逵對農工問題的高度關切。

　　透過《一陽周報》的編輯方向，也可以透視楊逵在台灣光復初期的心理狀態，以及他對中國政情的理解程度。據楊逵次子楊建回憶，光復後楊逵對國民黨抱有很大的期望，「二二八事件」之前跟葉陶都曾加入國民黨。光復一年多後，官員貪污等事件不斷暴露出來，後來又發生「二二八事件」，他就對國民黨灰心了！沒有再交黨費，就自然退黨了。事實上，楊逵對國民黨當局逆三民主義路線而動的現象，早有警醒和擔心。《一陽周報》第九期刊載的兩篇文章，都觸及到了國民黨內存在的反民主的現象。例如鄧澤如的〈如何紀念　總理誕辰〉和陸幼剛的〈紀念　總理誕辰的感想〉，在讚揚孫文的革命功業、宣傳三民主義思想的同時，都嚴厲地斥責了擔負黨國之責者，不但不能繼承國父的偉大業績，反而與三民主義背道而馳，陷黨國於分崩殘破之局，實在是愧對孫文與同胞。文章還呼籲全黨同志團結一致，制裁獨裁軍閥，消滅革命障礙的殘

餘，完成三民主義的建設。

光復一個月，當台灣還沉浸在「未戰而得勝」的歡慶氛圍的時候，楊逵已難能可貴地意識到中國的「慘勝」及其將來社會重建面臨的困難情勢。他沒有盲目地擁抱三民主義，而是期待「孫中山先生的思想與主義的完善發展」，期待人們徹底解決民權、民生問題，努力新建設，「才能達到美滿的社會」。

在這一期刊物上，楊逵以編者身份所加的按語，也表明了他對戰後台灣的時局所懷有的憂患意識和清醒態度：

> 未戰而得勝的台灣光復，雖是可慶可祝、總是因此若抱著中國革命為如桌頂拿柑[38]之安易感，那就慘了。光復了後的新建設目前多難、民權民生的徹底解決尚有多端，孫中山先生的思想與主義的完善發展全掛在我們肩上。夙夜少刻都不可撒謊、不可偷懶、不可揩（按：「揩」之誤）油、始終一貫以總理的思想、鬥志及為人當做羅針自檢自規奮鬥，才得到達美滿的社會。[39]

「二二八事件」之後，由於台灣民眾對國民黨當局的失望，三民主義的熱潮迅速消退，民眾已開始用「三眠主義」來稱呼「三民主義」。楊逵由朋友資助三萬元印刷的五千本《三民主義》皆成廢紙，創建三民主義模範省的理想受到沉重打擊，他對國民黨政府的失望情緒可想而知。

總之，《一陽周報》對於三民主義的推崇與宣傳，寄予了楊逵的社會理想，渴望台灣的戰後重建，期盼著一種和平、自由、民主的社會新前景，楊逵以他的實際行動，走在了那個時代的前列。

三、一九四六：《和平日報》副刊及其編輯出版活動

一九四六年五月五日，《和平日報》在台中市創刊。

楊逵這一年的編輯生涯，主要圍繞《和平日報》「新文學」副刊的主編而展開，期間也貫穿了《台灣評論》的編輯工作與民眾出版社的出版活動。

《和平日報》原為國民黨軍方報紙，由《掃蕩報》擴充而成，總部設於南京。台灣版的《和平日報》由台中駐軍《掃蕩簡報》改組而成，一九四六年五月創刊，但在系統上不受南京總社的指揮，而是直接隸屬於「國防部宣傳處」。該報社長李上根[40]，以及後來來到台灣參與領導《和平日報》的陳正坤（改名陳洸）、張煦本等人，有意利用來台進步青年加盟，大膽揭露抨擊陳儀當局施政，這除了以嘩眾取寵拉攏當地的文化人擴大實力之外，更隱藏了軍方及國民黨「黃埔系」同陳儀所憑倚的「政學系」之間的派系傾軋，企圖利用民眾對陳儀當局的不滿情緒來製造輿論，以便取而代之。

李上根逐聘任大陸來的進步青年的樓憲[41]為經理，又邀請大陸來台灣的進步青年王思翔[42]以及表兄弟周夢江[43]，分別擔任主筆和編輯主任。這三位文化人士於一九四六年一同赴台，均有左翼思想傾向。據周夢江在〈台灣一年〉中回憶：「當時我們名義上雖為國民黨員，但樓憲早年參加『左聯』，追隨過魯迅先生。王思翔和我則是在家鄉受到國民黨的迫害而逃到台灣來的。因此我們對國民黨的腐敗深為厭惡，對共產黨較有好感。」[44]

《和平日報》發行量約一萬二千份，經費上也未能得到南京總社的支持，必須走「以報養報」的道路。為了爭取社會讀

者與地方名流的支持，樓憲、王思翔、周夢江上任後，專程拜
訪了台中政治文化界的一些名人，諸如已息影家園的老一代社
會運動家林獻堂，市參議會會長黃朝清，市圖書館館長莊垂勝
和研究員葉榮鐘，三民主義青年團台中負責人張信義，作家楊
逵和張文環，實業家張煥珪等等。

　　《和平日報》的特別之處還在於，它雖然是國民黨軍方的
機關報，卻能與具有台共身份的謝雪紅合作，謝雪紅藉此機會
安排身邊的楊克煌、林西陸、蔡鐵城等進入報社工作，以擴充
其影響力。周夢江曾談及這種情況：我們歡迎謝雪紅的支持，
報社絕大多數人員都是謝氏介紹的。如謝氏的助手以後出任台
盟秘書的楊克煌，來到報社任日文編輯科長；一位曾在農民協
會工作的林西陸出任副總經理。此外編輯、記者以至一般職工
幾乎全是謝氏介紹的。報社還聘請她為顧問。

　　就在此時，王思翔他們邀請了楊逵擔任《和平日報》「新
文學」副刊的編輯。楊逵加盟「新文學」副刊，是與他在大陸
文藝界的文學聲譽分不開的。其代表作〈送報伕〉於一九三六
年四月被胡風收錄於《山靈──朝鮮台灣短篇小說集》，並在
大陸文化界有著相當廣泛的傳播。外省知識分子來台後，仰慕
其名其文，紛紛拜訪楊逵，楊逵也與他們之間展開文化交流。
王思翔在〈憶楊逵〉一文中就曾提到，一九四六年春天他剛到
台灣，便設法托人邀見楊逵。當然，更重要的原因還在於，王
思翔等人來自大陸的左翼文化色彩，以及他們的辦報動機和編
輯理念，頗能引起楊逵的共鳴與認同。

　　《和平日報》創刊伊始，即開設綜合性文藝副刊「新世
紀」、青年專刊「新青年」、婦女專刊「新婦女」、純文學專
刊「新文學」、趣味性的「周末版」等副刊欄目。之後又陸續

增加了「每周畫刊」、「新時代」等等。《和平日報》的核心
編輯們有意仿效上海《大公報》的「大捧小罵」策略，在社論
和國內新聞處理上，儘量配合軍方的反共立場，新聞電訊全部
取自官方的「中央通訊社」，以保證不出大的「問題」；而在
省內的社會新聞版和副刊欄目上，則以抨擊時弊、揭露陳儀政
府的專斷腐敗的指向，鼓吹和平、民主、繁榮的理想，力爭成
為民眾喉舌為特色，這使得原本為軍方報紙的《和平日報》發
生了某種程度的轉向，一躍而成為除《台灣新生報》之外的台
灣第二大報。[45]今天看起來：

> 王思翔等人的真正動機則是鼓吹「民主思潮」，他們在副
> 刊「新青年」、「新婦女」、「新世紀」與「新文學」從事這
> 樣的文化工作，並刊登大陸的文藝作品，將三〇年代以及抗戰
> 時期充分發展的「現實主義」文藝美學帶進台灣，作為台灣現
> 實批判的利器。[46]

楊逵加盟《和平日報》「新文學」副刊編輯工作的時候，
堪稱家徒四壁，葉陶以沿街叫賣小百貨維持生計，夫妻兩人經
常穿著破舊不堪的衣服出入於社會活動場所。楊逵與周夢江對
談時，因為楊逵只懂得閩南話和日本話，每次都要經稍稍諳北
京話的葉陶來翻譯。在周夢江的極力勸說下，楊逵先任中文編
輯，因語言障礙，自覺無法勝任而請辭的楊逵，後來又擔任日
文版編輯。

《和平日報》「新文學」自一九四六年五月創刊至同年八
月九日停刊，共出刊十四期，歷時約三個月，為中、日文並
刊。該副刊的編輯方針，特別體現了楊逵及其同仁們的文學理

想，那就是以台灣回到祖國懷抱的孺慕之情，渴望兩岸的文化交流；以國際主義文學情懷，關注著世界文學特別是普羅文學的發展態勢，以強烈的當下關懷精神，不斷對台灣新文學運動的現狀與發展提出建言。

《和平日報》「新文學」副刊的內容大致可以分爲三類：

一是致力於中國文學及文化傳統的介紹，讓台灣民眾更好地了解祖國大陸的整體形象。與此同時，該欄目特別注重通過弘揚五四運動所揭櫫的民主、科學精神，試圖建立戰後台灣的新文化論述。鄭振鐸的〈覆書〉、豐子愷的〈藝術與革命〉、艾青的〈詩人〉、〈關於詩〉、老舍的〈儲蓄思想〉、何其芳的〈工作者的引見〉、〈叫喊〉，臧克家的〈假詩〉、陳殘雲的〈走人民的道路〉、劉白羽的〈饑饉〉、郭沫若的〈慈悲〉、靳以的〈給賽珍珠女士〉、許杰的〈獻身文學的精神〉、王思翔的〈紀念屈原〉等篇章，從詩歌、散文、小說、書信到評論，不僅文體形式多樣，多爲大陸著名作家執筆，且內容多帶有左翼色彩。其他像〈中華全國文藝協會上海分會成立宣言〉、〈慰問上海文藝界書〉、〈山城文壇漫步〉等文章，及時地將內地文壇信息傳遞給台灣，特別是引進了一種思想上受民主主義指導、提倡走進人民大眾的現實主義美學，構成了中國左翼文藝思潮在台灣的傳播現象。

二是熱衷於世界文藝的傳播，給台灣文壇打開新的視野。從英國詩人雪萊、霍斯曼，到保加利亞的伊凡·威佐夫；從法國作家紀德，到俄國的托爾斯泰、拉甫涅列夫、葛洛斯曼；特別是德國女版畫家珂勒維支、俄國的高爾基，對於那些傾向於批判性的社會主義現實主義創作，「新文學」副刊都給予了熱情的介紹和評價。這其中，僅與俄國無產階級文學家高爾基相

關的就有〈高爾基之家〉、〈蘇熱烈舉行「高爾基紀念周」〉（塔斯社訊）、〈高爾基的作品在中國〉（茅盾）、〈高爾基的小說〉（艾蕪）、〈關於寫作〉（高爾基語錄）等五篇，足以見得楊逵對於普羅文學的信奉與崇尚。

三是立足於台灣新文學運動的歷史反思、現實關懷與前景展望，突出了台灣新文學的重建意識。樓憲、張禹的〈一個開始‧一個結束〉、竹林的〈應該來個文學運動〉，特別是楊逵的〈文學重建的前提〉、〈台灣新文學停頓的檢討〉兩篇文章，直面光復一年後台灣的社會癥結與文壇現實，諸如台灣新文學停頓的主要原因在於包辦主義、語言問題、文藝園地缺失、文化交流受阻、文藝工作者團結不力等五個問題，並呼籲文藝工作者自發組織起來，以形成自主、民主的團體，並與全國文聯合作，以便重建台灣文壇，以左翼的現實主義推動戰後台灣新一波的文學運動。

一九四六年八月九日，《和平日報》「新文學」副刊，在沒有任何預告的情況下，刊出了最後一期。

一九四六年十月十三日，「中華全國文藝協會總會」為魯迅逝世十周年的紀念活動，特地向全國各地發出文告。台灣也同步參加了這次活動，各類報刊發表的紀念文章共達三十多篇。其中，由台灣的左翼進步人士楊逵、謝雪紅、楊克煌等人，與大陸來台灣的進步文化人士王思翔、周夢江、樓憲等人共同合作的《和平日報》的幾種副刊，表現得最為熱烈。它連續幾天推出紀念魯迅專輯，從木刻、版畫，到紀念文章，諸如許壽裳的〈魯迅和青年〉、胡風的〈關於魯迅精神的二三基點〉、楊逵的詩〈紀念魯迅〉、穎瑾的〈魯迅先生傳略〉、黃榮燦的〈中國木刻的保姆──魯迅〉、秋葉〈我所信仰的魯

迅〉，以及黃榮燦的《魯迅先生遺像》、耳氏《母女》、陳煙橋《高爾基與魯迅》等版畫作品，達到十六篇（幅）之多。

　　由於《和平日報》的進步傾向，該報後來被迫改組。報社副社長張煦本也曾談到：

　　　民國三十五年十一月，台灣《和平日報》因被當時的台灣行政長官公署認為不能作充分的配合，頗有難以為繼之勢，我受台灣社長的邀請，受聘為《和平日報》副社長兼總編輯……（中略）我，到了台灣以後曾在編輯方針上做過相當的修正，以消解行政長官公署方面的誤會。〔47〕

　　《和平日報》改組後，樓憲、周夢江離開了報社，王思翔苦苦堅持到一九四七年三月，並在「二二八事件」之後，於三月二日主編了《和平日報》「新世紀」副刊最後一期（一二三期），並登載有紀弦新詩〈虛無主義〉、〈故鄉〉與〈窒息〉等三首。三月八日，一度停頓的《和平日報》重新出刊，針對「二二八事件」刊登〈省處理會告全國台胞書〉，並冠之以醒目的標題：「這件事件動機單純／完全出諸愛國熱情／要求肅清貪官污吏刷新本省政治／不僅不排外並且歡迎外省同胞合作」。三月十二日避居台北的原報社社長李上根與發行人韋佩弦重返台中，接掌報社，正式發行《和平日報》的「台北臨時版」，王思翔遂告假還鄉。沒有了左翼編輯力量支撐的報紙很快失卻了原有的進步風格。《和平日報》的「台北臨時版」發行不久，也遭遇了停刊命運。

　　《和平日報》創辦期間，與其有著「兄弟刊物」關係的《新知識》月刊也於一九四六年八月十五日創刊，發行人張星

建,主編為王思翔、周夢江、樓憲,由中央書局股份有限公司出版,實際出資人是張煥珪。這份刊物,實際上是「一份由台灣文化人士出資,而由文化人出面組稿的綜合性刊物。」[48]

《新知識》創辦的緣起,是因為王思翔、周夢江等人在《和平日報》報社裡經常可以看到一些來自大陸的報刊,其中有不少與官方持不同觀點但很有價值的文章和資料,是一般台灣人所無法接觸的,因此「萌發了辦一份刊的念頭,想把這種一般人不易看到的文章和資料選載或摘錄成輯,公開發行。」[49] 這一想法得到了謝雪紅、楊克煌等人的支持,有說謝雪紅還變賣了一副首飾資助出版。

《新知識》三分之一為新發表的文章,其餘為選錄轉載的文章,其內容有著強烈的現實批判色彩和社會真相披露。據王思翔回憶,《新知識》「以介紹祖國大陸各報刊有關全國政治、經濟、文化諸重大問題的言論為主,試圖打破國民黨當局的箝制封鎖,可是因政治色彩太濃,一印成就被查禁了,只由印刷工人偷出幾百本散發給熟悉的讀者。」[50]

楊逵雖然沒有直接參與《新知識》的編輯工作,但他與這種刊物的核心編輯王思翔、周夢江、樓憲關係密切,有著《和平日報》「新文學」副刊的歷史淵源和同道志向,因而持續與該報編輯群合作。楊逵在「二二八事件」之前最重要的文章之一,標誌了他戰後初期理想信仰受挫、思想認知轉折的文章〈為此一年哭〉,就發表於《新知識》創刊號。

在日本殖民統治的漫漫長夜,楊逵是那麼盼望台灣回到祖國的懷抱,首陽農園的「隱士」氣節,「焦土會」的抗爭志向,收聽日皇投降廣播時的歡喜若狂,讓楊逵一次次經受了時代情感的巨大洗禮。台灣光復後,為把台灣建設成三民主義模

範省，楊逵辦刊物、寫文章，四面奔走，多方努力，致力於台灣新文學的重建。但光復一年的社會現實又是如何呢？

〈為此一年哭〉寫得情真意切，聲淚俱下：

> 很多青年在叫失業苦，很多的百姓在吃「豬母乳」炒菜補，死不死生無路，貪官污吏拉不盡，奸商倚勢欺良民，是非都顛倒，惡毒在橫行，這成一個什麼世界呢？
>
> 說幾句老實話，寫幾個正經字卻要受種種的威脅，打碎了舊枷鎖，又有了新鐵鍊。結局時間是白過了，但是回顧這一年間的無為坐食，總要覺著慚愧，不覺的哭起來，哭民國不民主，哭言論，集會，結社的自由未得保障。哭寶貴的一年浪費了。〔51〕

這種如此大膽地揭示了現實真相，針砭社會時弊的作品，楊逵將它投稿給《新知識》，《新知識》也在顯著位置發表，可見楊逵對這個刊物的高度認同，以及同辦刊人編輯方針之間達到的精神默契。楊逵在表達了自己失望、痛苦的情緒之後，誓言堅決追求民主自由：

> 「自今天起天天是爭取民主日，年年是爭取民主年。」我堅決的想，不要再哭了。〔52〕

在《新知識》僅出一期即被查禁之後，同年年底台中一家新的報社成立，《新知識》主編之一周夢江曾推薦楊逵應徵編輯工作，卻因為過去從事社會運動的歷史，而不被當局錄用。楊逵沒有氣餒，他很快開始了他為爭取民主自由的又一程出發。

　　楊逵在從事《和平日報》「新文學」副刊編輯工作的同時，還參與了《台灣評論》雜誌社的工作。一九四六年七月一日，《台灣評論》月刊在台北市創刊，它由劉啓光集資，林忠、丘念台、李純青和周天啓等人共同創辦，一共出刊四期。

　　《台灣評論》的主編由李純青[53]擔任，編輯爲王白淵、蘇新。是年，楊逵進入《台灣評論》雜誌社。這是一份中日文合刊的綜合月刊，稿源主要由李純青在上海負責採集大陸民主刊物的文章來提供，蘇新、王白淵實際負責台灣的編務工作。

　　上述創辦人多爲大陸返台人士，劉啓光是日據時代農民組合的幹部，在大陸時又與軍統過從甚密。周天啓曾是二〇年代活躍的左翼分子，擔任過台灣文化協會的幹部，後來曾參加台灣革命同盟會。主編李純青，是當時著名的社會評論家，光復後以《大公報》名義返回台灣，從事革命宣傳工作。從創辦人的背景來看，《台灣評論》作爲日據時代的左翼分子戰後重新聚集而創辦的刊物，在主編李純青的左傾言論主導下，明顯的帶有左翼批判精神。楊逵對這個刊物的認同和參與，與其參加過三〇年代農民運動以及左翼傾向不無關係，他針砭陳儀政府的〈傾聽人民的聲音〉即在該雜誌刊出。從丘念台的〈對台灣省政治的期望〉、林忠的〈台灣政治怎麼才能明朗化〉、劉啓光的〈反省、覺悟〉等發表於一九四六年七月創刊號上的文章來看，「他們的訴求，主要還是基於三民主義實行地方自治，民生主義經濟下允許的產業自治，同時不忘呼籲彌平省、內外的隔閡，而這些主張其實是延續了他們在重慶「台灣革命同盟會」時期的建言。」[54]

　　在《台灣評論》的創刊號上，李純青因發表〈中國政治與台灣〉一文，公開讚揚共產黨的新四軍，很快遭到國民黨黨部

的禁售處分，CC 派省黨部組委李翼中馬上批評《台灣評論》
「創刊號出異黨作品，赫然刺目，反動言論連篇累牘，余不勝
駭然」。此事造成了一時轟動，原定價十五元的刊物，市價一
下子漲到四十元。一九四六年十月十日，《台灣評論》苦苦支
撐到第四期後，終於被國民黨中央宣傳部勒令停刊。

　　楊逵沒有因此停下自己的步伐，他時刻在尋找新的出擊
方向。

　　一九四六年間，楊逵在台中市大同路新北里存義巷十二號
的住處，創立了民眾出版社，發行人註明葉陶。預計出版「小
說故事篇」四冊，內容有賴和的《善訟人的故事》、周定山的
《憨光義·王仔英》、林荆南的《鴨血王》，以及胡風翻譯的
楊逵《送報伕》；「歌謠俚言篇」三冊，內容包括《謝賴登歌
集》、《陳君玉歌集》、《蔡德音歌集》；「常識論說篇」三
冊，主要由《憲政問答》、《民主問答》《自治問答》組成。
這種出版路向，不僅體現了楊逵對台灣當下時局與社會發展前
途的熱切關注，而且凸顯出楊逵對台灣新文學傳統的薪傳以及
對民間文學寶庫的發掘精神。

　　一九四七年一月，賴和的《善訟人的故事》由民眾出版社
出版，在封底廣告上，列出了上述預計出版發行書目。但接踵
而來的「二二八事件」，讓台灣陷入動盪的時局，民眾出版社
原定的出版計畫，也因楊逵同年四月的被捕入獄而夭折。

四、一九四七：《文化交流》與「中國文藝叢書」

　　戰後初期的台灣文壇，如何讓在日本異族統治下渡過五十
一年的台灣民眾更好地瞭解祖國大陸，推展良好的中國化路
線，就成為外省籍與本省籍作家、文人共同關心的議題。對於

楊逵而言，文化交流，兩岸互動，共同推進台灣戰後的文化重建工作，更是他在編輯生涯中身體力行的奮鬥目標。

　　一九四七年一月十五日，在台中市圖書館長莊垂勝的大力支持下，由台中「中央書局」董事長、實業家張煥珪出資，藍更與[55]為發行人，王思翔和楊逵出任主編，正式創辦了《文化交流》。這是一本不定期輯刊，由於出資人和編輯沒有大的變化，《文化交流》又被看作《新知識》的再生。鑒於《新知識》的失敗，王思翔提議儘量少談政治，塗上一抹溫和的色彩，故定名為《文化交流》。刊物同仁包容了外省和本省的作家、文化人，大家團結一致，合作愉快，藍更與不僅包攬了一切事務性的工作，還積極為刊物提供工作環境，楊逵與王思翔也成為兩岸作家合作辦刊的友好見證。

　　《文化交流》創刊時在〈本社緣起〉中寫道：「在今日的台灣，一方面是舊的文化束縛已經解除，一方面是新的文化尚未能建立。」而要吸收新文化來實現戰後台灣的重建，「這種工作不是少數人所能達成的，而賴於文化人與文化人間的交流合作，這交流合作不僅是本省文化人之間所必需，亦為省內外文化界之間所必需。」該刊同時刊登署名「冷漢」的〈吵鬧要不得——視文化交流發刊〉，正是針對兩岸文化有所隔閡的現象而發的。《文化交流》的發刊宗旨，如同第一期卷頭語所說：「出版這個小冊子的作用正如她的命名，是想在此時此地的文化盡一點交流的作用；因為文化是社會的產物，人與人之間，地與地之間，時代和時代之間，所有的文化都應該交流，才有發展，而交流須有媒觸……」[56]《文化交流》的封面由畫家耳氏[57]所描繪，畫面是一個背上寫著「台灣」的小孩子撲向胸前寫著「祖國」字樣的母親懷抱的情景，其象徵意義不

言而喻。

　　《文化交流》所肩負的，是祖國大陸與台灣之間的文化交流重任，它意在爲隔絕五十一年之久的海峽兩岸搭建橋樑。這本刊物大半篇幅用來介紹祖國的歷史、文物和文化活動，由王思翔組稿；小半篇幅用來介紹台灣文化，由楊逵負責。第一期刊物的文章內容相當豐富，重在兩岸文化的對話與交流。王思翔托台北的朋友向台灣省編譯館館長、魯迅先生的好友許壽裳要來一篇回憶孫中山和章太炎辛亥革命前在日本交往情況的文章，並組織了鳳炎（周夢江）所撰〈台灣史話〉、江燦琳的〈台灣民謠史〉等文章；楊逵除了翻譯魯迅的作品，也特別重刊了賴和的〈查大人過年〉與林幼春的〈獄中十律〉等遺稿。他還趕寫了〈紀念台灣新文學二開拓者〉、〈幼春不死！賴和猶在！〉、〈阿Ｑ畫圓圈〉等文章，發表在第一輯上，並集中刊登了虛谷、少奇、南都、衡秋、笑濃、渭雄、雲鵬、石華、克士、守愚等台灣作家所撰寫的〈哭懶雲兄〉等悼念詩文。「楊逵之所以努力於介紹二、三〇年代的歷史，卻是爲了一個理想，希望台灣的文學能在日本帝國主義者留下的廢墟上復活過來，迅速走上新的發展道路。」〔58〕

　　《文化交流》第一輯出版後，楊逵曾專程到台北，向他所熟悉的本省文化界朋友徵集意見，邀約稿件，取得了良好的效果。王思翔也約請大陸來台的知名作家寫稿，得到了廣泛的支持。第二輯很快編好，內容也更加充實了。當時，楊逵家境非常困難，但他爲了兩岸的文化交流，四處奔波徵集稿件，專心致志地寫作和編輯，卻從來不計報酬，不言辛苦。

　　一九四七年二月，《文化交流》第二輯稿子編校完畢，正在排版印刷之際，台灣爆發了「二二八事件」。在高壓政治和

動盪時局中，王思翔、周夢江、樓憲相繼逃離台灣，莊垂勝遭受當局迫害而憤然辭職，楊逵也不幸身陷囹圄，僅出了一期的《文化交流》，很快就夭折了。

一九四七年的楊逵，在文化戰線上所做的另一項重要工作，就是與台北東華書局合作，於這年一月開始編印出版中日文對照的「中國文藝叢書」。

戰後初期，知識分子最大的課題是台灣的復興和文化的重建，而其中最大的障礙是語言問題。當時擔任台灣省編譯館館長的許壽裳，在致許廣平的信中曾經談到，「當地做工作很困難，最大的障礙乃是語言的溝通；因為台灣同胞皆講日本話，讀日本文，有關國語、國文，程度甚低。現在為此事貫注力氣，但效果幾乎還沒有。」[59]

楊逵在這種背景下致力於「中國文藝叢書」的翻譯和編印，是與台灣國語普及運動分不開的。當然，它也包含了楊逵推廣平民文學、提升大眾知識水平的熱望。

另一方面，編印「中國文藝叢書」，與楊逵致力於兩岸文化交流的初衷不無關係。在台灣政治形勢日趨緊張的背景下，對帶有五四文化精神和左翼色彩的進步文學作品的弘揚，也讓楊逵的文學編輯活動有一種時代的自覺意識：

　　當時許多團體被破壞了，大多活動走入地下了，與共產黨有些接觸。我當時心想不能進入地下，否則文學活動會丟掉；另外，我不願離開台灣，應該繼續貢獻家鄉，所以創辦《中國文藝叢書》，翻譯魯迅、老舍、郁達夫、沈從文的作品。我希望以翻譯改進漢文能力，並以日漢文對照，使我們這輩人有學習機會，並接觸先進作家作品。[60]

楊逵希望台灣民眾能夠正確地認識祖國文化，更要培養它，弘揚它，以便把那真正的精華傳播於世界。「爲了達成這目標，我敢大膽說，過去在本省所發行的幾種書籍，還有許多令人不滿意的地方。此次，東華書局大大有感於此，毅然立了出版中國文藝叢書的計畫。」[61]

一九四七年一月起，楊逵開始與台北東華書局合作，編印出版中日文對照的「中國文藝叢書」

「二二八事件」後，楊逵夫婦於四月間雙雙被捕，八月釋放回家。

出獄後的楊逵致力於文學翻譯，大量介紹祖國大陸的作家作品，傳播新文學的精神。「中國文藝叢書」陸續出版六輯，封面多爲黃榮燦作畫。入選作家均爲五四以來中國現代著名作家，且多帶有左翼文學色彩。其作品所突出的皆爲強烈的反抗精神，表現了楊逵一貫的反帝、反封建、反壓迫的立場。其出版內容如下：

一、《阿Q正傳》，魯迅著，楊逵譯，「中國文藝叢書」
　　第一輯，一九四七年一月。
二、《大鼻子的故事》，茅盾著，楊逵譯，「中國文藝叢
　　書」第二輯，一九四七年十一月。
三、《微雪的早晨》，郁達夫著，楊逵譯，「中國文藝叢
　　書」第三輯，一九四八年一月。
四、《龍朱‧夫婦》，沈從文著，黃燕譯，「中國文藝叢
　　書」第四輯，一九四九年一月。
五、《黃公俊的最後》，鄭振鐸著，楊逵譯，「中國文藝
　　叢書」第五輯，一九四八年。

六、《送報伕》，楊逵著，胡風譯，「中國文藝叢書」第
　　六輯，一九四七年十月。

楊逵還譯有中日文對照的《魯迅小說》和《賴和小說選》
兩種，原定由東華書局出版，它們曾與《新聞配達夫》（送報
伕）的廣告同刊登於《台灣評論》雜誌的封底，題為「中日對
照，革命文選」，後來卻因時局的急劇變化而未能正式出版。

五、一九四八：《台灣文學叢刊》與《台灣力行報》副刊

經歷了「二二八事件」的時局變動，台灣新文學的重建道
路顯得更加艱難。因為「二二八事件」而坐牢一百零八天的楊
逵，出獄後並沒有望而卻步，而是更強烈的意識到台灣新文學
重建的任重道遠。一九四八年的台灣文學戰線上，楊逵最重要
的文學編輯活動與貢獻，就是擔任《台灣文學叢刊》和《台灣
力行報》「新文藝」副刊主編。

一九四八年八月十日，《台灣文學叢刊》在台中市創刊，
封面以「台灣文學」為題，版權頁則註明為「台灣文學叢
刊」。楊逵擔任主編，發行人張歐坤，由台灣文學編輯部發
行。出版資金由台北一位朋友全額支付，刊物廣告中的華南銀
行董事長為楊逵昔日農民組合時期的戰友劉啟光（原名侯朝
宗）。叢刊執筆人有編輯楊逵、守愚（楊松茂）、王錦江、俞
若欽、鄭重、廖漢臣、葉石濤、章仕開、洪野、鴻賡、歐坦
生、陳濤、呂訴上、楊啓東、林曙光、愁洞（蔡秋桐）、朱實
（朱商彝）、張紅夢（張彥勛）、揚風（楊靜明）、黃榮燦、
史民（吳新榮），還有譯者蕭荻等二十二位作家。其中本省籍
作家十二位，外省籍作家十位。「楊逵集合不同省籍與世代的

左翼作家，並將發行所定名爲『台灣文學社』，可見他亟思以
此結合文學工作者，組織他所謂的『自主、民主的』文學社
團，並以集團的力量推展戰後的台灣文學運動。」[62]

《台灣文學叢刊》所收錄的作品多爲轉載，其徵稿原則爲：

- 本刊歡迎反映台灣現實的稿子，尤其歡迎表現台灣人民
  的生活感情思想動向的創作，報告文學，生活記錄等。
- 歌功頌德、無病呻吟，空洞夢幻的美文不用。
- 稿酬千字斗米計算刊出即可。[63]

《台灣文學叢刊》是本薄薄的三十二開小冊子，紙質非常
差，僅出版了三輯，第一輯定價一百五十元，第二輯爲二百
元，短短三個月後發行的第三輯已漲至一千元。售價的節節攀
升以及稿酬用「千字斗米」來計算，充分反映了當時台灣物質
匱乏、生活境遇困苦的現實，更顯示了楊逵在貧窮中節衣縮
食，也要堅守和追求自己精神信念的可貴品質。

《台灣文學叢刊》第一輯目錄如下：

小東西　　　　　揚　風………一（小說）
同樣是一個太陽　守　愚………一二（詩）
歷史　　　　　　王錦江………一三（詩）
裁員　　　　　　俞若欽………一四（小說）
摸索　　　　　　鄭　重………二一（小說）
台灣民主歌　　　廖漢臣………二七（介紹）
復仇　　　　　　葉石濤………三〇（小說）
黃虎旗　　　　　楊　逵………三二（民謠）

《台灣文學叢刊》第二輯目錄如下：

失學之日	邱　陵	………一（版畫）
卻糞掃	楊　逵	………一（童謠）
Ｘ區長	章開仕	………二（小說）
學店	洪　野	………七（小說）
鹿港的漁夫	鴻　麇	………一〇（詩歌）
文藝通訊	史民等	………一〇（通訊）
沉醉	歐坦生	………一四（小說）
漫畫二題	畫／張麟書、阿鸞	
	謠／楊逵	……二〇
簽呈	陳　濤	………三七

《台灣文學叢刊》第三輯目錄如下：

農村曲		………一（詩歌）
民謠小論	朱　實	………二（評論）
葬列	張紅夢	………三（詩歌）
漫畫三題	畫／張麟書、阿鸞	
	謠／楊逵	……四
模範村	楊　逵	………五（小說）

　　《台灣文學叢刊》問世的時候，經歷了「二二八事件」的台灣知識分子，目睹官方高壓政策下的社會現實和寂寞文壇，胸中有太多的情感鬱積，愈發感到推展戰後台灣文學運動的艱難性和重要性。從楊逵在《台灣文學叢刊》的編輯中可知，刊

載作品或以台灣人民的抗暴事件為表現中心，或著眼於台灣歷史的重構，或呈現戰後初期的台灣社會現實，其中所彰顯的，正是楊逵一貫提倡的文學現實精神和批判意識，它鮮明地體現出作者的社會人生態度和文學理念。具體而言：

其一，針對戰後初期一些來台的外省人對台灣歷史與台灣新文學運動的無知現象，楊逵有意通過叢刊作品的輯錄，見證台灣人民反抗日本殖民壓迫的歷史，也凸顯出賴和以降的台灣新文學運動史。

例如，廖漢臣介紹的《台灣民主歌》，是從清廷甲午戰爭失敗，李鴻章簽字把台灣割讓給日本，台灣民眾成立台灣民主國奮起反抗，直到日軍強行占領台北城為止。「台灣民主歌」正是台灣淪陷時，風靡全省的一篇可歌、可泣、可悲、可憤的「民間的史詩」。楊逵寫的民謠《黃虎旗》，也反覆謳歌了台灣人民反滿抗日的決心。其小說〈模範村〉所塑造的阮新民形象，毅然與自己出身的地主階級相決裂，走上反對日本殖民統治、解放普羅大眾的抗爭之路，成為日據時代知識分子行動者的寫照。蔡秋桐的〈春日豬三郎搖身三變〉，則在歷史的觀照中，以一位先後參加社會運動、「皇民化運動」、國民政府籌備會的鄉下保正「春日豬三郎」的形象，無情嘲諷了少數台灣人厚顏無恥、攀附權貴的奴隸性格。

一九四八年，楊逵在叢刊中刊載了史民（吳新榮）的〈賴和在台灣是革命傳統〉，把構築台灣新文學運動史當作重要課題，一如文中所說：

賴和在台灣，正如魯迅在中國，高爾基在蘇聯，任何權威都不能漠視其存在。賴和路線可以說是台灣文學的革命傳統，

談台灣文學，如無視此一歷史上的事實便不是了解台灣文學。
有人說台灣的過去沒有文學，其認識不足才是笑話呢。[64]

　　楊逵致力於台灣人民反殖民鬥爭歷史和台灣新文學運動史
的建設，是有其明確所指的。台灣光復時，有些來台的大陸人
士以解放台灣的功臣自居，對台灣人民五十一年間前仆後繼、
不屈不撓的反日鬥爭視而不見，而是一味強調台灣在經歷了五
十一年的日本殖民統治後，存留了嚴重的奴化遺毒，當前的首
要工作，就是清除這種遺毒。一九四六年間，陳儀政府曾以台
灣人接受日本奴化教育為口實，阻撓台灣人自治與參政的權
利。上述情形，也在無形中造成兩岸同胞的隔閡乃至省籍的矛
盾。楊逵在《台灣文學叢刊》中編輯刊載了上述作品，是從尊
重台灣歷史與文化的立場出發，讓兩岸知識界與民眾加強交流
與了解，對歷史真相有一個正確的認知。後來在一九四八年
《台灣新生報》「橋」副刊的論爭中，楊逵通過〈「台灣文
學」問答〉一文，仍然繼續了這個問題的思考，文中指出日本
帝國主義基於希望永久殖民台灣的想法，自然以奴化教育為重
要國策之一，但是台灣人奴化了沒有是另一個問題。他說：

　　部分的台灣人是奴化了，他們因為自私自利，願做奴才來
升官發財，或者求一頓飽。但這種人，在今日原是一批的奴
才，他們的奴才根性，說因教育來，寧可說是因為環境。在帝
國主義對封建主義控制下的這個孤島上，自私自利的人都做得
奴隸才得發其財。托管派、拜美派當然也是這一類的人。但大
多數的人民，我想未曾奴化。台灣的三年小反五年大反，反日
反封建鬥爭得到大多數人民的支持就是明證。[65]

其二，《台灣文學叢刊》本著現實主義的文學精神，直面台灣社會現實，批判腐敗政權，抨擊時弊，揭示社會不公現象，體現出台灣知識分子的批判性立場。

〈卻糞掃〉敘述家境貧窮的失學兒童只能淪落到撿拾垃圾維持生活的悲慘命運；〈營養學〉這幅漫畫，則描繪出細瘦如白鷺鷥的老師，在教導一群乾癟的學生，諷刺黑板上寫著的「營養」二字是不能充饑的。〈不如豬〉的慨嘆，竟是農民生養子女不如養豬賣錢划算！其他像〈同是一個太陽〉、〈上任〉、〈勤〉、〈裁員〉等作品，或大膽抨擊了台灣現實社會中營私舞弊、攀親援戚、假公濟私的官場文化現象，或影射了國民黨政府接收後的台灣民不聊生的景況。

特別是歐坦生的小說〈沉醉〉，是以「二二八事件」為背景，描寫一個在台北某機關當傭工的台灣少女阿錦，被從廈門去台灣寶島「觀光」的青年公務員楊先生所騙的故事。男方以「結婚」為誘餌，逢場作戲，始亂終棄，導致少女落入了失身懷孕的不幸命運。這篇小說最初首刊於一九四七年上海《文藝春秋》，編輯范泉認為它寫得及時，寫得好，真實地「揭露了我們某一部分的祖國的同胞正在如何把輕佻與污辱拋給了這塊新生的土地。」[66] 楊逵也高度稱讚〈沉醉〉是「台灣文學」的一篇好樣本。[67]

總的來看，楊逵編輯《台灣文學叢刊》，是集合不同省籍與世代的左翼作家，將重建台灣文學的理念落實到具體的文藝實踐中。在當時通貨膨脹、物價飛漲的經濟壓力下，儘管《台灣文學叢刊》只有發行三期的短期生命，但它對那個時代的見證和審視，卻有著相當深遠的文學意義。

一九四八年，楊逵的文學活動還主要表現在《台灣力行

報》「新文藝」副刊的編輯工作中。《台灣力行報》為青年軍出身的張友繩[68]頂讓北遷的和平日報社而創辦,工作人員也以青年軍第一期的同學為主。一九四七年十一月十二日,以四開三日刊的形式創刊於台中市。張友繩於「二二八事件」後來到台中,聽到被解散的《和平日報》檔案資料和人員都還在,聽從朋友建議,想辦一個地方報紙。後來看到《台灣新生報》「橋」副刊的論爭,受到啓發,特地開設「新文藝」副刊,一九四八年八月邀請楊逵出任主編,以培養台灣的青年作家。[69]

　　從《台灣力行報》總體的編輯方向來看,何義麟針對《台灣力行報》的研究指出:「創刊詞與許多表明該報立場的言論都強調,該報表明自身為三民主義信徒,反對共匪作亂的行徑,呼籲為和平建國努力之重要。其言論顯示,國民政府潰敗之前,尚存在一些模糊空間,三民主義信徒可左可右,和平建國信念轉換空間更大。因此,力行報社具有左翼人士活動的空間,但這也不表明該社為左翼報刊。」[70]何義麟給予《台灣力行報》的歷史定位,是「延續了左翼思潮的地方小報」。

　　一九四八年八月一日起,《台灣力行報》改為日刊,並開設了十三種副刊欄目。楊逵主編的「新文藝」欄目於八月二日登台亮相,出刊以定期或不定期形式不斷變換,一九四九年一月二十三日仍然刊出第三八期,有可能延續到一九四九年「四六事件」楊逵被捕而中止。

　　《台灣力行報》「新文藝」副刊,其編輯方向十分明確,每期刊頭都有主編楊逵具名的〈歡迎投稿〉。其曰:「歡迎各種投稿,沒有內容的空洞美文不要。反映台灣現實,而表現著台灣人民的生活,感情,思想動向的有報告性的文字,特別歡迎。」這與楊逵一貫的辦刊方針一致,他總是自覺地通過編輯

活動，以文學再現台灣社會現實。這其中也體現著他對現實主義的、人民大眾的普羅文學理念始終不渝的堅持。不管是反映民生之焦苦，百姓之抗爭，還是抨擊時弊，嘲諷現實，像〈福？〉、〈榮歸〉、〈魯嫂〉、〈荒野哀歌〉、〈林湖大隊〉在這類《新文藝》副刊登載的作品，多表明了上述創作指向。楊逵還在該副刊發表〈論反映現實〉、〈論文學與生活〉等三篇文章，大力呼籲現實主義的文學創作。楊逵在闡釋了生活之於創作的意義，反映現實的重要意義之後，以充滿不平之情的語言，尖銳地指出：

　　大家須要理解，天天在酒樓菜館吃大菜的人有多少？天天愁米愁衣的人有多少？而坐在新式的小包車狂東狂西的人是什麼種人，無工做甚至有工做尚且不能活命的人是什麼種人——確切地了解到這點，才得算是對這現實有點認識，寫出來才能算是真正反映現實的。[71]

　　本著反映現實的文學立場，楊逵在「新文藝」副刊的第八期、九期、十一期連續登出「實在的故事」徵稿啓事：

　　「白晝說夢」與「空喚亂嚷」的文章，不是現實的需要，讀者也已經不覺得什麼興趣了。
　　在我們日常生活中所見所聞，如其能夠使我們感奮、高興、憤慨、傷心的事情，我們當要將其發端，經過，結末仔細考察記錄下來——這叫做「實在的事」，它已然會感動我們的心，如果寫得不錯的話，應該也會鼓動讀者的。在取材上，表現上，採取這些樣客觀而認真的態度，才是「新文藝」的出

路，也是文藝大眾化的捷徑。[72]

　　「新文藝」副刊的第十一期，刊出了「實在的故事」特輯，共收有阿濤的小說〈扁頭哪裡去？〉、蕭金堆的小說〈兩個世界〉，鐵的詩歌〈囚徒〉，以及楊逵的〈「實在的故事」問答〉，從中可見楊逵利用副刊陣地推動現實主義文學運動，為戰後台灣的文學重建尋找出路的執著努力。

　　在堅持現實主義主導方向的同時，《台灣力行報》「新文藝」副刊的創作風格也呈現多樣化的趨向。這種傾向的形成，與作家組成的多樣化、文學經驗的多元化以及文體類別的多樣化都是密切相關的。在執筆作家的組成上，楊逵立足於兩岸作家的融合，不同世代作家的組隊，以促進文壇的交流互動。大陸作家中，有茅盾、徐中玉、樓適夷、揚風、姚理、石火、嘯風等人的作品；台灣老作家中，有吳新榮、楊啓東、蔡秋桐、蔡申發等的創作；年輕世代的作家，則以林曙光、葉石濤、志仁、金秋，以及銀鈴會的朱實、蕭金堆、許育誠、張有義、張彥勛等人為代表。

　　作家隊伍的多種身份，帶來了多元的生活經驗，從表現中國大陸社會題材的〈林湖大隊〉（適夷）、〈榮歸〉（老默）、〈選舉〉（嘯風）、〈飄泊記〉（揚風）到反映台灣現實弊病和貧富不均現象的〈扁頭哪裡去？〉（阿濤）、〈腐魚群〉（金秋）、〈歸鄉〉（葉石濤）等作品，加之介紹外國作品的文章，可見「新文藝」的視野不僅包括海峽兩岸，也延伸到世界文學的視野。

　　「新文藝」副刊所涉及的文體類別，有小說、新詩、方言、歌謠、書信、散文、評論等，涵蓋面相當廣泛。特別是民

謠類作品的較多出現，成爲一個突出現象。蔡秋桐、高田等人都有民謠作品發表，其中多是台灣民謠，同時也涉及浙西等地的民謠。

　　楊逵這一時期執筆書寫的台灣民謠多達六首。其《童謠》所反映的台灣社會現實，是一幅典型的「朱門酒肉臭，路有凍死骨」的現象：

　　太太抱狗坐車跑／看顧門的抱銃跟著走／拖車的，大氣小氣，／拖到咐！咐！哮，／給伊拖到市場口，／太太進入市場／買肉來飼狗／老百姓，無米食／餓到叫！叫！哮！[73]

　　〈上任〉這首民謠所嘲諷抨擊的，則是靠裙帶關係任職的官僚體系：

　　今天上會去視事，／菜瓜藤，肉豆鬚，／也有姨太太，／也有大囝小叔合媳婦。／茶役，股員；／股長，課長合秘書，／應有盡有；／什麼貨都有，／也有爛鹽菜，／也有臭豆腐！[74]

　　這種寫作情形，標誌了楊逵在戰後初期編輯生涯中前所未有的創舉，它與楊逵走向民間，走向大衆，走向台灣鄉土的創作追求是一致的。一九四六年，楊逵創辦民衆出版社的時候，也曾預計出版《謝賴登歌集》、《陳君玉歌集》、《蔡德音歌集》，卻因故未能實現；如今在《新文藝》副刊上對民謠類創作的提倡，也可看作對上述文學思想的堅持和實踐吧！

〔1〕張深切：《里程碑（四）》，台中，聖工出版社，一九六一年十二月版，第四九〇頁。

〔2〕參見〈編輯後記〉，《台灣文藝》第二卷第八、九合併號，一九三五年八月。

〔3〕張星建：〈文聯的「公賊」〉，完稿於一九三五年六月二十四日，刊登於《台灣新聞》，發表時間不詳，可能在一九三五年六月底到七月初之間。

〔4〕〈楊逵、張深切，誰在說謊〉，原載《台灣新聞》，一九三五年六月十二日；〈不必打燈籠——文聯團體的組織問題〉，原載《台灣新聞》，一九三五年六月十九日；〈關於 SP〉，原載《台灣新聞》，一九三五年六月二十二日；〈團體與個人——幾點具體的提案〉，原載《台灣新聞》，一九三五年六月二十六日。上述文章皆收入《楊逵全集》第九卷（詩文卷·上），（台南）國立文化資產保存研究中心籌備處，二〇〇一年十二月出版，第二三二～二六六頁。

〔5〕張深切：《里程碑（四）》，台中，聖工出版社，一九六一年十二月版，第四九〇～四九一頁。

〔6〕藍紅綠，本名陳春麟，一九一一年生，南投埔里人，一九二六年曾赴東京讀書。一九三三年為埔里青年會文化戲編劇兼導演，同年以小說〈堅強地活下去〉進入文壇。一九三六年於《台灣新文學》發表小說〈邁向紳士之道〉和劇本《慈善家》。戰後曾任職於台灣電影戲劇公司與台灣合會埔里分公司，一九七三年退休。出版有《前輩作家藍紅綠作品集》。

〔7〕〈邁向紳士之道〉，主要描寫一個不滿現實的大學畢業生，其未來幻想與日常生活不能調和，夫妻之間屢屢發生衝突。小說透過對家庭瑣事的描述，極盡挖苦嘲諷之能事。

〔8〕吳濁流：〈「紳士への道」と「田園小景」〉，《台灣新文學》第一卷第六號，一九三六年七月第六〇頁。

〔9〕茉莉：〈台灣新文學六月號の作品ヒつぃ乙〉，《台灣新文學》第一卷第六號，一九三六年七月，第六三頁。

〔10〕河原功：《台灣新文學運動的展開——與日本文學的接點》，台北，全球科技圖書股份有限公司，二〇〇四年三月版，第二〇一頁。

〔11〕巫永福：〈日據時代台灣新文學運動和楊逵〉，收入王曉波編：《被顛倒的台灣歷史》，台北，帕米爾書店，一九八六年十一月版，第三四七頁。

〔12〕《張深切全集》卷二《里程碑》（下），台北，文經出版社有限公司，一九九八年一月版，第六二四頁。

〔13〕楊逵：〈個人想法的修正與兩三個願望〉，寫於一九三五年七月三十一日；收入《楊逵全集》第十三卷（未定稿卷），（台南）國立文化資產保存研究中心籌備處，二〇〇一年十二月版，第五五六頁。

〔14〕楊逵：〈個人想法的修正與兩三個願望〉，寫於一九三五年七月三十一日；收入《楊逵全集》第十三卷（未定稿卷），（台南）國立文化資產保存研究中心籌備處，二〇〇一年十二月版，第五五七～五五八頁。

〔15〕〈公告〉，《台灣文藝》第二卷第七號，一九三五年七月，第一九六頁。

〔16〕楊逵語，原載《台灣新文學》創刊詞（日文），一九三五年十二月二十七日；引自王詩琅：〈台灣新文學雜誌始末〉、〈台灣文學重建的問題〉（《王詩琅選集》第五卷），台北，海峽學術出版社，二〇〇三年五月版，第八二頁。

〔17〕鹽分地帶文學是以台灣省台南縣佳里鎮這一地域的地理特點而得名的，是人們對這一地區作家文學活動的概括，作為台灣鄉土文學的一個分支而存在。台南縣佳里鎮，地處台灣海峽之濱，此地土質含鹽量較大，被稱為「鹽分地帶」。這一地區多出文學人才，從三〇年代開始，湧現出吳新榮、郭水潭、徐清吉、王登山、林精鏐等一批作家，被稱為鹽分地帶文學「五大將。」

〔18〕楊逵：〈何謂報導文學〉，原載《台灣新民報》，一九三七年四月二十五日；收入《楊逵全集》第九卷（詩文卷・上），（台南）國立文化資產保存研究中心籌備處，二〇〇一年十二月版，第五〇三頁。

〔19〕楊逵：〈何謂報導文學〉，原載《台灣新民報》，一九三七年四月二十五日；收入《楊逵全集》第十一卷（詩文卷・上），（台南）國立文化資產保存研究中心籌備處，二〇〇一年十二月版，第五〇三頁。

〔20〕〈編輯後記〉，見《台灣新文學》第一卷第九號，一九三六年十一月。

〔21〕參見河原功：《台灣新文學運動的展開──與日本文學的接點》，台北，全球科技圖書股份有限公司，二〇〇四年三月版，第二〇六～二〇七頁；尹子亞：〈楊逵《台灣新文學》與無產階級文學運動〉及其附錄〈《台灣新文學》雜誌廣告一覽表〉，《第一屆全國台灣文學研究生學術研討會論文集》，第一八三～一八四頁，第一八九～一九一頁。

〔22〕見〈編輯後記〉，《台灣新文學》第一卷第五號，一九三六年六月。

〔23〕楊逵：〈台灣新文學的精神所在〉，原載《文季》第一卷第一期，一九八三年四月；收入《楊逵全集》第十四卷（資料卷），台南，國立文化中心資產研究保存中心籌備處，二〇〇一年十二月版，第三七頁。

〔24〕黃得時：〈台灣新文學運動概觀〉，原載《台北文物》三卷二期、三期、四卷二期；收入李南衡主編：《日據下台灣新文學明集‧五》，台北，明潭出版社，一九七九年三月版，第三二三頁。

〔25〕楊逵：〈台灣新文學的精神所在〉，原載《文季》第一卷第一期，一九八三年四月；收入《楊逵全集》第十四卷（資料卷），台南，國立文化中心資產研究保存中心籌備處，二〇〇一年十二月版，第三六～三七頁。

〔26〕參見吳純嘉：《人民導報研究（一九四六～一九四七）——兼論其反映出的戰後初期台灣政治、經濟與社會文化變遷》之第一章《日治時期到戰後初期（一九四五～一九四七）台灣報業情形》，台灣，中央大學歷史所碩士論文，一九九九年七月，第五五頁。

〔27〕何義麟：〈戰後初期台灣出版事業發展之傳承與移植（一九四五～一九五〇）〉，《台灣史料研究》第十號，一九九七年十二月，第五頁。

〔28〕據葉芸芸〈試論戰後初期台灣知識分子及其文學活動〉，收入台灣文學研究會主編：《先人之血，土地之花》，台北，前衛出版社，一九八九年八月版，第六三～六八頁。

〔29〕葉芸芸：〈試論戰後初期台灣知識分子及其文學活動〉，收入台灣文學研究會主編：《先人之血，土地之花》，台北，前衛出版社，一九八九年八月版，第六三頁。

〔30〕楊逵：〈我的三十年〉，原載《聯合文學》第一卷第八期，一九八五年六月一日。

〔31〕葉芸芸：〈試論戰後初期台灣知識分子及其文學活動〉，收入台灣文學研究會主編：《先人之血，土地之花》，台北，前衛出版社，一九八九年八月版，第六三頁。

〔32〕轉引自呂正惠、趙遐秋主編：《台灣新文學思潮史綱》，昆侖出版社，二〇〇二年一月版，第一三八頁。

〔33〕楊資崩：〈我的父親楊逵〉，原載《聯合報》一九八六年八月七日，第八版。

〔34〕鍾天啟（鍾逸人）：〈瓦窯寮裡的楊逵〉，原載《自立晚報》一九
八五年三月二十九日。收入陳芳明編：《楊逵的文學生涯》，台
北，前衛出版社，一九八八年九月十五日版。第三〇七頁。

〔35〕池田敏雄：〈戰敗後日記〉，《台灣文藝》，第八五期，第一八
六頁。

〔36〕楊逵：〈「日據時代的台灣文學與抗日運動」座談會書面意見〉，
寫於一九七四年十月三十日；收入《楊逵全集》第十卷（詩文卷·
下），（台南）國立文化資產保存研究中心籌備處，二〇〇一年十
二月，第三九〇頁。

〔37〕楊逵：〈壓不扁的玫瑰花——楊逵訪談錄〉，原載《美麗島》第三
期，一九八二年十月三十日；收入《楊逵全集》第十四卷（資料
卷），（台南）國立文化資產保存研究中心籌備處，二〇〇一年十
二月，第二二二頁。

〔38〕台灣話文，意謂「易如反掌」。

〔39〕楊逵：〈編者按〉，原載《一陽周刊》第九號，一九四五年十一月
七日；收入《楊逵全集》第十卷（詩文卷·下）台南，國立文化資
產研究中心籌備處，二〇〇一年十二月版，第二一一～二一二頁。

〔40〕李上根，浙江東陽人，抗日初期中央軍校三分校十六期畢業，曾任
軍事記者及台中《掃蕩簡報》負責人。參見王思翔：〈台灣一
年〉，收於周夢江、王思翔著：《台灣舊事》，台北，時報文化出
版公司，一九九五年四月版，第一二頁。

〔41〕樓憲，一九〇八年生，筆名尹庚，參加過中國左翼作家聯盟，曾任
台中二中校長。

〔42〕王思翔，筆名張禹，浙江平陽人，一九二二年生。一九四五年秋，
因在杭州《東南日報》揭發平陽縣縣長貪污罪行，被指為共產黨頭
目而逃亡。一九四六年春天來台，是中國民主同盟和台灣民主自治
同盟地下活動時期的成員。出版通訊《台灣二月革命記》、通俗讀
物《我們的台灣》、雜文集《台灣舊事》、《從心隨筆》等。

〔43〕周夢江，一九二二年生，原名周大川，浙江平陽人，與王思翔為表
兄弟。

〔44〕周夢江：《緬懷謝雪紅》，周夢江、王思翔著：《台灣舊事》，台
北，時報文化出版公司，一九九五年四月版，第一一九頁。

〔45〕周夢江、王思翔著：《台灣舊事》，台北，時報文化出版公司，一
九九五年四月版，第六二頁。

〔46〕徐秀慧：《戰後初期台灣的文化場域與文學思潮的考察（一九四五～一九四九）》，（台灣）清華大學博士論文，二〇〇四年七月，第一〇四頁。

〔47〕張煦本：〈工作在浙西及台灣〉，《掃蕩二十年──掃蕩報的歷史記錄》，台北，中華文化基金會，一九七八年十一月，第三〇頁。

〔48〕秦賢次：〈《新知識》導言〉，原載《新知識》第一期，一九四六年八月十五日。

〔49〕王思翔：〈台灣一年〉，收於周夢江、王思翔著：《台灣舊事》，台北，時報文化出版公司，一九九五年四月版，第二八頁。

〔50〕張禹（王思翔）：〈一幅半個世紀前的插圖〉，原載《江淮日報》，一九九四年九月十六日；收入《從心隨筆》，北京，中國致公出版社，二〇〇三年六月版，第一二〇～一二一頁。

〔51〕楊逵：〈為此一年哭〉，原載《新知識》創刊號，一九四六年八月；收入《楊逵全集》第十卷（詩文卷‧下），台南，國立文化資產研究保存中心籌備處，二〇〇一年十二月版，第二二九頁。

〔52〕楊逵：〈為此一年哭〉，原載《新知識》創刊號，一九四六年八月；收入《楊逵全集》第十卷（詩文卷‧下），台南，國立文化資產研究保存中心籌備處，二〇〇一年十二月版，第二二九頁。

〔53〕李純青（一九〇八～一九九〇），祖籍台灣，生於福建省安溪縣，以後來往於海峽兩岸。一九三三年畢業於南京中央政治大學，一九三四年加入中國共產黨，任民族武裝自衛會閩南分會組織部長，同年進東京大學社會系。翌年九月回中國參加抗戰，先後在上海、重慶、香港任《大公報》主筆，負責撰寫社評及專欄文章，為當時著名評論家。發動組織「台灣革命同盟會」，為台灣光復預作準備。抗戰勝利後返台參加受降典禮，並率記者團巡迴全島訪問。一九四五年李萬居創辦《台灣新生報》之初，曾邀請李純青擔任主筆之一。主編《台灣評論》，一九四六年在台北出版評論集《獻曝》。「二二八事件」之後，在上海報刊撰文聲援，支持台灣人民的愛國民主運動。

〔54〕徐秀慧：《戰後初期台灣的文化場域與文學思潮的考察》（一九四五～一九四九），台灣，國立清華大學博士論文，二〇〇四年七月，第一四〇頁。

〔55〕藍更與，本名藍運登，一九一二年生，台中人。台中師範學校畢業後赴日學畫，曾任《台南新聞》文教新聞記者，戰後一度從事製藥業，晚年重拾畫筆。

〔56〕〈卷頭語〉，原載《文化交流》第一期，一九四七年一月十五日出
　　版。轉引自葉石濤：《接續祖國臍帶之後》，收入《走向台灣文
　　學》，台北，自立晚報文化出版社，一九九〇年三月版，第一六～
　　一七頁。

〔57〕耳氏，本名陳廷詩（一九一六～二〇〇二），生於福建長樂官宦世
　　家，八歲因病而失聰。戰後隨軍來台，曾服務於報社及圖書館，一
　　九五八年後專業從事創作，為台灣著名現代版畫藝術家。

〔58〕張禹：〈憶楊逵〉，原載《清明》，一九八〇年第三期。收入《從
　　心隨筆》，中國致公出版社，二〇〇三年六月版，第七頁。

〔59〕下村作次郎：〈台灣作家與中國新文學〉，收入《台灣文學集》
　　（一），高雄，春暉出版社，一九九六年八月版，第三三頁。

〔60〕楊逵語，見〈壓不扁的玫瑰花——楊逵訪談錄〉，原載《美麗島》
　　第三期，一九八二年十月三十日。收入《楊逵全集》第十四卷（資
　　料卷），（台南）國立文化資產保存研究中心籌備處，二〇〇一年
　　十二月版，第二二三頁。

〔61〕參見《中國文藝叢書》第二輯及第六輯蘇維熊的〈中日對照中國文
　　藝叢書發刊序〉，轉引自下村作次郎：〈台灣作家與中國新文
　　學〉，收入《台灣文學集》（一），高雄，春暉出版社，一九九六
　　年八月版，第三五～三六頁。

〔62〕黃惠禎：〈楊逵與戰後初期台灣新文學的重建——以「台灣文學叢
　　刊」為中心的歷史考察〉，收入《楊逵文學國際學術研討會論文
　　集》，二〇〇四年六月。

〔63〕轉引自林梵：《楊逵畫像》，台北，筆架山出版社，一九七八年九
　　月版，第一四八～一四九頁。

〔64〕史民〈賴和在台灣是革命傳統〉，原載《台灣文學叢刊》第二期，
　　一九四八年十月八日，第一二頁。

〔65〕楊逵：〈「台灣文學」問答〉，原載《新生報》「橋」副刊，一九
　　四八年六月二十五日。

〔66〕范泉評價，原載《文藝春秋》第五卷第五期，一九四七年十一月；
　　轉引自橫地剛：〈范泉的台灣認識——四〇年代後期台灣的文學狀
　　況〉，陳映真編：《告別革命文學？》，台北，人間出版社，二〇
　　〇三年十二月版，第八九頁。

〔67〕楊逵：〈「台灣文學」問答〉，原載《新生報》「橋」副刊，一九
　　四八年六月二十五日。

〔68〕張友繩,一九二二年生,浙江浦江人。抗戰時參加青年軍,曾響應國民黨政府號召,赴新疆推動文化建設而遭逢伊犁事變。「二二八事件」之後來台,於台中辦《台灣力行報》。「四六事件」時被警總偵訊。

〔69〕參見徐秀慧:《戰後初期台灣的文化場域與文學思潮的考察(一九四五~一九四九)》,台灣,國立清華大學博士論文,二〇〇四年七月,第一〇五頁。

〔70〕參見何義麟:《媒介真實與歷史想像——解讀一九五〇年代台灣地方報紙》之附錄〈國立台中圖書館珍藏十八種報刊簡介〉,《台灣史料研究》第二四號,二〇〇五年三月,第一八頁。

〔71〕楊逵:〈論「反映現實」〉,原載《台灣力行報》「新文藝」副刊,第十九期,一九四八年十一月十一日。

〔72〕楊逵:〈求徵「實在的故事」〉,原載《台灣力行報》「新文藝」副刊第八期,一九四八年九月二十日。

〔73〕楊逵:〈童謠〉,原載《台灣力行報》「新文學」副刊,一九四八年八月九日。

〔74〕楊逵:〈上任〉,原載《台灣力行報》「新文學」副刊,一九四八年八月九日。

第五章
文藝批評：楊逵的理論戰場

　　楊逵在台灣文壇，一向具有小說家、劇作家、編輯人、翻譯者等多元文學身份，並多以左翼小說家形象的歷史定位被人們普遍認知。其實，楊逵一生中還有大量的文藝批評論述，見證了他作為文學批評家的另一種文學形象。也就是說，楊逵不僅用文學作品言說社會與人生，也在用文學的理論與批評來言說文學。

　　在洋洋大觀的十四卷《楊逵全集》中，根據第九卷（詩文卷·上）、第十卷（詩文卷·下）、第十三卷（未定稿卷）、第十四卷（資料卷）統計，楊逵平生大約寫了九十一篇文藝理論批評文章，其中公開發表的就有七十九篇。這種文學理論構建與文學批評活動貫穿了楊逵的一生，無論是活躍於文壇的時期，還是隱居首陽農園的歲月，甚至是囚禁綠島監獄的日子，直到生命的最後時光，他都在堅持這種文學的思考與言說，並不斷形成楊逵「文學批評」書寫的高潮。

　　具體來看，楊逵的文藝評論寫作，日據時代主要集中於一九三四年十月至一九四五年三月，這段時間共創作六十二篇，扣除期間一九三七年九月至一九四一年初因為時局、疾病和家事而導致的「書寫空窗期」，平均每年七篇；楊逵光復以後的

這種創作，多在一九四六年五月至一九四八年十二月期間進行，寫作總量為十二篇；綠島時期的楊逵，一九五六至一九五七年期間所寫的文藝評論為十一篇；進入七〇年代以後，從一九七四年至一九八五年，楊逵共寫了六篇文藝評論。

由此可知，楊逵對於文學理論建設的自覺，對於文學批評場域的積極介入，為台灣新文學批評史的書寫提供了多麼豐富的精神資源和文學批評話語。

一、文學理念：寫實的、大眾的、草根的文學

楊逵的左翼文學理念主要形成於二十世紀三〇年代，它與這一時期台灣無產階級文化啟蒙運動的沛然興起，不無內在聯繫。

二十世紀三〇年代，左翼文學高潮的形成與高漲成為一種世界範圍的現象，馬克思主義在世界各個領域的廣泛傳播，直接推動了二、三〇年代國際無產階級運動的發展，並改寫了整個人類歷史的進程。在此基礎上誕生的各國無產階級風潮，不僅讓「普羅文學」、「革命文學」、「左翼文學」、「無產階級文學」成為這一時期文壇的流行語，而且帶來了「紅色的三〇年代」。

在這種國際無產階級文學思潮中，中國大陸左翼文學的誕生過程與發展模式，直接受到蘇聯無產階級文學和日本左翼文學的影響。從蘇聯「拉普」[1]所推崇的帶有絕對性的「辯證唯物主義創作方法」，到日本「納普」[2]所提出的建立「為無產階級解放事業服務的階級文學」，再至日本「克普」[3]所主張的無產階級現實主義理論，上述文學理念與創作實踐的成敗得失，正確謬誤，都對中國大陸左翼文學主潮的形成起到導向性

作用。而台灣文化界自二〇年代新文學運動發軔以來，對祖國大陸以及日本的社會情勢乃至國際新思潮，一直保持了密切關注。三〇年代的這股世界性的普羅文學思潮，特別是中國大陸與日本的左翼文學流向，不能不波及到台灣島內。

　　台灣左翼文學運動的發生，有其深厚的社會歷史背景，它無疑是世界性左翼文學運動中的一個環節。二〇年代的台灣，馬克思主義理論在島內的引進傳播和工農運動的高漲成爲當時社會革命的突出現象，它爲三〇年代的普羅文學運動奠定了基礎。一九二八年四月十五日，由林木順、翁澤生、林日高、潘欽信、陳來旺、張茂良、謝雪紅等七人於上海正式成立了「日本共產黨台灣民族支部」（台共），「台灣文化協會」也由此轉向台灣共產黨的外圍組織。一九三〇年六月二十一日，由台灣共產黨員王萬得主倡，與陳兩家、周合源、江森鈺、張朝基等五人，出資創辦了《伍人報》。此報以抨擊時弊、宣揚民族意識和社會主義爲方向，投稿與傳播網絡在台灣有七十餘所之多，並與日本的普羅文藝團體和報刊保持了密切的聯絡，由此成爲台灣無產階級文藝運動的先驅。僅在一九三〇年這一年，台灣進步文化界就有《伍人報》、《台灣戰線》、《洪水》、《明日》、《現代生活》、《赤道》、《新台灣戰線》等七種宣揚普羅文學精神的報刊問世，足以見得當時台灣普羅文藝運動勢頭之迅猛。一九三一年，受日本「納普」機關報《戰線》的影響，由台灣作家以及在台的日本作家王詩琅、張維賢、周合源、平山勛、湯口政文等人成立了「台灣文藝作家協會」，發行《台灣文學》雜誌，力主在殖民地樹立革命文學，更具有國際普羅文學運動的統一戰線色彩。上述文學報刊後來雖因官方查禁而迅速停刊，普羅文化運動的推行已由此趨向衰落，但

普羅文藝觀念還是在台灣文化界傳播開來，並對台灣文學作家的創作路向發生明顯的引導作用。

一九三四年，〈送報伕〉在日本普羅文學雜誌《文學評論》發表並獲獎，楊逵也從此進入了理論言說的高潮期，僅一九三四年十月至一九三五年十一月，一年之間就有二十五篇文藝評論發表。這些文章，既發掘了普羅文學的理論資源，也審視和反思了普羅文學存在的問題。日本普羅文藝理論家藏原惟人的「新寫實主義」，以及左翼作家德永直等人的文學主張，都直接或間接地影響了楊逵的文學理念。楊逵的評論文章中，經常引述到日本普羅文學家的觀點。這一時期，楊逵與日本普羅文學界的聯繫也日益密切起來。一九三四年創刊的日本普羅文學雜誌《文學評論》以及翌年創刊的《文學案內》，其刊物園地中的文學同仁，日後都成為楊逵創辦《台灣新文學》所開拓的作家資源。楊逵三〇年代的文學評論，除部分文章發表於《台灣新聞》、《台灣新民報》、《台灣文藝》、《台灣新文學》雜誌外，相當數量的評論文章刊載於日本東京的《文學評論》、《文學案內》、《行動》、《新潮》、《社會評論》、《進步》、《時局新聞》、《土曜日》、《星座》、《日本學藝新聞》、《文藝首都》、《人民文庫》、《現代新聞批判》等刊物上。上述情形，不僅奠定了楊逵在台灣新文學運動中的地位，也使當時已經走向低谷的普羅文學思潮出現了新的生機。

具體到楊逵的文藝理念，它主要分為三種路向：

第一，對寫實主義文學觀的認同與推崇，是楊逵終生堅持的文藝路線。

作為一個普羅文學家，楊逵的寫實主義文學觀，是對台灣新文學精神的深刻認知和對作家創作使命的勇敢承擔。基於殖

民地人民的生存經驗，「噍吧哖事件」的慘痛記憶和看到《台灣匪志》時的心靈震撼，讓楊逵從小就立下了用文學來糾正被殖民統治者歪曲了的歷史的志向。躋身文壇後，楊逵對台灣新文學的精神，有了更為深刻的理解，那就是「自始至終即以抗日、反殖民統治的武力壓迫和經濟壓榨為前提；以關懷絕大多數被欺凌被掠奪的大眾生活為骨肉；以爭取民族自決、返歸祖國、建立平等合理的生活為最終目標。」[4] 既然「台灣新文學運動的歷史是針對吟風弄月、無病呻吟之類的文學遊戲而產生的，對文學的第一要求是『吶喊』」。[5] 要創作這種反映時代、帶動時代的「吶喊」文學，殖民地作家必須描寫殖民地台灣的真實面貌；而要擔當這種文學使命，就必須遵循寫實主義的創作道路。因為無數文學發展的歷史事實證明了：「寫實、激進、偉大的社會變革小說才是世界文學的好傳統，在世界含有共通性。」[6]「進步的文學原本就是主動積極的，也就是現實主義。」[7]

要實現寫實主義的文學觀，取決於什麼途徑與原則呢？

楊逵在〈台灣文壇近況〉、〈作家・生活・社會〉、〈擁護糞便現實主義〉、〈新文學管見〉、〈「實在的故事」問答〉、〈論「反映現實」〉、〈論文學與生活〉、〈文章的味道〉、〈文章的真實性〉等一系列論述中，集中表明了自己的觀點。其一，從文學本源論的角度，楊逵認為：生活是創作的源泉，寫實主義文學必須從生活本身出發。其二，以作家的創作主體而言，要真正地擁有生活，正確地反映現實，作家的人生態度、寫作立場和藝術良知，往往決定著寫實主義文學的創作面貌。楊逵「認為文學作品除了反映時代之外，還要進一步帶動時代。」[8] 在他看來：

讀文學的人，創作文學的人，都是從生活中出發。

（〈台灣文壇近況〉，一九三五年十一月）

真正的現實主義終究要立足在現實之中，使浪漫得以滋生；真正的現實主義不是虛無主義者的那種自然主義，它沒有大愛是不會出現的。

（〈擁護糞便現實主義〉，一九四三年七月）

體現更多的現實生活，是作為作家最重要的一個條件。

（〈作家‧生活‧社會〉，一九三四年六月二十一日）

這不僅是「寫」的問題，根本就是生活的態度。

（〈「實在的故事」問答〉，一九四八年十月十一日）

真正的寫實主義是要捕捉真實狀態下人與社會、或人與人之間的關係。

（〈新文學管見〉，一九三五年六月）

一篇作品為要反映現實，作者須要確切認識現實。

（〈論「反映現實」〉，一九四八年十一月十一日）

文學須要反映現實，似乎已成為定論，而什麼叫做現實，各人有各人的立場，更因其主觀的願望的高低當然也有等級。

文學本身沒有比生活較高尚的因素，高尚的文學就是由高尚的人生態度產生出來的東西。

（〈論文學與生活〉，一九四八年十二月四日）

　　事實上，楊逵對現實主義文學的理解，經歷了寫實主義
——眞實的寫實主義——糞便現實主義——理想的現實主義的
演變過程，它是在台灣新文學運動的實踐中不斷發展完善的。
爲了區別於三〇年代文壇上流行的那種被認爲是自然主義末流
的低俗寫實主義，也爲了團結更多的作家，推動文藝大衆化，
楊逵認爲應該把充滿意識形態色彩的社會主義現實主義，改稱
之爲「眞實的寫實主義」。四〇年代初期，在駁斥西川滿打壓
台灣現實主義創作的論戰中，楊逵旗幟鮮明地提出擁護「糞便
現實主義」主張；楊逵晚年，則更傾向於「理想的現實主義」。

　　基於寫實主義的文學觀，楊逵對報導文學這種文體類型情
有獨鍾。報導文學所具備的觀察、思考、生活三位一體的性
質，使其帶有濃厚的寫實色彩，更爲楊逵所重視，並成爲其寫
實主義文學觀的重要組成內容。一九三六年，楊逵主辦的《台
灣新文學》一經創刊，即曾設置「鄉土素描」與「街頭寫眞」
欄目，並在日後登載「募集報導文學」的啓事。一九三七年二
月至六月，楊逵連續發表了〈談「報導文學」〉、〈何謂報導
文學〉、〈報導文學問答〉三篇文章，大力倡導報導文學寫
作。他從文學理論角度，對報導文學的概念、性質、特點和作
用進行了深刻闡釋，由此成爲台灣報導文學的首倡者。不僅如
此，他在一九三五年發表的〈台灣地震災區勘察慰問記〉、〈逐
漸被遺忘的災區——台灣地震災區劫後情況〉，還以報導文學
理論的實踐，開啓了台灣新文學史上報導文學創作的新篇章。

　　何謂報導文學？

　　楊逵的文章開宗明義：「報導文學顧名思義，是筆者以報
導的方式，就其周邊、其村鎮，或當地所發生的事情所寫下來
的文學。」「報導文學可說是最簡單、最自由奔放的寫作方

式：其素材之豐富多樣性也具有社會生活的豐富與多樣性，因此是反映時代生活的最佳文學形式。」[9]

如何認識報導文學的性質和特點？

楊逵的觀點明確而深刻：「寫實是報導文學的生命」。「但報導文學要作為文學的話，必須要有某種程度的形象。將某一事物或事件以生動的姿態，讓讀者深刻地印在腦海裡，這就是文學的生命。」故創作者切不可忽視「報導文學的必備條件：思考和觀察的兩位一體，以及豐富的社會生活的必要。」[10]具體言之，其特點在於：「第一，極為重視讀者（閱讀報導的人）；第二，以事實的報導為基礎；第三，筆者對應該報導的事實，必須熱心以主觀的見解向人傳達。……為求盡善盡美，報導文學雖然允許對事實做適度的處理與取捨，但絕不允許憑空虛構。」[11]

值得注意的是，楊逵的報導文學理論不是孤立為之，而是在與小說、通訊、新聞報導等多種文學體式的比較中展開闡釋，在中國、日本乃至世界文壇的報導文學格局中進行觀照，這就讓台灣的報導文學理論擁有了深廣的參照視野。楊逵所期望的報導文學創作，是能夠網絡各行各業的社會人士，寫出最完備的社會地圖與文學地圖。它既為台灣文壇上寫實主義文學經典的創造，奠定扎實的文學基礎工作，也為提升台灣的文化，最終將台灣作家推向世界文學的舞台，提供新的視窗。

第二，對文學大眾化傳統的強調與傳承，是楊逵普羅文藝觀的集中體現。

文藝大眾化的問題，是蘇聯、日本、中國左翼文學陣營努力倡導又爭論不休的議題，台灣普羅文學界也不例外。進入三〇年代以後，隨著左翼刊物的相繼創辦，正式樹立了普羅文

學的旗幟。《伍人報》成為當時第一個標舉「文藝大眾化」的理念的刊物，「文藝大眾化」也很快主導了三○年代的文學路線。一九三一年六月，以別所孝二為首的「台灣文藝作家協會」結盟，創立當天的會場上貼有「朝向文藝大眾化」的標語；一九三二年一月《南音》創刊時，即直陳負有文藝大眾化的使命；一九三四年五月台灣文藝聯盟召開成立大會時，牆上書寫的標語就是：「推翻腐敗文學，實現文藝大眾化。」在文藝大眾化的時代潮流中，楊逵始終是堅定不移的倡導者。

楊逵的文藝大眾化理念，首先是基於普羅文學立場的解讀，同時也是在三○年代台灣文壇的文藝論爭中確立的，所以它具有強烈的現實針對性，一刻也沒有脫離台灣新文學運動的進程與實踐。

關於普羅文學是為誰而寫的問題，楊逵明確提出：「新的文學是勞工階級的文學」[12]，「從歷史的使命來看，普羅文學本來就應該以勞動者、農民、小市民作為讀者而寫。」[13]文學藝術屬於大眾，「真正鑑賞藝術的是大眾，只有少數人理解的不是藝術！真正的藝術是擄獲大眾的感情、撼動他們的心魂的作品。」[14]

不過，楊逵沒有把文藝大眾化絕對化，普羅文學雖然是為無產階級代言，但它並非只能描寫無產階級，而是要以勞動者的立場和世界觀去書寫不同階級、不同階層的人。

台灣文藝聯盟成立後不久，在文藝大眾化的論爭中，針對「大眾」為何、「大眾文藝」內涵等問題，楊逵與張深切、劉捷等人曾經展開了一場論辯。楊逵的「大眾」，是指相對於資產階級的無產階級，即「第四階級」；張深切的「大眾」，則是相對於貴族階級的市民階級，也就是「第三階級」。言及

「大衆文藝」，張深切認爲它是具有市民階級傾向的通俗文
學，其作用在於娛樂大衆；而楊逵則明確指出，「大衆文藝」
就是普羅文學，是以無產階級立場來書寫民衆心聲的文學。當
它眞正打動大衆的時候，它就是最崇高的藝術。「捉住大衆」
的表現方法，這正是台灣新文學所面臨的最迫切而緊急的任
務，「解決不了這個問題，普羅文學就永遠都是一種象牙塔式
的存在，到最後都脫離不了博物館式的存在。」〔15〕

　　楊逵的文藝大衆化理念，從三〇年代創辦《台灣新文學》
致力於解決文學品質的提升和大衆化等問題，到戰後初期支持
麥浪歌詠隊，推崇「從人民中間來，到人民中間去」的文藝路
線；從四〇年代末期加入《台灣新生報》「橋」副刊的討論，
繼續呼籲文藝大衆化創作，到八〇年代前半期提出草根文學主
張，深化與提升文藝大衆化命題，在台灣左翼文化與文學傳
統的傳承中，楊逵無疑是用畢生追求來維繫這一傳統的關鍵
性人物。

　　第三，對「草根文學」的闡釋與倡導，標誌了楊逵晚年文
藝理念的新發展與總概括。

　　進入八〇年代以後，楊逵雖然已是高齡老人，仍舊沒有放
棄他在夕陽窗下的文學思考。一九八二年八月二十二日，楊逵
應邀赴美，參加愛荷華大學國際寫作中心計畫的文學活動。訪
美期間，楊逵於九月十二日下午在哥倫比亞大學做了《草根文
化與草根文學》的演講；十月三十日下午，楊逵受南加州台灣
同鄉會、台灣文學研究會之邀，在洛杉磯做了「壓不扁的玫瑰
花」的演講。在這兩次演講中，楊逵首次提出了「草根文學」
的主張。之後，從一九八三年四月發表〈台灣新文學的精神所
在〉，到一九八三年十一月發表訪談錄《追求一個沒有壓迫，

沒有剝削的社會》，終至一九八五年三月收入《壓不扁的玫瑰花》一書的〈「草根文化」的再出發——從文學到政治〉，可以說，楊逵是通過回眸台灣新文學的歷史，觀照台灣當下文壇的創作，融入自己畢生從事社會運動和文學事業的生命經驗，來讓「草根文學」的主張愈發成形、完善、堅定。楊逵畢生追求的「文學的社會性」、「文藝的大眾化」、「評論的庶民化」等文藝理念，在其生命的最後歲月中，以時代與鄉土的匯合，達到新的提升和超越。

楊逵的「草根文學」理念的提出，有其深刻的社會歷史背景和現實生活意義。由農業戰線上推動底層鄉村工作的「草根大使」形象的啟發，聯想起自己當年充當政治運動與文化運動的「草根大使」經驗，並有感於八〇年代台灣文壇「草根性」斷失所造成的畸形現象，楊逵以一個世紀老人的眼光，更以一個畢生追求普羅文藝理念的文學家胸襟，明確主張「草根文學」理念，大力疾呼今天「文化的草根大使」來一次熱熱烈烈的再出發。

楊逵如是說：

我希望文藝創作或文化都應該效法農業上的「草根大使」，利用各種帶有「草根性」的場所舉辦集會、交流經驗、體驗生活，把作品扎根於鄉土。我們不要宮廷文學、不要貴族文學。[16]

草根文學的理念，與八〇年代台灣過於「純」的「純文學」是針鋒相對的：

　　所謂「純文學」，可以說是文學作者的象牙塔，它的弊病是：第一，「純」技巧的炫弄；第二，使用的語言與現時社會不合；第三，強引入外來觀念，不能夠貼切反應此時此地一般人的意識內容。七十年以來的鄉土文學運動，曾經對這些毛病作過不少的針砭。我願更徹底地提出「草根文學」的主張來。[17]

　　何謂草根文學？楊逵對其概念性質要點作了全面界定和闡釋：

　　所謂草根文學，簡單地說，就是將我們日常生活中周圍所發生的實際狀況真實地描寫下來的文學，也就是要反映真實的人民生活與社會狀況的文學。[18]

　　「草根文學」要點何在？楊逵的認知簡潔而明確：

　　第一，使用通俗的語言，平實的技巧，讓一般識字的人看得懂，念給文盲也聽得懂。
　　第二，情節要帶有趣味性，能夠吸引讀者有繼續讀下去的興趣。
　　第三，取材於一般人日常生活，反映時代的社會事實，健康的，能振奮人心的。[19]

　　如何才能實現「草根文學」？楊逵從「草根作家」、「草根文化」、「草根政治」三個層面上提出建言，頗有建設性地描繪出文化藍圖，藉以闡發楊逵及其這一代新文學作家畢生為之追求的文學理想。楊逵如是說：

　　我要鼓勵所有寫作者「多多下鄉，並且多多參與勞動，實
際跟土地接觸，跟群眾接觸」，這樣才能避免在象牙塔裡幻
想，與實際現實脫節現象發生，這樣的真實生命、真實感觸的
作品也才能獲得讀者大眾的共鳴與接受。[20]

　　文學作者與其坐待「認同」，不如主動出發，做個「文學
的草根大使」，跨出自己的斗室，走入群眾中，並且動員漫畫
家、民謠家、雕刻家、舞蹈家等，配合各種藝術形式，在各種
不同的場合走動、宣傳，來喚起群眾的興趣。這是從文學擴展
到整個文化層面，必須這樣實踐做去，「草根性」才能往下扎
根、落實。[21]

　　具體到草根文化的實踐途徑，楊逵從自身的經驗，到民間
的記憶，多方面發掘了來自鄉土台灣的民間文化藝術資源，並
在此基礎上，特別提出了「文化村」的理想。楊逵晚年夢寐以
求的，是能夠在東海花園的土地上創建一座「文化村」，讓文
學家在這裡寫作，並用「演出」的方式發表自己的作品；讓民
謠家演奏自作的曲子，並廣為錄音、傳播；讓雕塑家的創作，
畫家的寫生，激發更鮮活的藝術教學，喚起民間的人群和年輕
朋友們的藝術創造興趣。然後，辦個實驗劇場，讓各種藝術家
通力合作，帶動更多的人一起來參與。在楊逵的心目中：

　　「文化村」的理想，是『理想社會』的一個小模型。讓每
一個人體會自己的創發性：自己做自己的主人，自己便是這個
社會的『頭家』」。[22]

從文化的「草根性」聯想到政治的「草根性」，楊逵認為爭取自由民主的政治運動，完全可以和「草根文化」活動相結合，諸如通過在各鄉鎮創設「草根機構」，興辦各種形式的來自民間的文學藝術活動，「在平常日子中扎根、落實，結合各種文化活動，在『育』『樂』之間，把民主自由的種籽散到每一個角落去！」「要建設一個民主自由的快樂、和平的新社會，需要多方面的共同努力，民主政治需要把『民主』，確確實實落實了它的『草根性』，才能算是真正的民主政治。」[23]

總的看來，楊逵的一系列文學論述，從三○年代的「文學社會性」、「文藝的大眾化」主張，到光復之後的台灣新文學重建思想、再至八○年代的「草根文學」理念，它蘊含了楊逵從一個奔突吶喊的普羅文學家，到作為「人道的社會主義理想家」的精神歷程，寄寓了楊逵旨在構建台灣新文學史上文學批評理論，直到生命的最後歲月也不言放棄的全部努力。在上述文學理念的演變中，文學的寫實精神、時代色彩與廣泛的人民性，以其一脈相承的精神血緣，成為其永遠不變的生命內核。

二、文學評論：從文學標準到批評實踐

一九三七年七月，當時正在日本的楊逵與〈植有木瓜樹的小鎮〉的作者龍瑛宗，經《日本學藝新聞》雜誌社的安排，首度在東京會面，並討論了台灣新文學相關之種種。有感於台灣新文學批評環節的薄弱，龍瑛宗建議楊逵：「我想你應該做一點評論。因為實際上台灣似乎沒有像樣的評論家。你如果用評論來領導台灣的作家……」[24] 從這段對談可知，三○年代台灣文壇上的楊逵，在龍瑛宗這種有成就的作家心目中，足以能夠擔當「用評論來領導台灣的作家」的責任。

　　台灣新文學運動的發展過程中，楊逵的文藝批評始終扮演著重要的理論角色。他對文藝批評寄寓殷切的希望，期待著「一出現值得矚目的作品，評論家便展開研討爭論，這種檢討論爭是我們日後發展的一個理論的方向。」〔25〕無論是在文壇批評的活躍期，還是面對批評現狀的沉寂，楊逵都不斷地激揚文字，揮灑熱辯，爲文學批評的振興鼓與呼。楊逵的文學批評往往置身於台灣新文學運動的現實場域，以文學現象的具體考察和作家作品的針對性評論爲出發點，始終堅持「評論的庶民化」路線，深入淺出，切中時弊，又不乏文藝理論高度的觀照。文章字裡行間所跳動的，是特定時代的文藝脈搏；其中貫穿的，是楊逵的普羅文藝觀在批評場域的實現。

　　楊逵的文藝批評，首先針對文壇評論的弊病而發言。三〇年代的台灣文壇上，文學批評時弊的集中表現，一是喜歡搬弄流行詞句術語的概念式批評，整篇評論不知所云；二是過度講究細節的肢解式批評，沉溺於雕蟲小技，重視咬文嚼字，讓文學批評失去了內在的精神和生命的活力；三是脫離大衆鑒賞視野的書齋式批評，導致文學評論過於偏重知識分子，進入「桌上文學評論」的狹小天地。而對於四〇年代台灣文學的過渡期來說，批評界的沉寂與滯後反應，以及一味否定式的發泄式評論，則是影響文學創作發展的重要因素。

　　直面文藝批評界的現狀，楊逵針鋒相對地發表自己的見解，並融入了他對於文藝批評標準、文學評論的道路、文學評論的作用，以及評論家、作家、讀者的互動關係等一系列命題的思考。在楊逵的批評視野中，他堅持這樣的觀點：

　　批評家或者作家在批評、分析一部作品的目的，應該是追

究該作品主題的社會性、主題發揮的程度、讀者的反響、或者未得好評的原因，來作為自己或別人創作時的參考，同時提高讀者的水準。[26]

這裡所說的「評論」，不應該是時下流行的這種發泄式的言論。評論必須能夠具體地剖析現有的作品，能夠給予作品好的引導。我們所期待的是這樣的評論，……期待它「振興萎靡的台灣文學，更新台灣文學，喚醒台灣文學，進而開創新局面。」[27]

在文學評論與大眾的關係上，楊逵認為，我們除了關注批評家的觀點外，更應該特別傾聽一般讀者、勞動者和農民的聲音。楊逵如是說：

現在的文學評論過於偏重知識分子，應該多為勞動者而寫。我也認為這才是普羅文學評論的正確道路。而且只有選擇這樣的道路，才是扭轉時下風氣的唯一途徑……也是打破文壇文學的不二法門，讓文學回歸到真正藝術的道路之唯一的方法。[28]

在創作與批評的關係上，楊逵尖銳地提出：是作品的存在為了批評家，還是批評家的存在為了作品？他認為，「好的作品會激發評論家的熱情，好的評論能給作家好的影響，兩者之間具有這種相輔相成的關係。」[29]他相信，「有生氣的評論必定能夠喚起文學創作、詩、電影、美術、音樂等各部門的活力。」[30]所以，文學評論在啟發文壇時扮演的重要角色，在吸引讀者大眾關心閱讀台灣文學作品方面所發揮的引導作用，

任何時候都是不可或缺的。

　　基於上述認知，楊逵的文藝批評，又多在具體的文藝作品評論中展開，與台灣新文學的創作實踐密切相關。從〈送報伕──楊逵君的作品〉所做的作者自審，到面對〈台灣文壇一九三四年的回顧〉這種高屋建瓴的俯瞰；從〈推薦中國的傑出電影「人道」〉，到〈新劇運動與舊劇之改革──「錦上花」觀後感〉；從對〈植有木瓜樹的小鎮〉、〈夜猿〉等台灣文學創作的評價，到以日本作家坂口䙥子小說〈鄭一家〉為解讀對象的批評，特別是在台灣總督府全面禁止報刊使用漢文、封鎖中國大陸文化傳播的背景下，楊逵對大陸作家蕭軍小說〈第三代〉的熱情評論，都讓人看到他的文藝批評與台灣文壇創作現象之間的感應和共鳴。楊逵的文藝批評實踐涉及小說、電影、戲劇、美術、文藝雜誌等多種體裁，擁有台灣、大陸、日本的文學界的創作視野，可謂內容豐富，形式多樣，特別發揮了文學評論的鼓與呼力量，並在創作與批評之間，形成了一種良性互動作用。

三、文學論爭之一：關於「糞便現實主義」

　　自三〇年代登上台灣文壇以來，楊逵的文學生涯就不斷經受前沿文壇的風風雨雨，大大小小的文藝論爭也構成了他文學批評活動的重要組成部分。一九四三年關於「糞便現實主義」[31] 的論爭，就是其中頗有影響的一次。

　　一九三七年「蘆溝橋事變」爆發，日本軍國主義發動侵略中國戰爭的同時，加緊在台灣推行「皇民化運動」。一九四〇年一月，由日本作家西川滿、矢野峰人、濱田隼雄出面，打著純文藝的旗號，在文學社團與刊物幾乎空白的情形下，拉攏誘

惑一些台灣作家參加「台灣文藝家協會」，並發行《文藝台灣》。西川滿作爲日本殖民當局推行「皇民文學」的總代理，旨在將《文藝台灣》辦成殖民當局政治需要的御用團體與雜誌。而曾經參與創辦《文藝台灣》的黃得時和張文環，後因反感於西川滿的獨裁作風與《文藝台灣》的「皇民文學」色彩，毅然退出「台灣文藝家協會」。他們於一九四一年五月成立啓文社，創辦《台灣文學》，重新凝聚了楊逵、呂赫若、巫永福、龍瑛宗、楊雲萍、吳新榮等作家的創作。《文學台灣》作爲能夠曲折傳達戰爭期台灣同胞心聲的文學園地，其寫實主義的路線與西川滿《文藝台灣》那種唯美、御用路線形成鮮明對立。

一九四三年四月，西川滿爲總幹事的「台灣文學奉公會」成立，「以文學宣揚皇民精神」爲基調。同年十一月，「台灣文學奉公會」在台北召開「台灣決戰文學會議」，以文學雜誌必須接受言論統治爲會議結論。面對西川滿「獻上文藝雜誌」、「服從戰時配置」的廢刊要求，黃得時、楊逵等人曾正面反彈，全力抗爭，會場氛圍一時緊張肅殺。但在強大的政治壓力下，《台灣文學》最終還是被強令廢刊。遭逢這樣的時局，台灣的各種民間文化團體漸次被收編成一元化的組織，成爲動員「國民精神」的宣傳機構。

在戰爭期的台灣文學格局中，西川滿靠著協力國策而一再取得文壇領導地位，不斷地掌控話語霸權以及支配文學資源，並於一九四三年挑起「糞便現實主義」事端，由此引發台灣新文學界與日本御用文人之間展開一場針鋒相對的文藝論戰。這場論戰的發生並非偶然，正如學者柳書琴所言，它是「親官方立場的日人文學者有意與台灣文學者奉公會的文藝統制政策呼應，對台灣文壇進行更徹底的統制，因此導致本土作家反彈。

此論戰可視爲官方系列收編本土文壇的最後一役。」[32]

一九四三年二月，在台灣總督府頒發的「台灣文學賞」中，濱田隼雄、西川滿、張文環三人同時獲獎。這其中，日本作家的獲獎小說是以奉公報國的精神爲特徵，而張文環的〈夜猿〉、〈閹雞〉、〈地方生活〉等作品卻沒有皇民意識。由此看來，「張文環獲獎的這個難以解釋、匪夷所思、耐人尋味的結果，或許就是促使西川滿忍無可忍必須表態的觸媒。」[33]一九四三年三月，時任「台灣文學賞」評審之一、台北帝國大學教授的工藤好美，在台灣總督府官方刊物《台灣時報》發表了一篇名爲〈台灣文學與台灣文學——特別關於濱田、西川、張文環三人〉的文章。工藤好美批評了濱田隼雄的〈南方移民村〉，又暗諷了西川滿的作品，而對張文環的寫實主義創作卻大力推崇，這被學界認爲是引發「糞便現實主義」論爭的導火索。

一九四三年四月五日，濱田隼雄在《台灣時報》首先發難。他以〈非文學的感想〉一文，指責台灣文學有所謂「藝術至上主義」和「自然主義的末流」兩大弊病，從而影射張文環與呂赫若的創作，並指責這些台灣作家沒有積極參與文學奉公的任務，反而從事描寫現實的否定面的寫實主義文學。

濱田隼雄的文章發表後，張文環隨即在隔月的《台灣公論》上，以〈台灣文學雜感〉一文回應之。張文環的文章雖有少許批評和諷刺，但說話口吻小心翼翼，反擊態度不夠明朗。

一九四三年五月一日，西川滿在當日出刊的《文藝台灣》上，發表了〈文藝時評〉，大肆辱罵台灣文學的主流是「糞便現實主義」，讓論爭的戰火燃燒開來。西川滿的態度惡劣而蠻橫，充滿話語霸權。他首先以日本人的文學傳統與精神爲衡量

標準，全盤否定台灣文學：

　　大體上，向來構成台灣文學主流的「狗屎現實主義」，
[34]全都是明治以降傳入日本的歐美文學的手法，這種文學，
是一點也引不起喜愛櫻花的我們日本人的共鳴的。這「狗屎現
實主義」，如果有一點膚淺的人道主義，那也還好，然而，它
低俗不堪的問題，再加上毫無批判性的描寫，可以說絲毫沒有
日本的傳統。[35]

　　接著，西川滿以「皇民意識」為武器，大肆攻擊台灣作家
的寫實主義：

　　真正的現實主義絕對不是這樣的；在本島人作家依舊關注
「虐待繼子」的問題或「家族藤蔓」的問題，只描寫這些陋俗
的時候，下一代的本島青年早已在「勤行報國」或「志願兵」
方面表現出熱烈的行動了。對於無視這種現實又缺乏自覺的現
實主義作家來說，這是多麼地諷刺的事啊！[36]

　　然後，西川滿在對日本小說家泉鏡花[37]的大力吹捧中，
進一步斥責台灣的現實主義文學，並標舉「皇國文學」創作：

　　回頭看看台灣作家的情形吧！說他們是「飯桶」！「粗
糙」！那還算是客氣話；看看他們所寫的「文章」吧！簡直比
原始叢林還混亂。
　　應該把鏡花那樣的大作家的作品中值得學習的東西為今日
的我們所用，在大東亞戰爭中，不要成為投機文學，應該力圖

樹立「皇國文學」。

　　高呼什麼巴爾扎克啦托爾斯泰啦，如果那麼有閒讀那些掛著洋名的玩意，至少也應該去學習一些比較近的、像鏡花那樣的作品吧！[38]

　　西川滿蠻橫無理的殖民主義態度，引起了台灣作家的強烈憤怒，世外民（邱永漢）、吳新榮、台南雲嶺、伊東亮（楊逵）、呂赫若等人以各自的方式，同西川滿、濱田隼雄以及追隨日本御用文學家的葉石濤展開了針鋒相對的鬥爭。從一九四三年四月到七月，論爭持續三個月，公開發表的論戰文章達九篇之多，另外還有當時沒有發表的潛在寫作，如楊逵的〈插秧比賽〉，以及《呂赫若日記》等。

　　五月十日，世外民（邱永漢）在《興南新聞》「學藝欄」上，發表〈糞便現實主義與假浪漫主義〉，首先對西川滿的〈文藝時評〉進行反擊：

　　讀了五月號的《文藝台灣》上刊載的西川滿的〈文藝時評〉，它胡說八道的內容真使我驚訝，與其說它率真直言，倒不如說全篇都是醜陋的謾罵；實在讓人感受強烈。[39]

　　針對西川滿用日本傳統精神來指責台灣文學的觀點，世外民對日本文學創作的癥結，與所謂傳統的真正內涵，給予了清理或正名。在「浪漫主義者」和「唯美主義者」西川滿面前，世外民大力推崇「現實主義作為現代社會最有力的批判武器」，勇敢地捍衛了台灣文學的尊嚴。

　　五月十七日，狂熱追隨西川滿、曾經信奉「皇民意識」的

葉石濤，迫不及待地跳出來，在《興南新聞》「學藝欄」裡，拋出〈給世外民的公開書〉。葉石濤一方面大唱頌歌，讚揚「西川（滿）所追求的純粹的美，是立腳於日本文學傳統的」，「他的詩作熱烈地歌頌了作為一個日本人的自覺」；另一方面則拼命揮舞棍棒，點名張文環與呂赫若缺乏皇民意識，由此造成台灣作家一片嘩然。[40]

早在五月七日的日記裡，呂赫若就曾表示：「西川滿總歸無法以文學實力服人，才會想用那種惡劣手段陷人入其奸計也。文學陰謀活動家也。」[41]葉石濤的污蔑文章發表的當日，呂赫若又在日記中寫道：「今早的《興南新聞》『學藝版』上，有個叫葉石濤的，斷言本島人作家無皇民意識，舉張氏和我為例立說。立論、頭腦庸俗，不值一提。氣他做人身攻擊。中午在榮町的杉田書店和金關博士、楊雲萍碰面，一同在『太平洋』喝茶。談及葉石濤的事，有人說出他是西川滿的走狗，一座愕然。」[42]

五月二十四日，在《興南新聞》「學藝欄」上，吳新榮發表〈好文章‧壞文章〉，以嬉笑怒罵皆成文章的口吻，曲筆嘲諷了西川滿與葉石濤的謬論；署名「台南雲嶺」的短文〈寄語批評家〉，則是投槍匕首，直逼西川滿：「把現實主義冠以『狗屎』，暗示自己的作品才是真文學，真不愧是一個度量狹小的人。」

一意孤行的西川滿又接著在《文藝台灣》六月號上發表〈文藝時評〉，還是圍繞「糞便現實主義」做文章，並對台灣文學提出質疑：那種「吊兒郎當的、不平不滿的、毫無氣力的、毫無節操的文學中，怎麼能樹立作為日本文學的一環、光輝的皇民文學？」

　　面對這種論爭的陣勢，楊逵以「伊東亮」的筆名，在一九四三年七月三十一日的《台灣文學》雜誌上發表了著名的〈擁護糞便現實主義〉，全面駁斥西川滿的謬論，掀起論戰的高潮，楊逵也由此成爲「糞便現實主義」的最佳代言人。在這之前，西川滿以「皇民意識」與「日本傳統」雙重缺乏的論調來攻擊台灣文學，世外民、吳新榮等台灣作家也多是針鋒相對，在相應的層面上進行回應。而到了楊逵的發言，其回應方式發生了變化。西川滿以排斥「糞便現實主義」，來批判打壓台灣的現實主義；楊逵則反其道而行之，以「擁護糞便現實主義」，來反諷西川滿的觀點，維護台灣的現實主義文學。這種回應方式不僅深刻有力，而且獨樹一幟。

　　〈擁護糞便現實主義〉全文共分三個部分：一、糞便的功用；二、浪漫主義；三、現實主義。楊逵高屋建瓴地闡釋了現實主義與浪漫主義的辯證關係，深刻地揭露了西川滿打壓和踐踏台灣新文學的本來面目，從根本上維護了台灣新文學的品格和尊嚴。楊逵的這篇文章，在台灣新文學發展史上，是當時唯一的具有如此深度和力度的關於現實主義文學內涵的理論闡釋文章。

　　楊逵的文章，首先列舉鮮活生動的事例，用樸素的生活眞理來證明「糞便」的功用：沒有糞便，稻子就不會結穗，蔬菜也無法生長。隨即筆鋒一轉：「這就是現實主義。是眞正的糞便現實主義。糞便可不是浪漫的。」[43]然而施肥以後，那閃著光澤的蔬菜，欣欣向榮的植物，卻充滿浪漫風情。接著，楊逵針對西川滿的謬論，引證台灣文壇上某些日籍作家的寫實文學創作現象。他從三個方面對其進行批駁：

　　其一，直面西川滿之流對「糞便現實主義」的污蔑和攻

擊，楊逵戳穿了他們旨在抹煞台灣新文學寫實精神的實質，並指出這種遮蔽現實的自欺欺人的做法，難免會成為海市蜃樓和沙土閣樓那樣的東西。楊逵一針見血地指出：

> 西川等人則是一開始就用蓋子蓋住腐臭的東西，看都不看。結果是別開臉，捂住鼻子，不看真實，不看現實。可是現實就是現實。
>
> 就算別過臉不看，捂住鼻子不聞，現實還是以現實的形態存在。他們遮住的，不是存在的現實，只是他們自己的眼睛、鼻子罷了。[44]

其二，針對西川滿標舉浪漫主義來排拒「糞便現實主義」的做法，楊逵在批判其狹隘而荒謬的浪漫主義之後，科學地闡釋了浪漫主義與現實主義的正確關係。楊逵如是說：

> 真正的浪漫主義必須從現實出發，對現實抱著希望，遇到惡臭就除去惡臭，碰到黑暗就多少給它一點兒光明。對於人人別開臉，人人捂著鼻子躲開的糞便，必須看出它的肥料價值，看到它讓稻米結穗，讓蔬菜肥大的功效。必須把希望寄託在糞便上，喜愛它，活用它。[45]
>
> 只有立足在現實主義上，這種浪漫主義才會開花結果。如果說不排斥現實主義，浪漫主義就無法存在，那是不切實際的想法，荒謬極了。那是捨飛機不坐而坐筋斗雲，那是痴人說夢。那只不過是和媽祖的戀愛故事而已。[46]

其三，針對西川滿指責本島作家拼命描寫虐待繼子或家族

紛爭的謬論，楊逵則針鋒相對地指出：「大多數的本島人作家就算是描寫這樣的黑暗面，也有心想從這裡再往前跨出一步；如果故意忽視他們的這種意志，就不得不說那是令人不齒的『曲解』了。」「要看他們在這種現實之上，是如何努力奮鬥，如何發揮有建設性的意志。這才是問題所在。」[47]

其實，楊逵對西川滿陣營的回應不止於此，他還創作了極短篇〈插秧比賽〉，來繼續自己的批評，或許是因為當時「皇民化運動」的高壓氛圍，作品未能公開發表。這篇小小說以生動的寓言故事，透過作品中劉、田兩位老師的形象，影射曾以「劉密」為筆名的西川滿和姓氏中有「田」字的濱田隼雄，諷刺他們雖然以「皇民化文學運動」的領導自居，卻不知道結出美麗的稻穗必須要有肥料，粘滿糞便的泥巴儘管臭味四溢，卻是不可缺少的養分來源。在楊逵筆下，劉、田二位要去擔任領導群眾的工作，他們坐在舒適的二等車廂裡討論著：用什麼稱呼農人比較好？「各位島民」、「各位國民」、「各位皇民」？基於文學價值的考量，決定採用劉老師所說的「各位皇民」。到了鄉下，農人們正在插秧比賽。劉、田兩位老師先後喊：「各位皇民！」農人們看也不看他們一眼，只是埋頭插秧；水牛卻揚起尾巴，把老師們的衣服和農人的臉上都濺上了臭泥巴，可農人們還是頭也不抬地幹活。接下來，楊逵分別描寫了劉、田兩位老師的反應：

「一群沒有皇民意識的傢伙！」
在回程的二等車廂裡，劉老師很介意沾滿泥巴的衣服上的惡臭，怒氣沖沖。
——好了，好了，如果我們不是光嘴巴上說增產，而是有

沾滿淤泥的決心，一頭跳進去幫忙，即使笨手笨腳，成為笑柄，至少他們也會說聲謝謝呀。因為聽說農人是很現實的呢。

　　田老師這麼勸慰著，劉老師就搖頭說：

　　——不行，我是弄文學的，我可不敢領教糞便現實主義。〔48〕

　　如果說，〈擁護糞便現實主義〉是楊逵以文藝批評為武器，來參與論戰，駁斥西川滿之流的險惡用心和荒謬理論；〈插秧比賽〉則是意猶未盡的楊逵採用極短篇的創作方式，用文學快筆為西川滿、濱田隼雄之類人物畫像，讓其以文學奉公者自居的心態和嘴臉昭然若揭。

　　一九四三年發生的這場「糞便現實主義」論爭，並不單純起源於西川滿、濱田隼雄因「台灣文學賞」而引發的個人恩怨，也非葉石濤「不由自主地」「心血來潮地」為西川滿陣營鼓吹辯護的偶然舉動；從他們對台灣文壇「糞便現實主義」的發難與攻訐，到論戰結束時西川滿即在《文藝台灣》上推出陳火泉的〈道〉，為「皇民文學」樹立樣板，可見西川滿之流爭奪話語霸權，讓文學服膺「皇民化運動」的御用動機與心態。正因如此，原來不在暴風圈內的楊逵、吳新榮、邱永漢等人才會挺身而出，不顧一切地與西川滿之流展開激烈論辯，反對西川滿打壓台灣文學、收編台灣作家的陰謀。這場「糞便現實主義」論戰不同尋常的意義，正如曾健民所明確指出的那樣：

　　這場論爭不是一般意義的文學流派之間的論爭，而是作為日本軍國主義戰爭體制的一部分的皇民文學勢力對不妥協於體制的台灣文學的現實主義傳統的攻擊；而大部分的台灣作家也並未妥協，奮起駁斥，高聲喊出擁護台灣的現實主義，予以反

擊。〔49〕

四、文學論爭之二：關於台灣新文學的重建

　　一九四七年十一月至一九四九年三月，在《台灣新生報》「橋」副刊上，發生了一場關於台灣新文學重建的討論。在「二二八事件」之後的高壓氛圍中出現的這種文學現象，無異於一種奇蹟，它特別體現了台灣新文學重建的頑強生命力。

　　《台灣新生報》「橋」副刊創辦於一九四七年八月一日，由畢業於上海復旦大學新聞系的文學青年歌雷（史習枚）擔任主編。一九四七年十一月，「橋」副刊不顧當時七家報紙被國民黨當局查封、多位報人和知識分子被捕入獄的危險，致力於劫後重生的台灣文學重建運動。其宗旨在於：為「二二八事件」後嚴重的省籍矛盾，提供一個省內、省外作家溝通的橋樑。這次討論收穫了前後約二十七人的四十餘篇文章。從大陸作家歌雷、駱駝英（羅鐵鷹）、揚風、雷石榆、錢歌川、孫達人（孫志煜）、何無感（張光直）、陳大禹、蕭荻，到台灣作家楊逵、歐陽明（賴明弘）、瀨南人（林曙光）、黃得時、吳濁流、吳瀛濤、吳坤煌、陳百感（邱永漢）、吳阿文（周青）、籟亮（賴義傳）等人，他們都以重建台灣新文學的熱望和行動共同見證了兩岸作家團結合作的生動例證。一九四九年四月六日，台灣省警備司令部出動軍警鎮壓台大與師大的學生運動，造成震驚一時的「四六慘案」。這期間，《台灣新生報》「橋」副刊被官方查禁，主編歌雷，作家楊逵、孫達人、張光直被捕入獄，駱駝英、雷石榆、朱實等人紛紛逃亡大陸，歷時一年多的關於重建台灣新文學的討論戛然中止，一段被政

治力量挫殺的文學歷史從此塵封。

《台灣新生報》「橋」副刊的討論，涉及到台灣文學的歷史定位、台灣與祖國的辯證關係，台灣文學的語言問題，現階段台灣文學的路線方向、創作方法問題，台灣文藝工作者的合作問題等等。在這場文學討論中，楊逵起到了指導和團結文藝工作者的作用。

楊逵對於台灣文學的重建，一向懷有強烈的使命感和持之以恆的實踐行動。早在一九四六年五月的《和平日報》「新文學」副刊上，他就發表了〈文學重建的前提〉和〈台灣新文學停頓的檢討〉兩篇文章。楊逵的文章敏銳地意識到台灣文學停頓的現實與癥結，並深入發掘其根源，提出批評和對策。針對文藝界包而不辦的壞風氣，楊逵提出推行民主主義的文學舉措；針對殖民地台灣造成的語言混亂問題，楊逵提出應成立強而有力的過渡期翻譯機構；針對作家缺少發表園地的問題，楊逵倡導「創造以大眾的支持為基礎、公正不偏的舞台」；針對缺少文化交流的問題，楊逵認為彌補這條鴻溝，需要從作家交流、刊物和作品交換等方面具體做起；針對文藝界缺少團結的問題，楊逵呼籲成立自主、民主的團體，同時和全國性的組織「文聯」匯合。楊逵對當時文壇現狀的尖銳批評和熱切期盼，是「希望藉此能扮演新文學建設的基礎角色。」[50]

「二二八事件」之後，經歷了社會風雨和個人情感經歷的巨大起伏，楊逵對於台灣新文學重建的信念更加痛切和強烈。在《台灣新生報》「橋」副刊發起的重建台灣新文學的討論中，楊逵作為主要倡導者，始終走在前面。一九四八年三月二十八日，「橋」副刊以〈橋的路〉為題，舉辦副刊作者第一次茶會，楊逵在會上發了言，次日又發表〈如何建立台灣新文

學〉一文。四月三日，「橋」副刊以「如何建立台灣新文學」
爲題，召開副刊作者第二次茶會，這個議題，與楊逵三月二十
九日的文章內容完全吻合。楊逵在會上發表了長篇講話，發出
了消除省內外隔閡、共同再建屬於中國新文學之一環的台灣新
文學呼籲。楊逵的發言直接推進和帶動了「橋」副刊的討論，
引發了文藝界的回聲。當年的「銀鈴會」成員林亨泰，曾經談
到自己參加討論的緣起：「因楊逵的呼籲而投稿。楊逵向歌雷
呼籲爲本省作者提供發表空間，請人翻譯本省作者的文稿。」
[51] 另一位討論參與者孫達人，在回憶「橋」副刊討論時，也
特別提到楊逵的影響力：「由於『橋』的媒介，楊逵首先參
與，也由於楊逵的轉介爲省外文學愛好的人們打開了了解過去
台灣文學活動的窗戶。」[52] 楊逵在這次討論中，發表了〈如
何建立台灣新文學〉、〈「台灣文學」問答〉、《橋的路——
第一次作者茶會總報告》、〈如何建立台灣新文學——第二次
作者茶會總報告〉、〈現實敎我們需要一次嚷〉等一系列文
章，多方面闡釋自己的文學重建觀點。

　　楊逵倡導並參加這次討論的宗旨非常明確：即在中國文學
的大格局中，來鼓勵和重建台灣新文學；而台灣新文學的發
展，則是中國新文學不可或缺的組成部分。他曾這樣表達了自
己寄希望於討論的拳拳之心：

　　因爲這次關於「如何建立台灣新文學」的討論是我提起
的，所以這事情與經過我負有說明的責任……我以誠懇的心情
告訴，爲提起此一問題與參加這一次的討論，我始終是純潔的，
爲求台灣文學的充實與廣泛的發展以外更沒有什麼作用與背
景。我很堅信，爲求一國的文學的充實與發展，地方文學與個

別的文學（比如農民文學等）的充實與發展是不能忽視的。在
中國領域裡，鼓勵個別文學的充實與發展，即是中國新文學的
充實與廣泛的發展，只有這努力，才得珍惜我們的固有光輝和
心血。以上是關於「建設台灣新文學」的我的意見和信念。[53]

楊逵的台灣新文學重建觀點具體有三：

首先，在關於日據時期台灣文學的定位和評價方面，楊逵
從尊重歷史事實的態度出發，從台灣新文學血與淚凝結的情感
和經驗出發，給予其熱情的肯定。

楊逵認為：台灣新文學運動的產生，受到了當時遍佈全世
界的民族自決風潮以及中國的五四運動影響，「在日本帝國主
義統治之下，我們是有著新文學運動的歷史的……那時候，文
學確曾擔任著民族解放鬥爭的任務的，它在喚醒台灣人民的民
族意識上，確有過一番成就，也有它不可磨滅的業績。」[54]
「台灣文學的主流都是反帝反封建的，在民族觀點上都是表現
著向心性的。」[55]

其次，在台灣與中國、台灣文學與中國文學的關係上，楊
逵立足於台灣本島的歷史與現實，著眼於中國社會的整體格局
與趨向，辯證地闡釋了兩者之間的「一般性」和「特殊性」的
關係。

楊逵認為，「台灣是中國的一省，沒有對立。台灣文學是
中國文學的一環，當然不能對立。」[56]「回顧台灣新文學運
動的過去，我們可以發現的特殊性倒是語言上的問題，在思想
上的『反帝反封建與科學民主』這一點，與國內卻無二致」。
[57]台灣由於被異族殖民的特殊歷史和生存環境，漢語創作被
強行廢棄，這又形成台灣文學的一種特殊性。想對台灣文化運

動做貢獻的人，「必須深刻的了解台灣歷史，台灣人的生活、習慣、感情，而與台灣民眾站在一起，這就是需要『台灣文學』這個名字的理由。」[58] 關於台灣文學的特殊性及其應有的努力方向，楊逵則具體提出了「反映現實性的眞實感，打破傷感的低沉氣氛，努力文藝深度的感動」之主張。

再次，針對當時台灣文壇所面臨的具體問題和應對策略，楊逵提出了許多有積極意義的建設性意見。

台灣光復之後，經歷了「二二八事件」的巨大轉折，政治上的變動造成了台灣文學工作者普遍的恐懼與不安；使用中文的陌生和困難，也讓作家的寫作空間一度受到制約，文學的重建陷於停頓狀態。痛感於「台灣文藝界不哭不叫，陷入死樣的靜寂」，楊逵認爲：「現實教我們需要一次嚷」！他呼籲言文一致的語言表達，倡導貼近現實的、人民大眾的文學，「希望各作者到人民中間去，對現實多一點的考察，與人民多一點的接觸。」[59] 一貫堅持現實主義寫作的楊逵，常常以行動者的角色深入到社會、民間和現實生活中，多方面地推展文化運動。他四處奔走呼籲，支持島內的歌詠、舞蹈、戲劇以及文學創作活動。楊逵曾倡議台灣大學的麥浪歌詠隊舉辦「文藝爲誰服務」的座談會，鼓勵「銀鈴會」的青年作家深入工廠農村，了解社會現實。據「銀鈴會」成員蕭翔文回憶，楊逵曾給予他們深刻的啓發：

楊先生在擔任「新文藝」主編時，大力提倡「用腳寫」，意思就是要寫自己親自經驗的事情，這樣寫出來才是「真」的東西。這樣的作品才足以有力量去感動他人，讓他人產生出力量。[60]

　　有感於兩岸之間存在的「澎湖溝」，楊逵對於消除省內外隔閡的問題，表現出更爲熱切和積極的關注。他多次呼籲，「不管內地本地的文藝工作者今天需要聯合一塊兒，竭力找尋一條路，」「大家都需要通力合作以便找到一條正確的道路，因此大家就需要互相了解，深切的交流。」〔61〕「因此，我由衷地向愛國憂民的文學工作同志呼喊，消滅省內外的隔閡，共同來再建，爲中國新文學運動之一環的台灣新文學。」〔62〕

　　楊逵把加強省內外文藝工作者的團結和交流，看作是將台灣新文學發展爲中國文學一環的重大工作之一。在文化實踐中，楊逵更是身體力行，用自身行動促進文藝界的團結合作。從光復初期與大陸文藝青年王思翔共同主編《文化交流》，到一九四八年八月集合不同省籍與世代的左翼作家創辦《台灣文學叢刊》，再至一九四七年三月至一九四九年三月《台灣新生報》「橋」副刊關於台灣文學重建的積極建言，都可看出楊逵對省內外文藝界團結、兩岸文化交流的一貫努力。

　　然而，隨著一九四九年的全省動亂，《台灣新生報》「橋」副刊的討論戛然中斷，諸多文藝界的志士仁人不幸被捕入獄，楊逵的文學再出發轉瞬間變成了綠島夢魘。

　　這之後，關於台灣新文學重建的討論，先是經歷了戒嚴時代強權政治的挫殺，又被「台灣意識文學論」所扭曲，在長達半個多世紀的歲月裡，它成了一段被遮蔽的歷史。直到九〇年代末期，經由「人間出版社」的有識之士歷盡艱辛，重新發掘了這批珍貴的文學史資料，並結集爲《一九四七～一九四九台灣新文學問題論議集》，才將這場討論的完整面貌公諸於眾，這無疑是對台灣新文學歷史的澄清和還原。

　　總的來看，一九四七～一九四九年的台灣文壇，儘管有著

高壓政治留下的痛苦記憶，但《台灣新生報》「橋」副刊關於台灣新文學重建的討論，卻以勇敢的探索精神和攜手並肩的願望，留下了政治暗淡歲月裡兩岸作家結盟文壇、重建台灣新文學的歷史見證。

〔1〕「拉普」，即「俄羅斯無產階級作家聯合會」的簡稱，蘇聯二十世紀二、三〇年代初期最大的文學團體。其前身是「十月」文學小組、「莫斯科無產階級作家聯合會」（「莫普」）等組織。一九二五年成立「全俄無產階級作家聯合會」（「瓦普」），後改名為「拉普」，最後於一九三〇年聯合成立了「全蘇無產階級作家聯合會聯盟」。這些組織的領導核心是同一批人，「拉普」實際上也包含了上述幾個組織。「拉普」在二十世紀複雜的文藝思想鬥爭中，堅持過無產階級文學的方向，反對文藝界的形式主義和各種非政治傾向，以及庸俗社會學。但他們以正統和文學權威自居，以宗派主義態度，否定和排斥「同路人」文學以及其他作家創作，後來已成為阻礙蘇維埃文學事業發展的羈絆。一九三四年四月，聯共（布）中央做出《關於改組文學藝術團體》的決議，「拉普」隨即解散。

〔2〕「納普」，是「全日本無產者藝術聯盟」（NAPF）的略稱，它於一九二八年三月二十五日成立於東京，主辦普羅文藝，刊行有《戰旗》等機關雜誌，一九三一年合流於「克普」。

〔3〕「克普」，即左翼文化團體「日本普羅列塔尼亞文化聯盟」（KOPF）的略稱，一九三一年十一月七日由藏原唯人發起成立，並發行有關雜誌，一九三四年被迫解散。

〔4〕同上，第三一頁。

〔5〕楊逵：〈台灣文壇近況〉，原載日本《文學評論》第二卷第十二號，一九三五年十一月；收入《楊逵全集》第九卷（詩文卷‧上），（台南）國立文化資產保存研究中心籌備處，二〇〇一年十二月版，第四一一頁。

〔6〕楊逵語，見廖偉竣：〈不朽的老兵〉，原載《師鐸》一九七六年第四期；收入楊素娟編：《壓不扁的玫瑰花──楊逵的人與作品》，台北，輝煌出版社，一九七六年十月版，第一九九頁。

〔7〕楊逵：〈藝術是大眾的〉，原載《台灣文藝》第二卷第二號，一九三五年二月；收入《楊逵全集》第九卷（詩文卷‧上），（台南）國立文化資產保存研究中心籌備處，二〇〇一年十二月版，第一三八頁。

〔8〕楊逵語，見〈我要再出發——楊逵訪問記〉，原載《夏潮》第一卷第七期，一九七六年十月；收入《楊逵全集》第十四卷（資料卷），（台南）國立文化資產保存研究中心籌備處，二〇〇一年十二月版，第一六五頁。

〔9〕楊逵：〈何謂報導文學〉，原載《台灣新民報》，一九三七年四月二十五日；收入《楊逵全集》第九卷（詩文卷‧上），（台南）國立文化資產保存研究中心籌備處籌備中心，二〇〇一年十二月版，第五〇三～五〇四頁。

〔10〕楊逵：〈報導文學問答〉，原載《台灣新文學》第二卷第五號，一九三七年六月；收入《楊逵全集》第九卷（詩文卷‧上），（台南）國立文化資產保存研究中心籌備處，二〇〇一年十二月版，第五二五～五二六頁。

〔11〕楊逵：〈何謂報導文學〉，原載《台灣新民報》，一九三七年四月二十五日；收入《楊逵全集》第九卷（詩文卷‧上），（台南）國立文化資產保存研究研究中心籌備處，二〇〇一年十二月版，第五〇三頁。

〔12〕楊逵：〈新文學管見〉，原載《台灣新聞》，一九三五年七月二十九日至八月十四日；收入《楊逵全集》第九卷（詩文卷‧上），（台南）國立文化資產保存研究中心籌備處，二〇〇一年十二月版，第三一一頁。

〔13〕楊逵：〈藝術是大眾的〉，原載《台灣文藝》第二卷二號，一九三五年二月；收入《楊逵全集》第九卷（詩文卷‧上），（台南）國立文化資產保存研究中心籌備處，二〇〇一年十二月版，第一三八頁。

〔14〕同上，第一四〇頁。

〔15〕楊逵：〈寫給「文評獎」評審委員諸君〉，原載《文學評論》第三卷第三號，一九三六年三月；收入《楊逵全集》第九卷（詩文卷‧上），（台南）國立文化資產保存研究中心籌備處，二〇〇一年十二月版，第四四五頁。

〔16〕〈追求一個沒有壓迫，沒有剝削的社會——訪人道的社會主義者楊逵〉，陳春美訪問，原載《前進廣場》第十五期，一九八三年十一月；收入《楊逵全集》第十四卷（資料卷），（台南）國立文化資產保存研究中心籌備處，二〇〇一年十二月版，第二六八頁。

〔17〕楊逵：〈「草根文化」的再出發──從文學到政治〉，收入楊逵：《壓不扁的玫瑰花》，台北，前衛出版社，一九八五年三月版，第二〇〇～二〇一頁。

〔18〕楊逵：〈台灣新文學的精神所在──談我的一些經驗和看法〉，原載《文季》第一卷第一期，一九八三年四月；收入《楊逵全集》第十四卷（資料卷），（台南）國立文化資產保存研究中心籌備處，二〇〇一年十二月版，第三八頁。

〔19〕楊逵：〈「草根文化」的再出發──從文學到政治〉，收入楊逵：《壓不扁的玫瑰花》，台北，前衛出版社，一九八五年三月版，第二〇一頁。

〔20〕楊逵：〈台灣新文學的精神所在──談我的一些經驗和看法〉，原載《文季》第一卷第一期，一九八三年四月；收入《楊逵全集》第十四卷（資料卷），（台南）國立文化資產保存研究中心籌備處，二〇〇一年十二月版，第三九頁。

〔21〕楊逵：〈「草根文化」的再出發──從文學到政治〉，收入楊逵：《壓不扁的玫瑰花》，台北，前衛出版社，一九八五年三月版，第二〇二頁。

〔22〕同上，第二〇四頁。

〔23〕同上，第二〇五～二〇六頁。

〔24〕楊逵：〈談台灣文學──「植有木瓜樹的小鎮」及其它〉，原載《日本學藝新聞》第三五號「台灣文化」特輯，一九三七年七月十日；收入《楊逵全集》第十四卷（資料卷），（台南）國立文化資產保存研究中心籌備處，二〇〇一年十二月版，第一四二頁。

〔25〕楊逵：〈台灣文壇一九三四年的回顧〉，原載《台灣文藝》第二卷第一號，一九三四年十二月；收入《楊逵全集》（詩文卷‧上），（台南）國立文化資產保存研究中心籌備處，二〇〇一年十二月版，第一二一頁。

〔26〕楊逵：〈文藝批評的標準〉，原載《台灣文藝》第二卷第四號，一九三五年四月；收入《楊逵全集》第九卷（詩文卷‧上），（台南）國立文化資產保存研究中心籌備處，二〇〇一年十二月版，第一六五頁。

〔27〕楊逵：〈絕不貧乏──談時下的台灣文學〉，原載《興南新聞》，一九四二年五月十一日；收入《楊逵全集》第十卷（詩文卷‧下），（台南）國立文化資產保存研究中心籌備處，二〇〇一年十二月版，第五頁。

〔28〕楊逵：〈藝術是大眾的〉，原載《台灣文藝》第二卷第二號，一九三五年二月；收入《楊逵全集》第九卷（詩文卷‧上），（台南）國立文化資產保存研究中心籌備處，二○○一年十二月版，第一三九頁。

〔29〕楊逵：〈「台灣文學」問答〉，原載《台灣文學》第二卷第三號，一九四二年七月；收入《楊逵全集》第十卷（詩文卷‧下），（台南）國立文化資產保存研究中心籌備處，二○○一年十二月版，第二四頁。

〔30〕楊逵：〈推出中國的傑出電影「人道」〉，原載《台灣新聞》一九三五年九月五日；收入《楊逵全集》第九卷（詩文卷‧上），（台南）國立文化資產保存研究中心籌備處，二○○一年十二月版，第三五七頁。

〔31〕關於「糞便現實主義」，有「糞寫實主義」、「狗屎現實主義」、「糞便現實主義」三種翻譯。本文採用《楊逵全集》中「糞便現實主義」的翻譯。

〔32〕柳書琴：〈誰的文學？誰的歷史？——論日治末期文壇主體與歷史詮釋之爭〉，發表於成功大學台文系舉辦的「台灣文學史書寫國際研討會」，二○○二年十一月二十二～二十四日，第二一頁。

〔33〕趙勛達：〈大東亞戰爭陰影下的「糞寫實主義」論爭——以西川滿與楊逵為中心〉，《楊逵文學國際研討會論文集》，靜宜大學台文系舉辦，二○○四年六月十九～二十日，第八頁。

〔34〕曾健民將「糞リアリズム」譯為「狗屎現實主義」，這裡轉引的〈文藝時評〉一文，為曾健民所譯。

〔35〕西川滿：〈文藝時評〉，曾健民譯，轉引自《噤啞的論爭》（人間思想創作叢刊），台北，人間出版社，一九九九年九月版，第一二四頁。

〔36〕同上。

〔37〕泉鏡花（一八七三～一九三九），主要作品有〈照葉狂言〉、〈高野聖〉、〈和歌燈〉、〈婦系圖〉、〈日本橋〉等。其作品世界與日本的前近代文化及土俗社會有很深的關聯，追求神秘、唯美主義寫作路線，作品富有鮮艷的色彩和夢幻性。受少年喪母的影響，泉鏡花把戀母之情轉移到文學描寫中，對自然和女性抱有無限的嚮往，往往逃避現實，陶醉於空想的世界中。

〔38〕西川滿：〈文藝時評〉，曾健民譯，轉引自《噤啞的論爭》（人間思想創作叢刊），台北，人間出版社，一九九九年九月版，第一二

五頁。

〔**39**〕世外民（邱永漢）：〈糞便現實主義與假浪漫主義〉，原載《興南新聞》「學藝欄」，一九四三年五月十日；轉引自《噤啞的論爭》（人間思想創作叢刊），台北，人間出版社，一九九九年九月版，第一二八頁。

〔**40**〕關於葉石濤一九四三年追隨西川滿陣營、痛罵「糞便現實主義」一事，葉石濤在一九八〇年寫的〈日據時期文壇瑣憶〉（收入其《文學回憶錄》，台北，遠景出版社，一九八三年）一文中，曾談到：「龍瑛宗先生常常嘲弄我的一套浪漫主義文學理論，一針見血地指出我的幼稚與昧於知悉台灣社會轉變的悲慘歷史，強調唯有反映社會真實情況的寫實主義文學才是殖民地統治下的台灣文學應走的方向。」「我心至今仍覺得慚愧的是，這時候我心血來潮撰寫一篇駁斥寫實主義的散文寄到《興南新聞》去，幸獲刊登。」「我這篇短文等於向民族主義新文學運動的廟堂投下了一枚小小的炸彈。」近年間接受訪問時，葉石濤又出爾反爾，修改自己的歷史劣跡，否認〈給世外民的公開書〉是他的文章，表示當初乃西川滿借他之名發表。參見〈「糞寫實主義事件」解密──訪葉石濤先生談「給世氏的公開信」〉，《文學台灣》第四二期，第二二～三六頁。

〔**41**〕引自《呂赫若日記（一九四二～一九四四年）》中譯本，鍾瑞芳譯，台南，國家台灣文學館，二〇〇四年十二月，第三三九頁。

〔**42**〕同上，第三四四頁。

〔**43**〕楊逵：〈擁護糞便現實主義〉，原載《台灣文學》第三卷第三號，一九四三年七月；收入《楊逵全集》第十卷（詩文卷·下），（台南）國立文化資產保存研究中心籌備處，二〇〇一年十二月版，第一二〇頁。

〔**44**〕同上，第一二一頁。

〔**45**〕同上。

〔**46**〕同上，第一二二頁。

〔**47**〕同上，第一二五頁。

〔**48**〕楊逵：〈插秧比賽〉，未發表手稿；收入《楊逵全集》第十三卷（未定稿卷），（台南）國立文化資產保存研究中心籌備處，二〇〇一年十二月版，第六〇四頁。

〔**49**〕曾健民：〈評介「狗屎現實主義」〉，《噤啞的論爭》（人間思想創作叢刊），台北，人間出版社，一九九九年九月版，第一二〇頁。

〔50〕楊逵：〈台灣新文學停頓的檢討〉，原載《和平日報》「新文學」
副刊第三期，一九四六年五月二十四日；收入《楊逵全集》第十卷
（詩文卷・下），（台南）國立文化資產保存研究中心籌備處，
二〇〇一年十二月版，第二二三頁。

〔51〕有關林亨泰的訪談，見許詩萱：〈戰後初期（一九四五・八～一九
四九・十二）台灣文學的重建——〈台灣新生報〉「橋」副刊為主
要研究對象〉，台灣，中興大學碩士論文，一九九九年九月，第二
四四頁。

〔52〕孫達人：〈「橋」和它的同伴們〉，《瘖啞的論爭》（人間思想創
作叢刊），台北，人間出版社，一九九九年九月，第六頁。

〔53〕楊逵：〈現實教我們需要一次嚷〉，原載《中華日報》「海風」副
刊，一九四八年六月二十七日；收入《楊逵全集》第十卷（詩文
卷・下），（台南）國立文化資產保存研究中心籌備處，二〇〇
一年十二月版，第二五二～二五三頁。

〔54〕楊逵：〈如何建立台灣新文學〉，原載《台灣新生報》「橋」副
刊，一九四八年三月二十九日；收入《楊逵全集》第十卷（詩文
卷・下），（台南）國立文化資產保存研究中心籌備處，二〇〇
一年十二月版，第二四二頁。

〔55〕楊逵：〈現實教我們需要一次嚷〉，原載《中華日報》「海風」副
刊，一九四八年六月二十七日；收入《楊逵全集》第十卷（詩文
卷・下），（台南）國立文化資產保存研究中心籌備處，二〇〇
一年十二月版，第二五一頁。

〔56〕楊逵：〈「台灣文學」問答〉，原載《台灣新生報》「橋」副刊，
一九四八年六月二十五日；收入《楊逵全集》第十卷（詩文卷・
上），（台南）國立文化資產保存研究籌備處，二〇〇一年十二月
版，第二四八頁。

〔57〕楊逵：〈如何建立台灣新文學——第二次作者茶會總報告〉，原載
《台灣新生報》「橋」百期擴大號及一〇一期，一九四八年四月七
日、九日；收入《楊逵全集》第十四卷，（台南）國立文化資產保
存研究中心籌備處，二〇〇一年十二月版，第一四七頁。

〔58〕同上。

〔59〕楊逵語，見歌雷〈橋的路〉，收入《一九四七～一九四九台灣文學問
題論議集》，台北，人間出版社，一九九九年九月版，第五〇頁。

〔60〕蕭翔文：〈楊逵先生與力行報副刊〉，《台灣詩史「銀鈴會」論文
集》，彰化，台灣磺溪文化學會，一九九五年六月版，第八二頁。

〔**61**〕楊逵：〈現實教我們需要一次嚷〉，原載《中華日報》「海風」副刊，一九四八年六月二十七日；收入《楊逵全集》第十卷（詩文卷‧下），（台南）國立文化資產保存研究中心籌備處，二〇〇一年十二月版，第二五二頁。

〔**62**〕楊逵：〈如何建立台灣新文學〉，原載《台灣新生報》，一九四八年三月二十九日；收入《楊逵全集》第十卷（詩文卷‧下），（台南）國立文化資產保存研究中心籌備處，二〇〇一年十二月版，第二四四頁。

第六章
小說世界：以文學見證歷史

　　小說，無疑是楊逵文學創作的重鎮。楊逵一向視文學為社會運動的延伸，藉由小說的傳播更真實生動地喚起民眾，去發現社會的弊病和問題，進而引發改造現實的行動，引導民眾為爭取自己的生存權益和社會的美好前景而鬥爭，這就成為楊逵小說創作的主要目的。這使楊逵對於小說這種文學形式，始終懷有強烈的使命感和自覺意識，他的文壇地位，也首先是從小說領域確立的。小說，不僅成為楊逵普羅文學觀的實踐場域，更凝聚了他對於殖民地台灣的血淚經驗和人生期待，寄託了他對於這個世界的悲憫情懷和審美理想。

　　楊逵一生創作小說四十篇，生前公開發表的有二十六篇，另外十四篇則為從未發表過之手稿。以創作的文學工具區別之，可以分為日文與中文兩部分，前者為日據時代的寫作，楊逵的小說實踐主要是在這一時期。從二十二歲的楊逵於一九二七年發表第一篇小說〈自由勞動者的生活剖面──怎樣辦才不會餓死呢？〉，到五十二歲的楊逵於一九五七年六月在綠島監獄完成他最後一篇小說〈才八十五歲的女人〉，這期間，楊逵小說創作的起始與終結足足相隔了三十年。

　　三十年的小說生涯中，儘管楊逵以〈送報伕〉奠定了他在

文壇的地位，又因〈壓不扁的玫瑰花〉成為年輕一代仰慕的抗日英雄，但楊逵心中還是留下了太多的遺憾。日據時代，楊逵曾經有將〈死〉、〈紅鼻子〉，以及〈剁柴囝仔〉三篇作品寫成大河小說的計畫，但最終卻只寫到第一章而無下文。[1] 光復以後，正值人生壯年的楊逵，在一九四六年出版第一本小說集《鵝媽媽出嫁》之後，也曾雄心勃勃地計畫多寫幾篇小說，以歷史見證者再現台灣的歷史影像和社會現實風貌。更何況，作為小說家的楊逵，畢竟留給小說史的作品數量還不夠豐富，畢竟還沒有從容而完整地實現長篇小說的創作心願。然而，漫長而辛酸的日據時代，不斷剝奪楊逵這一代作家的生存權利和寫作空間，並造成藝術的「難產」和低產；原本渴望在戰後初期的文學再出發，又不幸因綠島冤獄而中斷。這一切，訴說著小說家楊逵無法自由伸展創作理想的太多遺憾與憤懣，更見證了台灣一代新文學作家顛沛流離的時代命運。

一、主題形態：殖民地創傷與抗爭精神

楊逵的文學創作，緣起於創傷性的殖民地生存經驗。

日據時代的歷史背景下，異族統治造成的殖民地痛苦，以及被壓迫人民英勇不屈的反抗鬥爭，不能不深刻地影響著每一個台灣人的生命過程。對於楊逵而言，他在十歲那年所感受到的創傷性童年經驗，也就是一九一五年家鄉台南一帶發生的「噍吧哖事件」，則成為影響他一生志向和文學創作的精神根源。日本殖民者對台灣人民殘酷的大屠殺，除了引起楊逵強烈的仇恨，還留下難以磨滅的恐怖印象。而中學時代讀到日本人秋澤島川所著《台灣匪志》激起的心靈震撼，卻更令楊逵精神轟毀。多年之後，在〈日本殖民統治下的孩子〉、〈「日據時

代的台灣文學與抗日運動」座談會書面意見〉、〈我的回憶〉、〈台灣新文學的精神所在〉、〈殖民地人民的抗日經驗〉等一系列文章裡，楊逵多次提及這些揮之不去的歷史記憶：

> 我決心走上文學的道路，就是想以小說的形式來糾正被編造的「歷史」，歷來的抗日事件自然對於我的文學發生了很大的影響。[2]

> 明明是對日本壓迫政治的反抗，但在書中卻被當作「匪賊」來處理，我深感這是對歷史的歪曲。我決心研讀自己所喜歡的小說，並想藉小說創作，來矯正這被歪曲的歷史。[3]

痛感於日本殖民統治者的暴力與謊言，震驚於權力話語對歷史的編造和歪曲，楊逵乃萌發強烈的創作衝動。通過文學敘事來糾正被編造的歷史，還原和見證殖民地台灣的生存真相，就成為他創作的最初動機，並延伸出他一生追求的文學方向：

> 我生長在日本的異族統治下，我成人以後從事的無論是實際行動的文化運動、農民運動或工人運動，以至後來的文學創作，無不是跟我整個反侵略、反帝國殖民政策、反階級壓迫的根深蒂固的思想有關，直到今天，我的文學觀依然如此。[4]

正是基於用文學書寫解構殖民敘事創作動機，楊逵一生都在以「放膽文章拼命酒」的抗爭姿態，來寫那種「反映時代，帶動時代」的小說，這使他與賴和一道，成為台灣抗議文學傳統的開創者。

　　走進楊逵的小說世界，幾乎所有的文本，都在講述殖民地人民的創傷性經驗，都在抗議殘酷的殖民統治制度。這無疑構成楊逵小說具有統攝意義的主題指向。

　　楊逵的小說，一向以反壓迫、反殖民的精神而著稱。趕走日本殖民統治者，還我國土，這是楊逵最為關心的主題，他的批判鋒芒，直逼日本殖民體制和殖民政策，有一種怒目金剛式的抗議和直搗黃龍的勇氣。與同時代台灣作家相比，同樣是表現對日本殖民者的抗議，楊逵有其獨特的側重點。如果說，賴和是以深沉的控訴力量，去揭露日本殖民者給台灣同胞帶來的災難；那麼，繼承了賴和抗議精神的楊逵，則是站在揭露與控訴的立場上，更著力描寫了台灣人民不斷走向覺醒與鬥爭的希望和遠景，啟示人們執著於堅定的行動力量，尋求光明的出路。正是在這種意義上，龍瑛宗認為，楊逵的小說「是指示歷史進路的文學，是為生活在黑暗中的人們心上點燃一盞燈的文學。」〔5〕他對於日據下台灣人民苦難命運的承擔，他對於充滿理想的現實主義路線的堅持，「他的道德勇氣與文學實踐，形成了一塊不可毀滅的里程碑，是台灣新文學『成熟期』與『戰爭期』的最重要作家之一。」〔6〕

　　殖民地的屈辱和創傷，這是留在楊逵心中最深的歷史記憶。日本統治台灣半個世紀以來，政治上採取行政、軍事、立法三權集中的獨裁式軍人統治，經濟上推行掠奪台灣資源，擴大本國產業規模和消費市場的殖民經濟政策；教育上實行差別教育的民族歧視政策，文化上則通過「皇民化運動」，泯滅中國的民族文化形態和傳統記憶，把台灣人民變成沒有自己祖國的順從日本殖民者的「皇民」。楊逵小說在講述這一切的時候，特別凸顯了日本殖民統治下的台灣人民的生存狀態：那就

是弱小民族的貧窮與悲哀。

各種各樣的貧窮經驗在楊逵筆下得以真實呈現。

其一，饑寒交迫的境遇。

強烈的饑餓感，無時無刻不在襲擊著淪落到赤貧的窮人；勤苦勞作的底層人民，卻得不到最起碼的生存條件。楊逵一九二七年九月發表於東京《號外》的第一篇小說，題目就是〈自由勞動者的生活剖面──怎樣辦才不會餓死呢？〉，它把「生存還是死亡」的現實命題尖銳地提到了人們面前，因為勞動者沒有飯吃成為了那個時代巨大而普遍的真實。且看〈難產〉一篇中，陷入困境的父親和四歲女兒最常見的生活一幕：

> 白天和傍晚做飯的時刻，女兒打開米桶看，把空桶打得當當響，大叫著：「沒有米吶！」
>
> 每次我都停下工作，怒吼：「守俄，別叫！」
>
> 女兒提著洗乾淨的飯鍋，顯出訝異的神色，邁著小小的步伐靠過來，反覆說著：「沒有米吶……」。
>
> 每當那時，我就穿著上衣邊說：「等等！這就去買米……」說著便走出去，但一個小時後，又空著手回來。
>
> 女兒坐著，靠著門抽抽嗒嗒地哭訴著：「肚子餓……肚子餓」[7]

因為貧窮，花農林天和只能穿著一雙走起路來啪答作響的破舊鞋子去推銷花木（〈破舊的鞋子〉），〈難產〉中的一家人只能在寒風中瑟瑟發抖；還有更多的農民，如同「憨金福，雖在名字裡有金又有福，實在他既沒一文錢，又沒一絲福。」（〈模範村〉）。

其二，疾病的陰影。

缺醫少藥，疾病蔓延，構成殖民地台灣的另一種生存景象。〈無醫村〉描寫一條滿是名醫的街道，窮人們卻求醫無門，像僵屍一樣死掉；〈靈籤〉中貧苦的効嫂，半年之間，她的三個孩子相繼被營養不良奪去生命；雖然求來靈籤保佑，仍然逃脫不了懷孕流產的命運。〈難產〉中，那個在一貧如洗的家境中出生的孩子，罹患先天性眼疾，導致眼球腐爛，而他的父親則身受肺結核病菌的侵襲。從〈泥娃娃〉裡自幼不斷生病的小孩，到〈不笑的小伙計〉中那個瘧疾纏身、卻無錢買藥的花農獨子；從〈長腳蚊〉裡高燒不退的女兒，到〈鵝媽媽出嫁〉中咯血而死的林文欽，疾病的書寫遍佈楊逵筆下，讓其小說成了一部「疾病備忘錄」。

事實上，日據時期的台灣民眾面臨的兩大困擾，除了日本人的壓迫外，應當算是疾病了。「疾病在衛生水準甚低的當時，侵襲著島上的居民，幾乎島上百分之七十以上的居民均曾患過瘧疾。」[8] 楊逵在疾病環伺的環境中成長，一再遭到病魔打擊。從小目睹了一姊二妹一弟四人數年間相繼病死的慘相，自己也因體弱多病，被人取了「鴉片仙」的綽號，在同齡的孩童中，成了很突出的弱小者。初為人父，經歷了長子資崩先天不足、身染痼疾的苦痛；中年時光，遭逢《台灣新文學》被查禁打擊，開始咯血，從此被肺癆纏身二十餘年。

日本殖民者口口聲聲標榜，他們將現代化醫學帶進了台灣，而這一切，實際上是伴隨日本對台灣的殖民統治而來，它絕非以改善台灣民眾生活環境為目標，中下層階級的百姓並不能分享這種「現代化」的好處。〈無醫村〉最典型地觸及了這種現象：沒錢請醫生看病的貧民，從現代醫學那裡得到的只能

是一紙死亡診斷書；殖民地台灣現代醫療資源的分配不公，以及現代醫學倫理的虛妄，給那種缺醫少藥的殖民地現實做了眞實的注腳。更何況，日本殖民者對台灣的瘋狂剝奪，本身就是製造台灣人民貧窮和疾病的禍源。如果說，楊逵生命的個體經驗構成了疾病書寫的第一重層面，那麼，有關殖民地台灣的整體經驗則提供了這種疾病書寫更爲深廣的背景：正是日本的殖民統治，給台灣帶來巨大的社會病灶，讓「台灣的春天」變成喪失免疫力的病弱肌體。「那兒表面上雖然美麗肥滿，但只要插進一針，就會看到惡臭逼人的血膿底迸出。」[9]

其三，土地的大量流失。

日本殖民當局爲了擴張自己的糖業帝國，導致台灣社會「米糖相剋」的矛盾衝突更加尖銳激烈。製糖會社與日本帝國主義的財閥資本家大肆掠奪土地，農民因此失去耕地，淪爲製糖會社或地主農場的傭工。而製糖業的經濟利益，百分之九十以上被日本財閥所壟斷。台灣農民辛苦拓荒，如同〈模範村〉農民憨金福所「開懇的那塊土，父子兩代，費了多少功夫，下了多少本錢！家裡的東西全部賣光了不說，還要天天到鎮上挑大糞，載垃圾來作肥料，好容易把這塊滿是石頭的荒地弄成了熟田，那麼好的水田」[10]，可它卻被地主強行霸占，轉租給日本糖業公司。因爲殖民當局要促進產業的發展，就強行要求一向只把水牛當作耕牛飼養的台灣向華南輸出數以千計的水牛。結果不僅沒有促進產業的發展，反而讓疲憊已極的農村現實，陷入了更加破敗的局面。〈水牛〉中那個失去了水牛的佃農女兒阿玉，所經歷的正是台灣鄉村這悲慘的一幕。

〈送報伕〉中楊君的家破人亡遭遇，更是在日本財閥強行掠奪土地背景下發生的典型悲劇。

　　楊君的父親因為抗拒日本製糖會社低價徵用土地，被定為「陰謀首領」的罪名。「拖出去，這個支那豬！」父親被抓到警察局六天後，帶著滿身傷痕含恨而逝，弟弟姊妹也相繼夭折。母親上吊自殺前，留給東京謀生、求學的兒子一封遺書，其中寫道：「村子裡的人們底悲慘，說不盡。你去東京以後，跳到村子旁邊的池子裡淹死的有八個。像阿添叔，是帶了阿添嬸和三個小兒一道跳下去淹死的。」[11]

　　特別可惡的是，日本財閥這樣掠奪台灣的土地資源，逼死無辜的農民，他們還口口聲聲宣稱是為村民著想，並製造出一套殖民者的強盜邏輯：「公司的這次計劃，徹頭徹尾是為了本村利益。對於公司底計畫，我們要誠懇地感謝才是道理！……公司選定了這個村子，我們應該當作光榮的事情。」而對於不肯就範的村民，日本警察則吼道：「聽說一部分人有『陰謀』，對於這種『非國民』我是絕不寬恕的。」[12]這幅農村場景所提示人們的，一是殖民者對自己侵略邏輯的合法化和殖民話語的霸權化，它的背後是殖民者與被殖民者之間等級分明的位階關係和強弱懸殊的對立關係，是失去了祖國的弱小民族哀而無告的可悲現實。二是日本統治者對台灣殖民地歷史的扭曲和竄改過程。從抗日領袖余清芳、林少貓以「匪徒」罪名被殺害的歷史記憶，到楊君的父親被日本警察強行由「農民」——「陰謀首領」——「支那豬」的現實置換，寫盡了殖民地台灣無從言說的歷史。而楊逵，他痛感於台灣歷史被竄改的沉重，他志在用文學書寫解構殖民敘事的決心，也盡在字裡行間。

　　其四，死亡的威脅。

　　楊逵一生耳聞目睹的太多的死亡慘相，纏繞成一種夢魘般的死亡記憶，不斷地呈現在他的小說裡。從童年歲月親歷手足

四人夭折的死亡經驗，到噍吧哖村民被屠殺、大目降街頭小販楊傳被打死的恐怖記憶；從中年時他目睹日本警官入田春彥自殺的死亡震撼，到二哥楊趁自殺、父母相繼病逝的情感創痛，楊逵一生揮之不去的死亡記憶，寫照的正是殖民地台灣最深層的苦難經驗和命運歸宿。

楊逵的小說，以各種各樣的死亡景象，訴說著一個同樣的死亡主題。〈送報伕〉裡，父親被打死、弟妹餓死、母親自殺，轉眼之間，家破人亡的楊君變成了孤兒；〈無醫村〉裡，得了瘟病的窮人只有死路一條；〈蕃仔雞〉裡，被日本老闆強姦的台灣下女素珠不敢告訴親人真相，只能以上吊自殺解脫自己；〈模範村〉裡，日本警察製造的所謂「模範村」，把被剝奪一空的村民憨金福逼得跳了河；〈鵝媽媽出嫁〉裡，知識分子林文欽則是報國無門，咯血而死。在〈死〉這篇小說裡，死亡之痛更是被推向了極致。農民阿達叔因為欠繳佃租，被地主逼得臥軌自殺，破碎的屍體慘不忍睹。而日本警察左藤用劍鞘掀開包屍體的草包，看到阿達叔的頭置在兩腿中央、胸放在腳下的時候，竟然大笑起來：「嘻！排疊得真湊巧！頭殼走來在 XX 的下面！」井上公醫也以戲謔的口吻評論道：「腳手這麼細小，真是貧弱的人呀！看起來怕一日無食一頓飯、營養才這樣不良。這樣的人還是死了乾淨。既不能做工、活著空穢地面。」[13] 如此觸目驚心的場面，形形色色的非正常死亡，底層勞動者形同草芥般的人生命運，特別是殖民者對被殖民者居高臨下的喪盡天良的「凝視」和「他看」，呈現出殖民地台灣最悲慘的一幕：在日本殖民當局的殘酷統治下，被殖民的台灣人民，在遭受政治強權、經濟壓榨、法律不公、以及差別教育種種不平等命運的同時，弱小者的生命權，隨時隨地都可能被

強權者剝奪。

　　楊逵的小說，不僅呈現了形形色色的殖民地苦難，更凸顯出殖民地台灣不屈的反抗意志，自始至終貫穿著對日本殖民統治的揭露與批判，並體現了階級意識與民族意識的雙重覺醒。

　　〈模範村〉通過對日本殖民當局建造所謂「模範村」的描寫，揭露了「共存共榮」樣板背後上演的台灣農村悲劇，並特別表現出抗日志士阮新民在階級反抗和民族反抗方面的雙重鬥爭。小說中，殖民統治者為了誇耀現代化給台灣農村帶來的所謂恩德，便由泰平鄉的日本警察和大地主阮固互相勾結，出面打造「模範村」。強權者把村民編成「保甲民」，隨時隨地無償地徵用勞動力。他們先是在一大片良田裡強行修築一條十多米寬的「保甲路」，又開闢了與其交叉成十字的二十米寬的「縱貫道路」。「模範村」的樣板路換來了那些公共汽車、卡車、摩托車的駕駛人和他們的主人的衷心稱讚，換來了木村警長的地位升遷，而給農人們帶來的是什麼呢？小說寫道：「在各十字路口立起『牛車禁止通行』的禁牌時，大家都說：『為什麼我們開的路，不讓我們的牛車走！』」[14]為了追求所謂「模範村」，官方命令村民整理周圍環境，水窪要填，雜草要除，竹林超過屋頂高度的部分要剪掉，連房屋附近的鳳梨、香蕉，也都殘忍地被砍掉。他們還強迫農民自家出錢建造鐵窗欄和修水溝，購買日本神牌和「君之代」的掛幅，這對於貧窮的農民，無疑是雪上加霜，以致於造成憨金福的走投無路，投水自殺。

　　富有正義感和抗日精神的阮新民東京留學歸來後，看到貧富不均的鄉村和殖民地台灣的破敗，很快與他的父親阮固形成勢不兩立的陣營。阮新民鼓動村民們：

日本人奴役我們幾十年，但他們的野心愈來愈大，手段愈來愈辣，近年來滿洲又被她占領了，整個大陸也許都免不了同樣的命運。這不是個人的問題，是整個民族的問題。

我們應該協力把日本人趕出去，這樣才能開拓我們的命運！[15]

阮新民在反抗台灣殖民地統治的過程中，最終前往大陸，投身到全國同胞抗日救亡鬥爭的潮流之中。

〈無醫村〉通過一個貧苦青年得不到醫治而死亡的遭遇，對日本殖民統治下不合理的醫療制度大膽譴責：「這政府雖有衛生結構，但到底是在替誰做事呢？」〈泥娃娃〉寫的是幾個孩子用泥巴塑造日本人的飛機、大炮、軍艦和士兵，彼此間互相開戰的故事。小說一方面以沉痛的口吻，傳達出殖民地兒女的精神之痛和生命悲哀：「不，孩子，再沒有比讓亡國的孩子去亡人之國更殘忍的事了」；另一方面，他又以情緒激烈的言辭，象徵性的小說結尾，表現了對殖民者的蔑視和對侵略戰爭的厭惡情緒：

如果以奴役別的民族，掠取別國的物資為目的的戰爭不消滅；如果像富崗一類厚顏無恥的鷹犬，不從人類中掃光，人類怎麼可能會有光明和幸福的一天！

當天夜晚，一場雷雨交加的傾盆大雨，把孩子的泥娃娃們打成一堆爛泥……[16]

〈鵝媽媽出嫁〉中，曾經留學東京研究「共榮經濟理論」、嘔心瀝血撰寫專著的林文欽，他要追求的那種「不求任

何人的犧牲而互相幫助,大家繁榮」的共存共榮,在殖民地台灣根本無法實現,到頭來只能落得家破人亡、咯血而死的悲劇。日本人鼓吹的所謂大東亞「共存共榮」的真相,恰恰是「不存不榮」的現實。林文欽的結局造成了小說中另一位知識分子「我」的覺醒:只有消滅侵略、壓迫和剝削,才能有真正的人生出路。

一九四二年的台灣,正值太平洋戰爭爆發,台灣被日本殖民當局推向「決戰體制」之際,楊逵利用殖民當局內部的矛盾和一部分有正義感的日本人的厭戰情緒,應當時《台灣時報》編輯植田的約稿,創作了〈泥娃娃〉、〈鵝媽媽出嫁〉這類內蘊抗日情緒的作品。楊逵說:「我給他寫了〈泥娃娃〉和〈鵝媽媽出嫁〉,我的意圖是剝掉它的羊皮,表現這隻狼的真面目。」[17]

楊逵小說的抗議主題,其難能可貴之處在於,他往往超越狹隘的地域觀念和民族意識,站在全世界無產者聯合起來的立場,去謀求超乎種族的階級團結,這使他的作品多有階級意識與民族意識的相互交叉甚至重疊。楊逵的代表作〈送報伕〉寫於一九三二年,這是台灣抗日民族運動各種組織和刊物被破壞的白色恐怖時期,也是楊逵生活上最為失意和潦倒的時候,但是生活環境的困難並不代表楊逵精神上的潦倒,他仍然寫出了極具精神力量與思想含量的扛鼎之作。

〈送報伕〉以第一人稱敘述了兩條故事線索,一則講述台灣青年楊君即「我」在日本的生存打拼和心智覺醒,表現日本本土的資本家對勞工的欺詐和剝削;另一條線索則回憶「我」的故鄉台灣地獄般的農民生存真相,揭露殖民當局對台灣人民的殘酷掠奪。這兩條線索的交織互動,突出了楊逵左翼思想中

的世界性階級視野。楊君為尋求殖民地台灣的救贖之道來到日本，卻在報館老闆的殘酷剝削下生計無著；走投無路之際收到家信，得到的竟是家破人亡的噩耗。在楊君陷入絕境的時候，是日本進步工人田中伸出援手，動員他參加反剝削反壓迫的勞工運動。楊君的階級意識也在此時開始覺醒：

　　在故鄉的時候，我以為一切日本人都是壞人，恨著他們。但到這裡以後，覺得好像並不是一切的日本人都是壞人。
　　而且，和台灣人裡面有好人也有壞人似的，日本人也一樣。

諸如小說中日本進步工人田中所說的那樣：

　　不錯，日本底勞動者大都是和田中君一樣的好人呢。日本底勞動者反對壓迫台灣人，糟蹋台灣人。使台灣人吃苦的是那些像把你底保證金搶去了以後再把你趕出來的那個老闆一樣的畜牲。到台灣去的大多數是這種劣根性的人和這樣畜牲們底走狗！但是，這種畜牲們，不僅是對於台灣人，對我們本國底窮人們也是一樣的，日本底勞動者們也一樣地吃他們底苦頭呢。[18]

　　由此，楊君逐漸明白了，無論台灣島上還是日本國內，都有壓迫者與被壓迫者之分；為了謀求被壓迫人民的解放，全世界的勞動者只有攜手聯合，才能對抗凶惡的壓迫者和剝削者。後來他決定返回台灣，去完成自己的使命。
　　這篇小說超越了當時台灣文學的水準，不僅啟示人們探求積極向上的歷史進路，還以高度的民族主義和樸素的國際主義的結合，開拓出一種高遠深刻的思想境界和階級胸懷。正因如

此，〈送報伕〉得以在三○年代的日本文壇獲獎，在台灣新文學運動中廣爲影響，並被大陸的左翼作家胡風所關注和翻譯。當年的台灣文壇，不僅賴和對〈送報伕〉的獲獎與傳播感懷落淚，許多新文學作家都有同感，因爲這是殖民地台灣的作家，第一次在世界文壇上傳達出弱小民族的文學之聲。正如作家賴明弘在《文學評論》的「讀者評壇」中所表達的那種心情：

經過重重困難，雖然比朝鮮晚了一年，我輩的台灣作家終於得以在日本文壇出頭。當我在《文評》看到楊逵的名字時，當真歡喜到無法言語。爲了能在日本文壇出頭，我們都竭盡心力地在努力。[19]

楊逵小說的抗議主題，其獨樹一幟的地方還在於，在最黯淡最孤獨的殖民地台灣的生存境遇中，其小說燃起了一叢叢的篝火，讓希望、信念和光明溫暖人心，喚起被壓迫者對於鬥爭之路和未來前景的行動力量。這種小說是楊逵對人道的社會主義信仰的期待，也是他在眞實的寫實主義基礎上融入的理想色彩。在作者筆下，楊君返鄉之際立志成爲拯救台灣鬥士的決心（〈送報伕〉），辛勤耕耘的妻子盼望投身社會運動而坐牢的丈夫歸來的期待（〈萌芽〉），還有石頭縫裡抽芽開花的玫瑰花（〈春光關不住〉），所有這一切，無疑都是楊逵傳達的希望所在，力量所在。正如〈模範村〉裡那個病弱的鄉村教師陳文治，在抗議殖民統治的團結鬥爭中，所感受到的那種行動力量：

他們摸索著路走，互拉互牽著，每個人的心都激動得很厲害。

　　很久很久，他在靈魂的空虛中發悶，今天卻有一種不可知的力量，注入了他的周身。他感到快樂，體會到生活的意義。

　　「他們在我困苦的時候，拯救了我。我也得拿出我最大的力量，為他們……」

　　他自言自語地站了起來。山後一道霞光，已經透過窗口射了進來。[20]

　　這種在最黯淡的現實中也要留下一些希望的種子的寫法，楊逵說：「我認為可以稱為理想的寫實主義。意思是說：不迷失在黑夜中，做一些準備工作來迎接將要到來的早晨。」[21]

二、形象塑造：殖民地台灣的人物畫廊

　　楊逵小說的中心視點是人物。

　　帶著歷史的煙塵和殖民地台灣的現實色彩，各種各樣人物走進了楊逵的小說世界。從農民、樵夫、園丁、工人、送報伕、縫紉工、下女、乞丐，到教師、作家、醫生、畫家、鬥士、留學生；從警察、財閥、老闆、公醫，到地主、巡查、奴才、御用士紳，可謂三教九流、五行八作，應有盡有。楊逵以寫實手法為這些人物畫像，一幅幅生動逼真的人物素描和世態寫真，也就有強有力地還原和再現了殖民地台灣的社會生活面貌。

　　形形色色的人物形象，儘管他們身份不同，角色多元，但都個性鮮明地生活在楊逵的小說世界，無時無刻不在哭著、笑著、思想著、行動著，用他們自身命運的悲歡離合，人生理想的生死歌哭，舉手投足的行為方式，傳達著作者對殖民地台灣的現實詛咒，以及對美好人性和未來社會的深深期許。

　　楊逵的小說大多描寫殖民地時代的台灣，而當時

四個主要階層人物及其關係，不可避免地進入楊逵的創作視野，並引發他對於殖民者、走狗、知識分子以及一般民眾的社會思考和文學想像。這些人物的舉手投足，一顰一笑，都有其性格生成的現實規定性，並與他們生活的時代和環境相依並存。大而言之，日據時代所有人物的關係扭結和矛盾滋生，皆與殖民地台灣的現實發生有形無形的聯繫，這使楊逵沒有無病呻吟的象牙塔之作，筆下的人物都來自生活的第一線，都帶有鮮明的時代色彩和社會氛圍。具體來看，楊逵的小說人物又有著類別的區分，並由此衍生出不同的形象系列。這些人物譜系大致可分為知識分子、農民、女性、兒童、殖民者及其走狗五類，每一類形象的塑造，都蘊含著作者褒貶好惡的情感取向，以及對社會人生、人性的深度思考。

第一類人物塑造：知識分子與啟蒙角色。

現代意義上的知識分子，必須具有兩種基本品格，一是對理想、正義、真理和社會核心價值觀的堅守，二是對不合理現實的質疑和批判，這使知識分子在社會的進程中，往往成為社會改革的動力，時代良知的代言人。日據時代具有積極價值取向的知識分子，他們承擔了殖民地台灣沉重的使命感，或飄洋過海到日本留學，尋求救國救民真理；或立足本土投身台灣社會運動和文化鬥爭，在反抗日本殖民統治、喚起台灣民眾精神的鬥爭中，往往充當了一個衝鋒陷陣的啟蒙者角色。所以，知識分子在殖民地台灣是不可或缺的社會形象，他們自身存在的思想性格問題，都會對台灣的社會進程與民眾覺醒發生重要影響。

「在楊逵心目中，這些洞察社會之醜態、懷抱熱情與理想的知識分子都是社會的中堅，通過知識分子的覺悟和義無反

顧、不屈不撓的奮鬥，社會的光明前途才得以實現。」[22] 基於這樣一種體驗和認知，楊逵每每把啓蒙民眾的責任和改造社會的理想賦予知識分子，讓他們成爲社會良知的化身。

楊逵幾乎每一篇的小說裡，都有知識分子的身影在活動。作者對其身份的設置，多選擇醫生、教師、作家、畫家，兼及法學士、經濟學研究者，在暗含了知識分子對於殖民地民眾身體與精神雙重拯救的同時，也希望知識分子能夠面對殖民地台灣的法律、經濟來發言。這些知識分子，一類是土生土長的，如〈模範村〉中的鄉村教師陳文治，〈萌芽〉中的社會鬥士「亮」，他們見證著鄉土台灣的歷史與民族文化的傳承力量；另一類是遠赴日本的留學生，如〈模範村〉中的阮新民、〈鵝媽媽出嫁〉中的林文欽、〈水牛〉中的「我」等等，他們更多代表了知識分子在新的思想文化視野上尋求救國救民眞理的成長道路，也反映出殖民地的解放運動，大抵是由海外首先發動的某種規律。這兩類知識分子，在投身反抗異族壓迫、拯救殖民地台灣的現實鬥爭中，互爲參照和作用，並完成了一種精神視野與文化傳統的融合。〈模範村〉裡，阮新民給家鄉寄來的一箱書報，如《三民主義》、《中國革命史》、《土地與自由》、《報紙的讀法》、《農村更生策》、《團結就是力量》等等，通過陳文治的講解和鄉村年輕人的學習，完成了海外歸來的知識分子與本土知識分子之間的薪傳，陳文治也由此成長爲一個有著自主意識的知識分子。

楊逵筆下的知識分子，突出地表現爲兩種人生模式。

首先，離鄉／返鄉的人生模式，大多涵蓋了留學海外的台灣知識分子致力於社會拯救的心路歷程和行動路線。〈送報伕〉裡的楊君，〈模範村〉裡的學法律的阮新民、〈鵝媽媽出

嫁〉中專攻經濟學的林文欽，〈水牛〉裡的留學生「我」，都
經歷了從遠赴日本求學，到返回台灣濟世的人生過程。當初的
離鄉，多是有感於殖民地台灣的現實黑暗，志在尋求人生之路
和救國救民真理，就像當年楊逵義無反顧地飄洋過海，到日本
去謀「九工一讀」的留學生活。而如今的返鄉，帶著濟世情懷
的歸來，卻讓他們遭遇精神的困惑和打擊。「阮新民出外留學
將近十年，懷著很大的抱負回到了故鄉，沒想到剛回到家，就
像走進了神經病院一般，被成群的瘋子包圍了，他非常失
望。」[23] 故鄉農民的貧困、病弱、衰老，地主父親的為富不
仁，還有日本殖民當局大肆製造「模範村」的荒唐和瘋狂，都
讓歸鄉的阮新民心情沉重。〈水牛〉中返鄉度假的「我」，原
本那種享受故鄉山水美景的願望，一再被殘酷的現實所擊碎：
佃戶繳不起田租，耕地的水牛被強行出口，鄉村少女被賣作丫
環……。〈鵝媽媽出嫁〉中的林文欽，一心想通過「共榮經濟
理論」的研究來獲得民眾經濟利益的最大化，但等待他的卻是
「不榮不存」的社會現實。楊逵的〈頑童伐鬼記〉，還透過一
個有正義感的日本畫家井上健作的眼睛，來傳達他初到台灣的
感受：

> 「學美術出身、對美麗的寶島——台灣——嚮往已久的健
> 作，在未抵達這個小鎮之前，對沿海景色以及從火車窗外所眺
> 見的自然風光和街上堂皇的建築物等，的確曾留下很好的印
> 象。但他看到這種情景，再回想起昨晚被跳蚤、蚊子夾攻的事
> 情，不由感到無比失望。」[24]

返鄉知識分子普遍產生的失望感，痛切地觸及到問題實

質。日本殖民統治下的台灣，越來越走向破敗，民眾的生存境遇越發走向水深火熱。殖民地台灣的凋敝，讓返鄉知識分子更加意識到肩上的責任，更促使他們採取切實的行動。這就是阮新民們迅速從困惑和失望中走出來，投身社會運動的原因。

其次，從文／歸農的人生模式，則主要講述台灣知識分子在現實生存境遇中的人生選擇，這其中帶有楊逵濃郁的自我經驗色彩，包含了他以文學延伸社會運動的理想，當然也寄寓了他期望知識分子走向鄉土、擁抱大地的一種信念。〈泥娃娃〉中的「我」，一個窮作家，生活在艱辛開墾的花園裡，一邊在曙光初起時大聲吟誦東方朔的賦，一邊在夜晚的蟲鳴中一張一張地寫著自己的小說，始終堅守了不與殖民統治者相妥協的意志。〈鵝媽媽出嫁〉中那個不願出賣靈魂的「我」，一個窮藝術家，選擇了歸農種花，並在為理想而夭折的朋友林文欽那裡，激起了新的人生奮鬥勇氣。在〈泥娃娃〉、〈鵝媽媽出嫁〉、〈難產〉等作品中，「我」是一個在窮困中仍然堅持寫作理想的父親；而到了〈萌芽〉中的「我」，則是一位獨自帶著孩子，等待從事社會運動的丈夫從獄中歸來的妻子。她從一個熱愛文學的女侍者，走向了開荒種花的女園丁；從歸農的艱辛勞動中，獲得了許多人生的信念和快樂。上述人生模式，寫出了台灣知識分子在日本「皇民化運動」高壓下絕不妥協的心聲：那就是以孤竹君的精神，堅守知識分子的理想；以歸農的勞作，保存「首陽山」的生命！

上述知識分子，在楊逵的小說世界裡，擔當了啟蒙者和行動者的角色，並以理想的追求，喚起民眾，燭照人生。作為楊逵社會人文理想的化身，這些知識分子形象承載著故事推展的力量，是挖掘不公不義、反抗殖民統治的靈魂性人物。〈送報

俠〉裡那個一心要拯救台灣的楊君，〈模範村〉中反抗壓迫、堅持抗日的阮新民，〈鵝媽媽出嫁〉裡用生命探尋真正的「共榮共存」理想的林文欽，〈泥娃娃〉中以「歸隱」方式堅持文學抗爭的「我」，〈無醫村〉裡大膽質疑殖民統治機構的醫生，〈難產〉裡忍著饑寒依舊堅持寫作的父親，〈春光關不住〉中那個呵護著「壓不扁的玫瑰花」的數學教師，皆是如此。且聽他們的心聲：

楊君決心返回故鄉，去擔當鬥士的使命：

能夠替陷在地獄邊緣的鄉人出一點力，救救他們、我們唯一而最好的法子就是團結，團結才有力量！

（〈送報伕〉）

面對故鄉的貧富不均和殖民地的破敗，日本歸來的法學士阮新民產生了新的覺悟和行動：

由此使他更憎惡他父親的強橫霸道，剝削窮人。我們應該協力把日本人趕出去，這樣才能開拓我們的命運。

你們是應該有田種的。這是你們的權利，我將幫助你們去爭取。

（〈模範村〉）

土生土長的知識分子陳文治，開始利用農閒時節給村民講課：

台灣人是中國人，日本人曾經把台灣占領了，叫台灣同胞

過著牛馬不如的生活……

　　大家希望能夠做自己的主人，不要讓人家管，不願當人家
的奴隸，這也是不教自通的道理。

（〈模範村〉）

　　在日本殖民當局瘋狂推行「戰時體制」，台灣處於最黑暗
的殖民地歲月的時候，堅守「首陽」之志的「我」這樣期待著：

　　我真巴不得自己寫出充滿光明、喜樂的作品的日子早些到
來，並且以我的真正明朗的作品愉人並以自愉。

（〈泥娃娃〉）

　　這些覺醒的知識分子，無異於社會光明的希望；這些行動
的知識分子，正是社會改革的力量所在。

　　第二類人物塑造：農民形象與土地情結。

　　楊逵推崇知識分子的啟蒙價值，但他心目中的真正英雄是
普通民眾。只有人民大眾，才能真正成為社會生活的基礎，才
能真正承擔推動歷史發展前進的動力。楊逵的大眾主要是農
民。日據時期的台灣處於封建性的農業經濟形態，土地集中在
少數人手裡，再加上日本財閥的瘋狂掠奪，在土地上勞作的農
民卻耕者無其田。農民靠種地謀生的基本生存方式，與土地資
源被殖民統治當局殘酷剝奪的現實發生尖銳矛盾，殖民地台灣
的土地爭議事件屢屢出現。楊逵從日本留學歸來，即是聽從台
灣文化協會的召喚，返鄉參加農民組合運動。這期間，他瞭解
了殖民地台灣最廣大最深刻的苦難命運，也從參加農民組合的
社會運動中，發掘到一種源自鄉土和民間底層的最鮮活的革命

力量。殖民地台灣的社會解放運動，必須以廣大鄉村和農民的普遍覺醒爲標誌。楊逵一生對農民和土地情有獨鍾，視勞動爲人生第一要義。每每陷入人生困境，政治信仰與文學追求無法兼濟天下的時候，他總是選擇了「歸農」，一如伴他渡過漫長歲月的首陽農園和東海花園，這也成爲他人生理想實踐的另一種場域。

　　楊逵筆下的農民形象，往往離不開土地情結的纏繞。農民與土地的天然聯繫，使農民對殖民統治的反抗多從土地權利的爭取肇始。〈送報伕〉中，父親楊明的反抗，正是源於「我的土地，我要自己耕種才能生活」這種樸素的農人信念。楊明堅決抵抗日本製糖公司變相掠奪台灣土地的陰謀，直到被關押、毆打乃至含悲而逝。憨金福的土地有著父子兩代的血汗，卻被地主阮固霸占，再以低價轉租日本產業公司。作爲農村小人物的憨金福，雖然無奈於不公不義的現實，但心中一直藏著憤怒和仇恨。一旦他們覺醒，就會表現出不可遏制的潛力和強烈的反抗性，如同〈模範村〉的農民所盼望的：「還不如來個天翻地覆，把世界翻過來，統統死光了好些，省得活受罪，」〈模範村〉裡的貧苦人，接受了留學生阮新民的思想啓蒙，聆聽了鄉土知識分子陳文治的現實教誨，他們決定團結起來，投入到趕走日本殖民者、爭取自身權利的鬥爭之中。這種農民式的覺醒，正是楊逵小說寄希望於大衆發生的結局。

　　農民自身的傳統美德和優秀品質，農民從勞動創造中獲得的樸素而鮮活的人生理念，農人生活對於象牙塔裡的知識分子的另一種精神啓蒙，都與土地相關。楊逵的小說歌頌土地和勞動，歌頌像土地一樣質樸的農人，又常常把它當作比照知識分子或其他階層人生弱點的一種借鏡，用來進行自身反思。在

〈歸農之日〉裡，小商人李清亮因雜貨店倒閉，與妻子阿卻拉著堆滿家財道具和嬰兒車的板車，上山歸農。卻不料路途崎嶇，腳下一滑，連人帶車摔倒。在即將跌下懸崖的危急時刻，是一個很像山賊一樣的農人捨命般地救了他們；安家之際，又是樸實熱情的農家阿婆無私地幫助了他們。對照自己過去經商時某些利己主義行為，夫妻倆發出由衷的感慨：「農人是好人，我一直到二十歲還是個農人的孩子，而且也是個農人。」他們把歸農之日的經歷看作農人給他們上的第一課，「覺得自己要堅強起來，而且在心中發誓，非得做些事情來報答他們的親切之意才行。」

〈螞蟻蓋房子〉雖是一篇沒有發表的小說，卻完整地體現了楊逵關於農民、土地與知識分子的深度思考。小說中已經六十八歲的老農民金池爺爺，勤勞、求實、耿直，說話單刀直入，不乏農民式哲理思考，對螞蟻的勞動尤其稱讚。他用一生積蓄買來五分山地，自己開墾，自己蓋屋，種菜種糧，養雞養鵝，不僅豐衣足食，還幫助意欲繼續開荒種花、卻猶疑不決的歸農文人「我」解決了缺糧斷頓的燃眉之急。小說特別寫出了知識分子與老農民之間的「互看」：

老農民看歸農的知識分子：

光讀書，拿書本做靠山，一肚子優越感；開口閉口就說「我是農人」，做起事來卻完全沒有農人的樣子，連農人一半也沒有！……吃東西挑別，像戲子（演員）一樣老是在意衣著，簡直就像人的價值是用衣著來衡量的！[25]

而當歸農的「我」與金池爺爺有了深刻交往之後，他發現

這位老農民有許多優良品質：

> 雖然他沒有知識，但從前也是有學問的，連現在也常在休息時講些孔子、老子、墨子的學說。不過，他的職業是日薪工人，就是所謂的苦力，也就是所謂的下層階級。
>
> 和那些囫圇吞棗，不求甚解，自吹自擂，自稱是「知識分子」的比較起來，他的態度其實更體面。而且，他為人表裡一致……對自己不懂的事……他會打破沙鍋問到底，但是，一旦理解之後，他就會言出必行，絕不敷衍了事。〔26〕

起初，歸農的文人不屑於地裡的螞蟻，認為人才是萬物之靈長；對金池爺爺讚美螞蟻勤勞、並要他以螞蟻為師的告誡很不以為然。可當他眼見老人在五分地上創造了豐收的奇蹟，做了土地的主人之後，他不由發出了心底的讚嘆：

> 說起來，這位老人就很像螞蟻。他像螞蟻一樣，一點一滴存錢買山地；也像螞蟻一樣，如今在自己努力蓋好的家中，儲藏了豐富的糧食。而我現在還在租來的漏水小屋裡，無所事事地一天過一天，為了賣兩百公克都不到的雜魚乾浪費半天的時間。
>
> 我為自己瞧不起螞蟻，自傲為萬物之靈的生活態度感到懊悔。〔27〕

透過上述描寫，楊逵對農民的優良品質的讚美和對知識分子自身弱點的審視批評，不言而喻。

第三類人物塑造：女性形象與大地之母情結。

　　楊逵對女性的感受和認知，從小受到性格堅毅的母親的影響；長大後則與他和葉陶的交往以及終生爲伴直接相關。女性的溫柔、寬懷、堅韌和無私奉獻，以大地之母的形象，成爲他對女性的內心記憶，也溫暖了他風雨坎坷的一生。在參加社會運動的過程中，楊逵有關兩性平等、共同奮鬥的女性意識逐漸形成，並與他追求自由、民主、平等的新社會理想聯繫在一起。特別是與他和台灣婦女解放運動的先驅人物葉陶的結合，更讓他領略了新女性的精神內涵和情感世界。葉陶一生跟著楊逵出生入死，經歷種種磨難，仍然相濡以沫，無怨無悔，更讓楊逵深知女性人生之偉大，生命力量之堅忍。所以，他的小說往往懷著崇敬的心情去寫女性，那些堅貞的妻子和勇敢的母親，往往成爲他筆下的大地之母形象。

　　楊逵小說中的女性形象，離不開女兒、妻子、母親三種角色。一方面，楊逵寫出殖民地台灣女性更爲深重的人生命運悲哀，女人的卑下地位使她們經受多重壓迫。原本純眞可愛的鄉下女兒阿玉，現在面臨的是一連串的厄運：相依爲伴的水牛被殖民當局強行徵集出口，自己被賣到地主家裡當丫環，而未來的命運則是被地主蹂躪做妾（〈水牛〉）；〈蕃仔雞〉中的下女素珠，〈毒〉中寫到的妻子，都沒有逃脫被日本老闆或工廠主強姦的命運；還有半年之內三個孩子相繼夭折而祈求靈簽保佑的効嫂（〈靈簽〉），以及因爲生出了先天性眼疾的兒子而痛苦的妻子（〈難產〉），她們都苦於生命孕育的悲劇和難以平復的女性心靈創傷。楊逵對這類女性形象的塑造，更體現出一種人道主義的悲憫情懷。

　　另一方面，楊逵著力塑造了那種堅忍的、負重前行的、默默支撐了家庭和人生的女性，其中又以母親與妻子的形象而見

長。作者在她們身上寄寓的，是真善美的生命理想，是男女平等相處、夫妻相濡以沫的現代兩性觀念。

楊逵小說中的母親，多是生於斯、長於斯的鄉土母親形象，大地之母般的寬懷、堅強，構成她們主要的性格特徵。一如那個八十五歲的高齡仍在砍柴背草、料理家事，卻從來沒有年齡困擾的樂觀阿婆（〈才八十五歲的女人〉）；又如那個獨自在家生活、苦苦等待被強行應徵志願兵的兒子從前線歸來的瞎眼阿婆（〈犬猴鄰居〉）。特別是〈送報伕〉中楊君的母親，更集中了殖民地台灣無數不肯屈服的母親形象，成為一種時代精神的概括和寫照。

〈送報伕〉中的母親，是一個決斷力很強的女子。她那麼愛自己的孩子，一想到孤苦零丁飄泊在東京的兒子，「胸口就和絞著一樣」。但是當鄉下的大兒子當了巡查，開始欺壓鄉鄰的時候，母親馬上把他趕出去，與他斷絕了關係。當丈夫為抗議日本人掠奪土地而被毆傷致死、兩個小孩子又相繼夭折的時候，母親是以自殺的方式表示了對這個殖民地社會的最後抗議。她留給東京求學的兒子的遺書，更是字字血淚，擲地有聲：

我所期望的唯一的兒子……

我唯一的願望是希望你成功，能夠替像我們一樣苦的村子底人們出力。

村子裡的人們底悲慘，說不盡。你去東京以後，跳到村子旁邊的池子裡淹死的有八個。像阿添叔，是帶了阿添嬸和三個小兒一道跳下淹死的。

所以，覺得能夠拯救村子底人們的時候才回來罷。沒有自信以前，絕不要回來！要做什麼才好我不知道，努力做到能夠

替村子底人們的出力罷。[28]

　　楊逵小說中的妻子形象，在〈難產〉、〈歸農之日〉、
〈鵝媽媽出嫁〉等小說中多有表現，尤其〈萌芽〉一篇，通過
妻子寫給獄中丈夫的三封信，將一個獨自帶著幼兒墾荒種花、
等待丈夫從獄中歸來的妻子形象刻畫得栩栩如生。妻子用自己
雙手創造生活的勇氣，她在逆境中與丈夫患難與共、相濡以沫
的愛情，她的樂觀情緒和對未來的期許，都讓從事社會運動而
坐牢的丈夫獲得巨大的人生支持。這其中，人們看到的是台灣
新女性的成長，新型的家庭模式的塑造。

　　第四類人物塑造：兒童形象與未來意識。

　　楊逵的小說世界裡，兒童形象實際上是很耐人尋味的一個
群體。它或是成人世界的一種補充，或作為一種相對獨立的孩
童世界，並非可有可無的存在。小孩子的形象，往往作為楊逵
揭露和抗議殖民統治的一種借鏡，讓人們從孩提角度看殖民地
台灣的不公不義，更突出了弱者的悲哀。那個敲著空米桶不停
喊餓的小女孩守俄（〈難產〉），那個因為父親生病、家庭重
壓而失去了笑容的小伙計生旺（〈不笑的小伙計〉），還有那
群受戰時體制影響、做泥娃娃互相開仗的孩子（〈泥娃
娃〉），都讓人們看到了殖民地孩子的一種生存真相。

　　但更重要的是，楊逵特別寫出了孩童的世界，並在其中寄
託了一種未來期待，一種樂觀情緒和希望前景。〈頑童伐鬼
記〉將一群小孩子懲治惡人、「伐鬼」有方，終於贏得了安心
玩耍的場所的故事，寫得生動曲折；〈鵝媽媽出嫁〉的背景雖
然是戰爭氣氛高壓、物質生存條件極為匱乏的年代，孩子們養
鵝、愛鵝、護鵝的童心童趣卻依然生動活潑，令人心存希望；

〈公學校〉通過公學校的台灣孩子和小學校的日本孩子的一場群毆，讓屢受責罰的殖民統治下的孩子們喊出了「打倒臭狗學校」的口號，從平凡的生活場景見出了新一代的抗爭和成長。楊逵在孩子們的世界裡，有意撒下一些希望的種子，等待她來年的發芽、生根、開花、結果。孩子是社會的未來，是現實生活中人們的希望。楊逵在困境中苦苦堅守的，是這樣一種未來期待：

> 只要我不滿的現況不從世上消失，無論怎麼艱苦都不該拋棄筆桿的。即使是難產，誰敢斷言就不會生出生龍活虎般的健壯的孩子呢？不，歷練了暴風雨，這些孩子才會更堅強地衝向光明吧。如果下一代不能成功，就讓第二代、第三代再接再厲吧──[29]

第五類人物塑造：「四腳仔」、「三腳仔」的形象與殖民意識。

殖民者與被殖民者之間不平等的社會地位，造成了殖民地台灣扭曲的人際關係。以一個地方基層而言，在日警→地主→走狗→佃農之間，形成了層層壓迫和制約的關係。楊逵對殖民者、壓迫者醜惡嘴臉的勾勒，又以「四腳仔」、「三腳仔」這類人物形象的描摹用力最多。

凡是從日據時代走過來的人都會知道，「四腳仔」、「臭狗」這類稱呼，正是日本殖民者的代稱。在殖民地台灣，日本警察往往擁有至高無上的權利，成為日本殖民統治的代表人物。他們以法律的化身自居，橫行鄉里，欺壓百姓，直接體現了統治者對台灣人民的強權政治、經濟剝奪、法律不公、教育

差別等一系列壓迫。而日本產業公司的老闆、工廠主、校長、公醫等人物，多是這個階層的延伸，他們與日警合謀，共同代表殖民者的利益。在楊逵筆下，那些逼著鄉民低價「賣地」的山村經理、警察分駐所主任（〈送報伕〉）；嘲笑、「欣賞」自殺農民屍體形狀的左藤警長和井上公醫（〈死〉）；因為強迫百姓修路、建溝、修鐵窗欄而升遷的木村警長（〈模範村〉），還有〈鵝媽媽出嫁〉裡那個強行奪取孩子們心愛的母鵝的醫院院長，以及〈頑童伐鬼記〉裡凶神惡煞、常常唆使惡犬撲咬兒童的工廠主，他們都是殖民主義政策的直接體現者、實施者，也是殖民利益的擁有者。這樣的日本人往往被台灣百姓稱為「四腳仔」、「臭狗」。楊逵小時候，在家鄉台南一帶，就流傳著有這樣的歌謠：「花はせんだん，田舍は警察官」，即最野香的花是苦棟，最野蠻的人是鄉下的警察官，由此可見日警形象的蠻橫以及台灣百姓對他們的仇恨。

「三腳仔」的形象，是楊逵小說著力嘲諷和批判的一類人物，這群有著奴才嘴臉的無恥走狗，往往是殖民地台灣的既得利益者。他們為了換取金錢和地位，自然會與日本殖民當局合作，搖身一變，充當日本統治機器的鄉長、村長、巡查和御用士紳，幫助日本人壓迫自己的同胞，助紂為虐，成了民族敗類。〈模範村〉裡與殖民者同謀的大地主阮固，〈送報伕〉裡充當日本人幫凶的陳巡導、林巡查，〈鵝媽媽出嫁〉裡替當權者幫腔的王專務，以及〈犬猴鄰居〉中，那個經常咆哮百姓的管理人陣輝，那個霸道貪吃、剋扣百姓配給物品的甲長劉通，都是這一類殖民者幫凶。此外還有一些趨炎附勢的青年人，被殖民當局所奴化，一心想做日本的皇民，忙不迭地改日本姓名，穿和服，講日語，學日本習慣，唯恐不像。但結果怎麼也

學不像「四腳仔」的日本人，只能落得個「三腳仔」。如同那個改換日本姓名、以學做日本人爲榮的富崗，在台灣人看來，他早已變成了「厚顏無恥的鷹犬」（〈泥娃娃〉）。

總之，楊逵小說世界中經常活躍的這五類形象，構成了殖民地台灣社會關係的人物譜系。循著它一路走過去，你會發現楊逵的許多社會理想和審美方式，都眞實而生動地復活在他筆下的人物身上，這在較多重視生活事件鋪陳的二十世紀三〇年代的台灣文壇上，尤其顯得難能可貴。

三、風格呈現：寫實主義的敘事方式

楊逵小說文本的敘事方式，涉及多種層面，有其豐富的內涵構成。

一、文本修改中的敘事演變。

閱讀楊逵小說，首先涉及一個版本改寫的問題，它與小說文本的敘事方式仍然有著關聯。

楊逵多數小說寫於日據時代，其作品主題又以強烈的反抗主題爲指向，這種創作在當時特定的政治環境中往往不能直言發表，而更多以曲筆傳達心聲。楊逵作品曾幾度被查禁，這種情況使他的寫作常常意猶未盡，敘事表達的暢快受到諸多制約。加之這些作品多爲日據時代裡的日文寫作，戰後重新以中文發表、出版的時候，就面臨著翻譯修改的問題。從日據時期→光復時期→戒嚴年代，這漫長歲月裡，政治環境變幻不定，楊逵本身命運也在起伏跌宕，如何應對政局嬗變，以維持創作生命的延續呢？在不同時期重新發表和出版過去寫作的小說，是原封不動，還是發掘創作初衷，還原自己想寫的文字，這都成爲研究楊逵創作演變的重要切入點。事實上，楊逵的

〈送報伕〉、〈泥娃娃〉、〈鵝媽媽出嫁〉、〈萌芽〉、〈犬
猴鄰居〉、〈模範村〉等重要小說，都存在版本的修改演變問
題。在其手稿與發表稿之間，中文版與日文版之間，不同的版
本所印證的，正是楊逵的崎嶇的心路歷程。

　　對於楊逵版本的修改和演變，學界一直存有爭議，但作者
本人的態度十分明確。第一，楊逵提醒人們，要進入當時的歷
史語境來閱讀作品。諸如一九四四年以日文發表的〈犬猴鄰
居〉，當時作者曾註明，在全島都以「實踐」無私奉公精神為
風氣的背景之下，他卻寫出表現鄉村管理者剋扣配給豬肉和布
匹的犬猴相爭事實，是大逆不道的。這其中的曲筆隱情，再加
上作品極具反諷色調的描寫，我們應當能夠覺察。一九四五年
光復後，《一陽周報》以中文版本發表〈犬猴之爭〉時，作者
在小說後記中特意聲明：

　　這篇作品，是兩年前寫成的。為了避開嚴密的檢查制度，
曾經費了一番慘淡的苦心，卻終於沒能逃避得了，而被禁止發
表。在自由的青天白日底下，大概有一點好笑吧！可是請諸位
用那種心情來讀讀看！[30]

　　第二，楊逵強調作者對自己已發表作品的修改權利。
　　日本塚本照和在比照〈送報伕〉的中日文版本時，發現光
復後出版的中文版增補許多抨擊殖民政權的內容。塚本認為如
此增補修改，是一種不忠實的做法。
　　楊逵反駁說，作者為了順應自己的思想的進展，以及客觀
時事的變化，自然有權修改自己的作品。他認為：

一、在未死之前，我有權修改自己的作品，因為我的思想一直在成長。

二、為了發表，如果當時說得較激烈些，根本無發表的機會。

三、為了使現代的讀者更加瞭解我作品中的精神，所以有必要修改。[31]

其實，中日文兩種版本的存在，讓我們既能看到殖民地台灣時代作者的慘淡經營、曲筆寫作，由此凸顯那個時代作家創作的歷史語境；同時又能看到楊逵的思想理念與文本敘事在不同時期的演變軌跡。這種對照式的版本閱讀和研究，或許更能讓人把握楊逵的創作全貌。

二、寫實主義的小說敘事。

楊逵的小說，具有濃郁的寫實主義特質。從取材方向上看，「每一篇都是日據時代到處經常可以聽見看見的事，除了〈種地瓜〉和〈模範村〉以外，其餘大多是我親自經歷過的。」[32] 這種小說素材的親歷性，使其作品打上了某種自傳的色彩。可以說，楊逵筆下的作品，篇篇都有自己生活的影子，句句凝結著生活的真情。〈送報伕〉中的楊君，帶著楊逵漂泊東京時「九工一讀」的生活經驗；〈歸農之日〉讓人看到的，是台灣社會運動挫敗時楊逵帶著妻子兒女四處流浪的經歷；〈難產〉所寫的，是楊逵與葉陶在小說與孩子雙重難產困境中的掙扎；〈萌芽〉一篇，楊逵目睹許多被拘禁愛國志士的家屬沉痛頹喪，意在安慰激勵這些眷屬，堅強起來，面對新的現實奮鬥；〈鵝媽媽出嫁〉、〈泥娃娃〉都有楊逵首陽農園的生活背景；而〈種地瓜〉這樣的素材，雖然不為楊逵親身經

歷，也是當時社會常見的，楊逵曾想：萬一有一天我也被抓去當「東亞共榮的皇民戰士」，我自己在前線的饑餓中吃蚯蚓過活無所謂，可是家中弱小的子女怎樣生存？從這種素材的選擇可知，楊逵的小說完全植根於生活的底層，所有的小說經驗都是他人生經驗的藝術化。

與這種強化的寫實特質直接相關的，是楊逵小說的敘事視角。第一人稱的敘述視角，是楊逵小說中出現最多的人稱選擇。「我」奔波於東京報館；「我」為藝術的難產而苦熬，為文學的吶喊而寫作，為堅守孤竹君之志而勞作；「我」走在歸農路上，「我」開墾出美麗的首陽花園……，「我」的身影無處不在。第一人稱「我」的直接介入，既是小說發展的核心人物，也是觀察世界的見事眼睛，它把一種來自生活本身的真實力量帶給了讀者，有一種原生態的美感。

三、寫實土壤中的象徵意蘊。

楊逵小說中的寫實，並非那種一味趨實的生活摹寫，而是融進了他對社會人生的美好理想和人文情思，融進了源自生活本身的一種浪漫氣質和審美情趣，表現在文本的敘事面貌上，就是具有象徵小說意象的營造。

楊逵運用象徵手法，創造了為數不多的意象，且主要在於花草意象。這種情形與楊逵兩度歸農，開墾首陽花園與東海花園的生命經驗密切相關。這使他筆下的花草意象，來自於大自然的美好賦予，源自於作家自身的生命感悟。

這種花草意象的典型可以分為兩種。一種是象徵了「欺負善良的惡勢力」，如〈鵝媽媽出嫁〉中的野草牛屯鬃；另一種是象徵了與邪惡勢力堅決鬥爭的正義力量，如〈春光關不住〉中的「壓不扁的玫瑰花」。

〈鵝媽媽出嫁〉裡的牛屯鬃，根鬚又密又長，每拔起一叢都會帶出幾株花苗，非費很大的力氣和不少的犧牲是鏟除不掉它的。「我」用盡全身力氣拔，「我」叫來孩子父子倆合力拔，終於把牛屯鬃拔了起來，這時的家人，「好像是盡了心機和力氣之後，終於把欺負善良的惡勢力除掉的那種輕鬆愉快的心情，而欣然大笑。」〔33〕

這裡，牛屯鬃與惡勢力相對應，拔草與除害相對應，惡勢力的頑固、棘手，使得除害的鬥爭格外艱難、且充滿犧牲。所有這些，是花園勞動的實寫，也是當時社會政治環境的喻寫。

〈春光關不住〉寫光復前夕，行將滅亡的日本侵略者強徵勞力修工事，娃娃兵和老師都被派上工地。娃娃兵林建文從水泥塊下發現了一株被壓得扁扁的玫瑰花，便想方設法將其送到姐姐那裡，讓這株玫瑰開出美麗的花朵。

選擇玫瑰花的意象，用來象徵日本殖民統治下台灣人民不屈不撓的意志，用來寄託人民對和平、美好與愛的珍視，是「因為一般人普遍對玫瑰存有好感，玫瑰代表和平、代表愛，可是玫瑰本身卻也多刺，只要好好的施肥、灌溉，玫瑰會開得很漂亮，可是如果你要任意摧殘它，它也會用自身的刺來保護自己。」〔34〕

上述意象的運用，透過表層事象暗喻表現作品的深層寓意，不僅帶來藝術上的含蓄內蘊，也可避開特定年代的政治環境制約，讓心底的聲音得以曲折的傳達。

四、簡潔明朗、幽默生動的敘事語言。

楊逵小說寫實風貌的構成，也得力於他特色鮮明的敘事語言。

鮮活、真實的生活，是楊逵發掘不盡的語言寶庫；而寫實

作家強烈的思想傾向，又使這種語言帶有鮮明的情感色彩。作為一個在社會運動中奔波呼號的鬥士，一個在饑寒驚擾中維持寫作生命的作家，一個在耕讀生活中堅守理想的農園「隱士」，楊逵對文學語言的選擇，是以大眾化、生活化爲標準，那些歌功頌德、無病呻吟、空洞夢幻的美文是他所摒棄的。來自生活本身的語言，往往以它堅實的質地、明朗的色彩，簡潔的力量出現在楊逵筆下，且照樣表現出美好生動的思想感情：

種花的人都像天下的父母，誰不想把他們養的花栽培得既苗壯又漂亮！[35]

圍觀著鴨子們的表演的孩子們卻直樂得手舞足蹈，比看馬戲還要高興。[36]

在草地上，公鵝走了一步，母鵝也跟著走一步。有時候碰著屁股並排走著，就像要好的新婚夫妻的散步一樣，甜蜜蜜的。[37]

添進是個倔強的青年，赤裸著上身，只穿一條短褲，用力把著犁柄，不停地揮著鞭子，吆喝那條老水牛。他彷彿不曾聽見父親的叫喚，連頭也不轉動一下。只是焦灼地仰望著白雲半遮飄的天空。[38]

公路上，從早到晚，汽車絡繹不絕地在奔馳著，和以前完全不同了。滿身都是污泥的孩子們，每天看到這些漂亮的車子在公路上如飛的奔跑，都高興地呼喊著：

「摩托車，自動車！」
「鹿咯馬，蕃仔騎！」〔39〕

　　楊逵的叙事語言，還多採用幽默諷刺的手法，從殖民當局的奴化政策與台灣現實的極度錯位中，來推展出頗具政治諷刺意味的生活圖畫。諸如，在日本侵略者鼓吹的所謂「大東亞共榮圈」下，一心研究「共榮經濟理論」的林文欽，卻是咯血而死，家破人亡的「不榮不存」（〈鵝媽媽出嫁〉）；那個被官方展示為樣板的「模範村」裡，竟是農民一貧如洗、走投無路的悲劇。小說還寫到為了嚴格執行「皇民化」規定，村民們被迫供奉日本式神牌，而把媽祖、觀音的佛像藏在骯髒的破傢具堆裡。作者用幽默的語言寫村民拜媽祖的情景：

　　但是，不拜菩薩他們是無法安心過日子的，因而常常把佛像從骯髒的監牢裡解放出來，悄悄的流著淚，提心吊膽的焚香禮拜。在這嚴肅的禮拜中，偶爾聽見皮鞋聲音一響，便又慌忙地一手抓著佛像的手，一手捏熄線香，匆忙把它藏到床下草堆裡去，可憐的觀音媽祖竟毫不叫屈。〔40〕

　　辛辣的嘲諷，含淚的幽默，由此可見一斑。

〔1〕〈死〉曾連載於《台灣新民報》，一九三五年四月二日至五月二日。依據楊逵的創作底稿來看，原名為〈貧農的變死〉，是長篇小說〈立志〉的第一章，以台灣話文書寫，許多修改的部分將台灣話文改為北京話文，可能是賴和的筆跡。其他五章的標題依序是：「立志」、「苦鬥」、「慈善家的假面具」、「迷夢」、「曙光」。依第一章情節的發展來看，楊逵有意將自己參加農民組合的鬥爭經驗融入其中，可惜未能完成。

〈紅鼻子〉為日文作品，發表於《台灣新報》，一九四四年四月以後，是長篇小説《侵略者》第一部分。此為楊逵剪輯報資料中所發現，剪貼封面裡有楊逵筆跡條列長篇小說《侵略者》之五章標題如下：「一、赤鼻，二、犧牲，三、侵略，四、若人，五、新生」。目前僅見〈紅鼻子〉一章。

〈剁柴囝仔〉寫於一九三二年四月十四日，為台灣話文創作，未曾發表。

〔2〕楊逵：〈日據時代的台灣文學與抗日運動──座談會書面意見〉，寫於一九七四年十月三十日，收入《楊逵全集》第十卷（詩文卷·下），（台南）國立文化資產保存研究中心籌備處，二〇〇一年十二月版，第三八八頁。

〔3〕戴國煇、若林正丈：〈台灣老社會運動家的回憶與展望──楊逵關於日本、台灣、中國大陸的談話記錄〉，原載《台灣與世界》第二十一期，一九八五年五月；收入《楊逵全集》第十四卷（資料卷），（台南）國立文化資產保存研究中心籌備處，二〇〇一年十二月版，第二七二頁。

〔4〕楊逵：〈台灣新文學的精神所在──談我的一些經驗和看法〉，原載《文季》第一卷第一期，一九八三年四月；收入《楊逵全集》第十四卷（資料卷），（台南）國立文化資產保存研究中心籌備處，二〇〇一年十二月版，第四〇頁。

〔5〕龍瑛宗：〈血與淚的歷史〉，原載《中華日報》，一九九六年八月二十九日。

〔6〕張恆豪：〈不屈的死魂靈──楊逵集序〉，張恆豪主編：《楊逵集》，台北，前衛出版社，一九九一年二月版，第一三頁。

〔7〕楊逵：〈難產〉，原載《台灣文藝》第二卷第一號至第四號，一九三四年十二月至一九三五年四月；收入《楊逵全集》第四卷（小説卷·Ⅰ），（台南）國立文化資產保存研究中心籌備處，一九九八年六月版，第二三五頁。

〔8〕楊逵口述，王世勛筆記：〈我的回憶〉，原載《中國時報》，一九八五年三月十三日至十五日；收入《楊逵全集》第十四卷（資料卷），（台南）國立文化資產保存研究中心籌備處，二〇〇一年十

二月版，第五二頁。

〔9〕楊逵：〈送報伕〉，原載《文學評論》第一卷第八號，一九三四年十月；收入張恆豪編：《楊逵集》，台北，前衛出版社，一九九一年二月版，第五八頁。

〔10〕楊逵：〈模範村〉，寫於一九三七年「蘆溝橋事變」前夕的東京近郊鶴見温泉，作品幾度修改發表。收入張恆豪編：《楊逵集》，台北，前衛出版社，一九九一年二月版，第二五六頁。

〔11〕楊逵：〈送報伕〉，收入張恆豪：《楊逵集》，台北，前衛出版社，一九九一年二月版，第四八頁。

〔12〕同上，第三七頁。

〔13〕楊逵：〈死〉，原連載《台灣新民報》，一九三五年四月二日至五月二日；收入《楊逵全集》第四卷（小説卷·Ⅰ），（台南）國立文化資產保存研究中心籌備處，一九九八年六月版，第二七九〜二八〇頁。

〔14〕楊逵：〈模範村〉，收入張恆豪編：《楊逵集》，台北，前衛出版社，一九九一年二月版，第二三七頁

〔15〕同上，第二五九〜二六〇頁。

〔16〕楊逵：〈泥娃娃〉，原載《台灣時報》第二六八號，一九四二年四月；收入張恆豪編：《楊逵集》，台北，前衛出版社，一九九一的二月版，第一一四頁。

〔17〕楊逵：〈鵝媽媽出嫁·後記〉，《鵝媽媽出嫁》，台北，香草山出版公司，一九七六年五月版，第二一六頁。

〔18〕楊逵：〈送報伕〉，收入張恆豪編：《楊逵集》，台北，前衛出版社，一九九一年二月版，第五五〜五六頁。

〔19〕賴明弘語，轉引自施懿琳等合著：《台灣文學百年顯影》，台北，玉山出版社，二〇〇三年十月版，第六七頁。

〔20〕楊逵：〈模範村〉，收入張恆豪編：《楊逵集》，台北，前衛出版社，一九九一年二月版，第二九七頁。

〔21〕楊逵語，見〈我要再出發——楊逵訪問記〉，原載《夏潮》第一卷第七期，一九七六年十月；收入《楊逵全集》第十四卷（資料卷），（台南）國立文化資產保存研究中心籌備處，二〇〇一年十二月版，第一六六頁。

〔22〕林載爵：〈台灣文學的兩種精神——楊逵與鍾理和之比較〉，原載《中外文學》，第二卷第七期，一九七三年十二月；收入楊素絹編：《壓不扁的玫瑰花——楊逵的人與作品》，台北，輝煌出版社，一九七六年十月版，第九八頁。

〔23〕楊逵：〈模範村〉，收入張恆豪編：《楊逵集》，台北，前衛出版社，一九九一年二月版，第二五四頁。

〔24〕楊逵：〈頑童伐鬼記〉，原載《台灣新文學》第一卷第九號，一九三六年十一月；收入張恆豪編：《楊逵集》，台北，前衛出版社，一九九一年二月版，第七〇頁。

〔25〕楊逵：〈歸農之日〉，中文版本原載《台灣文藝》革新第 10 號（第一六三期），一九七九年七月；收入張恆豪編：《楊逵集》，台北，前衛出版社，一九九一年二月，第二二一頁。

〔26〕楊逵：〈螞蟻蓋房子〉，收入《楊逵全集》第十三卷（未定稿卷），（台南）國立文化資產保存研究中心籌備處，二〇〇一年十二月版，第二四五～二四六頁。

〔27〕同上，第二六〇頁。

〔28〕楊逵：〈送報伕〉，收入張恆豪編：《楊逵集》，台北，前衛出版社，一九九一年二月版，第四八頁。

〔29〕楊逵：〈難產〉，原載《台灣文藝》第二卷第一號至第四號，一九三四年十二月至一九三五年四月；收入《楊逵全集》第四卷（小說卷·Ⅰ），（台南）國立文化資產保存研究中心籌備處，一九九八年六月版，第二三四頁。

〔30〕楊逵：〈犬猴鄰居·後記〉，《一陽周報》，第九號，一九四五年，第二二頁。

〔31〕王麗華：〈關於楊逵回憶錄筆記〉，原載《文學界》第十四集，一九八五年五月；收入《楊逵全集》第十四集（資料卷），（台南）國立文化資產保存研究中心籌備處，二〇〇一年十二月版，第七七頁。

〔32〕楊逵語，轉引自基聰：〈碩果僅存的抗日作家——楊逵〉，原載《育才街》（台中一中）四二期，一九七五年；收入楊素絹編：《壓不扁的玫瑰花——楊逵的人與作品》，台北，輝煌出版社，一九七六年十月版，第一八二頁。

〔33〕楊逵：〈鵝媽媽出嫁〉，收入張恆豪編：《楊逵集》，台北，前衛出版社，一九九一年二月版，第一一六頁。

〔34〕楊逵語,見〈追求一個沒有壓迫、沒有剝削的社會——訪人道的社會主義者楊逵〉,原載《前進廣場》第十五期,一九八三年十一月;收入《楊逵全集》第十四卷(資料卷),(台南)國立文化資產保存研究中心籌備處,二〇〇一年十二月版,第二七〇頁。

〔35〕楊逵:〈鵝媽媽出嫁〉,收入張恆豪編:《楊逵集》,台北,前衛出版社,一九九一年二月,第一一五頁。

〔36〕同上,第一二八頁。

〔37〕同上,第一三〇頁。

〔38〕楊逵:〈模範村〉,收入張恆豪編:《楊逵集》,台北,前衛出版社,一九九一年二月版,第二三六頁。

〔39〕同上,第二三八頁。

〔40〕同上,第二八八頁。

第七章

戲劇天地：以舞台演繹人生

　　戲劇，是楊逵不可或缺的文學創作領域。借舞台小世界，演繹人生百態，世間萬象，楊逵的人生理想與文學觀念在其中得到了充分彰顯。

　　楊逵的戲劇創作主要集中於日據時期和綠島時期，他一生一共創作了十八個劇本。日據時期採用日文創作，公開發表的有〈豬哥仔伯〉、〈父與子〉、〈撲滅天狗熱〉，以及改編自俄國劇作家特洛查可夫的〈怒吼吧！中國〉等四部。另有一部標明寫於「首陽農園」稿紙上的日文劇本〈都是一樣的啊！〉應當是未曾發表的遺稿。綠島時期創作的十三個劇本，皆爲中文寫作，且屬於作者生前不能公開發表的「出土作品」。楊逵在蒙冤入獄、囚禁綠島的日子裡，仍然以十三部劇本驚人成績，提供了戒嚴年代裡潛在寫作的典型個案。楊逵生前，這些劇本雖然被長期埋沒於「地下」，楊逵作爲戲劇家的形象也不能全然呈現；而「他的過世，代表戰後初期跨越時代、跨越語言的台灣劇人已然凋零」[1]，卻成爲一個不爭的事實。

　　由於歷史的遮蔽以及其他原因，楊逵的戲劇創作，一向是學界研究較爲薄弱的環節。其實，就文學創作本身而言，小說和戲劇可以說構成了楊逵寫作的重要兩翼，這其中不僅延伸著

他的社會理想，也以互相的參照與補充，實現了他有關文藝理念的整體認知。透過楊逵的戲劇，還可以看到作家在不同人生階段和人生境遇中，對寫實的、大眾的、草根的文藝觀的堅守與發展，對多種文學形式的嘗試與實踐，以及對民間文學藝術資源的發掘和運用。

一、戲劇生涯：與戲結緣的另一種人生

楊逵的戲劇生涯，始於一九二四～一九二七年留學日本期間。

一九二五年多天，通過專檢（專科學校入學資格檢定試驗）考試的楊逵進入日本大學文學藝術科夜間部學習。此時正值日本社會主義政黨和團體紛起，日本普羅列塔利亞文學運動勃興之際，無產階級文學者於一九二四年六月創辦的《文藝戰線》雜誌相當流行，以社會主義意識為色彩的文藝創作成為文壇主流，這對開始步入文學思考與探索的楊逵影響頗深。楊逵與日本大學的一些台灣留學生組織了讀書會，他們在研讀社會科學書籍、報刊的同時，還特別重視對社會問題的考察。楊逵那時拼命閱讀《文藝戰線》等左翼文學雜誌，而左翼文藝理論家青野季吉這時發表的一系列論文，都在強調「社會調查」對無產階級文學創作的重要性。楊逵正是在這一時期，開始確立了他用「文學之筆」和「社會運動」兩種方式來關懷無產者的信念。

與此同時，日本著名的新劇領導人、普羅文學的重要作家佐佐木孝丸在自己住處創辦「前衛演劇研究會」，吸引不少日本左翼文藝人士和台灣留學生來此聚集。楊逵常去出席，也加入了「前衛演劇研究會」。從德國回國的後來成為馬克思主義

藝術研究會成員的日本著名演員千田是也，也曾在這裡指導過楊逵的演劇訓練。雖然楊逵所擔任的主要是像行路人那樣跑龍套的角色，更多是在幫忙做舞台裝置之類的事情，但這畢竟是楊逵與戲結緣的開始，它奠定了楊逵戲劇活動的基礎。「前衛演劇研究會」曾演出過以礦工生活為題材的戲劇《炭夫坑》，他們試圖通過舞台劇的具體形象，將底層勞動者牛馬一樣的生活現實呈現在觀眾面前，以喚起觀眾對社會問題的認識和思考。由此萌芽的對戲劇藝術的愛好和興趣，貫穿了楊逵一生的文學活動。

在參加「前衛演劇研究會」戲劇活動的時候，楊逵還認識了日本的左翼文學作家，如秋田雨雀、島木健作、窪川稻子、葉山嘉樹、前田河廣一郎、德永直、貴司山治等人，他們對楊逵普羅文學觀的進一步形成，發生了積極的影響作用。「顯然楊逵和戲劇結緣，也就是他開始接觸普羅文藝思想、開始寫作、開始參與學生運動和社會運動的同時。」[2]

一九二七年九月，應台灣文化協會邀請，楊逵返台參加社會運動。他先是參加了文化協會舉辦的巡迴民眾演講會，又與台灣農民組合結下不解之緣。這一年，配合台灣文化協會的社會運動而演出的「文化劇」達到高潮。據葉榮鐘《台灣社會運動史》統計，一九二七年「文化劇」公演計五十回之多。它多以反對殖民當局專制、攻擊日本警察，打倒封建思想、消除陋習和迷信，介紹世界民主政治為內容。受此影響的楊逵，藉由自己在東京的戲劇經驗，也曾提倡用街頭劇的形式來喚起民眾。他設想「以少數的幾個人提著道具箱，四處走動，隨時演出。因為這一切都很簡單，演完之後，提著皮箱又趕到另一個地方去，所以又稱之為『皮箱劇』。」[3]然而在當時殖民統治

的政治高壓下，楊逵這種街頭劇的理想當時並沒有能夠實現。由於懼怕「文化劇」所帶來的廣泛社會影響，日本殖民當局逐實行劇本檢查、設障禁演等手段，壓制台灣文化協會的演講、演劇活動。一九二八年以後，「文化劇」創作走向衰微。

進入三○年代以後，隨著文藝大眾化運動的倡導，新劇運動再次受到社會重視。一九三四年召開的第一屆台灣全島文藝大會上，曾經展開對於台灣新劇運動的討論。大會提案中還有「提倡演劇案」，要求「組織演劇股份公司」、「聘請演劇家及音樂教師」、「招生訓練」、「嚴募劇本」等辦法。張深切也在大會呼籲「唯有演劇才能達到大眾化，如果閑卻了演劇，則台灣的文化是難進展的。」[4]

一九三五年十二月，楊逵和葉陶獨資創辦了《台灣新文學》。這片文學園地的開拓，也為楊逵的戲劇理想提供了某種實現的場域。在十五期[5]的《台灣新文學》刊物中，共刊載七篇戲劇。從一九三六年五月的第一卷第四號起，到一九三六年八月的第一卷第七期，《台灣新文學》一共刊出四次「特別原稿劇本募集」的徵稿廣告，比之台灣文藝聯盟的機關刊物《台灣文藝》，《台灣新文學》的戲劇活動更為積極主動。其徵稿廣告如下：

　　近來新劇的研究、與新劇團的組織計畫漸見抬頭，島民對於新劇也漸懷抱關心來了。但是各實際的關係者所苦的總是在劇本難。老實說我們也未嘗看出一篇值得注目的劇本出世。這是從事文學的兄弟們的責任。本社鑒及此現狀，為提高新劇運動相信我們要盡力去找好的劇本，所以深望全島作家對這點特別用工（筆者按：原文為「工」）努力、以副時勢的要求。[6]

　　楊逵不僅大力呼籲新劇創作，在《台灣新文學》雜誌爲其提供一席之地，自己也親力實踐，從事戲劇創作。刊登於第一卷第八號（一九三六年九月）《台灣新文學》的〈豬哥仔伯〉，就是楊逵最初的戲劇文學嘗試。

　　一九三七年六月，台灣總督府禁止報紙期刊使用中文，《台灣新文學》也被迫停刊。從一九三七年「七七事變」到一九四一年，楊逵隱居首陽農園，以無聲的沉默堅守抵抗意志，一度出現了創作的「空窗期」。一九四二年，楊逵開始復出文壇，這一年他創作的小說〈無醫村〉、〈泥娃娃〉、〈鵝媽媽出嫁〉、〈萌芽〉，以及戲劇〈父與子〉，皆以綿裡藏針的方式，重在揭露日本殖民統治的眞實面目，同時觸及社會的黑暗面。

　　一九四三年以後，已經被納入日本「戰時體制」的台灣社會，其「皇民化運動」的浪潮越發喧囂，各種民間劇團被強行編入「台灣演劇會」，到處都有「演劇挺身隊」在推行「皇民化戲劇」。在這種高壓的政治氛圍中，楊逵所走的是一條迂迴抵抗的路線。他利用「皇民劇」的形式，內容卻深藏抵抗殖民統治的意識，旨在反諷和打擊日本殖民統治，並以此打入民間，喚起民衆。楊逵一九四三～一九四四年創作或改編的〈撲滅天狗熱〉、〈怒吼吧！中國〉，就是這樣的戲劇。

　　楊逵再度涉足戲劇創作，則是在五○年代的綠島監獄。因一紙〈和平宣言〉而繫獄的楊逵，是利用做工、上政治課、唱軍歌的空隙，坐在權充寫字桌的肥皂箱前，辛勤從事寫作的。一九五四年至一九五九年期間，楊逵一共創作了〈光復進行曲〉等十三個劇本，其中在獄中演出的有〈牛犁分家〉、〈豬八戒做和尙〉等等。然而，在囚犯寫一封家信都不能超過三百字的綠島監獄，楊逵的這些劇作根本無法公開發表於社會。

　　一九六一年楊逵出獄後，那些在綠島寫成的十三部戲劇，還有其他未能發表的文稿，就成了一種被封存的沉默的存在。楊逵在世時，一些文友中就有傳說，講楊逵有一大箱不肯輕易示人的未整理的文稿。直到一九八五年楊逵去世後，他的家人才從家中深鎖的鐵櫃裡，發現了一大批楊逵遺作，其中多是沒有發表的戲劇。這些劇本或寫在十乘以二十的「台灣文學社製」的稿紙上，或寫在三十二開的「六○四七部隊新生筆記簿」內，裡面夾雜著童謠、民歌、相聲、散文創作，紙張多已泛黃、殘破。直到這批遺作的重新「出土」，楊逵戲劇創作的全貌才得以整體呈現。

　　楊逵的戲劇活動雖然幾經周折，時起時伏，他寫於戰後的戲劇文本也被長期封存，但他鍾情於戲劇、期望以戲劇打入民間的理想始終沒有改變。這越發提醒人們，通過戲劇的楊逵，抵達對楊逵形象的全方位認知。

二、戲劇理想：打入民間與提升新劇

　　楊逵的戲劇理想，是在台灣戲劇運動的發展過程中不斷孕育成熟的，也是在自己的創作實踐中得以推動和實現的。

　　從台灣戲劇運動的歷史來看，受到日本明治開化時期的新演劇影響，台灣最初的「新劇」（即話劇）誕生於一九一一年。二十世紀二○年代初期，祖國大陸的「文明新劇」進入台灣，台灣開始了話劇移植的時期。一九二三年以後，在祖國大陸五四新文學運動的影響下，台灣文化協會以演劇作為改革社會之利器，「文化劇」由此大行其道，並凸顯出革新思想與文化運動的性格。在日本殖民統治的刁難和壓制下，「文化劇」於一九二八年以後漸趨衰微。進入三○年代以來，從日本東京

筑地小劇場學習返台的張維賢，於一九三〇年夏成立了民烽演劇研究所，同年八月，張深切等人成立了台灣演劇研究所。隨著文藝大眾化的倡導，台灣文藝聯盟於一九三四年再次呼籲新劇運動，許多作家以戲劇創作積極跟進。

一九三七年「七七事變」後，日本殖民當局大力推行「皇民化運動」，特別是隨著四〇年代初期「皇民奉公會」的成立，台灣的民間戲劇機構被強行收編，變成演出「皇民化戲劇」的宣傳工具。但即便是在這樣的高壓政策下，仍然有楊逵等作家通過戲劇的創作和演出，進行迂迴曲折的抵抗。

基於台灣新劇運動的觀察和自身戲劇實踐的經驗，楊逵對戲劇的性質和功能，有了明確的認知。在他看來：

> 戲劇是綜合藝術，它要綜合美術、音樂、跳舞以及文藝，它可以運用各種藝術手段來發揮它的效果，因而被稱為最高的藝術。[7]

戲劇作為綜合藝術的特質，使它對文學、藝術、文化以及大眾效應諸方面，產生了一種全方位的作用。楊逵如是說：

> 由於舞台劇是一種綜合藝術，它的重要性不只限於舞台劇的大眾性問題。新劇運動的發展，帶動了劇本在創作、發展上的文學要素之發展，加速了舞台設計和演出方面的美術進展，而舞台上的所有律動及音響則屬於音樂範疇。又因為這所有的部門都把包括文盲在內的觀眾當成鑑賞家，所以，它們在檢討大眾化的技術層面上，也是重要的試金石和研究材料，這是無可否認的事實。[8]

在發揚民族文化的工作上，街頭劇是一個很重要，而最容易發生效能的部門。[9]

戲劇在台灣文化運動和民眾社會生活中的重要作用，使楊逵在不斷的認知和實踐中，逐漸形成了自己的戲劇理想。其核心內容主要表現在以下三個方面：

第一，戲劇面對大眾而創作和演出的特點，要求它要打入民間，關懷民眾，關懷鄉土，發揮「文學的草根大使」作用，這也是實現文藝大眾化的重要途徑。

楊逵認為，戲劇原本來源於民眾的生活，戲劇是表演給民眾看的；要使它成為民眾生活的真實反映，就必須到民眾中間去，了解真實生活素材，創作和演出民眾喜聞樂見的戲劇，在劇情、人物、舞台和道具等方面，形成隨時隨地可演、便於深入農村的格局。在以民眾的戲劇鑑賞來檢討文藝大眾化的技術層面的同時，也使民眾的藝術鑑賞力得以不斷提升。楊逵明確提出：

我認為藝術要下鄉，使各地區都能感受到這種文化氣氛。藝術不能一時一地的做，藝術應該長期經年累月隨時隨地的做。

我希望一些有藝術素養的專家或戲劇指導者，能夠下鄉與這些地方上純樸的愛好藝術的工作者合作，進一步指導他們，以提高地方上的藝術水準。這樣藝術才能在群眾之間發揮力量，發揮藝術在地方上的影響力。[10]

楊逵希望台灣的文藝工作者，配合各種藝術形式，在各種不同的民間或鄉土場合走動，來充當文學的、藝術的、文化的

「草根大使」，使「草根性」得以扎根、落實。在〈萌芽〉這篇小說中，楊逵這樣表達自己對於文學和戲劇的期待：「我親手建立起來的這塊新園地，就這樣慢慢開始生長起來……我懷著最大的喜悅，期待著他日能夠在這個園子裡，創造出勞動者精湛的戲劇，把我夢中的感動傳達給勞動的人們。」[11]楊逵晚年所憧憬的，是能夠在東海花園創建「文化村」，為台灣作家的自由創作和鄉土關懷提供一個精神家園；而在其中創辦實驗劇場，則是他戲劇理想的最後實現場域。

　　第二，戲劇本身的綜合藝術特性和民間色彩，要求它著力開掘民間文學藝術的寶貴資源，將台灣的民歌、民舞等因素融入戲劇，更鮮活、更多樣化地表現民眾的生活感情。

　　楊逵雖然一生輾轉奔波，以鬥士的形象出現於社會運動的前沿，但他的雙腳始終走在台灣的土地上，他對台灣的鄉土文化、民間藝術一直情有獨鍾。從童年時代在台南故鄉觀看「駛犁歌」演出的往事，到綠島時期排演「漁家樂」的經驗；從光復前台灣街頭流行的「紙戲」，到光復後盛極一時的歌仔戲、布袋戲，許多來自民間的文化記憶讓楊逵無法忘懷。在〈春天就要到了〉一文中，他曾專門論述民間藝術的重要性：

　　民眾把這些戰鬥與工作的記錄，把這些有喜怒，又有哀樂的生活感情表現出來的歌謠與舞蹈——民眾藝術，一代又一代，一年又一年的傳到我們的世代來，並不是偶然的。

　　這些民間藝術，都是我們民族的偉大文化遺產。儘管在某些時代——特別在日本帝國主義壓制下的五十年中受到蔑視與禁壓，一直根深蒂固保存在民眾心裡頭，等到光復了，就如「野火燒不盡，春來芽又萌」所說的，它又把頭抬起來了。

　　為什麼民間藝術──民族與民舞──能夠這樣根深蒂固的呢？簡單一句話可以說，就是因為它已經成為民眾生活的一部分，已經與吃飯、工作、戰鬥生活是分不開的了。

　　民眾以他們的智慧共同創造了它，也由它得到共同的安慰與鼓勵，因此，它與民眾的生活感情之間沒有空隙，它的內容與形式是民眾生活感情最自然的表露。〔12〕

　　基於此，楊逵主張把歌仔戲、民歌、民舞、民間樂器等藝術形式融進戲劇，以增強戲劇的民間文化底蘊，以及來自鄉土的鮮活感和趣味性。他自己創作的許多戲劇，都饒有興趣地進行了這種藝術嘗試。

　　第三，在繼承戲劇文化傳統的同時，更要堅持全方位的戲劇革新理念，以便戲劇能夠更好地符合時代精神，滿足民眾的現實生活需要。

　　日據時代，透過觀看「錦上花」劇團演出《馮仙珠定國》的劇場體驗，楊逵在〈新劇運動與舊劇之改革〉一文中，認為舊劇改革已成為燃眉之急，呼籲戲劇界能「馬上設立一個研究機構，檢討應該改革的各點，決定一個具體方案，然後請合適的人編寫劇本。再選一些適當的人，請他們進入『錦上花』參與有關演出的各項事宜，和他們同心協力，希望多少能幫忙他們提升表演水準。」〔13〕

　　針對《馮仙珠定國》的劇本內容一味夢幻的，楊逵認為戲劇改革的當務之急，首先是劇本的改革。他說：

　　我們創作新劇本時──當然不只限於現代劇，歷史劇也一樣──要用我們的寫實眼光去看，再進一步賦予現實的表現，

這是很重要的一件事。所以，我才會更痛切地感覺到，為了改革舞台劇，首先要有新的劇本。[14]

　　基於戲劇的綜合藝術特性，楊逵提出戲劇改革要有全方位創新意識，包括戲劇創作、舞台設計、歌舞穿插、演員技巧等多種層面。諸如：考慮到觀眾的欣賞要求，特別是忙碌的農民的看戲實際情形，劇作家「必須創作精彩的短劇才行」，「儘量剪裁時間、地點、減少連戲部分」，「而不應冗長地演出無聊的場景」[15]；著眼於戲劇又是導演的藝術，「劇本和導演導戲相輔相成，一起改革，舞台劇才能有所發展」[16]；吸取中國傳統戲曲的虛擬性，台灣新劇在舞台設計方面可以採用虛實結合等多種技法，因為「藝術只要看起來是真的就好，並沒有說一定要採用實物」[17]；在戲劇表演方面，楊逵則根據舞台劇演出的弊病，具體地指出：「戲劇和舞蹈要分清楚。應該是屬於踏腳步（此為台灣話文，意為『走台步』）和舞蹈的所有動作、音樂、歌曲，在一般戲劇中不可過度採用。台灣的戲曲中，戲劇和舞蹈太過於雜亂。在劇情發展到高潮時，卻當場高歌起來，就會破壞觀眾對劇情的感動。」[18] 總之，楊逵寄希望於劇作家、導演、演員、作曲家、舞台設計師等各路人物齊心協力，加入戲劇改革。這樣，「不久之後，想必會在全島舞台劇界形成一股先進的改革風潮，為戲劇界帶來一次革命。」[19]

　　由此可知，楊逵的戲劇理想不僅清晰可鑒，而且有其豐富可感的內容表現，它無疑為作者的戲劇創作實踐提供了一種理想的預設和理論的參照。

三、戲劇風貌：多音交響的舞台世界

　　楊逵戲劇風貌的呈現，得力於多種戲劇元素的融合互動，體現出作者以戲劇演繹社會人生的用心。

　　第一，就戲劇表現形式而言，楊逵進行了多樣化的探索。在他筆下，最常見的戲劇形式有街頭劇、歌舞劇、獨幕劇、多幕劇、電影式劇本等類型。每一種戲劇形式的嘗試，可以說，它都寄寓著楊逵的社會觀念與戲劇理想。

　　街頭劇是楊逵最為推崇的一種戲劇形式，他曾專門寫有〈談街頭劇〉一文。在楊逵看來，街頭劇靈活便捷的表現方式，不僅為它打入民間提供了行之有效的途徑，而且頗具喚起民眾的傳播與鼓動效應：

> 　　它不要舞台（街頭巷尾每一個角落都可以為舞台），它不要布景，不要笨重的道具，只要有幾位同好之士而有幾種最簡單的樂器（如胡琴、口琴，或是一面鑼）就可以把它搞得不錯。它可以參加遊行，也可以單獨流動表演，在操場上的同樂會也可以利用它。
>
> 　　因它是在觀眾圍攏著的圓場上表演，而演員都由觀眾中間出入，很容易把演員和觀眾打成一氣，最容易把劇情傳達到觀眾心底，把劇的效果發揮出來。[20]

　　楊逵創作的街頭劇，有〈駛犁歌舞〉（一九五四年，底稿無存）、〈國姓爺〉（一九五四年，底稿無存）、〈漁家樂〉（一九五五年，底稿無存）、〈光復進行曲〉（一九五五年）和〈勝利進行曲〉（一九五六年）等五部，它們皆為綠島時期

所創作。在〈光復進行曲〉和〈勝利進行曲〉的劇中名下，楊逵都註明了「台語街頭劇」，並開宗明義地寫道：

街頭劇的特色是深入民眾中間去表演，無論歌詞與台詞都應該用方言，才可以提高觀眾的興趣與了解。本劇裡，許多台灣話沒法用漢字寫出，演出時，如用注音符號翻成通俗的台灣話，當可以增加民眾的興趣與了解。[21]

〈光復進行曲〉的戲劇背景發生於荷蘭據台時期之台灣農村，它以鄭成功驅逐荷蘭入侵者的過往場面，來影射台灣從日本殖民統治下掙脫出來的史實。在劇中，荷蘭侵略者串通漢奸，打家劫舍，擄走村女，激起了全村農人的激烈抵抗，雙方對峙之中，國姓爺鄭成功的軍隊登陸，逮捕了荷蘭人，農人歡呼雀躍，當即決定殺豬宴請國姓爺，並為村中一對相愛的青年男女合婚。劇末國姓爺對百姓說：「台灣是我們中國的領土，是大家辛辛苦苦、流血流汗開墾的，給紅毛番侵占很久！」這裡寫的雖然是脫離荷蘭統治的台灣，卻也不妨理解為脫離日本統治的台灣。

〈勝利進行曲〉寫的是終戰前夕的福建沿海，老農民的三個兒子皆被拉伕當兵，老農民夫妻倆只好負犁荷鋤，在殘破的荒園上耕耘。

在日本人的陣地上，有日本兵和台籍日本兵在看管中國勞工在挖戰壕、修工事。當一對青年夫妻勞工在這裡不期而遇時，連講幾句話的自由都被日本兵用武力剝奪。被激怒的台籍士兵與大陸勞工憤起反抗，日本兵遂帶領人馬前來報復。這時國軍趕來，將日本兵全部抓獲。劇中以台灣士兵之口，傳達出

戰爭期間台灣人民心繫祖國的意識，表現出強烈的民族情與同
胞愛，也反映了殖民地台灣深刻的歷史痛苦：「台灣原本中國
地，滿清賣阮做奴隸，幾百萬民都明白，希望早日回祖家。」
「你們受的苦還不到八年，台灣人被日本仔凌治，已經快要五
十年了，誰會甘心做牛馬奴隸。」[22]

　　從上述街頭劇來看，反抗異族壓迫、渴望台灣回到祖國懷
抱，憧憬民族復興與大同世界的戲劇主題，貫穿劇本始終；緊
湊集中的故事情節，充滿力度戲劇動作，構成頗有感染力的劇
場情境；加之民歌素材的大量運用，為劇本帶來生動鮮活的鄉
土氣息。

　　歌舞劇是楊逵為之傾心的一種戲劇形式。有感於台灣豐富
鮮活的民間藝術資源，楊逵不僅在很多劇本中穿插了民間小
調、歌舞片斷，還嘗試創作了歌舞劇〈豐年〉（一九五六
年）。這齣戲在單純而明快的戲劇場景中，表現豐收之後的農
家情感生活嚮往。一對農村老夫妻由三十年前他們海誓山盟的
往事，聯想到兩個兒子的現實婚事進程，心中很是放心不下。
經過暗中觀察，發現兩個兒子已經在村姑阿腰仔和阿卻仔那裡
分別找到自己的感情歸屬，於是歡天喜地，準備殺豬宴請，為
兩對青年完婚。〈豐年〉為台語劇，人物對話幽默風趣，喜劇
氛圍濃郁。短短一台戲中，穿插了《百家春》、《豐年舞》
（一）、《豐年舞》（二）三支民歌，以熟悉的民間曲調傳遞
了六○年代台灣農村的生活情趣與豐年景象，充滿歡樂色彩的
載歌載舞表演特別突出了它作為歌舞劇的功能。

　　事實上，楊逵的其它劇作雖然不是純然的歌舞劇，但都盡
可能多地融入了民歌民舞的片斷，體現出楊逵對台灣民間藝術
資源的鍾情與發掘，也可看出他對戲劇娛樂民眾的功能的重

視。楊逵的中文劇作裡，附有詞、譜的歌曲有：

一、〈牛犁分家〉：有《牛犁分家主題歌》；

二、〈光復進行曲〉：有《收工》、《情歌》、《駛犁歌本曲》、《春天花》（即《四季紅》）、《殺漢奸》五首；

三、〈勝利進行曲〉：有《透早就出門》、《做牛拖犁》、《奴隸的喊聲》、《思想起》、《看國旗風翻》五首；

四、〈赤嵌拓荒〉：有《駛犁歌序曲》、《駛犁歌本曲》、《四季紅》、《豐年舞》、《捕魚歌》五首；

五、〈豐年〉：有《百家春》、《豐年舞》（一）、《豐年舞》（二）三首。

其它劇作雖然不曾附有歌譜，但楊逵經常使用《思想起》的曲調，自己創作歌詞，讓劇中人物根據劇情需要，隨時隨地可以吟唱。楊逵的十三種中文劇作，除了〈睜眼的瞎子〉、〈婆心〉以及〈樂天派〉之外，其他皆有歌曲穿插。其方式不僅有獨唱、合唱、輪唱、對唱，甚至大量運用吟唱代替獨白、對白，爲劇作帶來強烈的音樂性。

楊逵的獨幕劇創作，一向具有主題集中劇情緊湊、場景單純、篇幅短小精悍的特點，它突出了文藝輕騎兵的作用，「可以在短短的時間裡給觀眾一個藝術的享受，而把他們的感情統一成一個堅強的堡壘。」[23]〈豬哥仔伯〉（一九三六年）、〈睜眼的瞎子〉（一九五六年）、〈眞是好辦法〉（一九五六年）、〈豐年〉（一九五六年）、〈差不多先生〉（日文，寫作年代不詳）、〈婆心〉（寫於綠島監獄，年代不詳），可謂這類劇作的代表。

　　楊逵的多幕劇作，可以列舉〈父與子〉（一九四二年）、〈撲滅天狗熱〉（一九四三年）、〈怒吼吧！中國〉、（一九四四年）、〈牛犁分家〉、（一九五八年）、〈豬八戒做和尚〉（一九五九年）等五部。這類劇作多以較大的篇幅，在特定的社會歷史背景中，通過具有鮮明個性的戲劇角色造型和尖銳激烈的戲劇衝突，來展示楊逵的社會理想和精神指向，傳達出具有強烈時代意義的戲劇主題。這類劇作，當屬楊逵在戲劇領域的創作重鎮。

　　楊逵還運用電影分鏡頭式的手法，創作了〈赤嵌拓荒〉（一九五九年）。以這樣的戲劇手法來呈現一部台灣拓荒者的移民史，楊逵的歷史敘事顯示出它的流暢性和獨特性。

　　第二、從戲劇角色的構成來看，楊逵是通過形形色色的人物刻畫，來演繹豐富多彩的人生世界，這其中，又以鄉土台灣的人物造型最爲突出。

　　與楊逵的小說創作不同的是，其戲劇中的主要人物角色發生了變化。日據時代不平等的差別教育制度，底層人民掙扎於貧困線上的社會現實，使台灣的文盲率居高不下，小說的閱讀也無法超越知識分子層面。所以，在當時的社會背景下，以文字爲創作工具的小說，均以一般知識階級爲對象。楊逵小說中一再出現的的知識分子角色，應該與上述原因有關。

　　至於戲劇，因爲它必須走入民衆中間，表演給包括文盲在內的各種人群觀看；而處在農業社會的台灣，一般大衆中間，農民又占據最廣大的人群，這使楊逵的戲劇很自然地把眼光投向農民，故作品中的主要角色，多選擇了農人的形象。

　　〈赤嵌拓荒〉中開墾孤島的王克旺，〈牛犁分家〉中的勤勞的種田人林耕南、大牛、鐵犁，〈豐年〉、〈光復進行

曲〉、〈勝利進行曲〉中質樸堅忍的老農夫妻，還有劇中那些正在戀愛的鄉村男女青年，他們都是來自大地的底層農民形象。在鄉土家園上，他們生生息息，世代耕作，懷有一種樸素的愛戀情感和生命維繫；生活中以勞動爲本色，與大自然爲伴，這使他們充滿了拓荒者的頑強性格，成爲大地基石一般的人物。楊逵懷以草根的情感，爲農民們唱出了勞動者之歌：

且聽〈牛犁分家〉啓幕時，一群小孩子的歌唱：

春天到了，草木青。家家戶戶，忙春耕。大小動手，創造美麗的田園。

再看〈赤嵌拓荒〉的勞動聲場面：

手拿鍬頭開荒地，開呀開呃開到偌大塊，這塊種稻那塊種番麥，自由世界無皇帝。

一旦異族侵略者要來侵占這汗水浸潤的田園，那些來自大地的農民方顯出英雄本色，成爲亂世中的希望，人格堅守的力量。且聽他們在〈赤嵌拓荒〉中的錚錚誓言：

爲著自由平等／人人武藝練得精／大家協力去拼命／不惜任何的犧牲

女性角色的塑造，也是楊逵戲劇特別關注的內容。在楊逵筆下，女性多來自鄉村，她們也有險遭凌辱的或被欺壓的命運，例如〈睜眼的瞎子〉中，采蓮遭到父親林醉生的嚴厲逼

婚；〈真是好辦法〉中，阿笑仔被父親賣與吃喝嫖賭爲生的小知歌爲妻；〈豬哥仔伯〉中，做酒女的阿秀，險遭擔任株式會社社長的父親凌辱等等。但楊逵劇中女性人物性格的凸顯之處，是她們絕非弱者。女性的奮爭與反抗，一是面對男性沙文主義的傳統壓力，她們要爭取婚姻戀愛自由，爲自己的人生負責，如采蓮的逃婚出走；二是在邪惡勢力和金錢誘惑面前，她們保持了自己的人格和氣節，如〈睜眼的瞎子〉裡對抗男權威力的母親形象，以及〈豬哥仔伯〉中那個縱然貧病交加，也不接受道德敗壞、人性邪惡的丈夫用金錢來息事寧人的妻子形象。

爲了對比正面人物以突出他們的不幸遭遇，反派人物的角色塑造，與正面人物形成強烈的戲劇衝突。

〈真是好辦法〉中的小知歌，吃喝嫖賭，夜夜尋歡。自恃「阮祖傳的事業就是酒賭阿片，討查某」，卻用「三從四德」來訓斥和規範獨守空閨的妻子。〈豬哥仔伯〉中那個擔任株式會社社長的豬哥伯，是個常常光顧酒家的好色之徒。沒想到前來應徵酒女的貧女阿秀，竟是豬哥伯多年前拋棄於鄉下的親生女兒。〈父與子〉中的資本家陳不治，則泯滅良知、自私虛僞，拋棄了自己的私生子。這些人物或代表男權專橫的霸權主義，或代表靈魂卑污、心態陰暗的醜惡人性，作者對他們的嘲諷和鞭撻，溢於字裡行間。

另一類反派人物，則是民族侵略者、漢奸走狗、貪官污吏等等。凶狠、殘暴，貪婪、好色，強權霸道、魚肉百姓，是他們共同的行爲特徵。〈光復進行曲〉和〈赤嵌拓荒〉中的荷蘭侵略者，〈勝利進行曲〉中的日本兵和〈牛犁分家〉中的日本警察，〈豬八戒做和尚〉中那個昏庸無能又貪得無厭的州主，以及〈牛犁分家〉中竭力推行「皇民化政策」的課員、稅吏，

〈撲滅天狗熱〉中欺壓百姓、充任殖民當局走狗的李天狗等等，皆為此類人物。

總之，楊逵筆下的戲劇角色，體現了作者褒貶好惡的鮮明價值判斷，也承載了他對社會歷史和現實人生的藝術性表達。

第三，以戲劇的內容、主題以及創作特質來論，楊逵的日文劇作重在社會寫實，矛頭直指日本殖民統治和社會醜惡現象；中文劇作則以台灣抵禦外侮的歷史為中心，表現台灣民眾的反抗精神和創造美好生活的嚮往。喜劇的創作，也構成楊逵綠島時期戲劇創作的突出特點。

首先，對日本殖民地統治包括一切外來侵略的抵抗意識，是楊逵戲劇貫穿始終的主題。〈撲滅天狗熱〉、〈怒吼吧！中國〉、〈光復進行曲〉、〈勝利進行曲〉、〈牛犁分家〉、〈赤嵌拓荒〉等劇作，都強烈而鮮明地傳達了這種主題意識。

〈撲滅天狗熱〉寫於一九四三年「皇民化戲劇」甚為喧囂的年代。楊逵以天狗熱（惡性瘧疾）影射專放高利貸、危害鄉鄰的李天狗，表面上是順應當時國策，消滅猖獗於農村的流行病，實際上則是借打倒「皇民化運動」的擁護者、吸血鬼李天狗，曲折地反抗日本殖民統治。

日本學者尾崎秀樹對此劇有過專門評論：

楊逵所創作的，作為「皇民化劇」、島民劇運動之一的兩幕戲劇〈撲滅登革熱〉（筆者按：即〈撲滅天狗熱〉），表面上說的是撲滅流行於台灣貧窮農家之間的登革熱運動，但實際上是包含著楊逵所特有的痛烈的諷刺，矛頭指向壓榨農民的高利貸者李天狗的淋漓盡致的作品。

其演出內容，實際上強烈地貫穿著台灣人的、具有階級性

的尖銳視角。在當時的台灣，有因為「皇民化」而苦惱的作家，但與之相反，也有像楊逵這樣的作家。他把批判的矛頭指向高利貸者的同時，也即指向了日本的統治。楊逵以寫「皇民劇」的手來反擊，這就是他深邃、迂迴的抵抗方式。[24]

〈怒吼吧！中國〉是楊逵於一九四四年改編並排演出的劇作。一九四一年太平洋戰爭爆發，日本開始對同盟國英美宣戰，及至一九四四年，美軍在太平洋戰爭中反攻，戰火燃燒到台灣島附近，反英美也成為「皇民化運動」的任務之一。在這種歷史背景下，楊逵改編自俄國劇作家的劇本〈怒吼吧！中國〉，因為原來的戲文內容主要是反對英國，符合當時的日本國策，逐得以演出和出版。

〈怒吼吧！中國〉改寫本表現的是鴉片戰爭時期英國侵略中國的歷史故事。一艘英國炮艦的美國商人在長江上失足落水身亡，英軍艦長硬是污蔑中國人是兇手，並以炮轟全縣來威脅縣長交出兇手就地槍斃。在交涉過程中，英軍欺壓迫害中國人的手段令人髮指。在兩名無辜的中國平民以「替罪羊」被處決之後，怒吼的中國人與縣長在報仇雪恨的吶喊聲中，憤然宣誓，一定要趕走洋鬼子。

楊逵曾這樣談到自己戲劇本的改編：

〈怒吼吧！中國〉描述的是鴉片戰爭時期，英國侵略中國的歷史劇。但這是在抗戰期中，此劇無形中影射日本的侵略戰爭。尤其是我把在台中公園毆打林獻堂的日本浪人賣間，抓起來當作劇中的主要角色，更明顯的表現了日本侵略戰爭的嘴臉，以及日本人欺負中國人的真相。[25]

　　〈怒吼吧！中國〉先在「台中藝能奉公會」顏春福先生的樓上排練，於台中、台北及彰化三地演出時，引起觀眾強烈反響；正當這齣戲在充滿抗日意識的「首陽農園」以台語排演的時候，傳來了日本無條件投降的消息，排演亦就此中斷。

　　其次，在表現不屈的抗議精神的同時，楊逵的劇作還特別傳達了化解省籍隔閡與衝突，兩岸人民團結共建祖國美好前景的願望。

　　楊逵因為〈和平宣言〉而被捕坐牢，心中鬱結了太多的質疑、憤懣與反叛。雖然是與社會長久隔離，但楊逵沒有因此放棄歷史的追問和現實的反思。他這樣談及自己在綠島監獄裡的戲劇創作：

　　我寫了〈三戰赤嵌城〉，用電影劇本的方式表現了我們祖先反抗荷蘭侵略者的歷史，以及話劇〈牛犁分家〉以表現抵抗日本帝國主義的史實，又想起了現在許多蒼白的知識人卻螞蟻都不如地過著迷失沉淪的生活……真是人不如螞蟻……。[26]

　　四幕話劇〈牛犁分家〉寫於一九五八年，是楊逵根據自己的一篇寓言〈大牛和鐵犁〉改編而成的劇本。同年十一月，此劇在楊逵的執導下，於綠島監獄中正堂的晚會中首次演出。楊逵出獄後，〈牛犁分家〉經過了二十多年的沉默之後，最終由高雄大榮高工的學生劇團排演，一九八〇年十二月在高雄、台中演出多場，楊逵親臨現場指導，效果頗為轟動。

　　〈牛犁分家〉的故事發生於日據時期的台灣農村，老農林耕南的兩個兒子大牛與鐵犁被日本殖民當局強行徵兵，送往南洋打仗。兩年之後，太平洋戰爭已近尾聲，台灣農村一片破

敗、凋敝景象，苛捐雜稅逼得農民走投無路。林家唯一的耕牛被日警拉去抵稅，林耕南只好當牛拖犁，日子苦不堪言。

台灣光復後，大牛和鐵犁終於歸來。然而，日據時期頗有民族意識，不願當「大日本帝國國民」的林家父子，光復後卻發生了矛盾分裂與命運逆轉。林耕南被一味貪圖享受、好吃懶坐的二兒媳金枝活活氣死；大牛、鐵犁兄弟倆也因為媳婦妯娌間的矛盾而鬧分家。大牛分得牛，鐵犁分得犁；分不平的鍋碗物件就統統砸碎，結果誰也無法耕種，大家都不能再生活下去。兩兄弟冷靜後想起了父親臨終前，拉著他們的手流淚叮囑，要他們彼此寬容、忍讓，於是兩兄弟相擁而泣，前嫌盡釋。

對於經歷過「二二八事件」的台灣民眾來說，〈牛犁分家〉的象徵意義再清楚不過。楊逵痛楚的歷史經驗和熱切的時代呼喚，深刻地傳達出兩岸人民共同心願。楊逵為呼籲和平而蒙冤坐牢，仍然以寬容之心呼喚兩岸和平統一的前景，其思想境界的高遠豁達，令人感佩。正像台灣學者焦桐所評論的那樣：

〈牛犁分家〉寓意辛酸，象徵戰後台灣和大陸之間一場歷史和地理的誤會。劇中強烈透露兩個希望，第一，台灣光復之初，許多發接收財的商人狂嫖闊賭，過著不事生產卻非常奢靡的生活，本劇藉林耕南活活被氣死，突顯事情的嚴重性。第二，楊逵希望經歷「二二八」事件之後，外省人和本省人能夠打破意識樊籬，相親相愛，彼此寬容、體諒，以理性的態度相互合作，努力耕耘，開創出美麗新世界。這是戰後初期每個人的共同心聲，也是楊逵繫獄十二年不減的熱情，充分體現他不屈不撓對抗外來侵略者的民族精神和對自己人寬容的胸懷。[27]

　　再次，理想主義精神的融入，烏托邦理想的構想，這種對美麗新世界的期待，也成爲楊逵劇作的主題之一。

　　在〈赤嵌拓荒〉這齣劇作中，楊逵讓前仆後繼渡海來台的大陸移民，在開拓台灣的艱辛耕耘中，不斷讚嘆台灣的美麗富饒、自由和平：「這裡叫做赤嵌，是喜愛自由的人來開發的。大家都明朗活潑，過得無拘無束。」開荒者所嚮往的是「自由世界新天地／青山蒼海屬大家／你捕魚呀我打獵／我開荒呀你種地／協力征服自然界／開發富饒新天地」。作者在這裡描繪出一幅男耕獵女織布，清靜自由和平的小康社會圖景，並借劇中人物來創造一種桃花源情境。而一旦荷蘭軍艦入侵，當地居民與渡海來台的移民則團結協力，同仇敵愾，表現出抵抗異族侵略、誓死保衛家園的堅強意志。而這一切，正是楊逵對台灣民眾的期待。

　　〈豬八戒做和尚〉是一齣四幕喜劇，它以豐富的聯想，幽默詼諧的筆調，凸顯了豬八戒的個性，並藉此暗喻出一個「三藏取經的西方極樂世界」，進一步描畫出作者的心目中理想社會的藍圖。在劇中，作者將打家劫舍、搜刮民財的豬八戒比作土匪，將魚肉百姓、貪污賭錢的官府、奸商比作強盜，以此喚起人們對不義不公社會的反抗意志。當三藏與悟空、八戒一行人最後來到桃花源時，舞台上響起孔子的紀念歌，幻燈片映出一張張禮運大同篇的藍圖，楊逵構建的理想社會主義模式盡在其中：

　　幻燈（一）大道之行也，天下爲公（運動大會）

　　幻燈（二）選賢與能，講信修睦（群眾大會選舉長老）

　　幻燈（三）故人不獨親其親（養老院許多孩子們爲老人

服務）

幻燈（四）不獨子其子（養育院寡婦照顧許多孩子）

幻燈（五）使老有所終（老人清閒遊玩散步讀書）

幻燈（六）壯有所用（壯年人做水壩耕地）

幻燈（七）幼有所長（幼年學校教育情形）

幻燈（八）矜寡孤獨廢疾者皆有所養（療養院廢疾者互相
　　　　　照顧快樂生活的情形）

幻燈（九）男有分，女有歸（集體結婚典禮）

幻燈（十）貨惡其棄於地也，不必藏於己（稻穀、果實、
　　　　　布四等捐獻大會）

幻燈（十一）力惡其不出於身也，不必為己（修道築橋植
　　　　　　樹獻地）

幻燈（十二）是故謀閉而不興，盜竊亂賊而不作（法院閉
　　　　　　門無事可做，法官們有的種花，種樹，讀書）

幻燈（十三）故外戶門而不閉，是謂大同（門戶開放群集
　　　　　　在外面歌舞）[28]

　　在〈豬八戒做和尚〉中，還穿插著一種喜劇氛圍。它把那
些假醜惡的東西撕破了給人們看，給人帶來戳穿畫皮的藝術快
感。另外，像〈豬哥仔伯〉、〈睜眼的瞎子〉、〈豐年〉、
〈真是好辦法〉、〈婆心〉這些劇作，本身就標明了「諷刺喜
劇」。楊逵在蒙冤綠島的日子裡，仍然能以笑看人生的態度來
面對命運打擊，這種樂觀主義的精神和對世事的深層透視，使
他綠島時期的戲劇創作越來越趨向「寫實的喜劇」，並構成獨
特的「楊氏喜劇」風格。

　　楊逵帶有喜劇風格的這類劇作，在新舊事物的矛盾鬥爭

中，最終往往是新事物占據矛盾的主導地位壓倒舊事物，並由此否定舊事物。馬克思曾深刻指出：「歷史不斷前進，經過許多階段才把陳舊的生活形式送進墳墓。世界歷史形式的最後一個階段就是喜劇。」[29]

楊逵劇作的喜劇精神，鮮明地體現於兩個方面：一是批評意識，二是樂觀主義精神。前者讓他以犀利的思想鋒芒，洞穿世事，悟徹人生，傳達憤世救世的苦心；後者讓他以幽默詼諧的筆調，嬉笑怒罵皆成文章，並始終懷抱新生活的信念，從中獲得精神再生的力量和愉悅。這種喜劇精神，正如英國劇作家克里斯托弗・弗萊在〈喜劇〉一文中，對具有喜劇精神的人的一種認知：

> 應當去認識生活，承受死亡，保持歡樂。他們的心靈必須像長生鳥一樣堅不可摧，即自焚者必須自行點燃並獲得再生：這不是出於一種脆弱的樂觀主義，而是靠一種來之不易的深沉的愉悅。[30]

楊逵綠島時期戲劇中所蘊含的，正是這樣一種被置於死地而後生的長生鳥精神，如同那壓不扁的玫瑰花，任何時候都保持了綻放的姿態。

〔1〕焦桐:《台灣戰後初期的戲劇》,台北,台原出版社,一九九〇年六月版,第七二頁。

〔2〕同上,第一〇六頁。

〔3〕林梵:《楊逵畫像》,台北,筆架山出版社,一九七八年九月版,第七五頁。

〔4〕轉引自徐迺翔主編:《台灣新文學辭典》,四川大學出版社,一九八九年十月版,第八二二頁。

〔5〕加上最後出版的兩期《新文學月報》,一九三五年十二月至一九三七年三月,《台灣新文學》一共出刊十五期。

〔6〕原載《台灣新文學》第一卷第四號,一九三六年五月,第八六頁;見《新文學雜誌叢刊》(六),台北,東方文化書局復刻本。

〔7〕楊逵:〈談街頭劇〉,原為綠島時期新生筆記簿上之手稿,收入《楊逵全集》第十卷(詩文卷·下),(台南)國立文化資產保存研究中心籌備處,二〇〇一年十二月版,第三一三頁。

〔8〕楊逵:〈新劇運動與舊劇之改革──「錦上花」觀後感〉,原載《台灣新聞》,一九三五年十月二日至?日(河原功先生收藏的楊逵剪報資料,因年代久遠,多處模糊破損,此處時間無法辨識);收入《楊逵全集》第九卷(詩文卷·上),(台南)國立文化資產保存研究中心籌備處,二〇〇一年十二月版,第三七六頁。

〔9〕楊逵:〈談街頭劇〉,原為綠島時期新生筆記簿上之手稿,收入《楊逵全集》第十卷(詩文卷·下),(台南)國立文化資產保存研究中心籌備處,二〇〇一年十二月版,第三一三頁。

〔10〕楊逵:〈「牛與犁」演出有感〉,原載《時事雜誌》第五一期,一九八〇年十一月;收入《楊逵全集》第十卷(詩文卷·下),(台南)國立文化資產保存研究中心籌備處,二〇〇一年十二月版,第四一五~四一六頁。

〔11〕楊逵:〈萌芽〉,原載《台灣藝術》第三卷第十一號,一九四二年十一月;收入《楊逵全集》第五卷(小說卷·Ⅱ),(台南)國立文化資產保存研究中心籌備處,一九九九年六月版,第四五一頁。

〔12〕楊逵:〈春天就要到了〉,原為綠島時期新生筆記簿上的手稿;收入《楊逵全集》第十卷(詩文卷·下),(台南)國立文化資產保存研究中心籌備處,二〇〇一年十二月版,第三〇八~三〇九頁。

〔13〕楊逵:〈新劇運動與舊劇之改革──「錦上花」觀後感〉,原載

《台灣新聞》，一九三五年十一月二日至？日；收入《楊逵全集》第九卷（詩文卷‧上），（台南）國立文化資產保存研究中心籌備處，二〇〇一年十二月版，第三七八頁。

〔14〕同上，第三七九頁。

〔15〕同上，第三八〇頁。

〔16〕同上，第三七九頁。

〔17〕同上。

〔18〕同上，第三八〇頁。

〔19〕同上，第三八一頁。

〔20〕楊逵：〈談街頭劇〉原為綠島時期新生筆記簿上之手稿；收入《楊逵全集》第十卷（詩文卷‧下），（台南）國立文化資產保存研究中心籌備處，二〇〇一年十二月版，第三一三頁。

〔21〕楊逵〈光復進行曲〉，原載《民眾日服》，一九八九年四月二十六日～二十七日；收入《楊逵全集》第一卷（戲劇卷‧上）（台南）國立文化資產保存研究中心籌備處籌備處，一九九八年六月版，第二四七頁。

〔22〕楊逵：〈勝利進行曲〉，原載《自立晚報》，一九八九年四月十八日；收入《楊逵全集》第二卷（戲劇卷‧下），（台南）國立文化資產保存研究中心籌備處，一九八八年六月版，第二六頁。

〔23〕楊逵：〈談街頭劇〉，原為綠島時期新生筆記簿上之手稿；收入《楊逵全集》第十卷（詩文卷‧下），（台南）國立文化資產保存研究中心籌備處，二〇〇一年十二月版，第三一三頁。

〔24〕尾崎秀樹：〈舊殖民地文學的研究〉，台北，人間出版社，二〇〇四年十一月版，第一九四～一九五頁。

〔25〕楊逵：〈光復前後〉，原載《聯合報》副刊，一九八〇年十月二十四日；收入《寶刀集——光復前台灣作家作品集》，台北，聯合報社，一九八一年十月版，第一二～一三頁。

〔26〕楊逵：〈園丁日記〉，收入楊逵：《壓不扁的玫瑰花》，台北，前衛出版社，一九八五年三月版，第一〇五頁。

〔27〕焦桐：《台灣戰後初期的戲劇》，台北，台原出版社，一九九〇年六月版，第八六頁。

〔28〕楊逵：〈豬八戒做和尚〉，收入《楊逵全集》第二卷（戲劇卷‧下），（台南）國立文化資產保存研究中心籌備處，一九九八年六月版，第一四八～一四九頁。

〔29〕《馬克思恩格斯選集》（第一卷），人民出版社，一九七二年五月版，第五頁。

〔30〕（英）克里斯托弗‧弗萊《喜劇》，轉引自《喜劇：春天的神話》，中國戲劇出版社，一九九二年七月版，第四～五頁。

第八章

綠島言說：以生命傾訴心語

　　綠島時期的楊逵，在生命被囚禁的歲月，以常人無法想像的艱難，仍然堅持了戲劇、散文、詩歌乃至家書的寫作。這些作品，有的文章刊載於監獄裡的《新生活》壁報上，有的劇本得以在年節佳日的綠島監獄晚會或綠島街頭演出，有的家書記錄在「新生筆記簿」上，但在當時，它們根本無法公開發表。即使楊逵出獄後，這些作品不是被封存在家中的鐵櫃子裡，就是在命運的顛沛流離中失落多年，楊逵生前並沒有看到它們的發表與出版。直到一九八五年楊逵去世以後，這些被「出土」的綠島遺作，才得以重見天日。

　　綠島時期的寫作，是楊逵在生活最黑暗的地方放射出來的生命光芒，它不僅透過楊逵心靈歷程的忠實記錄，發掘出一種冰山底下也不致凍僵的生命能源；而且以其體裁多樣、數量豐富的作品，構成楊逵文學生涯中的另一創作高峰。

一、綠島家書：黑暗中發出的愛與熱

　　《綠島家書》是楊逵繫獄綠島時期，絕大部分未曾寄發的家信底稿。這批家書原來寫在二十五開的「新生筆記簿」上，一共有四本。從一九五七年十月十二日寫起，至一九六○年十

一月十八日止,前後超過三年的時間,總計一百零七封。從泛黃的筆記本來看,這些信件可能是楊逵所寫的草稿,其書寫字跡時而整齊,時而凌亂;有刪改明顯的地方,也有劃了增補線卻未曾補入之處;有寫著「返回」字樣的信件,也有標明「不發」記號的信件。按照綠島監獄的規定,每位受刑人一周最多只能寄出一封經過嚴格審查的家信,且字數不能超過三百字。所以,楊逵寫信時總是先打草稿,如果超出了規定字數,再做修改。這些「新生筆記簿」上所寫的,正是《綠島家書》的草稿。

這些絕大部分未曾寄發的信件,不僅楊逵家屬根本不知道它的存在,就連楊逵本人也早已遺忘,生前未向任何人提起過。直到一九八六年,也就是楊逵逝世一年之後,正在東海大學讀碩士的楊逵的孫女楊翠,從朋友那裡,得到了有人輾轉送來的《綠島家書》手稿。當楊逵次子楊建第一次看到這批家信的時候,百感交集的心情實在是難以形容。父親生前對子女關愛的信件,居然是在父親去世之後才被子女們讀到,歷史留下了多少憤懣、痛楚和遺憾!這一切,正如楊建在〈一個支離破碎的家〉中所說的那樣:

這些家書絕大部分未曾寄發,我乍一接到,當晚挑燈夜讀,前景舊事紛紛湧來,可以想見父親在當時嚴格的通信字數限制下,不能如願地將這些關愛寄達家人手中的悲憤之情,二來也可以知道,父親是想利用書信體的形式,來記下他飄離海外的所思所感……[1]

楊建流著眼淚,徹夜閱讀。當他合上了《綠島家書》最後

一頁的時候，天色已經發亮。楊建細心整理了這批家書，並為
它一頁頁地加了註釋。一九八六年十月十八日，《綠島家書》
由《自立晚報》副刊予以連載，至同年十二月二十四日全部刊
完，歷時兩個月有餘。《綠島家書》的公布，受到讀者的廣泛
注目，它讓「綠島楊逵」生前受冤於社稷、死時含悲於家人的
沉冤，在楊逵寫了《綠島家書》二十九年之後（從一九五七年
起），在楊逵出獄十五年之後（從一九六一年起），在楊逵逝
世一年之後（一九八五年），終於得以昭雪。《綠島家書》後
來又經楊建的女婿魏貽君整理一次，並且加上適當的標題，由
台中的晨星出版社於一九八七年三月結集出版，書中收入了從
一九五七年十月十二日至一九六○年十一月十八日所寫的一百
零七封家信。二○○一年十二月，彭小妍主編的十四卷《楊逵
全集》全部出版，其中第十二卷（書信卷）收入了楊逵從一九
五四年十月十五日至一九六○年十一月十八日所寫的一百一十
一封綠島家書。至此，目前所能夠搜集到的綠島家書，得以完
整的面貌呈現。

　　《綠島家書》寫作的背景，根據楊建的回憶，是父親鋃鐺
入獄後全家最困頓的日子：

　　　　向電力公司租來的土地，因電力公司要收回以增建員工宿
　　舍，限我們在年底前搬出去，交還土地，這是民國四十六年的
　　事情，這件事對窮苦的我們而言，形同晴天霹靂，而父親在家
　　書中所提及的諸事，也從這年開始。……
　　　　民國四十六年到四十九年間，家中情形一如往昔，人人都
　　在窘困的環境中衝撞、掙扎，企圖走出一條路來。
　　　　但是這一連串的變動，只是家中每個份子各自投入生活，

各自與環境搏鬥，容或稍有助於家庭，也是微不足道，媽媽仍然每日賣花餬口，債務和利息像滾雪球一樣，擔子愈來愈重。

　　家中恆是這般，而在綠島的父親在這期間也曾舊病復發，我們斷續寄出一些藥。這便是這批家書的背景，父親為理想而受罪，帝制中國有所謂「誅連九族」，而我們雖沒有一起牽連入獄，卻在現實生活中到處碰壁，親友走避，人情冷漠。我們知道，在這個矛盾的時代中，身為一個政治批判者的家屬，需要更大的覺悟和勇氣。[2]

　　在這種背景下，被囚禁在綠島的楊逵，對家庭的困境，家人的悲苦愁悶心情，特別是子女在求學、就業、婚姻等方面遭遇的人生問題，用盡言語相勸勉勵，頻頻以出獄、團聚、重建未來新樂園來激勵家人，盼望大家攜手扶持，共同走過這段悲劇歲月。

　　有一段時間裡，長女秀俄流落花蓮當廚師，與家人失去聯繫；長子資崩隻身前往台北謀生，當園丁，做木工，四處遷徙；次子楊建從三餐不濟的大同工專生涯中脫身，前往高雄入伍受訓；次女素絹在南投一帶讀師專，么女楊碧在台中投考家職，妻子葉陶也留在台中，仍舊以賣花為生。加之遠在綠島的楊逵，全家七口人竟然離散在六個地方！家庭成員各有各的困擾，楊逵每星期依次往每個地方給每一個家庭成員發一封信，要六個星期才能輪一遍。楊逵面對的是這種現實：按照獄中規定，每位受刑人「每周只能寄出一封三百字的信，心有餘而字不足，恐怕很難發生有效的幫助」。[3] 有一次，因為長子資崩的事情，楊逵多寫了幾句話，竟被罰以三個月不能寄發家信。後來，楊逵在寫家信的同時，開始利用獄中刊物《新生月刊》

的版面，與家人討論問題，幫助他們排憂解難，這成爲楊逵解決家書「心有餘而字不足」的一種變通辦法。楊逵在一九五八年十月十一日給次子楊建的回信中，就曾提到：「關於你面臨的諸問題，我很高興同你討論一下，一寫便寫了幾千字，這麼長的信是不能獲准寄出去的，只好等新生月刊發出後寄給你作參考。」[4]

《綠島家書》的每封信，有專門寫給的對象，如「親愛的陶」、「親愛的絹」等等；也有寫給非特定對象的，如「親愛的孩子」、「陶、絹、碧」等等；每封信都註明寫作時間，還有專門署了題目的信件，如「人生的意義是什麼」。「凡此種種，跟隨著時序的推衍、心緒的起伏、事件的切入、字跡的急緩，都讓人感到，在薄薄的筆記本中翻騰著的，是一個父親在有家歸不得的情況中，急切地發出了對受傷的家庭的禱祝，卻又無力而徬徨。」[5]

《綠島家書》的寫作，主要反映了三個方面的內容：

第一，離散命運中的親情凝聚與愛心溫暖。

在家庭成員四散、每個人都在艱苦掙扎的時候，楊逵對於受傷的家庭，是以深情關愛和熱情鼓勵，來盡一個丈夫、一個父親的責任。儘管他在綠島監獄經受那樣沉重的人生，但寫給家人的信中，流露的不是個人困頓與煩憂，而是對家人的關心、呵護之情。對於子女們自幼就得承受因父親而來的災難，楊逵一向自責極深。尤其是對於小小年紀就輟學、打工，爲家庭承受重壓的長子資崩，楊逵更是懷有愧疚之心。《綠島家書》中有四十七封信的署名都涉及資崩，其中單獨寫給資崩的就多達二十三封。在〈人生的意義是什麼〉這封信裡，楊逵對資崩說：

　　近來你的信都充滿悲觀、憂悶、頹喪的氣氛，叫我很擔心，也覺得慚愧。十年來，我未能盡到做一個爸爸應盡的責任，才讓你們兄弟姐妹；特別是你，吃得太多的苦了。

　　小雞們剛出蛋殼，需要的是母雞用翅膀來防護、來溫暖，也需要母雞幫其覓食、帶頭找路的，在這個時候，你才十幾歲的時候，就讓你帶著幼小的弟妹們在冷酷的環境裡奔波，就是鋼鐵做的心也會痛的。這是我生活歷程中唯一的遺憾。

　　在你們正需要溫暖的時候，我的翅膀離得這麼遠，無法把你們抱在懷裡，使你們免致凍僵。在你們正在迷途上徬徨的時候，也未能帶頭指點你們，使你們避免踏上這許多陷阱與險崖。〔6〕

　　十年的綠島生涯，強行割斷了楊逵與家人朝夕相伴的現實生活，卻割不斷他與家人精神情感上的聯繫。楊逵在最黑暗處發出的光和熱，使他成為困頓歲月中家庭的靈魂所依，精神情感的能源所在。對於這個支離破碎的家庭，楊逵是用愛心與親情、精神與信念，來把它牢牢支撐。在他看來，「家庭生活是社會生活的起點，而它的結合是愛。」「永恆的愛一定要建立在互相瞭解、互相體諒的基礎上。」〔7〕面對一家人的離散境遇，楊逵認為最要緊的是精神的安定。他寄希望於全家人互愛互諒、團結奮進、共度難關。

　　對於患難與共的妻子，楊逵深深理解寂寞歲月中的葉陶獨自拉扯五個孩子的艱辛，他總是想方設法化解葉陶與孩子們在就業、婚姻問題上發生的矛盾。楊逵叮囑子女們說：「媽的脾氣固然壞，優點卻也不少。你們應該原諒她……爸離家太久了，媽因寂寞與艱苦，脾氣暴躁一點免不了的。」〔8〕這樣的言

語和口吻，不止一次地出現在《綠島家書》之中。而在給葉陶的信中，楊逵則提醒她，要發揚家庭民主，尊重孩子們的意見，給他們以成長的空間。楊逵這樣安慰妻子：「陶，新年又過去了。再十五個月我就可以回去了，過一個中秋，一個年，很快就會到的，希望你們再忍受一下。我回去以後，一切都可以復原的，快樂的晚年是可期的。」[9]

對於困頓歲月中成長的子女，楊逵更是傾注了他的愛與關懷。從求學就業境遇，到婚姻戀愛問題；從日常生活中的情緒波動，到工作環境裡的事業發展，孩子們的一顰一笑，一舉一動，都牽動著楊逵的心。他說：「我的心肝孩子們的痛苦便是爸的痛苦，唯有你們都真正快樂，爸才是快樂的。」[10]

看到長子資崩一度因生活重負而苦悶焦灼，萎靡不振，楊逵接連不斷地給他寫信，幫他規劃家庭經濟，製定人生計畫，鼓勵他從困境中走出來。得知資崩的精神狀態有了新起色，楊逵非常高興，他在寫給資崩的信中說：

> 親愛的萌：
> 新年又到了，正在這個時候你提高了文藝工作的興趣，想要著手編纂台灣抗日史，我很高興。為祝你有意義的工作的開始，我贈給你筆名「萌」。對於播過十多年的種子，種植過上百萬棵花木的你，這個名字的意義是不必贅言的。
> 那是多麼蓬勃有力啊！
> 春天又到了，你的理想之芽也該萌了。[11]

在這之後，楊逵更多的時候，是在信中直接稱呼資崩為「萌」，《綠島家書》中涉及「萌」的信件多達二十三封，單

獨寫給「萌」的信件就有七封，可見楊逵對長子的殷切期望。

得知次女素絹初涉世事，因幻想純真缺少經驗，在工作和生活上都碰到了困難，楊逵放心不下，幾次寫信鼓勵女兒：「親愛的絹，我把你的信反覆看過十幾次，字背之音都聽見了。你的困難是年輕人都會碰到的，我也是曾經碰到過的一人。初出校門時，誰都是幻想天真，一切人事物都生疏難應付，跌了一跤又一跤是免不了的，這正是人生的試煉，也是對朋友伴侶的考驗。」[12]透過一封封家書，從遙遠的綠島所傳遞過來的，正是楊逵那沉甸甸的父愛。

對於家中新生的第三代生命，楊逵則寄寓了更多的欣喜與希望。《綠島家書》中那些直接寫給孫子的信中，如〈有個好玩的公公〉、〈公公永不想偷懶〉、〈用實力趕上公公〉、〈公公的煙囪又冒煙了〉等等，除了表現出一個老人含飴弄孫的舐犢之情外，還將楊逵的樂觀情緒和天真性情展露無遺，讓人看到了一個「老頑童」的形象。得知長子資崩馬上要做爸爸了，楊逵欣喜萬分，他給還未誕生的孫兒起名：

　　我希望他（她）日日新又日新，天天進步，這樣保持求真的精神便能有美與善的表現，男的『又新』、『天進』。女的「真」。」[13]

長孫天進的出世，讓楊逵看到了新的希望，他給幼小的天進寫信：

　　天進你這個小小的生命，給我們帶來了一片歡樂，扭轉了家庭危機，我將為你準備一支「天進之歌」讓大家合唱。[14]

　　心情的豁然開朗，讓楊逵重建家園的計畫更加堅定，他曾把出獄後準備創建的花園幻想為「天進花園」。孫子每一步成長，都帶給楊逵難以言狀的喜悅，他單獨寫給天進的信就有五封。楊逵在信中這樣說：

　　親愛的孫兒：十日的信和相片兩張都收到，我們藉由相片已經見面了，這封信件可算是見面禮，祝你天天進步。……

　　爸爸大壞蛋，實在該罵，怎麼可以用鬍子來刺痛你軟軟的蘋果頰呢！你得嚴厲警告他一下，如自己懶得修臉，就該請媽媽替他修，要不然呢，叫公公用鐮刀像刈茅草一樣給他刮鬍子，那就不太好受的了。

　　不過，爸爸曾來信抱怨你愛哭，你也得當心。人家都說嬰兒哭叫是一種運動，公公也是愛運動的，自然支持你，可是運動是在白天做的呀，怎麼可以三更半夜運動起來，吵得爸媽不能睡眠，以致白天沒精神工作？逗人笑笑的調皮是可以的，逗人苦惱的調皮可不行，因此挨打小屁股，公公是不能袒護你的啊。

　　前封信寄去幾張相片，是公公參加游泳比賽和跑五千公尺的，公公一直還在水陸兩方面力求進步，得了兩項第一名，一項第三名，還有一面「自強不息」的錦標哩。你既學會了翻身，再來學爬、學坐、學走、學跑，用實力來趕上公公吧！[15]

　　對長女秀俄的兩個孩子嬋娟和宗能，楊逵同樣掛念在心，他在寫給女兒的信中說：

　　春節又到了，爸不能給孫子們壓歲錢，讓他們高興一下，

覺得很遺憾。你就把往年我們在園裡過年的快樂故事講給他們聽聽吧。這樣,他們便會覺得有一個好玩的公公多有趣,自然會發生樂觀的期望。這是爸唯一能夠給你們的禮物。[16]

　　一九五八年,楊逵在綠島監獄過生日的時候,還在曬衣場上種下七棵榕樹,希望多年之後,孫兒們來綠島玩的時候,可以看到許多人在這綠蔭下乘涼玩耍,可以從中體會到一種親情傳遞、生命鏈接的快樂。

　　楊逵對家人的拳拳之心,在《綠島家書》中可謂多層面的體現,他讓人們看到了有著人間大愛和社會關懷的楊逵,「無情未必真丈夫」的另一面人生。

　　第二,艱苦歲月中的樂觀精神與信念支撐。

　　楊逵是為理想而坐牢的,能夠支撐他渡過漫漫綠島歲月的,是「逆風何所懼」的樂觀主義精神,是「雷公打不死」的生命意志。楊逵用這種精神鼓勵自己,也透過《綠島家書》,把它傳遞給家人。在〈我會把笑聲帶回家〉、〈樂觀是人生最要緊的〉、〈滿屋花香的快樂世界〉、〈夢見快樂的日子〉、〈帶點漫畫氣氛的家〉、〈保持樂觀精神〉等家書中,楊逵這樣表明他樂觀向上的人生觀:

　　樂觀在人生是最要緊的,只要能夠樂觀,物質上、工作上多吃一點苦也可以從安慰中得到了補償。[17]

　　人生的意義是爭取個人長久的快樂,同時也為眾人爭取快樂。[18]

　　我希望每一個孩子都能安居樂業，保持樂觀精神幹下去，如此就是把所有的東西都變賣填充也可以的。只要孩子們都能保持健全體魄、樂觀精神，我回去之後要重建輝煌事業是沒有問題的，快樂的晚年自不會發生問題。[19]

　　在〈我是雷公打不死的〉、〈爬起來迎接黎明〉、〈堅持意志與決心〉、〈人生不怕問題多〉、〈挺起胸來吧！〉、〈黑夜卻有星光〉、〈跌倒了，爬起來〉、〈有勇氣面對現實〉、〈窮是不必畏懼的〉、〈未來是光明的〉等信件裡，楊逵始終訴說的，就是這樣一種生命信念：

　　健全的人生是歡欣而不溺，憂患而不消沉，可伸可屈是我們應該保持的態度。[20]

　　你知道茅草是割了又長，越長越大，不怕風，不怕雨，不怕旱，也不怕人家踐蹋的。[21]

　　對於困頓歲月中滿是傷痕的家庭，楊逵用《綠島家書》傳遞的愛與親情來撫慰它，用堅忍的生命意志和面向未來的樂觀精神來修復它，他一次次地憧憬著出獄後能為家庭遮風擋雨：「等到回家，一切不理想的事情都可以徹底改善，我們便可以過著溫暖和氣與充滿歡樂的生活。」[22]於是，等我回家——重建家園——全家團聚——創造花香滿溢的快樂世界，就成為楊逵在綠島歲月中強烈而執著的嚮往，成為他對家人深深的承諾與期許。

　　第三，綠島生涯中的疾病敘述與生命渴望。

疾病敘述，構成《綠島家書》中的重要內容。「其數量之多，整部『綠島家書』可以說是一部楊逵自己的『疾病備忘錄』，也可視爲楊逵的另類『身體書寫』。」〔23〕

在綠島監獄，楊逵始終處於生命掙扎的矛盾境遇。身爲政治犯的楊逵，經受著思想與身體的雙重囚禁。他雖然可以用意志堅守自己的思想和信仰，卻無法完全左右飽受磨難的身體，堅貞的思想與孱弱的身體形成突出矛盾。而對於家人，特別是在遭遇困頓歲月的子女面前，身爲父親的楊逵首先要擔當「醫者」的角色，幫助孩子們化解矛盾，渡過人生難關，諸如對長子資崩的情緒處理與精神療治。與此同時，身爲病人的楊逵，又必須面對體弱多病的現實，通過向家人求援，來幫助自己療治疾病，走出身體困境。這使得一部《綠島家書》，既是苦難人生境遇中的勵志家書，又成爲楊逵自己的「疾病備忘錄」。

楊逵原本體弱多病，在嚴酷的綠島生活環境中，不斷經受扁桃腺發炎、淋巴腺腫大、肝功能衰弱，以及感冒、失眠、沙眼等一系列疾病的纏繞。一九五八年，楊逵的肺病復發；一九六〇年初，爲子女思慮成疾，肝功能衰退加劇。這期間，《綠島家書》中反覆出現的，就是「疾病」、「藥品」、「治療」、「健康」、「生命」之類的字眼，涉及自身病情或向家人求藥的信件，大約有三十七封之多，由此可見「生病」是經常困擾楊逵的生命狀態。

每每家人因生活貧困、無法及時供應楊逵所需藥品時，楊逵便向獄友借藥救急。綠島監獄裡，政治犯中有不少醫生，他們曾熱情地救助了獄友。楊逵後來回憶說：

在火燒島，政治犯中前前後後大概有十個醫生，像呂水

閣、胡鑫麟、胡寶珍、王荊樹和「阿斯匹林」等。他們就在火燒島醫務室替同學看病。「阿斯匹靈」叫什麼名字，我已記不得。當時在火燒島，藥真少，遇到感冒、肚子痛、頭痛時，這位從西螺去的醫生就開阿斯匹靈，反正治什麼都用阿斯匹靈，所以大家叫他阿斯匹靈。這些醫生，為火燒島的同學貢獻不小。〔24〕

當時在綠島的醫生政治犯，內科有呂水閣、徐水泉，眼科有胡鑫麟，小兒科有陳神傳，外科有林恩魁，耳鼻科有蘇友鵬，皮膚泌尿科有胡寶珍，婦產科有王荊樹，可以開個綜合醫院了。〔25〕

借藥，就是在這種背景下不斷發生的。楊逵寫信說：

我自回到這裡，乾嗽、喉嚨痛、淋巴腺腫起來；身體疲乏不太舒服，恐怕毛病復發，醫生朋友都很關懷，經常給我診察，打針、吃藥，慢慢會好的，不要掛念。只因為，這些藥都是向朋友借來的，Ameiazid 已經借了四百粒了，Paso 借一大瓶，還有複方維他命。他們的接濟也是有限的，這些藥不好意思借得太久，以致影響他們的治療。……〔26〕

四個月來吃的藥都是向朋友借的，朋友們也很慷慨借給我，不過，我知道他們的接濟也是很有限，不好意思借得太多，拖得太久，以致影響他們自己的療病，心裡免不了有一點沉悶。〔27〕

一九五八年十月，在連續四個月沒有收到家中寄藥、已經

欠下獄友諸多藥債的情形下，楊逵轉而向次子楊建及次女素絹求援，因為楊建剛剛進入鳳山陸軍步校充任二等兵，當時月薪七十五元；素絹一九五八年九月擔任國小教職，稍有收入。楊逵說：

> 我曾向家裡要 Ameia，寫過幾封信了，卻一直沒有反應。
>
> 我知道家中的經濟情形是很苦的，自然不會怪他們的，不過我曾叫他們整理一些不用的書拿到古書鋪去換錢來買藥，他們也置之不理。實在叫我難以諒解。也許是顧慮面目吧？我不知道把不用的書賣掉會傷害他們面子的。這樣拖下去，假如人都沒有了，留那些爛書有什麼用？
>
> 話雖這麼說，你哥哥現在夠苦惱的了，我又不敢加添他的煩惱。〔28〕

疾病纏繞的日子裡，明知家中經濟困難，子女人生負重，楊逵又不得不開口求援，這讓他不時陷入焦慮、沉悶、矛盾的情緒之中。為了減輕家中負擔，楊逵想方設法，諸如，堅持給《新生月刊》寫稿，以保證每月二十元的稿費；楊逵也曾想寫些故事向外投稿，這是他唯一可能弄到錢的辦法，但是向外投稿的手續辦理煩難而長久，遠水不救近火。他減少了吸煙，把日常開支壓縮到最低點，同時也努力鍛鍊身體，改善自身體質。

離服刑期滿的日子越近，楊逵對健康的渴求也越強烈，因為有那麼多重建未來的計畫在等待他。他在寫給子女的信中說：「無論如何，一定要再忍耐一下，讓我安然渡過這最後一年。只要我能保持健康回去，你們的委曲一定能得到補償，困難問題也都可以順利解決。」〔29〕「近來你不能按月寄錢，個

半月才寄一次，我可以猜想你的收支情形是不理想的。但我想，我是可以想辦法的。只剩了七個月，再勉強一下很快就到了，多一點負債也是有限的，只要保持健康回去的話，再多的負債也是沒有問題的。」﹝30﹞基於此，楊逵要咬緊牙關堅持渡過最後的綠島歲月，以健康的身體迎接家族共享的生命背景，所以，疾病述說的背後，是強烈的生存願望和抗爭意志，也是與家人求得互助、共渡難關的一種生命聯繫方式。這一切，正如楊翠所指出的那樣：「疾病可謂楊逵的一種生命本質，『綠島家書』中，楊逵兼具病人與醫者雙重角色，十二年的牢獄之災，楊逵以疾病爲題，透過家書，串織兩座禁錮之島，關照家人的身／心／靈，探索自己的生命姿態，並儲存自己的生命能源。」﹝31﹞

　　總之，《綠島家書》讓人們看到的，是綠島楊逵的眞實形象和生命歷程。透過他的所思、所想、所憂、所歷，一個堅持「馬拉松精神」的綠島長跑者，一個有著「雷公打不死」胸襟的樂觀主義者，一個堅持《新生月刊》投稿的獄中寫作者，一個充滿普通人親情關愛和生命困境的父親形象，那般鮮明地浮凸出來，引領了受難者家庭的風雨征途，溫暖了天底下坎坷的人生故事。

　　重讀《綠島家書》，猶如學者向陽所說：

　　這樣的家書，不該只是楊逵先生家屬的紀念物，它是整個社會都可以共享的心靈資產；這樣的家書，雖然冠名「家書」；也絕不只是一個受刑人自勵自勉的筆記，它還是所有在人生路途上正在前進、或陷於困頓的人都可以汲取使用的生命能源。﹝32﹞

二、綠島詩文：囹圄裡放飛的情與思

　　綠島時期，可謂楊逵詩文創作的高潮期。其散文隨筆的數量，達到三十七篇；詩歌的寫作，也有十六篇之多。這些作品，當時根本無法公諸於世，僥倖得以「發表」的，也只是刊登在綠島監獄的《新生活》壁報和《新生月刊》上面，並且是在嚴格的審查之後。多數詩文，則無聲地存在於楊逵綠島時期的新生筆記簿中，作者終其一生，都未能看到它們的發表，這樣的詩文，至少有二十五篇（首）。然而，綠島監獄雖然能夠隔斷文學作品的發表，卻阻遏不了楊逵詩文的光芒；潛在寫作的作家，在任何境遇裡都依舊是一名文化戰士。如果說，《綠島家書》是楊逵在人生最黑暗處點燃的心靈之燈；那麼，綠島詩文就是他在沒有自由的鐵窗裡放飛的生命之鳥。楊逵所嚮往的詩精神，他所堅守的知識分子情懷，都充溢在綠島詩文的字裡行間。

　　楊逵這一時期的散文創作，主要採用紀實性散文和文藝隨筆兩種形式。前者多表現楊逵在綠島的獄中生活和困頓歲月中的親情家事，後者則重在文學性的思考和人生勵志。楊逵雖然冤獄綠島，卻並沒因此自怨自艾，放棄人生。在他的散文裡，無論是對綠島受刑人的勸勉，還是對離散命運中的家人的鼓勵，或是對自我人生的期許，都特別張揚了一種振奮情緒、積極向上、走出厄運的精神氣概，勵志的色彩貫穿始終。

　　在〈園丁日記〉、〈抬紅土記〉、〈輕公差〉、〈上山砍茅草〉、〈捕鼠記〉、〈中秋過後〉、〈季節風侵襲之下〉、〈貧血的「新生月刊」〉、〈烏龜與兔子的賽跑〉等作品中，艱苦的獄中生活揭開了綠島囚犯的生存真相，困頓的人生歲月

方顯出英雄本色。且看楊逵所面對的生存環境：

　　舊的颱風剛過去，新的颱風又要來，一個警報剛解除，另一個警報又來了。什麼萬達、黛納、芙瑞達、般馬、茜達、哈利……一個月來差不多沒有安靜過。

——〈園丁日記〉

　　外面天天颱風，天天下雨，每次上山種樹砍草，差不多每次要淋濕一身的，感冒又一直積下來未能治愈。

——〈季節風侵襲之下〉

　　今天因下雨，山路滑得很，一不小心便四腳朝天，無心看風景了。……為怕跌倒，大家都提心吊膽，好像是螞蟻的行列，走得很慢。

　　紅土盛好了，馬上抬走。下坡比上坡更難。

——〈抬紅土記〉

　　今天起個早，上山砍茅草。來時天氣好，忽變驟雨到，淋濕了和尚頭，真糟糕。趕快下山跑，跳過一條溝，走跌了一跤，滾一倒，滿身淤泥汗水臭。

——〈上山砍茅草〉

　　整個夏天，太陽似火球，室內如烘爐的綠島，正如她的本來大名所稱的，名副其實是火燒島。

　　記得，初到這裡那一年的第一個夏天，我們的皮膚都被太陽曬焦了，皮剝了一次又一次。無論白晝與夜晚，汗水如泉

水，是流不盡、擦不乾，是經驗。

──〈中秋過後〉

　　烈日、暴雨、颱風、崎嶇的山路，抬紅土、打石頭、砍茅草、砌牆蓋房、種樹育苗，肆虐的大自然與艱辛的勞作成為綠島囚犯的日常生活寫照。面對無休無止的苦役，楊逵散文所表現出來的，不是抱怨和退縮，而是以坦蕩心情的應對和生命意志的堅守，他一刻也沒有放棄知識分子的精神思索。〈園丁日記〉透過栽種樹木時與大自然搏鬥的情景，把綠島難友堅韌的生命毅力和為後人帶來綠蔭的美好夢想栩栩如生地展示出來；〈抬紅土記〉記述雨後上山抬紅土的艱辛勞動過程，傳達的是作者對難友之間互幫互愛精神的一種感念；從〈上山砍茅草〉摔跤的經歷，楊逵悟出的是「人，生在這世間，什麼時候要摔倒，什麼時候碰到嚴重的困難是說不定的。」[33] 所以，堅強的精神便成為戰勝一切挫折和打擊的支柱。〈烏龜與兔子的賽跑〉描寫的雖是楊逵參加綠島運動會的故事，但它所要張揚的則是楊逵追求的一種人生精神：

　　這一次五千公尺賽跑，我的成績固然是倒數第一；但我並不灰心。在烏龜與兔子的賽跑中，烏龜輸了是天經地義，一點也不稀奇；但誰也不能斷定，烏龜就沒有迎頭趕上的一天。

　　現在我敢說：五十幾歲還不能算是老了，五十絕不是人生的終結，我們還是有前途的。但這前途絕不是叫天啊，神啊就可以賜給我們的，魔鬼也不能注定我們的命運。我們一定要經常磨練，自強不息，有始有終，才能爭取到。[34]

　　事實上，身處逆境仍然不放棄人生追求，遭受厄運依舊懷有生命的期許，綠島楊逵所依靠的，正是這種自強不息的精神和對未來前途的樂觀信念。

　　走進〈太太帶來了好消息〉、〈我的小先生〉、〈怎樣才能把一個家弄得好？〉、〈父子游泳賽〉等散文作品，撲面而來的是一種濃濃的親情，是活潑詼諧的樂觀情趣。這種樂觀向上的情懷與楊逵及其家人的生活困境形成鮮明對照，從中可看出賴以支撐他們走過人生坎坷曲折的精神柱石。〈太太帶來了好消息〉表現楊逵入獄後陷入困頓的家庭是怎樣的在親情愛心的相濡以沫中，團結拼搏，逐漸走出困境，終於步入生活坦途。楊逵這樣描寫太太帶來的好消息：

　　好消息是我們家裡每一個人在日常生活中的小故事；這些小故事表現著協力一致與堅強奮鬥的精神。就在六個人分為五個家的今天，大家的心越顯得牢牢的結合在一起，使我無後顧之憂。

　　這個結合在一起的心，叫做愛。〔35〕

　　接下來，楊逵以欣喜有加的口吻，如數家珍般地一一介紹了太太帶來的好消息。在這個洋溢著自由、民主、快樂風氣的家庭裡，有著健康、明朗、活潑性格的太太；持家有方、自稱全家「總經理」的長子資崩，勤勞能幹、繼任家中「副經理」的次子楊建，新近考入師範，曾任楊逵「小先生」的次女素絹，以及在哥哥入伍、姐姐上學之後，接任「管家婆」的么女楊碧，都以他們各自的拼搏和團結協力，共度困頓歲月，走出人生逆境。對於身陷囹圄、思念家人的楊逵來說，再沒有什麼

能比這樣的消息讓他振奮，於是他在文章結尾深情地寫道：

> 太太帶來給我的好消息，不是金錢財寶，也不是添丁發財，是太太以及兒女們的牛一般的體格，牛一般的克苦耐勞，與真實人性的愛──這愛充滿在每一個人的心裡頭。
> 家是民族社會的基礎，家庭生活是社會生活的起點，它的結合就是愛，它正是太太帶來的好消息。[36]

楊逵寫於綠島時期的散文，其中有二十餘篇長於說理的文藝隨筆。這些文章，或側重於社會人生的思考，以平凡生活中的哲理發現而見長；或執著於創作問題的言說，以廣泛的文學關懷為特點。楊逵的「新生筆記簿」上有一組「寫作漫談」的文章，它由〈談寫作〉、〈什麼是好文章〉、〈文章的味道〉、〈文章的真實性〉所組成，加之〈文化戰士〉、〈作者與讀者〉等文章，集中地反映了作家楊逵在獄中的文學思考，並深化了他所堅持的文藝觀。在文學的作用、作家的良知以及文學理想的真實根基等方面，楊逵如是說：

> 文章是反映人生的，人是社會的動物。生活有個人的一面，也有社會的一面，這些結合在一起，喚起了人們的喜怒哀樂，憂鬱與雄壯。[37]
> 文章是精神的糧食，是用以傳情達意的東西。寫文章的人，應該先有什麼意思與情感要傳達，是主動的、帶有指導啟發作用的。因此，社會對作者的要求，總比廚師更嚴厲。要是作者沒有良知，出賣劣貨與毒品，將受到的譴責與批評也是更

嚴屬的。〔38〕

作者藉文藝的形式又常常要提示他的理想，要是他的所謂理想是沙上的樓閣，要到那裡的路又是一條虹，一定也不能叫我們嚮往。固然間接的表現方法是有的，但一定要有實質的事物來印證才能叫人共感與共鳴。〔39〕

楊逵綠島時期的文藝隨筆寫作，還特別注重民間的文學藝術資源的發掘，有關諺語、民歌、民謠、民舞、街頭劇等話題開始大量進入楊逵的文藝思考視野，並引發他對於駛犁歌、捕漁歌、插秧歌、舞龍、弄獅、宋江陣等多種文化習俗和鄉土藝術的童年記憶。這些民間素材，曾較多地運用在楊逵綠島時期的戲劇創作，並在綠島散文中不時涉及。

楊逵曾一連氣寫了三篇談論諺語的文章，從諺語的由來與特性，到諺語的民間運用與流傳，一一道來。在楊逵看來：

諺語是民眾對某項事物看法的集約表現，個人的與偏差的看法，都不能成為諺語。〔40〕

諺語是我們民族偉大的文化遺產之一，它用很通俗簡潔的幾個字，告訴我們對事物的看法，常常含有很深的哲理，給我們明快的解釋。〔41〕

諺語要經過千千萬萬人的嘴來流傳，也就必須要得到千千萬萬人的公認，才能傳到我們耳朵來。宣傳要是空虛的、沒有道理、沒有事實根據的，就得不到那麼多人的公認傳誦。言論統制只能夠禁壓那些公開的出版與演講，絕不能封閉了千千萬

萬張的嘴。[42]

　　不僅如此，楊逵還搜集了許多來自民間百姓的諺語，把它們用於對歷史、社會和人生的解讀。諸如，將「黃虎生在太平洋未升天牙癢癢」、「三年小反，五年大亂」、「王爺公無保庇害死蘇有志」、「大本營發表輸的總記在別人的賬」這些諺語連貫起來，可以極其簡潔而傳神地勾勒出日據時代的台灣歷史線索，讓人們清楚地看到台灣人民反抗日本殖民統治的民族性。而透過「窮則變、變則通」、「三個臭皮匠，勝過諸葛亮」、「有心打石石會萎（穿的意思），無心做事半路廢」這類諺語，楊逵特別強調的是諺語中那種集思廣益、自強不息、團結奮鬥的精神，並以此來作為一種人生勵志。事實上，楊逵在綠島時期的文藝性思考，已經更多傾向於生活、土地、民間等話題，逐漸凸顯其草根性文學的性質，並為楊逵晚年明確提出「草根文化的再出發」，奠定了文藝思考的基礎。

　　楊逵綠島時期的創作，也曾涉足詩歌領域。一般人們瞭解比較多的，是楊逵的小說、戲劇等創作，其實他的詩歌嘗試也是不容忽視的文學實踐。早在日據時代，楊逵就已經開始詩歌創作。一九四二年七月十三日刊登於《台灣新聞》上的〈孩子們〉，應是他最早發表的詩歌。他的遺稿裡還有三首日文詩作，如〈病兒〉、〈不要悲傷——寫給女兒〉、〈送別老師〉，其原稿紙上標明「首陽農園」的字樣，這應該是他寫於日據時期的詩篇，內容主要是揭示殖民地台灣的差別教育制度、孩童生活的貧寒以及現實社會的不仁不義。光復初期，楊逵在報刊上繼續發表詩歌，作品有〈卻糞掃〉、〈上任〉、〈生活〉等。其內容重在反映國民黨政府接收台灣後社會百業

蕭條、政治腐敗、民不聊生的現實場景，諸如〈營養學〉裡所說：「先生敎營養／學生學營養／烏板寫白字／先生親像白令系／學生餓到瘦癮癮／壁頂的餅不得止饑」。[43] 這類詩歌多以台灣話文的民謠或童謠形式出現，並配之以充滿諷刺與幽默色彩的漫畫。

　　綠島十年，楊逵的詩歌創作明顯增多，〈八月十五日那一天〉、〈十月好風光〉、〈勝利之歌〉以回眸的眼光，譜寫抗戰勝利、台灣光復的可歌可泣歷史；〈祝你們新年好〉、〈黎明曲・公鷄叫〉、〈十年〉、〈大潮〉、〈青年〉、〈我們不是麻雀〉、〈一粒好種子〉等詩篇，則特別表達了希望台灣人民珍惜歷史與今天，團結奮進，不斷開創民主、自由、幸福的新樂園的理想。而在〈人生〉、〈學習〉、〈工作〉等詩篇裡，楊逵反覆倡揚的，是那種即便征途荊棘滿佈，依然勇敢前行的韌性鬥爭精神。值得注意的是，〈百合〉、〈明年還要好〉、〈月光光〉是以童謠形式創作；〈我要克難一把琴〉採用民歌體而爲，無論它們是寫家庭的離散情境，還是在寫漂泊在外的父親心願，都對未來懷有一番美好夢想，充溢著一種笑看人生命運波折的樂觀情懷。

　　楊逵的詩歌寫作，內含一種執著鮮明的詩精神，它與作者畢生堅持的文學理念，是一脈相通的。正如楊逵後來在〈即興〉一首詩裡所表現的那樣：

　　記得小時候
　　我是蠻喜歡詩的
　　時常到曠野裡追逐
　　把詩當歌唱！

　　與蜻蜓、蝴蝶賽跑。

　　但在好久好久一段時間
　　我卻背向了詩
　　既不作也不唱
　　因為討厭「皇民之道」
　　讚美「七七」的暴行
　　更是叫人無法忍受的殘酷！

　　我不愛聽悲歌
　　悲歌卻從地牢裡響起
　　就像老牛的嘆息
　　我不愛聽悲歌
　　周遭的陰溝裡
　　卻傳來一大群老鼠
　　吱吱叫著在搶食。[44]

　　楊逵所推崇的詩精神，具有鮮明的知識分子的良知與品格，它也是我們民族精神的一種體現：

　　我不會寫詩，卻喜愛真詩。
　　為了它，
　　就是要跑五千里路去找尋也願意。
　　真詩裡頭，充滿著詩精神。
　　它表現的是心聲，叫人嚮往。
　　它愛真、愛善、又愛美。

等權勢碰到頭上來了
為所信仰的，
隨時可以把生命賭注！
……
屈原——
他用生命寫下了史詩。
伽利略——
他在死的威脅之下，
還唱著「地球正在轉動」。
在這裡——
沒有屈服，不會阿諛。
這才是真實的詩精神！[45]

　　嚮往眞詩，討厭偽詩；崇尙眞善美，反對假醜惡，這正是楊逵的詩精神所在。這樣的文學觀，與屈原所追求的畢生求索、無怨無悔的文人風骨，是一脈相承的。

　　楊逵綠島時期的散文詩歌，是他在日文轉向中文的艱難語言轉換中磨礪而成的。它往往以眞實生動的生活體驗，平凡深刻的人生哲理，眞摯感人的親情愛心，素樸自然的文學風格，將綠島的所見、所聞、所歷的生命經驗娓娓道來，就像「我手寫我口」一般，不加雕飾地自然流瀉而出，中文創作由此漸入佳境。且看楊逵在〈我的小先生〉一文中，描寫自己和葉陶向當時尙在小學一年級就讀的次女素絹學習國語的場景：

　　有時候，碰到了她不認識的字，就翻翻字典，ㄆ……ㄤ……ㄆㄤ。ㄆㄤ、ㄆˊㄤ、ㄆˇㄤ、ㄆㄤˋ——像媽媽的叫胖！

這樣逗得大家大笑一場，笑完了課還是要繼續進行。

小先生教得津津有味，老學生也未曾感到厭煩。

在唸歌謠的時候，唸得高興時，我們小先生就站起來指揮，要老學生們來一次大合唱；興致來了，小先生就從我的膝蓋上溜下去，在八疊大的起居間開始跳她的舞。

這時候，老學生免不了就要鼓掌來給她捧捧場。〔46〕

在真實生動的場景中平添詼諧幽默的情趣，於平凡質樸的文字中蘊含深刻雋永的題旨，即便是日常生活，也被楊逵賦予一種素樸的詩意和樂觀向上的生命情趣。由此看來，筆下流淌的是真情，心中放飛的是理想，荊棘之途堅持的是精神，這正是楊逵的綠島詩文給予我們的人生啓迪。

〔1〕楊建：〈一個支離破碎的家〉，見楊逵：《綠島家書》，台中，晨星出版社，一九八七年三月版，第一頁。

〔2〕同上，第二～四頁。

〔3〕楊逵：〈快車配上靈剎車〉（一九五九年七月十八日，給萌、梅的信），見楊逵：《綠島家書》，台中，晨星出版社，一九八七年三月版，第一五六頁。

〔4〕楊逵：〈人生不怕問題多〉（一九五八年十月十一日，給楊建的信），見楊逵：《綠島家書》，台中，晨星出版社，一九八七年三月版，第九〇頁。

〔5〕向陽：〈陽光一樣的熱——讀楊逵先生「綠島家書」〉，見楊逵：《綠島家書》，台中，晨星出版社，一九八七年三月版，第九頁。

〔6〕楊逵：〈人生的意義是什麼〉（一九五八年一月十二日信件），見

楊逵：《綠島家書》，台中，晨星出版社，一九八七年三月版，第五八～五九頁。

〔7〕楊逵：「綠島時期家書」（一九五六年七月的信），收入《楊逵全集》第十二卷（書信卷），（台南）國立文化資產保存研究中心籌備處，二〇〇一年十二月版，第四～六頁。

〔8〕楊逵：〈不必依靠別人〉（一九六〇年二月十三日，給萌、梅的信），見楊逵：《綠島家書》，台中，晨星出版社，一九八七年三月版，第一九八頁。

〔9〕楊逵：〈保持樂觀精神〉（一九六〇年一月二日寫給葉陶的信），見楊逵：《綠島家書》，台中，晨星出版社，一九八七年三月版，第一九〇頁。

〔10〕楊逵：〈黑夜卻有星光〉（一九五七年十一月，寫給楊素絹的信），見楊逵：《綠島家書》，台中，晨星出版社，一九八七年三月版，第一五五頁。

〔11〕楊逵：〈理想之芽也該萌了〉（一九五七年十二月二十日，寫給萌的信），見楊逵：《綠島家書》，台中，晨星出版社，一九八七年三月版，第四〇頁。

〔12〕楊逵：〈跌倒了，爬起來〉（一九五九年七月二十五日，寫給絹的信），見楊逵：《綠島家書》，台中，晨星出版社，一九八七年三月版，第一五九頁。

〔13〕楊逵：〈日新又新，天天進步〉，（一九六〇年二月二十日，給萌、梅的信），見楊逵：《綠島家書》，台中，晨星出版社，一九八七年三月版，第二〇一頁。

〔14〕楊逵：〈有一次爸爸發瘋了〉（一九六〇年三月二十日，寫給天進的信），見楊逵：《綠島家書》，台中，晨星出版社，一九八七年三月版，第二一九頁。

〔15〕楊逵：〈用實力來趕上公公〉，（一九六〇年七月一日，給孫兒天進的信），見楊逵：《綠島家書》，台中，晨星出版社，一九八七年三月版，第二四八～二五〇頁。

〔16〕楊逵：〈有個好玩的公公〉（一九六〇年七月一日，給秀俄的信），見楊逵：《綠島家書》，台中，晨星出版社，一九八七年三月版，第一九四～一九五頁。

〔17〕楊逵：〈樂觀是人生最要緊的〉（一九五八年十二月六日，給萌的信），見楊逵：《綠島家書》，台中，晨星出版社，一九八七年三月

月版，第一〇二～一〇三頁。

〔18〕楊逵：〈人生的意義是什麼〉（一九五八年一月十二日，給孩子的信），見楊逵：《綠島家書》，台中，晨星出版社，一九八七年三月版，第六五頁。

〔19〕楊逵：〈保持樂觀精神〉（一九六〇年一月二日，給陶的信），見楊逵：《綠島家書》，台中，晨星出版社，一九八七年三月版，第一九一頁。

〔20〕楊逵：〈歡欣而不溺〉（一九五八年十月五日，給碧的信），見楊逵：《綠島家書》，台中，晨星出版社，一九八七年三月版，第八八頁。

〔21〕楊逵：「綠島時期家書」（一九五四年十月十五日），收入《楊逵全集》第十二卷（書信卷），（台南）國立文化資產保存研究中心籌備處，二〇〇一年十二月版，第二頁。

〔22〕楊逵：〈先從容忍做起〉（一九五八年七月十九日，給萌的信），見楊逵：《綠島家書》，台中，晨星出版社，一九八七年三月版，第七四頁。

〔23〕楊翠：〈楊逵的疾病書寫——以「綠島家書」為論述場域〉，《楊逵文學國際學術研討會論文集》，第二頁，靜宜大學舉辦，二〇〇四年六月十九日至六月二十日。

〔24〕楊逵口述，何昫錄音整理：〈二二八事件前後〉，原載《台灣與世界》第二一期，一九八五年五月；收入《楊逵全集》第十四卷（資料卷），（台南）國立文化資產保存研究中心籌備處，二〇〇一年十二月，第九六～九七頁。

〔25〕參見胡鑫麟口述，胡慧玲撰文：〈醫者之路〉，收入胡慧玲：《島嶼愛戀》，台北，玉山出版社，一九九五年十月，第一二六頁。

〔26〕楊逵：〈人生不怕問題多〉（一九五八年十月十一日，給楊建的信），見楊逵：《綠島家書》，台中，晨星出版社，一九八七年三月版，第九一頁。

〔27〕楊逵：〈種了七棵榕樹〉，（一九五八年十月二十五日，給萌的信），見楊逵：《綠島家書》，台中，晨星出版社，一九八七年三月版，第九六頁。

〔28〕楊逵：〈人生不怕問題多〉（一九五八年十月十一日，給建的信），見楊逵：《綠島家書》，台中，晨星出版社，一九八七年三月版，第九一頁。

〔**29**〕楊逵：〈我正站在深淵崖上〉（一九六〇年三月二十六日，給萌、梅的信），見楊逵：《綠島家書》，台中，晨星出版社，一九八七年三月版，第二二一頁。

〔**30**〕楊逵：〈我們的少年將會愛它〉（一九六〇年八月二十日，給建的信），見楊逵：《綠島家書》，台中，晨星出版社，一九八七年三月版，第二六五頁。

〔**31**〕楊翠：〈楊逵的疾病書寫——以「綠島家書」為論述場域〉，《楊逵文學國際學術研討會論文集》，第一九頁，靜宜大學舉辦，二〇〇四年六月十九日至六月二十日。

〔**32**〕向陽：〈陽光一樣的熱——讀楊逵先生「綠島家書」〉，見楊逵：《綠島家書》，台中，晨星出版社，一九八三年三月版，第一三頁。

〔**33**〕楊逵：〈上山砍茅草〉，收入《楊逵全集》第十三卷（未定稿卷），（台南）國立文化資產保存研究中心籌備處，二〇〇一年十二月版，第七〇九頁。

〔**34**〕楊逵：〈烏龜與兔子的賽跑〉，收入《楊逵全集》第十三卷（未定稿卷），（台南）國立文化資產保存研究中心籌備處，二〇〇一年十二月版，第七〇四～七〇五頁。

〔**35**〕楊逵：〈太太帶來了好消息〉，綠島《新生月刊》，一九五六年四月；收入《楊逵全集》第十卷（詩文卷·下），（台南）國立文化資產保存研究中心籌備處，二〇〇一年十二月版，第三二四頁。

〔**36**〕同上，第三三〇頁。

〔**37**〕楊逵：〈什麼是好文章？〉，綠島《新生活》壁報，一九五七年一月；收入《楊逵全集》第十卷，（詩文·下），（台南）國立文化資產保存研究中心籌備處，二〇〇一年十二月版，第三五六頁。

〔**38**〕楊逵：〈文章的味道〉，綠島《新生活》壁報，一九五七年一月；收入《楊逵全集》第十卷，（詩文·下），（台南）國立文化資產保存研究中心籌備處，二〇〇一年十二月版，第三六二頁。

〔**39**〕楊逵：〈文章的真實性〉，綠島《新生活》壁報，一九五七年四月；收入《楊逵全集》第十卷，（詩文卷·下），（台南）國立文化資產保存研究中心籌備處，二〇〇一年十二月版，第三七二頁。

〔**40**〕楊逵：〈諺語與時代〉，綠島「新生筆記簿」（一）上之手稿，發表於《台灣新生報》，一九七六年十月十五日；收入《楊逵全集》第十卷，（詩文卷·下），（台南）國立文化資產保存研究中心籌

備處，二〇〇一年十二月版，第二九〇頁。

〔41〕楊逵：〈談諺語〉，綠島「新生筆記簿」（一）上之手稿，收入
《楊逵全集》第十卷，（詩文卷‧下），（台南）國立文化資產保
存研究中心籌備處，二〇〇一年十二月版，第二九五頁。

〔42〕楊逵：〈諺語與時代〉，綠島「新生筆記簿」（一）上之手稿，發
表於《台灣新生報》一九七六年十月十五日；收入《楊逵全集》第
十卷（詩文卷‧下），（台南）國立文化資產保存研究中心籌備
處，二〇〇一年十二月版，第二九〇頁。

〔43〕楊逵：〈營養學〉（童謠），原載《力行報》「新文藝」副刊第三
期，一九四八年八月十六日；收入《楊逵全集》第九卷（詩文卷‧
上），（台南）國立文化資產保存研究中心籌備處，二〇〇一年十
二月版，第三〇頁。

〔44〕楊逵：〈即興〉，原載《自立晚報》副刊，一九八二年八月二十七
日；收入《楊逵全集》第九卷（詩文卷‧上），（台南）國立文
化資產保存研究中心籌備處，二〇〇一年十二月版，第六八～六
九頁。

〔45〕楊逵：〈詩精神〉，收入《楊逵全集》第十三卷（未定稿卷），
（台南）國立文化資產保存研究中心籌備處，二〇〇一年十二月
版，第四四五～四四六頁。

〔46〕楊逵：〈我的小先生〉，綠島《新生活》壁報，一九五六年一月；
收入《楊逵全集》第十卷（詩文卷‧下）（台南）國立文化資產保
存研究中心籌備處，二〇〇一年十二月版，第三〇三頁。

結語

　　走進楊逵的世界，你無法不讓自己心生感動，情懷敬仰。

　　楊逵，一部博學厚重的大書，帶你進入長長的歷史隧道，縱深的社會地帶。多棲作家、文壇編輯、大地園丁、綠島囚犯、不朽老兵……，楊逵所擁有的多元人生角色，他所經歷的殖民地創傷經驗和戒嚴時代的命運遭際，連綴了台灣的歷史、政治、文學乃至廣闊的社會視野，為你展示出台灣的社會地圖和文化百科全書。

　　楊逵，一部脊樑挺直的大書，碑石一般銘刻著中國人的抗爭精神，給你以無窮盡的人生動力。楊逵對中國文化傳統中的抗爭精神情有獨鍾，透過伯夷、叔齊、司馬遷、杜甫、岳飛、文天祥等古代先賢和文學大家，他延續了中國歷史上的抗議文學傳統；承接魯迅的現實反抗道路，他又與賴和一同開創了台灣抗議文學的先河。以「放膽文章拼命酒」的抗爭姿態，抒寫出鄉土台灣的靈魂和風骨，這就是楊逵在永恆的歷史定格。

　　楊逵，一部意境高遠的大書，不斷打開你思想視域。太深的歷史憂患，孕育出太多的美好心願；曾經的亞細亞孤兒記憶，讓楊逵充滿渴望民族團結、兩岸統一的願景。在他眼裡，有形的澎湖溝或許可以割斷兩岸一時，而文化血脈的傳承，文

學力量的互動以及人性精神的濡染，卻堅忍不拔地推動著時代的潮流，創造出民族歷史進程的新高。楊逵一生夢寐以求的，是自由、民主、幸福的台灣新家園，是統一、和平、繁榮的中國新前景。

楊逵，一部意猶未盡的大書，讓你久久徜徉，品味再三。文章素樸而內含豐饒，生活平凡卻極見深刻，心語傾訴則意懷誠摯，人格的魅力令人肅然起敬。更何況，做真人，說真話，寫真文章，凡小說、詩文、戲劇、評論，皆出自真情；一路走過去，身後留下的是一座文學的寶庫，生命的長卷。

永遠的楊逵，一部讀不盡的大書。

附錄一
楊逵文學活動年表

1905 年 （出生）	生平與文學事跡
	10 月 18 日（農曆九月初一），出生於舊台南州大目降街三四七號 （1921 年改爲新化鎭），父楊鼻、母蘇足之三男，本名楊貴。
	時事與文壇紀要
	4 月 30 日，笞刑處分自去年 5 月實行以來，一年間被處笞刑者計四千零六十八人。
	5 月 29 日，總督府設置臨時戶口調查部。
	6 月 24 日，公布台灣土地登記規則施行細則。
	8 月 20 日，中國同盟會在東京成立，孫中山爲總理。
	9 月 5 日，日俄媾和，簽署《朴茨茅斯條約》。
1906 年 （1歲）	時事與文壇紀要
	3 月 4 日，在 1902 年以來林痴仙、林幼春叔侄倡導恢復櫟社活動的基礎上，有組織的櫟社正式成立。
	4 月 11 日，陸軍大將佐久間左馬太取代兒玉源太郎，繼任台灣

第五任總督。

----

11 月 3 日，後藤新平民政長官卸任，改任總督府顧問，殖產局長祝辰己繼任。

----

12 月，明治製糖株式會社成立。

本年，台南南社成立。發起人爲連雅堂、趙雲石、謝籟軒等，蔡國琳任社長。
圍繞「擊鉢吟」的評價，台南南社與台中櫟社發生關於「台灣詩界革新論」的論爭。

1907 年
（2歲）

時事與文壇紀要

----

1 月 11 日，制定公布律令審議會章程。

----

2 月 10 日，東洋製糖株式會社成立，本社設在台灣。

----

5 月 22 日，中國同盟會在廣東發動黃花崗起義。

----

11 月 15 日，北埔事件爆發，新竹北埔支廳被義軍襲擊。

1908 年
（3歲）

時事與文壇紀要

----

4 月 20 日，台灣縱貫鐵道全線開通。

----

5 月 31 日，鼠疫猖獗，初發以來患者逾千人，死亡八百餘人。

----

11 月 14 日，清光緒帝歿（三十八歲），11 月 15 日西太后歿（六十三歲）。12 月 2 日，溥儀即位（宣統），醇親王攝政。

本年，蔡啓運、蔡汝修刊行《台灣擊鉢吟集》，書收新竹縣竹梅吟社詩稿四百餘首。

1909 年
（4歲）

時事與文壇紀要

----

2 月 21 日，台北台南間直通電話開通。

----

5 月 1 日，總督府批准手巾寮（旗山）土地二千甲與愛久澤直哉開墾。

---

9 月 30 日，派遣「蕃地」之軍隊全部撤回，標誌佐久間總督之「討蕃」政策全面失敗。

---

10 月 25 日，公布地方官制，改原來二十一廳為十二廳，設台北、宜蘭、桃園、新竹、台中、南投、嘉義、台南、阿緱（屏東）、台東、花蓮港、澎湖十二廳。

---

10 月 26 日，日本任韓國統監伊藤博文赴哈爾濱與俄藏相會談，被韓國青年安重根刺殺。

---

10 月 30 日，新高製糖股份公司創立。

本年，台北瀛社成立，首任社長洪以南。

1910 年
（5歲）

時事與文壇紀要

---

6 月，台中、松崗、協和三製糖廠合併，設立帝國製糖株式會社。

---

7 月 27 日，台灣總督府民政長官大島久滿次卸任，內田嘉吉繼任。

---

8 月 20 日，日本吞併韓國，改稱朝鮮，置朝鮮總督府。

---

10 月 30 日，公布「台灣林野調查規則」。

1911 年
（6歲）

時事與文壇紀要

---

2 月 8 日，阿里山鐵道開通。

---

2 月 8 日，梁啟超由日本來台遊歷，同台灣各地、各詩社廣泛接觸，著有《海桑吟》一卷。4 月 2 日，櫟社以台中林家公館瑞軒為會場歡迎梁啟超，賓主三十餘人極一時之盛況。

4月1日，公布台灣施行貨幣法。

10月10日，武昌起義。

10月26日，始採用本島人為巡警。

1912 年
（7歲）

時事與文壇紀要

1月1日，中華民國成立，孫中山就任臨時大總統。

3月23日，義軍領袖劉乾之徒襲擊林杞埔之廳頂林派出所，世稱林杞埔暴動事件。

7月30日，日本明治天皇歿，皇太子嘉仁踐祚，改元大正元年。

1913 年
（8歲）

時事與文壇紀要

1月20日，廢止官廳所發布命令、告示、諭告等文件向來所附之漢譯文。

2月16日，台南製糖株式會社召開創立大會。

11月20日，苗栗羅福星組織「中國革命黨台灣支部」抗日革命事件事發，被檢舉者九百二十一人，被起訴者二百二十餘人，被處死刑者二十人。

12月19日，林本源製糖會社舉開創立總會。

1914 年
（9歲）

生平與文學事跡

入學之前，最遠到過新化附近的棒口外祖父家。

因疾病困擾與家境貧窮，一姊二妹一弟於數年間相繼死亡。

時事與文壇紀要

5月7日，六甲抗日事件主謀羅臭頭與其同志襲擊台南縣六甲支廳，被圍困後壯烈自戕。

5月17日，討伐太魯閣原住民行動開始，佐久間總督任司令官。

1915 年
（10歲）

生平與文學事跡

進入大目降公學校讀書。因體弱多病延遲入學，被同學取笑為「鴉片仙」。

噍吧哖事件發生，長兄楊大松被徵為軍伕。當台南開往噍吧哖（今玉井）鎮壓義軍的炮車從家門前通過時，從門縫間窺見並深為驚駭。

時事與文壇紀要

1月18日，日本駐華公使向袁世凱政府提出《二十一條》之要求，以最後通牒強迫接受。

1月21日，總督府迫使全島各廳長（公吏）辭任台灣同化會評議員；2月26日，命令解散台灣同化會。

2月3日，公布台灣公立中學校官職。台中中學校設立。11日，發布台灣中學校規則。

3月28日，台北縣新莊人楊臨，密謀起義抗日。事洩後，與同志七十人被捕，判處極刑。

5月1日，佐久間總督退任，日本陸軍大將安東貞美新任台灣總督。

8月3日，余清芳、羅俊、江定謀起事於台南西來庵，率領數千民眾起義。安東總督調軍隊赴援殘殺無辜，因此事件被檢舉者一千九百五十七人，八百六十六人處死刑。是為台灣人最大規模的武裝抗日起義，世稱「噍吧哖事件」或「西來庵事件」。

10月20日，內田民政長官退職，傳與「噍吧哖事件」有關。下村宏（大藏省為替貯金局長）繼任。

本年止，留日學生約五百人。

1916 年　**時事與文壇紀要**
（11歲）

4 月 16 日，「噍吧哖事件」首領江定自首。

6 月 6 日，袁世凱病歿，次日黎元洪就任大總統代理。

7 月 13 日，江定等三十七人被判死刑，「噍吧哖事件」告一段落。

1917 年　**生平與文學事跡**
（12歲）

父親友人之女梁盒（十二歲）進門為童養媳。

時事與文壇紀要

1 月 1 日，胡適在《新青年》雜誌一月號發表〈文學改良芻議〉，陳獨秀在《新青年》二月號發表〈文學革命論〉，文學革命運動開始。

5 月 26 日，台南高等女學校開辦。

6 月 25 日，廣東召開非常國會，9 月 10 日孫中山就任大元帥，宣佈成立廣東軍政府。

12 月 8 日，公布台灣新聞紙令。

1918 年　**時事與文壇紀要**
（13歲）

2 月 25 日，總督府舉開高山「蕃」歸順典禮。

6 月 6 日，安東總督罷官，日本陸軍中將明石元二郎繼任台灣總督。

6 月 11 日，公布總督府醫學校規則。

7 月 19 日，櫟社社員蔡惠如、林幼春倡議創立「台灣文社」，

出版《文藝叢誌》以普及漢文。

7 月，蔡惠如與留日學生林呈祿、彭華英等，聯絡東京中國基督教青年會幹部馬伯援、吳有容、劉木琳創立「聲應會」。

1919 年
（14歲）

生平與文學事跡

目睹受父親照顧的小販楊傳被日本警察毆打致死，心中備感淒慘。

時事與文壇紀要

3 月 6 日，全島實業大會在台南召開。

5 月 4 日，北京學生爲抗議山東問題舉行示威遊行，五四運動爆發。

10 月 10 日，中華革命黨改組爲中國國民黨。

10 月 29 日，日本上院議員田健治郎繼任台灣總督，是爲首任文官總督。

本年，台灣新文學先驅者賴和從廈門回到台灣。

1920 年
（15歲）

生平與文學事跡

次兄楊趁考上台北醫學校，因無力籌措學費，接受父執輩勸說，入贅大營陳家。

在大目降公學校讀書期間，除了一年級升二年級時是第三名，其餘每學期皆爲第一名。

時事與文壇紀要

1 月 11 日，在東京台灣留學生於澀谷的蔡惠如寓居成立「新民會」，推舉林獻堂爲會長，是爲台灣民族運動的指導團體。

7 月 16 日，「新民會」機關刊物《台灣民報》前身之《台灣青年》創刊，是爲台灣民族運動唯一之言論機關。

7 月 27 日，公布地方制度大變革，實施州制市制街莊制，劃分爲五州、二廳、下轄三市、四十七郡、一百五十五街莊。

12 月 15 日，林呈祿發表〈六三問題之歸著點〉，主張設置台灣特別代議機關代替六三法，遂台灣議會設置運動展開。

11 月 5 日，連雅堂著《台灣通史》上冊刊行。

1921 年
（16歲）

生平與文學事跡

新化公學校畢業，投考中學失敗，進入新化糖業實驗所當臨時工，日薪三毛八分。所裡日本人戲稱之「楊貴妃」，遂不喜楊貴本名。

時事與文壇紀要

7 月，中國共產黨創立於上海。

10 月 17 日，「台灣文化協會」舉開創立大會於台北靜修女學校，推選林獻堂爲總理，楊吉臣、林幼春爲協理，蔣渭水爲專務理事。11 月 28 日，《台灣文化協會會刊》創刊，凡八期。

11 月 12 日，連雅堂完成《台灣通史》。

1922 年
（17歲）

生平與文學事跡

考進新設立之台南州立第二中學，老師多來自日本。

時事與文壇紀要

1 月 20 日，《台灣青年》發表陳端明〈日用文鼓吹論〉，這是最早提倡白話文的文章。

4 月 1 日，開始實行日台共學制。

4 月 10 日，《台灣青年》發行十八期後，改名爲《台灣》。

1923 年
（18歲）

生平與文學事跡

閱讀大杉榮被虐殺的新聞報導而大受衝擊。作文課批評新渡戶稻造博士《修養論》之保守觀點，受老師讚賞。

時事與文壇紀要

1 月 8 日，公布實施《治安警察法》。

1 月 15 日，黃呈聰、黃朝琴在《台灣》雜誌第四年第一號發表〈論普及白話文的使命〉及〈漢文改革論〉，二論文是爲台灣白話文運動之先河。

4 月，《台灣民報》創刊。同月，白話文研究會在台南成立。

4 月 6 日，日本上院議員內田嘉吉繼任台灣總督。

9 月 1 日，日本關東大地震，焚毀及倒塌房屋四十六萬五千戶，死者九萬一千三百四十四人。

12 月 16 日，檢舉「台灣議會期成同盟會」成員於全島展開，即治警事件。

1924 年
（19歲）

生平與文學事跡

8 月，爲解決童養媳問題，也爲在思想上尋求出路，退學於台南二中，前往日本東京，入補習學校，做零工。

時事與文壇紀要

1 月 1 日，公布施行刑事訴訟法。

1 月 20 日，中國國民黨第一屆全國代表大會決定聯俄、容共、扶助農工三大政策。

4 月 21 日，《台灣民報》發表張我軍〈致台灣青年的一封信〉，之後陸續發表多篇文章，向台灣舊文學發動猛烈攻擊。新舊文學論戰隨之登場。

---

5 月 10 日，《台灣》雜誌以第五卷第二號結束前後五年之歷史，宣佈廢刊。

---

9 月 1 日，日本上院議員伊澤多喜男出任台灣總督，內田嘉吉被罷免。

---

12 月 20 日，二林莊由李應章、詹奕侯、劉崧甫、蔡淵騰等人提倡，成立農民講座，是爲台灣農民運動之濫殤。

1925 年
（20歲）

生平與文學事跡

通過檢定考試，考入日本大學專門部文學藝能科夜間部，日間當送報伕、泥水工等其他雜工等，過著「九工一讀」的留學生活。

時事與文壇紀要

---

2 月 20 日，治警事件定讞，蔣渭水等十三人入獄，多數同志送至獄門。

---

3 月 12 日，孫中山病逝北京，享年五十九歲。

---

3 月，楊雲萍、江夢筆創辦第一家白話文文學雜誌《人人》，發行兩期。

---

6 月 28 日，二林蔗農組合召開成立大會，組合員總數約五百人，選出李應章等十人爲理事，謝黨等六人爲監事，另選代議員五十人。

---

7 月 12 日，鳳山公學校同窗選舉簡吉爲會長（一般均由校長充任會長）。

---

9 月 27 日，彰化二林莊舉開農民大會決議對林本源製糖會社之條件，抗議其對蔗農的剝奪，後釀成二林蔗農事件，為台灣第一起農民抗爭運動。

11 月 15 日，鳳山農民組合成立，選舉簡吉為組合長，黃石順為主事，陳振賢為會計，梁國等十四人為委員。

12 月 25 日，張我軍的《亂都之戀》出版，這是台灣第一本新詩集。

1926 年
（21歲）

生平與文學事跡

組織文化研究會，參加勞工運動和政治運動，參加日本左翼劇作家佐佐木孝丸舉行的演劇研究會，投稿於報章雜誌的讀書欄。

時事與文壇紀要

1 於 1 日，《台灣民報》發表賴和〈鬥鬧熱〉、楊雲萍〈光臨〉兩篇中文白話小說，台灣新文學運動進入創作階段。

3 月，日本勞動農民黨成立。

6 月 28 日，「台灣農民組合」在鳳山農民組合辦事處召開成立大會。推選簡吉為會長，趙港、黃石順、陳連標等為各部部長。

7 月 16 日，伊澤多喜男罷官，日本上院議員上山滿之進繼任台灣總督。

1927 年
（22歲）

生平與文學事跡

3 月 28 日，東京的台灣青年會決議設置社會科學研究部，4 月 24 日正式成立，為該組織重要成員。

5 月，參加朝鮮人的遊行和演講，第一次被捕，第二天釋放。

9 月，以楊貴本名，處女作〈自由勞動者的生活剖面——怎樣辦才不會餓死呢？〉發表於東京記者聯盟機關雜誌《號外》，首次領取稿酬七元五角。

9 月，中斷日本大學未完成的學業，聽從台灣農民組合的召喚返回台灣。在台北文化協會見連溫卿，參加民眾演講會。於鳳山農民組合支部造訪簡吉，結識葉陶，隨即巡迴各地參加演講會。

10 月，成為台灣文化協會會員。

12 月 4 日，台灣農民組合第一次全島大會在台中召開，楊逵當選為中央常務委員。 12 月 5 日，起草台灣農民組合第一次全島大會宣言，第二次被捕。

時事與文壇紀要

1 月 3 日，「台灣文化協會」假台中市公會堂召開臨時總會，左右兩派分裂，連溫卿等左派獲勝。

2 月 5 日，詩人楊華因「治警事件」被捕入獄，在獄中寫成《黑潮集》，計五十二首。

7 月 10 日，台灣民眾黨在台中市聚英樓召開成立大會。

7 月 13 日，中共中央委員會發表對時局宣言退出國民政府，第一次國共合作結束。

10 月 12 日，「台灣文化協會」在台中召開第一次全島代表大會。

7 月，第一次國共合作結束。

10 月 12 日，「台灣文化協會」在台中召開第一次全島代表大會。

本年，高雄機械工會、台北木工工友會、台北料理店員會、台北土木工友會、新竹木工工友會、台南總工會等組織紛紛成立，工人運動風起雲湧。

1928 年 （23歲）	**生平與文學事跡**

2月3日，台灣農民組合中央委員會組織特別活動隊，入選並擔任政治、組織、教育三個部長。

2月至5月，擔任竹林爭議事件負責人，為發動組織農民，先後於竹山、小梅、朴子、麻豆、新化、中壢等地被捕六次。

5月7日，台灣文化協會在東京創辦機關報《台灣大眾時報》；7月9日，第十號之後停刊；受聘為此報記者。

6月至7月，在台灣農民組合召開中央委員會時，因為竹林爭議事件與簡吉發生分歧，被解除在農民組合中的一切職務。

本年，當選「台灣文化協會」的中央委員，在彰化、鹿港等地組織讀書會。於彰化始與葉陶同居。

時事與文壇紀要

2月19日，蔣渭水組織二十九個工會團體成立「台灣工友總聯盟」，假台北蓬萊閣召開成立大會。

4月5日，台灣共產黨（日共台灣民族支部）在上海成立。

4月20日，台北帝國大學開校。

6月16日，韓人趙明河於台中行刺日本皇族久彌宮邦彥，未成。上山滿之進引咎辭職，日本上院議員川村竹治繼任台灣總督。

7月7日，總督府為取締思想犯，新設高等警察。

本年，張深切組織台灣演劇研究會。

1929 年
（24歲）

生平與文學事跡

1 月 10 日，台灣文化協會本會事務室舉行中央委員會，被推爲議長。

2 月 12 日，與葉陶一同出席台南舉辦的台灣總工會大會演講後，是日凌晨雙雙被捕，關押監獄十七天。

4 月，兩人於新化結婚。暫住新化楊家後，轉往高雄定居。

時事與文壇紀要

2 月 26 日，第十次台灣議會設置請願書由林獻堂領銜，得一千九百三十二人簽名，提出於日本帝國會議。

4 月 1 日，日本共產黨遭遇大檢舉。

5 月 5 日，葉榮鐘在《台灣民報》二五九號發表〈爲劇伸冤〉，引發第二次新舊文學論戰。

7 月 30 日，日本上院議員石塚英藏出任台灣總督，川村竹治退任。

12 月 24 日，全台日語演講大賽開於台南。

1930 年
（25歲）

生平與文學事跡

在高雄經營成衣加工生意失敗。長女秀俄出生。

二哥楊趁在新化行醫，不堪女家虐待而自殺。楊逵深受刺激。

時事與文壇紀要

3 月 20 日，《台灣民報》改稱《台灣新民報》。

6 月 21 日，陳兩家、王萬得、江森鈺、周合源、張朝基等創辦《伍人報》。

8 月 17 日，台灣地方自治聯盟於台中市醉月樓酒家舉行成立大會。

8 月，謝春木、白成枝等創刊《洪水報》，發行十期。郭德金、楊克培等創刊《台灣戰線》，發行四期全部被查禁。

8 月 16 日，《伍人報》發表黃石輝〈怎樣不提倡鄉土文學〉，開展關於鄉土文學的討論。

10 月 27 日，台中州下能高郡霧社原住民不堪日本殖民壓迫而起義，殺日人一百三十四人，是爲「霧社事件」。日政府出動大批軍警，並派飛機投彈及毒瓦斯，濫加空襲，義民慘不忍睹。

本年，農民組合、文化協會、總工會等運動屢受政治高壓，瀕臨崩潰。

1931 年
（26歲）

生平與文學事跡

在高雄內維暫爲樵夫，艱難度日。

7 月，翻譯並發行《馬克思主義經濟學（一）》。

時事與文壇紀要

1 月 16 日，台灣總督石塚英藏，因爲霧社事件負咎辭職，日本上院議員太田政弘繼任台灣總督。

8 月，郭秋生掀起「台灣話之論爭」。

2 月 18 日，台灣民眾黨舉行第五屆代表大會，當場爲台灣總督府下令解散。

6 月至 11 月，遭大檢舉的台灣共產黨受到毀滅性打擊。

9 月 18 日，日軍突襲東北侵占瀋陽，爆發九一八事變。

11 月 27 日，中華蘇維埃共和國臨時中央政府成立。

12 月，台灣文化協會部分成員在彰化舉行第四次代表大會，決定取消文化協會，組織大眾黨。

1932 年
（27歲）

生平與文學事跡

經賴和介紹，〈送報伕〉（日文原題〈新聞配達伕〉）發表於《台灣新民報》（5 月 19 日至 27 日），首度使用楊逵筆名。後半部遭殖民當局查禁，只刊出前半部。

6 月 1 日，〈新聞配達伕〉（後篇）完成。

本年，寫成〈貧農的變死〉（長篇小說〈立志〉第一節），未發表。

本年，在家中僅有四分錢的窘境中，長子資崩出生。

時事與文壇紀要

1 月 1 日，郭秋生、葉榮鐘、莊遂性、黃春成等人創辦漢文雜誌《南音》半月刊，出版十二期後停刊。

1 月，《台灣新民報》獲准發行日刊，並於 4 月 5 日發行第一期。

3 月 9 日偽滿洲國成立。國民政府宣言否認。

3 月 2 日，日本上院議員南弘就任台灣總督，前任太田政弘因批准《台灣新民報》發行日刊而退職，督府所轄官吏大調動。

5 月 27 日，台灣總督南弘去職，日本上院議員中川健藏繼任。

11 月 8 日，台灣總督府下令禁止開設漢文書房，台人不能再公開學習中國語文。

1933 年
（28歲）

時事與文壇紀要

霧峰「一新會」所辦漢文研究所被總督府禁止。

7 月 15 日，《福爾摩沙》雜誌創刊，共出刊三期。

10 月 25 日，郭秋生、廖漢臣等人在台北成立「台灣文藝協會」。

11 月 1 日，「米谷統制法」施於日本全國，唯台灣、朝鮮、樺太三地區實施公定價格。這是日本為農業恐慌轉嫁災難於殖民地之政策，台灣蒙受巨大打擊。

1934 年
（29歲）

生平與文學事跡

10 月，〈送報伕〉全文入選東京《文學評論》第二獎，（第一獎從缺）這是台灣作家首度進軍日本文壇，當月號卻在台灣被禁售。

在何集璧的介紹下會見張深切，成為《台灣文藝》編輯委員，負責日文版的編輯，月薪十五元。

通過賴和的幫助，舉家前往彰化。

12 月 15 日，與張深切往大東信託會見林獻堂，請其補助《台灣文藝》每月十元，以六個月為限，獲其同意。

10 月，小說〈靈籤〉發表於李獻璋編《革新》（大溪革新會發行，日文）。

12 月至 1935 年 4 月，小說〈難產〉刊登於《台灣文藝》第二卷第一號至第四號，未完，日文。

12 月，〈台灣文壇一九三四年的回顧〉刊登於《台灣文藝》第二卷第一號，日文。

時事與文壇紀要

2 月 11 日，台灣樟腦公司成立。

5 月 6 日，首次全島性規模文藝團體「台灣文藝聯盟」成立。

7 月 15 日，「台灣文藝協會」機關刊物《先發部隊》創辦。

11 月，台灣文藝聯盟機關雜誌《台灣文藝》創刊。

1935 年
（30歲）

生平與文學事跡

任楊肇嘉秘書，並代爲寫回憶錄；葉陶在霧峰吳家當教師，月薪皆爲二十元。後移居台中。

胡風中文翻譯的〈送報伕〉，開始在祖國大陸廣爲流傳。

6 月，報導文學〈台灣震災地慰問踏查記〉，刊於東京《社會評論》第一卷第四號，日文。

11 月 13 日，〈「台灣新文學社」創立宣言〉發表於《台灣新聞》，日文。

11 月，因不滿於張星建的選稿作風，退出《台灣文藝》。12 月 28 日，與葉陶獨資創辦《台灣新文學》雜誌。

時事與文壇紀要

1 月 6 日，台灣文藝協會出版《第一線》雜誌，「台灣民間故事特輯」中刊載十五篇民間故事。

4 月 21 日，台灣中北部地區大地震，死亡三千人，倒塌房屋一萬二千五百間。

10 月 10 日，台灣總督府慶祝在台「始政」四十周年。

1936 年
（31歲）

生平與文學事跡

〈田園小景——在自素描簿〉發表於《台灣新文學》第一卷第五期。

楊逵與葉陶雙雙病倒，《台灣新文學》雜誌自第八期始，由台北的王詩琅負責編輯。第十號之「中文創作特輯」遭當局查禁。

4月，次男楊建出生。

5月，〈送報伕〉刊於世界知識社編《弱小民族小說選》。

6月，〈萏仔鷄〉刊登於《文學案內》（東京）第二卷第六期。

11月，〈鬼伐征〉刊登於《台灣新文學》第一卷第九號，日文。

時事與文壇紀要

6月17日，林獻堂3月隨《台灣新民報》考察團遊歷華南各地，受到熱烈歡迎，席上致詞有「林某歸還祖國」之語。5月，《台灣日日新報》揭發其事，對林獻堂大加撻伐。日本流氓賣間於6月17日在台中公園「始政」紀念日慶祝會上毆辱林獻堂，造成「祖國事件」。

9月2日，日本海軍上將小林躋造繼中川健藏任台灣總督。

12月，會見訪台作家郁達夫

12月12日，西安事變。

1937年
（32歲）

生平與文學事跡

6月15日，《台灣新文學》自第二卷第四號之後停刊。

6月赴日，會見東京《日本日日新聞》、《星座》、《文藝首都》等雜誌負責人，尋求設置台灣新文學欄目的合作。後因「七七事變」發生未能實現。其間宿本鄉旅社被捕，由《大勢新聞》主筆保釋。

返台後積勞成疾，患肺病，咯血數月，因欠米店二十元被告上法庭。得到日本警官入田春彥捐助一百元，還清債務，租用二百坪土地創建首陽農園。

時事與文壇紀要

4 月 1 日，《台灣日日新報》、《台灣新聞》、《台南新報》三報停止漢文欄。《台灣新民報》被限於 6 月 1 日全部廢止。

4 月，龍瑛宗處女作〈植有木瓜樹的小鎮〉獲日本《改造》徵文佳作獎。

7 月 7 日，「蘆溝橋事變」爆發。

8 月 15 日，台灣軍司令部宣佈進入戰時體制。

8 月 25 日，中國共產黨發表抗日救國十大綱領。

9 月，台灣青年被強徵充大陸戰地軍伕。

9 月 22 日，國民黨、中國共產黨發表國共合作宣言。

11 月 20 日，蔣介石發表宣言遷都重慶。

1938 年
（33歲）

生平與文學事跡

5 月 5 日，好友入田春彥因思想左傾，遭日本當局處分驅逐出境，遂自殺。留遺書給楊逵夫婦，托付其料理後事。

5 月 18 日，〈入田君二三事〉刊於《台灣新聞》，日文。

時事與文壇紀要

1 月 23 日，台灣總督小林躋造發表關於台民志願兵制度之實施，加緊推行「皇民化運動」。

5 月 5 日，實施國家總動員令。

5 月 28 日～ 6 月 1 日，日本政府積極移民來台，各地次第成立日本移民村。

6 月 20 日，台銀開始收購民間黃金。

8 月，《台灣文苑》在嘉義創刊。

11 月 3 日，日本近衛文麿首相發表「建設東亞新秩序」之聲明。

1939 年
（34歲）

生平與文學事跡

本年，母病歿。

本年，次女素絹出生。於困頓中堅守首陽農園。

時事與文壇紀要

2 月 1 日，唯一民營大甲鳳梨工廠被併入台灣合同鳳梨公司。

3 月，《台灣新民報》發表吳漫沙長篇小說〈韮菜花〉。

5 月 19 日，台灣總督小林躋造於赴東京旅次對記者稱：「皇民化、工業化、南進（即南侵以台灣爲據地）三政策，即時開始。」

10 月，公布米配給統制規則。

12 月 1 日，日本陸軍中將牛島任台灣軍司令官。

12 月 1 日，「台灣詩人協會」的《華麗島》雜誌創刊，僅出一期。

12 月 19 日，台中州開始實行所謂「米穀供獻報國運動」，實爲強行徵糧以支援其侵略戰爭。

1940 年
（35歲）

生平與文學事跡

本年，父病歿。

逐漸恢復健康，首陽農園經營步入軌道，擴大到約一千坪。

本年，第十次被捕入獄。

時事與文壇紀要

1 月 12 日，李獻璋編成《台灣小說選》一書，楊雲萍作序，年底排版後被日本當局查禁。

1 月，日人作家西川滿發起創立「台灣文藝家協會」，發行機關雜誌《文藝台灣》。

1 月，《台灣新民報》開始連載張文環長篇小說〈山茶花〉。

2 月 11 日，公布台灣戶口修改政策，規定台民改日本姓名法，斥不改者為「非國民」。

3 月 30 日，偽南京政府成立。

5 月 1 日，《台灣新民報》開始連載呂赫若長篇小說〈台灣的女性〉。

7 月 22 日，日本第二次近衛文麿內閣成立，提倡建設「大東亞新秩序」以及「新體制」。

11 月 25 日，台灣精神總動員本部公布「台籍民改日姓名促進要綱」，強制台民改日本姓名。

11 月 27 日，台灣總督小林躋造、總務長官森崗聯袂辭職；29 日，日本海軍大將長川谷清繼任台灣總督。

1941 年
（36歲）

生平與文學事跡

5 月 27 日，張文環、黃得時等人退出西川滿的《文藝台灣》，成立啟文社，創刊《台灣文學》，楊逵加入其陣營，共發行十期。

7 月 9 日，在台南佳里吳新榮家，與啟文社同仁陳逸松、張文環、黃得時、王井泉、巫永福等人討論《台灣文學》的編輯方針。

時事與文壇紀要

2 月 11 日，《台灣新民報》被迫改稱《興南新聞》。

3 月 26 日，公布修正台灣教育令，廢止小學、公學校，一律改爲國民學校。

4 月 19 日，日本當局成立「台灣皇民奉公會」，發行宣傳雜誌《新建設》，推行「皇民化運動」。

7 月 1 日，《南方》半月刊創刊，林荆南、吳漫沙主編，從第一百三十二期改名《風月報》，爲本時期唯一的中文雜誌。

7 月 10 日，《民俗台灣》創刊，末次保、金關丈夫編，1945 年 1 月 1 日停刊，共發行四十三期。

12 月 7 日，日本偷襲珍珠港，太平洋戰爭爆發。台灣原住民被編成「高砂義勇隊」，派往南洋各地參加戰事。

12 月 8 日，賴和第二次被捕入獄。

1942 年
（37歲）

生平與文學事跡

7 月 14 日，與張文環、呂赫若、中山侑、張星建、楊千鶴、王井泉等人聚餐山水亭，舉行《台灣文學》評論會。

1 月至 3 月，戲劇《父與子》刊於《台灣藝術》第三卷第一號至第三號，日文。

2 月，小說〈無醫村〉刊於《台灣文學》第二卷第一號，日文。

4 月，小說〈泥娃娃〉刊於《台灣時報》第二六八號，日文。

7 月，評論〈台灣文學問答〉刊於《台灣文學》第二卷第三號，日文。

10 月，〈鵝媽媽出嫁〉刊於《台灣時報》第二百七十四號，日文。

時事與文壇紀要

2 月，「皇民奉公會」設立台灣文學獎，第一屆得獎作品為西川滿〈赤嵌城〉、濱田隼雄〈南方移民村〉、張文環〈夜猿〉。

4 月，台灣特別志願兵制度實施，強迫台籍青年到南洋戰場打仗。

5 月 26 日，「日本文學報國會」在東京成立。6 月，派人來台舉行「戰時文藝講演會」。

6 月，川合三良、周金波獲得第一回文藝台灣賞。

12 月，「台灣文藝家協會」在台灣各城市舉行大東亞文藝講演會。

12 月，日本東京召開「第一回大東亞文學者大會」，西川滿、濱田隼雄、龍瑛宗、張文環作為台灣代表赴會。

1943 年
（38 歲）

生平與文學事跡

1 月，劇本〈撲滅天狗熱〉發表於《台灣公論》第八卷第一號。

3 月，《三國志物語》第一卷至第三卷由台北盛興出版部出版。（此書共四卷，出版時間分別為 1943 年 3 月、8 月、10 月以及 1944 年 11 月。）

4 月，〈憶賴和先生〉發表於《台灣文學》第三卷第二號。

7 月，〈擁護糞便現實主義〉以「伊東亮」筆名發表於《台灣文學》第三卷第三號，日文。

夏天，〈插秧比賽〉，未發表，日文。

是年，改編和策劃演出俄國劇作家特洛查可夫原作《怒吼吧！中國》，於台中、彰化、台北三地以日文演出時，頗受好評。

本年，三女楊碧出生。

時事與文壇紀要

1月31日，台灣新文學先驅者賴和逝世。

2月17日，成立「日本文學報國會台灣支部」，推派長崎浩、齊藤勇、楊雲萍、周金波等人參加8月25日在東京召開的第二回「大東亞文學者大會」。

4月18日，《台灣文學》出版「賴和先生悼念特輯」。

4月29日，「台灣文學奉公會」成立。

6月21日，第二批台陸軍志願兵共一千零三十人。12月1日，日本政府強行抽學生兵入伍。

9月2日，「厚生演劇研究會」在台北永樂座公演林博秋根據張文環小說改編的閩南語話劇《閹雞》。

10月，《文藝台灣》和《台灣文學》同時停刊，由台灣文學奉公會發行《台灣文藝》。

1944年
（39歲）

生平與文學事跡

小說集《萌芽》排版中被查禁。

6月，〈解除「首陽園記」〉發表於《台灣文藝》第一卷第二號，日文。

8月，總督府情報課委託視察石底炭坑。撰寫〈增產之背後──老丑角的故事〉，發表於《台灣文藝》第一卷第四號，日文。

12月，改編之劇本《怒吼吧！中國》，由台北盛興出版社出版，日文。

時事與文壇紀要

1月20日，公布「皇民煉成所規則」，決定設立五十所皇民煉成所，強制執行皇民化政策。

3月，台灣全島六家日報（台北《日日新報》、《興南新聞》，台南《台灣日報》、高雄《高雄新報》、台中《台灣新聞》、花蓮《東台灣新聞》）合併為《台灣新報》。

5月1日，「台灣文學奉公會」發行《台灣文藝》。

6月，「台灣文學奉公會」組織作家分赴工廠、農場、礦山、兵團、鐵道參觀，撰寫報告文學。

8月20日，台灣全島進入戰爭狀態，開始實施台籍民徵兵制度。

10月23日，台灣神宮新神殿例祭時，為日本旅客機失事衝撞，發火焚燒，台人普遍認為日本即將敗戰之徵兆。

11月12日起，「第三回大東亞文學者大會」在中國南京召開，台灣未派代表參加。

12月30日，台灣總督長谷川清辭職，由台灣軍司令官陸軍大將安藤利吉兼任台灣總督。

1945 年
（40歲）

生平與文學事跡

以「台中藝能奉公會」名義，私下在首陽農園組織焦土會，計畫演出閩南語的《怒吼吧！中國》。在排練中，由於日本投降而停演。

8月15日，台灣光復，「首陽農園」改稱「一陽農園」。

9月，創刊《一陽周報》，宣傳孫文思想，介紹大陸白話文作品，11月17日出版第九期後停刊。

10月，〈犬猴鄰居〉發表於《一陽周報》第七至第九號。

本年，組織「新生活促進隊」，幫助台中市清理垃圾，著手於戰後台灣的重建工作。

時事與文壇紀要

8 月 15 日，全台由收聽無線電廣播得知，日本接受《波茨坦宣言》無條件投降，台灣歸還中國。

9 月 1 日，國民政府公布台灣行政長官署組織大綱，任命陳儀為首任行政長官。

10 月 25 日，在台北公會堂(今中山堂)舉行台灣地區受降典禮。

10 月 25 日，原日據時期《台灣日日新報》改名《台灣新生報》，這是光復後在台灣發行的第一家公營報紙。社長李萬居，日文總編輯吳金鍊，中文總編輯黎烈文，編譯主任王白淵。

10 月 26 日，台北市學生及各界民眾數萬人舉行環市大遊行，歡慶祖國收復失土。

本年，公布台灣省民姓名恢復辦法。

1946 年
（41歲）

生平與文學事跡

3 月，由台北三省堂出版日文版小說《鵝媽媽出嫁》，為其第一本作品選集。

4 月 21 日，擔任台灣革命先烈遺族救援委員會常務委員及副總幹事。

5 月，〈台灣新文學再建的前提〉發表於《和平日報》「新文學」第二期，日文。

5 月起，擔任台中《和平日報》「新文學」欄編輯。

5 月 24 日，〈台灣新文學停頓的檢討〉發表於《和平日報》「新文學」第三期，日文。

7月,參與《台灣評論》雜誌社的工作,中日文對照本《送報伕》由該社出版。

8月,〈為此一年哭〉發表於《新知識》創刊號。

10月19日,〈紀念魯迅〉發表於《和平日報》。

時事與文壇紀要

1月10日,中國共產黨代表與國民黨代表正式達成停戰協定。

4月2日,台灣省國語推行委員會成立,各縣市設國語推行所十二處。

5月1日,台灣省參議會成立,選舉黃朝琴、李萬居為正副議長。

6月16日,「台灣文化協進會」成立。

9月3日,吳濁流日文小說《胡太明》第一篇出版,由台北國華書局總發行。第二篇《悲戀之卷》、第三篇《大陸之卷》、第四篇《桎梏之卷》陸續於同年10月、11月、12月以單行本印行。

10月24日,光復一周年之際,行政長官公署通令全面廢止報刊雜誌之日文版。

10月25日,實行日語禁止令。

11月21日,《中華日報》「新文藝」副刊創刊,蘇任予主編,共出三十六期。撰稿人多為大陸來台作家。

1947年
(42歲)

生平與文學事跡

1月10日,賴和著、楊逵編《善訟人的故事》,由楊逵創立的民眾出版社發行。

1月15日，《文化交流》在台中市創刊，任雜誌編輯。翻譯魯迅《阿 Q 正傳》，列為「中國文藝叢書」第一輯，中日文對照。

3月9日，〈從速編成下鄉工作隊〉發表於台中《自由日報》。

4月，「二二八事件」發生後逃亡。期間夫妻雙雙被捕。

8月，釋放出獄，繼續「中國文藝叢書」翻譯刊行計畫。

10月，胡風譯《送報伕》由台北東華書局出版，列為「中國文藝叢書」第六輯，中日文對照。

11月，翻譯茅盾《大鼻子的故事》由台北東華書局出版，列為「中國文藝叢書」第二輯，中日文對照。

時事與文壇紀要

1月，《台灣文化》推出《魯迅逝世二十周年紀念輯》。

2月28日，因查緝私煙官員之暴行，引發台北民眾公憤，「二二八事件」發生。

3月，台北《大明報》、《民報》、《人民導報》、《中外日報》、《重建日報》，台中《和平日報》、《自由日報》等，因「二二八事件」被當局封閉。

3月2日，台灣人組成「二二八事件處理委員會」；3月8日，陳儀拒絕處理委員會所提之三十二條要求；3月9日，開始鎮壓暴動人士；3月17日，在台北實行的戒嚴令擴大到全國。

4月，許壽裳《怎樣學習國語和國文》，由台北台灣書店出版，為其主編的「光復文庫」之一。

5月4日，《台灣新生報》「文藝」周刊創刊，主編何欣，共出版十三期。

5 月 16 日，台灣省政府成立，魏道明爲首任主席。

6 月，許壽裳《魯迅的思想與生活》，由台北台灣書店出版。張我軍之編著五卷本《國文自修講座》，由台中聯合出版社自本月起陸續出版。

8 月 1 日，《台灣新生報》「橋」副刊創立，歌雷（史習枚）任主編。1949 年 3 月 29 日停刊，共出二百二十三期。

1948 年
（43歲）

生平與文學事跡

3 月 28 日，應主編歌雷之邀，參加《台灣新生報》「橋」副刊第一次作者茶會，陸續參加有關台灣新文學重建的討論。

3 月 29 日，〈如何建立台灣新文學〉發表於《台灣新生報》「橋」副刊第九六期。

6 月 25 日，〈「台灣文學」問答〉發表於《台灣新生報》「橋」副刊第一三一期。

6 月 27 日，〈現實教我們需要一次嚷〉發表於《中華日報》「海風」第三一四期。

7 月 12 日，獨幕劇《知哥仔伯》由林曙光翻譯，發表於《台灣新生報》「橋」第一三八期。

8 月 1 日，楊逵譯郁達夫《微雪的早晨》，列爲「中國文藝叢書」第三輯，中日文對照。

8 月 2 日，主編《台灣力行報》「新文藝」欄。

8 月 10 日，創刊《台灣文學叢刊》雜誌；12 月 25 日，出版第三期後停刊。

8 月 29 日，參加「銀鈴會」第一次聯誼會。

時事與文壇紀要

2月18日，台灣省編譯館館長、台灣大學中文系主任許壽裳在台北寓所遇害。

5月，吳濁流日文小說《波茨坦科長》，由台北學友書局出版。

1949年
（44歲）

生平與文學事跡

是年，起草〈和平宣言〉。

1月21日，〈台中部文化界聯誼宣言〉（即〈和平宣言〉）登載於上海《大公報》，觸怒台灣省政府主席陳誠。

2月4日起，「麥浪歌詠隊」利用寒假舉行了環島演出。楊逵四處奔波，聯合台中文化界進步人士，幫助歌詠隊解決演出場地和住宿問題，並在「麥浪」與文藝界、媒體之間搭橋牽線，大力宣傳「麥浪歌詠隊」的演出活動。

2月10日，楊逵安排麥浪歌詠隊員和銀鈴會成員，在台中圖書館舉辦「文藝為誰服務」的座談會。

2月15日，〈介紹「麥浪歌詠隊」〉發表於《中華日報》「海風」第三九七期。

4月6日，被捕入獄。

時事與文壇紀要

1月5日，陳誠正式就任台灣省政府主席。

2月4日，陳誠宣佈在台灣實行「三七五」減租。

4月6日，台灣師範學院、台灣大學發生學潮，陳誠勒令學校停課整頓，並逮捕有關學生，是謂「四六事件」。

5月20日，台灣省政府及台灣省警備司令部宣佈台灣全省實行戒嚴，從此台灣進入長達三十八年之久的「戒嚴時期」。

----

10 月 1 日，中華人民共和國成立。

10 月，《台灣新生報》展開關於「戰鬥文藝」的討論。

12 月 7 日，國民黨「中央政府」遷到台北。

1950 年
（45歲）

生平與文學事跡

軍法審判，處徒刑十二年。

時事與文壇紀要

3 月 1 日，「中華文藝獎金委員會」於台北成立，至 1957 年 7 月結束，由張道藩擔任主任委員。

5 月 4 日，「中國文藝協會」於台北成立，陳紀瀅擔任主席。

5 月 23 日，「二二八事件」處理完畢。

6 月 18 日，原台灣省行政長官（離職後就任浙江省政府主席）陳儀以叛亂罪，槍斃於新店。

6 月 25 日，朝鮮戰爭爆發。

1951 年
（46歲）

生平與文學事跡

5 月 17 日，離開台灣本島，移監綠島。

時事與文壇紀要

4 月 14 日，「內政部」頒發予已逝的賴和褒揚令，並入祀忠烈祠。

7 月 25 日，台灣省政府宣佈自光復以來第一次徵兵令，首次徵兵一萬五千人入伍。

9 月 16 日，《聯合報》創刊。由《全民日報》、《民族報》、《經濟時報》三報合併，副刊有《聯合副刊》、《綜藝》、

《聯合周刊》等。

1952 年
（47歲）

生平與文學事跡

8 月，〈八月十五那一天〉發表於綠島監獄《新生活》壁報「光復節特刊」。

時事與文壇紀要

2 月 1 日，國民黨中央改造委員會通過所謂「反共抗俄總動員令」。

3 月 1 日，《中國文藝》創刊，發行人唐曉風，社長唐賢龍，主編王平陵。

6 月 1 日，《文壇》創刊，發行人穆中南，社長王藍，主編劉枋。

8 月 5 日，「中國文藝協會」發動會員作家在各電台舉辦對大陸文藝界「指名喊話」，號召反抗。

1953 年
（48歲）

生平與文學事跡

8 月，〈光復話當年〉發表於綠島監獄《新生活》壁報「國父紀念周刊」。

時事與文壇紀要

1 月 5 日，台灣「行政院長」陳誠宣佈，實行耕者有其田與生產建設計畫爲本年兩大施政。

2 月 1 日，《現代詩》季刊創刊，紀弦任發行人兼主編，共發行四十五期，至 1964 年 2 月停刊。

8 月 1 日，「中國青年寫作協會」成立，劉心皇擔任第一屆總幹事，宣建人爲副總幹事。

11 月 1 日，林海音開始主編《聯合副刊》。

1954 年
（49歲）

生平與文學事跡

5 月，歌舞《國姓爺》在綠島街頭演出。

10 月 13 日，〈諺語四則〉發表於綠島監獄《新生活》壁報「光復節特刊」。

10 月 15 日，〈家書〉發表於綠島監獄《新生活》壁報。

12 月 25 日，〈捕鼠記〉發表於綠島監獄《新生活》壁報。

本年，獨幕喜劇《豬哥仔伯》在綠島獄中晚會演出；歌舞《駛犁歌》在綠島街頭演出。

時事與文壇紀要

1 月 25 日，《皇冠雜誌》月刊創刊，初由吳照軒爲發行人，主編平鑫濤等。

3 月 29 日，《幼獅文藝》創刊，由「中國青年寫作協會」主辦，初期採取輪流編輯制。

3 月，「藍星詩社」於台北成立，發起人有覃子豪、鍾鼎文、余光中、夏菁、鄧禹平、蓉子等。

5 月 28 日，台北市文獻委員會主辦「北部新文學、新劇運動座談會」，邀請吳新榮、楊雲萍、龍瑛宗、吳濁流、郭水潭、黃得時、王詩琅等二十一位作家出席，主席王白淵。

7 月 16 日，台灣當局設立「光復大陸設計研究委員會」。

8 月 9 日，「中國文藝協會」發起「文化清潔運動」，要求清除所謂「赤色的毒」、「黃色的害」、「黑色的罪」。

10 月 10 日，《創世紀》詩刊在高雄左營創刊，由羅夫、張默

主編，自第二期瘂弦參與編輯。

----

12 月 2 日，美國與台灣當局《共同防禦條約》在華盛頓簽字。

1955 年　**生平與文學事跡**
（50歲）
----

1 月，〈永遠不老的人〉發表於綠島監獄《新生活》壁報。

----

9 月 3 日，街頭劇《勝利進行曲》在綠島街頭演出。

----

10 月，〈半罐水叮咚響〉發表於綠島監獄《新生活》壁報。

----

11 月，〈諺語的時代性〉、〈諺語漫談〉，為新生筆記簿之
手稿。

本年，歌舞《漁家樂》在綠島街頭演出。

時事與文壇紀要

----

2 月 7 日，廖文毅等人在東京成立「台灣共和國臨時政府」，
從事分裂中國的陰謀活動。

----

3 月 15 日，台灣「行政院美援運用委員會」與美國國外業務
署駐台共同安全分署宣佈：1955 會計年度美國援台款項增加
四千八百萬美元，連同原額援款共計一億三千八百萬美元。

----

5 月 5 日，「台灣省婦女寫作協會」成立，1969 年起改名為
「中國婦女寫作協會」。

----

10 月 10 日，文壇出版社出版「戰鬥文藝叢書」十種，包括王
集叢《戰鬥文藝論》、王藍小說《咬緊牙根的人》等。

1956 年　**生平與文學事跡**
（51歲）
----

1 月，童謠〈百合〉發表於綠島監獄《新生活》壁報。

----

1 月，歌舞《豐年》在綠島新年晚會及街頭演出。

----

1 月至 4 月，〈我的小先生〉、〈春天就要到了〉、〈談街頭劇〉、〈青年〉、〈好話兩句多〉、〈談青年〉等，發表於綠島監獄《新生活》壁報。

4 月，〈太太帶來了好消息〉發表於綠島監獄《新生月刊》。

7 月，歌舞《睜眼的瞎子》在綠島獄中晚會上演出。

11 月，〈園丁日記〉發表於綠島監獄《新生月刊》。

6 月至 12 月，〈作者與讀者〉、〈十月好風光〉、〈檢討與批評〉、〈文化戰士〉、〈我要克難一把琴〉、〈新年又要到了〉等，未發表，為新生筆記簿之手稿。

本年，話劇《牛犁分家》在綠島中正堂演出。

時事與文壇紀要

1 月 9 日，「中國青年寫作協會」舉辦「四十四年度全國青年最喜閱讀文藝作品測驗」，選出小說、散文、詩歌、劇本各十部。

9 月 2 日，《文學雜誌》創刊，發行人劉守宜，主編夏濟安。共出刊四十八期，至 1960 年 8 月停刊。

9 月 8 日，民族運動領導人林獻堂在東京逝世。

1957 年
（52歲）

生平與文學事跡

1 月至 4 月，〈談寫作〉、〈什麼是好文章〉、〈文章的味道〉等七篇，發表於綠島監獄《新生活》壁報。

4 月，創作相聲《樂天派》。

5 月至 12 月，〈智慧之門將要開了〉、〈春光關不住〉、〈自強不息〉發表於綠島監獄《新生月刊》。

12 月 5 日至 7 日，參加綠島獄中運動會。

本年，創作〈季節風侵襲之下〉、〈抬紅土記〉、〈科學與方法〉、〈怎樣才能把一個家弄得好〉、〈輕公差〉、〈貧血的「新生月刊」〉、〈中秋過後〉、〈父子游泳賽〉、〈烏龜與兔子的賽跑〉〈上山砍茅草〉等十一篇，未發表，為新生筆記簿之手稿。

時事與文壇紀要

1 月，《藍星》月刊創刊，主編朱家駿，有宜蘭青年月刊社印行，1957 年 7 月至第七期停刊。

4 月，鍾肇政以油印方式印行《文友通訊》，共出刊十六期。

11 月 5 日，《文星雜誌》月刊創刊，發行人葉明勛，社長蕭孟能，初期主編何凡，第四十九期開始由李敖編。1965 年 12 月至第十六卷八期停刊。

1958 年
（53歲）

生平與文學事跡

1 月，借提至台北，被不斷威脅利誘，台灣當局欲將其派往日本做特務。未果，5 月押返綠島。

1 月，〈新春談命運〉發表於綠島監獄《新生月刊》。

7 月，話劇〈大牛和鐵犁〉以「公羊」筆名，刊登於《東方少年》第五卷第七期，為楊逵被羈押台北那段時間向外投稿之作品，這是綠島時期唯一在監獄外發表的作品。

本年，創作〈寶貴的種子〉、〈麻雀戰勝了老鷹〉、〈花瓶的故事〉、〈颱風小姐〉、〈勝利之歌〉、〈月光光〉等六篇，未發表，為新生筆記簿之手稿。

時事與文壇紀要

5 月 10 日，正式成立台灣警備司令部。

8 月 23 日，人民解放軍福建前線部隊開始向金門、馬祖駐軍實施警告性砲擊。

9 月 3 日，賴和遭檢舉為左派，被驅逐出忠烈祠。

1959 年
（54歲）

生平與文學事跡

3 月 20 日，〈青春讚美〉，未發表，為新生筆記簿之手稿。

4 月 1 日，〈不做就不會錯嗎？〉，未發表，為新生筆記簿之手稿。

11 月中，話劇《牛犁分家》在綠島監獄晚會演出。

本年，〈黎明曲‧公雞叫〉、〈雙十讚歌〉等，未發表，為新生筆記簿之手稿。

時事與文壇紀要

4 月，《創世紀》改版，轉而提倡超現實主義。

11 月，言曦在《弘揚日報》副刊發表〈新詩閑話〉，翌年陸續發表〈新詩餘談〉，引發一場關於現代史的論爭。

1960 年
（55歲）

生平與文學事跡

創作四幕喜劇《豬八戒做和尚》，被禁止演出。

時事與文壇紀要

3 月 5 日，《現代文學》雙月刊創刊，發行人白先勇，主編王文興、陳若曦等，至 1973 年 9 月的五一期停刊後，於 1977 年 8 月復刊。

8 月 4 日，作家鍾理和去世，享年四十五歲。

9月4日，《自由中國》雜誌發行人雷震涉嫌叛亂，被提起公訴，判處徒刑十年。

1961 年
（56歲）
生平與文學事跡

4月8日，刑期屆滿釋放，回到台灣本島。先於高雄鳥松購買果園，後因無法解決土地糾紛而放棄。之後代撰楊肇嘉回憶錄。

5月，葉陶當選為模範母親。

時事與文壇紀要

1月10日，余光中英譯的《中國新詩選》，由台北美國新聞處出版，這是台灣第一部譯成外文的現代詩選。

9月，呂訴上《台灣電影戲劇史》由銀華出版部出版。

12月1日，台灣當局通過第三期四年經濟建設計畫，自1961年起實施，該計畫投資總額為新台幣五百億二千萬元。同日，台灣清華大學原子科學研究所第一座原子反應器裝置啓用。

1962 年
（57歲）
生平與文學事跡

本年，與楊肇嘉在史實撰寫方面發生分歧，遂辭。

2月22日，〈園丁日記〉發表於《聯合報》。

3月30日，〈春光關不住〉發表於《台灣新生報》。

4月14日，〈智慧之門〉發表於《聯合報》。

7月，經由侯朝宗擔保，以信用貸款方式向華南銀行借款五萬元。在東海大學附近的大度山上，買下一片約有三千坪的荒坡地，開始經營東海花園。

時事與文壇紀要

1 月 10 日，台灣省十年農地重劃首期工程開始。

---

2 月 24 日，學者胡適病逝台北，享年七十二歲。

---

3 月 11 日，外商在台灣投資的第一家工廠——台灣氰胺公司正式開業。

---

6 月 1 日，《傳記文學》月刊在台北創刊，發行人劉紹唐。

---

7 月 15 日，《葡萄園》季刊創刊，發行人王在軍，主編文曉村、陳敏華。

---

10 月 10 日，台灣電視公司今日起開播。

1963 年
（58歲）

生平與文學事跡

本年，隱居東海花園耕讀。

時事與文壇紀要

1 月 1 日，郭良蕙長篇小說《心鎖》，被台灣省政府新聞處查禁。

---

2 月 16 日，台灣省政府宣佈加速實施六項農田水利建設計畫，預期十年內增產糙米十萬噸。

---

9 月 25 日，文星書店第一批《文星叢書》出版，包括梁實秋《秋室雜文》、余光中《左手的繆斯》、林海音《婚姻的故事》、聶華苓《一朵小白花》、於梨華《歸》、李敖《傳統下的獨白》等十種。

---

10 月 10 日，詩人覃子豪病逝於台北，享年五十二歲。

1964 年
（59歲）

生平與文學事跡

本年，華南銀行以信用貸款超期爲由，催還貸款。楊逵夫婦到處籌措，先還借款一萬元。

---

10 月 14 日，將剩下的四萬元改成抵押貸，簽具「抵押權設定契約書」，抵押借款四萬元，以每百元按日息四分三厘計算，按月付息。

時事與文壇紀要

4 月 1 日，《台灣文藝》創刊，由吳濁流獨自創辦，鍾肇政、廖清秀、鄭清文、趙天儀幫助其編務。

6 月 15 日，《笠詩刊》創刊，發起人為吳瀛濤、林亨泰等十二人，以後成員增至八十人，包括本省籍老中青三代詩人。

1965 年
（60歲）

生平與文學事跡

10 月，〈園丁日記〉、〈春光關不住〉收入鍾肇政編《本省籍作家作品選集（一）》，由台北文壇社出版。

時事與文壇紀要

1 月，吳濁流在《台灣文藝》第六期宣佈設置「台灣文學獎」，以獎勵在該刊發表的小說佳作。

1 月 30 日，台灣當局宣佈實施加工出口區設置管理條例，目的是促進投資，發展外銷，增加產品及勞務輸出，多創外匯收入。

7 月 1 日，美國從今日起停止對台灣的經濟援助。

10 月 3 日，日據時期作家王白淵去世，享年六十五歲。

10 月 25 日，鍾肇政主編《本省籍作家作品選集》十冊，由台北文壇出版社出版。

11 月 8 日，日據時期作家張深切去世，享年六十一歲。

1966 年　**生平與文學事跡**
（60歲）
東海花園耕讀。

時事與文壇紀要

2 月 7 日，台灣當局召開「國民大會」，通過修正「動員戡亂時期臨時條款」。

7 月 3 日，美國國務卿臘斯克訪台，重申支持美台「共同防禦條約」，支持台灣在聯合國的地位。

8 月 25 日，文星書店出版一批年輕作家的作品，包括張曉風《地毯的那一端》、舒凡《出走》、康芸薇《這樣好的星期天》、隱地《一千個世界》等。

10 月 10 日，《文學季刊》創刊，尉天驄主編。

12 月 3 日，高雄加工出口區初步建成。

1967 年　**生平與文學事跡**
（62歲）
2 月，〈諺語四則〉發表於《台灣風物》第十七卷第七期。

時事與文壇紀要

1 月 1 日，《純文學》月刊創刊，由林海音主編，馬各任執行編輯。

3 月 27 日，日據時期作家吳新榮去世，享年六十一歲。

6 月 25 日，文星書店陸續出版年輕作家的作品，包括白先勇《謫仙記》、王文興《龍天樓》、水晶《青色的蟪蛞》、孟絲《生日宴》、歐陽子《那長頭髮的女孩》等。

7 月 28 日，台灣當局成立「中華文化復興運動推行委員會」，由蔣介石任會長，開展所謂「中華文化復興運動」。

1968 年　　**生平與文學事跡**
（63歲）
9 月 13 日，銀行催促償還抵押借貸的四萬元。向出版商葉先生借貸十萬元，以借據為擔保。還清四萬元的銀行抵押，餘款用來擴建東海花園，以改善生產條件。

時事與文壇紀要

1 月 3 日，因艾枚主編《中華日報》家庭版的「大力水手漫畫」，台灣當局以「侮辱元首」給負責專欄的柏楊定罪，於 3 月 4 日被捕，判刑十年。

1 月 27 日，台灣當局頒布《九年國民教育實施條例》。

7 月，美國新移民法生效，台灣對美移民每年可達二萬人。

1969 年　　**生平與文學事跡**
（64歲）
3 月 12 日，〈墾園記〉發表於《台灣新生報》。

時事與文壇紀要

3 月 25 日，隱地主編《五十七年短篇小說選》，由仙人掌出版社出版，此為第一本年度小說選。

7 月 20 日，「吳濁流文學獎基金會」成立，由鍾肇政任管理委員會主任委員。

年底，因葉先生周轉不靈，遂向台中朋友郭頂順借款十萬元。

1970 年　　**生平與文學事跡**
（65歲）
1 月，〈羊頭集〉發表於《文藝月刊》第一卷第七期。

3 月，向葉榮鐘先生借十萬元，部分還清所欠他人利息，餘款仍然用於花園建設。

8 月 1 日，葉陶病逝，享年六十六歲。

年底，經由鍾逸人先生介紹，楊逵向商界朋友蔡伯勛借款十萬元。

時事與文壇紀要

4 月 21 日，《台灣文藝》主辦第一屆吳濁流文學獎頒獎。

8 月 12 日，美國駐日本大使館發言人宣稱，釣魚島「是琉球的一部分」，美國政府已經「決定歸還日本」。

11 月 11 日，第五屆中山文藝獎頒發。

1971 年
（66歲）

生平與文學事跡

坂口䙄子〈楊逵與葉陶〉發表於《亞細亞》第六卷第十期，為其消息在戰後披露於日本文壇的第一次。

時事與文壇紀要

10 月 25 日，聯合國大會表決，中華人民共和國加入聯合國。

1972 年
（67歲）

生平與文學事跡

5 月，日本《中國》雜誌重刊〈送報伕〉。

年底，變更東海花園的土地所有權，並與蔡伯勛、葉榮鐘、郭頂順三人達成一項協議：以割地還債方式割讓三分之二的東海花園土地產權，由他們共同持分，自己則留下三分之一，並承諾若此地將來成為文學園地的文化村，則同意無條件歸還。

時事與文壇紀要

1 月，台灣《大學雜誌》發表由王文興、包弈洪、許信良、陳鼓應聯合署名的〈國是九論〉。

2 月 21 日至 28 日，美國總統尼克松訪華。

9 月 29 日，日本與中華人民共和國建交。

12 月 4 日，台灣大學師生舉行「民族主義座談會」，宣傳中國統一等主張。

1973 年
（68歲）

生平與文學事跡

東海花園逐漸步入軌道。

11 月，〈模範村〉重刊於《文季》第十二期。

時事與文壇紀要

2 月 17 日，台灣當局拘捕參加「民族主義座談會」的陳鼓應。

7 月，《龍族評論專號》出版，由高信彊主編，對現代詩進行嚴厲批評。

8 月 1 日，《中外文學》刊登唐文標〈僵斃的現代詩〉，對現代詩進行總清算。

1974 年
（69歲）

生平與文學事跡

1 月，〈鵝媽媽出嫁〉載於《中外文學》第二卷第八期。

2 月，〈冰山底下〉載於《台灣文藝》第四三期。

9 月底，《幼獅文藝》派人到東海花園訪問。

時事與文壇紀要

3 月 10 日，第五屆吳濁流文學獎頒發。

6 月 1 日，《中外文學》詩專號出版。

1975 年 （70 歲）	**生平與文學事跡**
	張良澤編《鵝媽媽出嫁》由台南大行出版社出版。
	時事與文壇紀要
	4 月 5 日，蔣介石去世，終年八十八歲。
	12 月 1 日至 5 日，美國總統福特應邀訪華。
1976 年 （71歲）	**生平與文學事跡**
	〈春光關不住〉收入國中國文課本第六冊，改題為〈壓不扁的玫瑰花〉，為日據時期作家之作品收入教科書第一人。
	5 月，作品集《鵝媽媽出嫁》由台北香草山出版社出版。
	10 月，作品集《羊頭集》由台北輝煌出版社出版。
	12 月 25 日，由吳宏一、尉天驄推薦參加的「第二屆國家文藝獎」選拔失敗。
	時事與文壇紀要
	3 月 1 日，《夏潮》創刊，總編輯彭坤進。
	8 月 25 日，洪範書店成立，由楊牧、瘂弦、葉步榮創辦。
	9 月 16 日，《聯合報》舉行第一屆「聯合報小說獎」頒獎典禮，由王惕吾主持。
	10 月 7 日，作家吳濁流去世，享年七十七歲。
1977 年 （72歲）	**生平與文學事跡**
	1 月，東海花園失火，幸而及時撲滅。
	10 月，於台北青年公園義賣花朵，主辦單位為其祝壽。

時事與文壇紀要

3 月 1 日，《仙人掌雜誌》創刊，發行人許秉欽，社長許長仁，主編王建壯。

8 月 17 日，由彭歌文章發難，鄉土文學論戰爆發。

9 月 23 日，蔣經國在台灣「立法院」提出爲期十年的「十二項建設計畫」（1978-1988 年）。

11 月 9 日，「中壢事件」發生。

1978 年
（73歲）

生平與文學事跡

9 月，林梵《楊逵畫像》由台北筆架山出版社出版。

10 月 8 日，參加《聯合報》舉辦的「光復前的台灣文學」座談會。

時事與文壇紀要

12 月 16 日，中華人民共和國與美利堅合衆國正式建交。

12 月 30 日，台灣「國防部」與「內政部」共同發布「國民申請出國觀光規則」，自 1979 年 1 月 1 日起生效。

1979 年
（74歲）

生平與文學事跡

7 月，鍾肇政主編《光復前台灣文學全集》，由台北遠景出版社出版，收錄楊逵四篇作品。

10 月，楊素絹編《楊逵的人與作品》，由民衆日報社台北管理處發行。

時事與文壇紀要

1 月 1 日，中華人民共和國人大常委會發表〈告台灣同胞書〉。

3 月 15 日，李南衡編《日據下台灣新文學》共五冊，由明潭出版社出版。

12 月，「美麗島事件」發生。

1980 年
（75歲）

生平與文學事跡

7 月，提交書面意見給《聯合報》於 7 月 2 日舉辦的「永不熄滅的燭火──光復前台灣文學中的民族意識與抗日精神」座談會。

9 月 15 日，參加《時報文學》「三代同堂談小說」座談會。

本年，高雄大榮高工在高雄、台中演出話劇《牛犁分家》。

時事與文壇紀要

1 月 1 日，美台「共同防禦條約」失效。

2 月 10 日，《台灣文藝》雜誌社舉辦第一屆「巫永福評論獎」。

11 月 20 日，「第三屆吳三連文藝獎」揭曉。得獎人林懷民（藝術獎舞蹈類）、黃春明（文學獎小說類）、馬水龍（藝術獎音樂類）、田源（文學獎小說類）。

1981 年
（76歲）

生平與文學事跡

3 月 9 日，因感冒藥物引起痰阻塞症送醫急救。

3 月 12 日，遷居外埔次子楊建家中休養。

時事與文壇紀要

10 月 15 日，張良澤主編《吳新榮全集》共八冊，由台北遠景出版社出版。

10 月，《寶刀集──光復前後作家作品集》，台北聯合報社

出版，收入黃得時、楊逵等人作品。

1982 年
（77歲）

生平與文學事跡

1 月，移居大溪長子楊資崩家中靜養。

---

5 月 7 日，應邀到輔仁大學草原文學社，演講「日本殖民統治下的孩子」。

---

8 月 22 日，應美國愛荷華大學「國際作家工作坊」邀請，由長媳蕭素梅陪同赴美。

---

10 月 30 日，「台灣文學研究會」在洛杉磯正式成立，成為該會榮譽會員，並到會致辭勉勵。

---

11 月 1 日，由美返台途中重遊日本，日本各界為其舉辦座談會。

時事與文壇紀要

1 月 15 日，《文學界》季刊在高雄創刊，發行人陳坤崙，執行主編許振江。

---

11 月 16 日，「第五屆吳三連文藝獎」揭曉，散文得主林清玄，戲劇類本屆從缺。

1983 年
（78歲）

生平與文學事跡

4 月至 5 月，在大溪接受王麗華專訪。

---

8 月 24 日，移居鶯歌整理回憶錄，由孫女楊翠照顧生活。

---

11 月 8 日，〈懷念東海花園〉發表於《中國時報》「人間」副刊。

---

11 月，榮獲「第六屆吳三連文藝獎」及「第一屆台美基金會人文科學獎」。

時事與文壇紀要

1 月 15 日，《台灣文藝》雜誌內部改組，由陳永興醫師接辦。

5 月，應鳳凰主編《1980 年文學書目》，由大地出版社出版，收入台灣地區本年文學書目三百六十三本，這是近年第一本年度文學書目。

8 月 7 日，「鍾理和紀念館」正式成立。

1984 年
（79歲）

生平與文學事跡

2 月，〈送報伕〉收入施淑編《中國現代短篇小說選析（二）》，由台北長安出版社出版。

2 月 12 日，應耕莘文教院舉辦的「慶賀賴和先生平反演講會」上致詞，演說〈希望有更多的平反〉，此文發表於《中華雜誌》第二四八期。

3 月，擔任《夏潮》名譽發行人。

7 月〈殖民地人民的抗日經驗〉發表於《中華雜誌》第二百五十二期。

8 月 9 日，獲鹽分地帶文藝營頒發的「台灣新文學特別推崇獎」。

時事與文壇紀要

1 月 19 日，「內政部」正式承認賴和蒙冤而給予平反，後重新入祀忠烈祠。

5 月 20 日，蔣經國連任第七任「總統」，李登輝任「副總統」。

10 月 23 日，「第七屆吳三連文藝獎」揭曉，散文類余光中、戲劇類黃美序獲獎。

11月1日，《聯合文學》創刊，瘂弦任總編輯，發行人張寶琴。

11月6日，日據時期作家王詩琅病逝，享年七十七歲。

1985 年
（80歲）

生平與文學事跡

2月，重返台中，又么女楊碧照顧其生活。

3月10日，於YMAK舉行的戴國煇教授歡迎會上發表簡短致詞。

3 月 12 日，凌晨五時四十分，在楊碧家中與世長辭，享年八十歲。

3月13日，〈老牛破車〉發表於《聯合報》；〈沉思、振作、微笑〉發表於《自立晚報》；〈我的回憶〉發表於《中國時報》。

3 月，作品集《壓不扁的玫瑰花》、《鵝媽媽出嫁》，由台北前衛出版社出版。

3 月 29 日，葬於東海花園葉陶墓旁。

【補記】

2001 年 12 月，彭小妍主編《楊逵全集》十四卷（中日文對照），由（台南）國立文化資產保存研究中心籌備處全部出版。

2005 年 11 月，（北京）台海出版社出版《楊逵文集》七卷（中文版）。

2005 年 11 月 27 日，「楊逵文學紀念館」在楊逵故鄉台南縣新化鎮正式開館。

　　《楊逵文學活動年表》的輯錄，主要參考了河原功編、楊鏡汀譯《楊逵生平寫作年表》，黃惠禎編《年表》、《楊逵作品目錄》，林梵編《楊逵對照年譜》，李昂陽、申惠豐、歐陽瑜卿整理《楊逵年表》，葉榮鐘著《日據下台灣大事年表》，台灣「行政院文建會」編《光復後台灣地區文壇大事紀要》，劉登翰等主編《台灣文學史》（上下冊），李祖基《戰後台灣四十年》，陳碧笙《台灣地方史》等，在此謹表謝忱！

附錄二
參考書目

1. 金堅範主編：《楊逵——「壓不扁的玫瑰花」》，北京，台海出版社，二〇〇四年九月。

2. 呂正惠、趙遐秋主編：《台灣新文學思潮史綱》，北京，昆侖出版社，二〇〇二年一月。

3. 劉登翰等主編：《台灣文學史》（上下），福州，海峽文藝出版社，一九九三年一月。

4. 包恆新：《台灣現代文學簡述》，上海，上海社會科學院出版社，一九八八年三月。

5. 古繼堂：《台灣小說發展史》，瀋陽，春風文藝出版社，一九八九年十一月。

6. 白少帆等主編：《現代台灣文學史》，瀋陽，遼寧大學出版社，一九八七年十二月。

7. 公仲、汪義生：《台灣新文學史初編》，南昌，江南人民出版社，一九八九年八月。

8. 汪景壽：《台灣小說作家論》，北京，北京大學出版社，一九八四年三月。

9. 趙遐秋主編：《台灣鄉土文學八大家》，北京，台海出版社，一九九九年十一月。

10. 趙遐秋、曾慶瑞：《「文學台獨」面面觀》，北京，九州出版社，二〇〇一年十二月。

11. 楊匡漢主編：《中國文化中的台灣文學》，武漢，長江文藝出版社，

二〇〇二年十月。

12. 朱雙一：《台灣文學思潮與淵源》，台北，海峽學術出版社，二〇〇五年二月。

13. 黎湘萍：《文學台灣——台灣知識者的文學敘事與理論想像》，北京，人民文學出版社，二〇〇三年三月。

14. 徐學主編：《台灣研究二十五年精粹・文學篇》，北京，九州出版社，二〇〇五年六月。

15. 蕭成：《日據時期台灣社會圖譜》，北京，九州出版社，二〇〇四年九月。

16. 王曉波：《台灣史論集》，北京，中國友誼出版公司，一九九二年六月。

17. 張禹：《從心隨筆》，北京，中國致公出版社，二〇〇三年六月。

18. 黃靜嘉：《春帆樓下晚濤急》，北京，商務印書館，二〇〇三年十月。

19. 陳昭瑛：《台灣儒學的當代課題：本土小說與現代性》，北京，中國社會科學出版社，二〇〇一年七月。

20. 楊若萍：《台灣與大陸文學關係簡史》（一六五二～一九四九），上海，上海文藝出版社，二〇〇四年三月。

21. 秦風編：《歲月台灣（一九〇〇～二〇〇〇）》，桂林，廣西師範大學出版社，二〇〇五年五月。

22. 中國第二歷史檔案館：《台灣光復紀實》，南京，江蘇人民出版社，二〇〇五年七月。

23. 郭志剛、李岫主編：《中國三〇年代文學發展史》，長沙，湖南教育出版社，一九九八年八月。

24. 林偉民：《中國左翼文學思潮》，上海，華東師範大學出版社，二〇〇五年四月。

25. 馬良春、張大明編：《三〇年代左翼文藝資料選編》，成都，四川人民出版社，一九八〇年十一月。

26. 彭小妍主編：《楊逵全集》（一～十四卷），台南，國立文化資產保存研究中心籌備處，二〇〇一年十二月。

27. 張恆豪主編：《楊逵集》，台北，前衛出版社，一九九一年二月。

28. 楊素絹編：《壓不扁的玫瑰花：楊逵的人與作品》，台北，輝煌出版

社，一九七六年十月。

29. 林梵：《楊逵畫像》，台北，筆架山出版社，一九七八年九月。

30. 靜宜大學：《楊逵文學國際學術研討會論文集》，台中，二○○四年六月。

31. 陳芳明編：《楊逵的文學生涯》，台北，前衛出版社，一九八八年九月。

32. 黃惠禎：《楊逵及其作品研究》，台北，麥田出版社，一九九四年七月。

33. 梁明雄：《日據時期台灣新文學運動研究》，台北，文史哲出版社，一九九六年二月。

34. 李南衡：《日據下台灣新文學》（一～五集），台北，明潭出版社，一九七九年三月。

35. 許俊雅：《日據時期台灣小說研究》，台北，文史哲出版社，一九九五年二月。

36. 陳少廷：《台灣新文學運動簡史》，台北，聯經出版事業公司，一九九七年五月。

37. 葉榮鐘：《日據下台灣大事年表》，台中，晨星出版有限公司，二○○○年八月。

38. 葉榮鐘：《日據下台灣政治社會運動史》（上下），台中，晨星出版有限公司，二○○○年八月。

39. 葉榮鐘：《台灣人物群像》，台中，晨星出版有限公司，二○○○年八月。

40. 王曉波：《被顛倒的台灣歷史》，台北，帕米爾書店，一九八六年十一月。

41. 施懿琳等著：《台灣文學百年顯影》，台北，玉山出版社，二○○三年十月。

42. 台灣文學研究會編：《先人之血，土地之花》，台北，前衛出版社，一九八九年八月。

43. 矢內原忠雄：《日本帝國主義下的台灣》，台北，帕米爾書店，一九八五年七月。

44. 尾崎秀樹：〈舊殖民地文學的研究〉，台北，人間出版社，二○○四年十一月。

45. 涂照彥：《日本帝國主義下的台灣》，台北，人間出版社，一九九三年

十一月。

46. 王詩琅：《日本殖民體制下的台灣》，台北，眾文圖書公司，一九八〇年十二月。

47. 王詩琅：《台灣新文學重建的問題》，台北，海峽藝術出版社，二〇〇三年五月。

48. 林伯維：《台灣文化協會滄桑》，台北，台原出版社，一九九三年六月。

49. 施淑：《兩岸文學論集》，台北，新地出版社，一九九七年六月。

50. 施淑：《理想主義者的剪影》，台北，新地出版社，一九九〇年四月。

51. 施淑：《日據時代台灣小說選》，台北，前衛出版社，一九九二年十二月。

52. 許俊雅：《日據時期台灣作品選讀》，台北，萬卷樓圖書有限公司，一九九八年十一月。

53. 許俊雅：《台灣文學散論》，台北，文史哲出版社，一九九四年十一月。

54. 陳昭瑛：《台灣文學與本土化運動》，台北，正中出版社，一九九八年四月。

55. 彭小妍主編：《「歷史有很多漏洞」：從張我軍到李昂》，台北，中央研究院中國文哲研究所籌備處，二〇〇〇年十二月。

56. 方孝謙：《殖民地台灣的認同摸索——從善書到小說的敘事分析（一八九五〜一九四五）》，台北，巨流圖書公司，二〇〇一年六月。

57. 河原功：《台灣新文學運動的展開——與日本文學的接點》，台北，全華科技圖書股份有限公司，一九九三年三月。

58. 彭瑞金：《台灣新文學運動四十年》，高雄，春暉出版社，一九九七年八月。

59. 葉石濤：《台灣文學史綱》，高雄，春暉出版社，一九九三年五月。

60. 林瑞明：《台灣文學與時代精神——賴和研究論集》，台北，允晨文化股份有限公司，一九九三年八月。

61. 林瑞明：《台灣文學的歷史考察》，台中，允晨文化實業股份有限公司，一九九六年七月。

62. 陳建忠：《日據時期台灣作家論：現代性、本土性、殖民性》，台北，五南圖書出版公司，二〇〇四年八月。

63. 高天生：《台灣小說與小說家》，台北，前衛出版社，一九八五年五月。

64. 黃武忠：《日據時代台灣新文學作家小傳》，台北，時報文化出版公司，一九八○年八月。

65. 黃武忠：《親近台灣文學》，台北，九歌出版社，一九九五年三月。

66. 江自得編：《殖民地經驗與台灣文學》，台北，遠流出版事業股份有限公司，二○○二年二月。

67. 李瑞騰主編：《中華現代文學大系·評論卷》（一），台北，九歌出版社，二○○三年十月。

68. 黃英哲編、涂翠花譯：《台灣文學研究在日本》，台北，前衛出版社，一九九四年十二月。

69. 中島利郎：《台灣新文學與魯迅》，台北，前衛出版社，二○○○年五月。

70. 中島利郎：《一九三○年代台灣鄉土文學論戰資料彙編》，高雄，春暉出版社，二○○三年三月。

71. 中島利郎：《日據時期台灣文學雜誌》，台北，前衛出版社，一九九五年三月。

72. 陳芳明：《殖民地台灣——左翼政治運動史論》，台北，麥田出版社，一九九八年十月。

73. 《光復後台灣地區文壇大事紀要》（增訂本），台灣，「行政院文化建設委員會」，一九八五年六月。

74. 陳映眞、曾建民主編：《一九四七～一九四九台灣文學問題論議集》，台北，人間出版社，一九九七年六月。

75. 曾建民主編：《清理與批判》，台北，人間出版社，一九八八年十二月。

76. 曾建民主編：《噤啞的論爭》，台北，人間出版社，一九九九年九月。

77. 呂正惠：《殖民地的傷痕——台灣文學問題》，台北，人間出版社，二○○四年二月。

78. 呂正惠：《戰後台灣文學經驗》，台北，新地文學出版社，一九九五年七月。

79. 范泉：《遙念台灣》，台北，人間出版社，二○○○年二月。

80. 焦桐：《台灣戰後初期的戲劇》，台北，台原出版社，一九九○年六月。

81. 楊渡：《激動一九四五》，台北，巴扎赫出版社，二○○五年九月。

82. 曾建民、橫地剛、藍博洲合編：《文學二二八》，台北，台灣社會科學

出版社，二○○四年二月。

83. 葉芸芸編：《證言二二八》，台北，人間出版社，一九九三年二月。

84. 楊渡策劃：《還原二二八》，台北，巴扎赫出版社，二○○五年五月。

85. 藍博洲：《麥浪歌詠隊》，台中，晨星出版有限公司，二○○一年四月。

86. 古瑞雲：《台中的風雷》，台北，人間出版社，一九九○年九月。

87. 徐秀慧：《戰後初期台灣的文化場域與文學思潮的考察（一九四五～一九四九）》，台灣，國立清華大學博士論文，二○○四年七月。

88. 柳書琴：《戰爭與文壇──日據末期台灣的文學活動（一九三七・七～一九四五・八）》，台灣，國立台灣大學歷史學研究所碩士論文，一九九四年六月。

89. 許詩萱：《戰後初期（一九四五・八～一九四九・十二）台灣文學的重建──以〈台灣新生報〉「橋」副刊爲主要研究對象》，台灣，中興大學碩士論文，一九九九年九月。

90. 林安英：《楊逵戲劇作品研究》，台灣，國立成功大學中文研究所碩士論文，一九九八年六月。

91. 葉榮鐘主編：《南音》，全十一冊，「新文學雜誌叢刊」復刻本（一）。

92. 廖漢臣主編：《先發部隊》，全二冊；「新文學雜誌叢刊」復刻本（一）。

93. 蘇維熊主編：《フオルモサ》（福爾摩沙），全三冊，「新文學雜誌叢刊」復刻本（一）。

94. 蘇維熊主編《第一線》，全一冊，「新文學雜誌叢刊」復刊本（一）。

95. 楊雲萍主編：《人人》，全二冊；「新文學雜誌叢刊」復刻本（一）。

96. 張星建主編：《台灣文藝》，全十五冊，「新文學雜誌叢刊」復刻本（三）、（四）、（五）。

97. 楊逵主編：《台灣新文學》，全十四冊，「新文學雜誌叢刊」復刻本（六）。

98. 楊逵主編：《台灣文學叢刊》，全二冊，複印本。

後記

　　走進楊逵的世界，一次次被他的偉岸人格和高遠境界所震撼，蕭然起敬的情感油然而生。我心裡清楚，要寫出這位台灣「不朽老兵」的全人格和眞世界，恐怕遠非拙筆力所能及。在楊逵這部讀不盡的大書面前，那些由衷的感動，那些寫作的遺憾，都將變成我持續研究的動力和不斷探討的空間。

　　本書付梓之際，心中感念多多。

　　記得那個早春二月，中國作協在風景秀麗的南寧召開「楊逵文學作品研討會」，爲兩岸學者構建起學術交流的平台。這次會議上，我有幸認識了楊逵的家人。楊逵的次子楊建先生多次寫信寄書通電話，認眞仔細地回答我提出的每一個問題，爲本書寫作提供了珍貴的資料。其人文情懷帶給我的，是頗多的感動與感慨。

　　記得那個繁花五月，在緊張忙碌的會議空隙，陳信元先生帶著我和幾位朋友穿行於台北的書店，尋找洋洋十四卷的《楊逵全集》。在最後五卷無法如願以償的情形下，陳先生又把自己手頭珍藏的書籍慷慨寄我，爲本書的寫作奠定了重要的文本基礎。

　　記得那段寫稿的日子裡，來自兩岸學者和朋友們的熱情相

助。呂正惠教授、陳映真先生、齊益壽教授、施淑教授、葉芸
芸女士、徐秀慧助理教授，以及作家藍博洲先生、詩人台客先
生、賴益成先生，都從不同角度為我提供了急需的資料。大陸
學者周青先生、張禹（王思翔）先生、范寶慈老師，也在百忙
中幫助複印和郵寄相關資料，前輩學者的人格風範令我敬仰。

趙遐秋先生、金堅範先生、呂正惠先生、陳映真先生為這
套叢書的寫作和出版，付出了諸多心血汗水。他們高度的責任
感和嚴謹的治學態度，他們的悉心指導和認真督促，都化為我
寫作的一種動力。

作家出版社的馮京麗編輯，為叢書的編輯出版投入了辛勤
勞動。她的敬業精神，給人留下深刻印象。

對上述學者、作家、編輯，還有那些未能一一提及的朋
友，在此一併表示誠摯的感謝和敬意！

期待得到方家學者的指教。

樊洛平

二〇〇六年四月于鄭州

冰山底下綻放的玫瑰
楊逵和他的文學世界

發行人　呂正惠

作者　樊洛平

責任編輯　馮京麗

繁體編輯　范振國　陳乃慈

美術編輯　陳乃慈

出版者　人間出版社

地址　108 台北市長沙街二段 64 號 3 樓

電話　(02)23898806

郵撥帳號　11746473 人間出版社

印刷　承印實業股份有限公司

電話　(02)29555284

總經銷　聯經出版事業股份有限公司

電話　(02)26418661

登記證　局版台業字第三六八五號

ISBN　978-986-6777-07-3

初版一刷　2008 年 5 月

定價　新台幣 450 元

國家圖書館出版品預行編目資料

冰山底下綻放的玫瑰：楊逵和他的文學世界 /
樊洛平作. -- 初版. -- 臺北市：人間,
2008. 05
　　面；公分

　參考書目：面
ISBN 978-986-6777-07-3（精裝）

　1.楊逵　2.學術思想　3.傳記　4.臺灣小說
　5.文學評論

863.57　　　　　　　　　　　　　97007503